W0376886

Les Diables bleus

Christopher Castellani

Les Diables bleus

Traduit de l'anglais (États-Unis)
par Caroline Nicolas

cherche midi

Vous pouvez consulter notre catalogue général
et l'annonce de nos prochaines parutions sur notre site :
www.cherche-midi.com

Directeur de collection : Arnaud Hofmarcher
© Christopher Castellani, 2019
Titre original : *Leading Men*
Éditeur original : Viking (Penguin Random House LLC)

© le cherche midi, 2020, pour la traduction française
92, avenue de France
75013 Paris

Mis en pages par Nord Compo
Dépôt légal : mars 2020
ISBN 978-2-7491-6397-0

À Michael, pour l'Italie

On rencontre des gens tout à fait surprenants à Portofino. L'endroit regorge de ces situations dont Jennifer prétend qu'elles n'arrivent jamais. Une jeune Australienne, par exemple, qui vient de s'enfuir avec son beau-père. Une mère suédoise et sa fille qui se partagent les faveurs d'un jeune pêcheur. Tout compte fait, c'est un endroit assez dangereux.

— TRUMAN CAPOTE, dans une lettre
à David O. Selznick, 23 juin 1953[1]

Je l'appelle Petit Cheval.
J'aimerais qu'il ait un nom pour moi.

— TENNESSEE WILLIAMS, *Poèmes*

1. Dans la traduction de Jacques Tournier, extraite d'*Un plaisir trop bref* (2007). *(Toutes les notes sont de la traductrice.)*

1

Le Petit Cheval

Truman organisait une soirée à Portofino, et Frank avait envie d'y aller. L'invitation était arrivée à la mi-juillet, glissée entre parenthèses au milieu des longs paragraphes pleins de ragots de sa lettre à Tenn, comme pour le mettre au défi d'y répondre. Frank l'avait lue en l'absence de Tenn. Cela faisait des semaines qu'il était coincé dans leur étouffant appartement au quatrième étage de la Via Firenze, à attendre que ce dernier revienne d'Espagne, tandis que dans les rues bruyantes en contrebas, les vrais Romains fuyaient vers les montagnes. Il répondit à Truman d'un bref télégramme, puis appela le meilleur hôtel de la ville, le Splendido, pour réserver une chambre. Il auditionna divers maillots de bain, chapeaux et ensembles en lin dans le miroir au-dessus de la commode, ravauda deux paires des chaussettes de Tenn et porta leurs vêtements en soie chez le teinturier. Lorsque Tenn, en rentrant, trouva leurs bagages alignés dans l'entrée, prêts pour un nouveau voyage, il ne protesta pas. Après trois semaines de séparation, il avait retrouvé sa tendresse pour Frank. Une flânerie en Jaguar le long de la côte ligurienne, loin de la fournaise du *centro*, ne pourrait que rendre leurs retrouvailles plus douces encore.

Ils allèrent se promener une dernière fois dans la Villa Borghèse. Emboîtant le pas à deux garçons, le brun pour Tenn et le blond pour Frank, ils descendirent l'escalier de la Trinité-des-Monts avant de prendre à l'est pour rejoindre le Corso, entraînés par l'aspect lisse de leurs coudes. Pas un soupçon de peau flasque sur le garçon de Tenn, dont les grands bras portaient le hâle de longues journées de détente sur la plage d'Ostie, ou sur celui de Frank, un Suisse. Qui pouvait dire d'où le Suisse tenait cette cicatrice neuve et rose en travers du coude, ou en quels lieux il coulait ses propres après-midi d'indolence ? Qui pouvait dire s'il était seulement suisse, et non originaire d'un endroit décevant, comme le Minnesota ? Qui pouvait dire si sa cicatrice ne provenait pas d'un saut pressé par-dessus une clôture en fer pour échapper à un mari cocu de Lugano, pendant que l'épouse, restée sur le seuil les mains crispées sur son peignoir, implorait la clémence ? *Eux* pouvaient le dire, Frank et Tenn, alors qu'ils suivaient les garçons à distance prudente ; c'était quelque chose qu'ils aimaient tant faire le soir après dîner pendant ces étés où ils habitaient Rome : inventer des vies aux Italiens, s'inventer des vies à eux-mêmes. C'était pour cela que Tenn était connu. C'était l'un de leurs nombreux et heureux passe-temps lorsqu'ils étaient ensemble.

Ils ramenèrent le brun, Mario, à leur appartement. Un Sicilien, comme Frank, s'avéra-t-il, mais au moins il n'était pas américain. Alors qu'il rechaussait à la hâte ses espadrilles, les joues empourprées, Frank lui dit : *Tu viens de coucher avec l'un des plus grands écrivains au monde*, et parce que Mario avait entendu parler de Tennessee Williams, il resta pour le café et les pâtisseries que Frank apporta sur la terrasse. Mais bientôt il devint pénible, comme ils le devenaient tous, à parler de sa mère qui l'attendait à la maison, qui s'inquiétait – il y avait toujours une mère – et ils le regardèrent disparaître dans l'escalier, lui et ses coudes lisses, avec soulagement.

Ce n'était pas le premier Mario, bien sûr. Au fil des ans, ils oubliaient leurs noms, mais pas leurs cicatrices, leurs attitudes ou les histoires qu'ils racontaient, étendus entre eux deux jusque tard dans la nuit. Parfois, lors de leur promenade du soir dans les rues suffocantes et pleines d'ombres vacillantes, ils en repéraient un sur une *piazza* avec sa grappe d'amis, en train de rire, le bras sur les épaules d'une fille. Si le Mario les apercevait, il détournait le visage ou leur rendait un regard plein de défi, de honte et de peur, qui les grandissait.

Ils quittèrent Rome ainsi, imposants comme des éléphants, laissant la chaleur et les orages derrière eux, la capote de la Jaguar baissée, pour Portofino. Frank dormit pendant presque tout le trajet, la tête sur les genoux de Tenn, puis de nouveau dans la yole qu'ils prirent à Rapallo, bien que Tenn n'ait cessé de le secouer pour le réveiller et lui montrer du doigt les maisons sur les falaises. Tu aimes l'orange ? demandait-il. La jaune ? Non, la bleue, tout là-haut ! Je fais mon marché, Frankie. N'importe laquelle peut être à nous.

Truman avait loué un appartement à quelques pas du port, au-dessus du restaurant Delfino, et Frank et Tenn passèrent devant en remontant la colline pour gagner le Splendido. Tenn avait payé le caboteur pour qu'il porte leurs bagages mais, lorsque la pente devint trop raide, Frank attrapa la lourde valise contenant la machine à écrire. Il n'aimait pas qu'un autre homme fasse pour lui ce qu'il pouvait faire lui-même, un homme qui aurait pu être lui s'il n'avait jamais quitté le New Jersey. Le Splendido avait d'abord été un *monastero*, leur apprit leur compagnon, et maintenant regardez, *che spettacolo*, c'est là que Clark Gable boit son brandy devant un panorama imprenable. Tenn, comme à son habitude, s'assit immédiatement au bureau tandis que Frank disposait leurs chemises de soirée sur des cintres et descendait leurs chaussures pour les faire cirer avant de prendre furtivement encore une heure pour dormir. Il n'avait jamais ressenti une telle fatigue en milieu d'après-midi, et il mit cela sur le compte de ses trente ans passés ; mais peut-être étaient-ce ses problèmes de poumons qui avaient déjà commencé – aucun médecin ne fut jamais capable de lui donner une réponse formelle à ce sujet. À son réveil, Tenn lui proposa un cachet. Il en avait autant que l'Italie avait de maisons sur l'eau. Mais Frank n'en prenait pas, pas à l'époque. À la place, il fuma une autre cigarette et paya le caboteur pour qu'il l'emmène de l'autre côté de la montagne, dans la baie de Paraggi, où il nagea pour retrouver ses forces et s'éclaircir les idées.

Ils n'aimaient pas beaucoup Truman, mais Frank ne le détestait pas autant que Tenn. Ou peut-être que ce dernier ne le détestait pas véritablement. C'était difficile d'être sûr avec Tenn. C'était un boulot à part entière que de garder en tête qui faisait l'objet de sa colère, qui était jaloux de lui, qui organisait des soirées auxquelles il avait envie d'aller et qui en proposait auxquelles ils n'iraient pas sous un prétexte qu'il lui faudrait inventer. Frank était officiellement le secrétaire de Tenn mais, même en tant que tel, il n'avait pas de raison d'être à Portofino autre que de passer à la fête de Truman, et il ne savait pas quand ils repartiraient. Frank ne savait pas grand-chose, lors de cet été 1953, et surtout pas combien de temps sa relation avec Tenn allait durer.

À cette époque, les concepts d'avance, de retard ou de ponctualité n'existaient pas pour eux. Ils allaient de lieu en lieu, comme sur un tapis volant. Femmes en robes aux couleurs électriques, hommes en smoking et nœud papillon de soie blanche. Cognac, cigares, vin. Le ciel d'un bleu turquoise même quand il était gris. Parce que Tenn n'avait pas le sens des horaires, des coordonnées et autres détails logistiques – et ne s'y intéressait pas –, il comptait sur Frank pour organiser leur journée dès le réveil, ainsi que les jours suivants, et même les jours précédents. Le dîner qu'ils avaient pris à Londres, Tenn jurait sur la tombe de sa mère Edwina qu'ils l'avaient pris à Chicago. La soirée en l'honneur de l'avant-première de *Doux oiseau de jeunesse* à Philadelphie se confondait dans sa tête avec celle donnée à New Haven pour *Camino Real*. La vie de Tennessee Williams était un *memory play*[1] où les souvenirs étaient tout embrouillés. C'étaient les corps dont il se souvenait, dont ils se souvenaient ensemble. Le sien et celui de Frank, le Gentleman du Sud et le Petit Cheval. Ceux de tous les Mario, de Key West à Marrakech. Pour tout ce qui touchait aux corps, ils avaient l'un en l'autre la confiance de deux frères d'armes.

---

1. Terme utilisé par Tennessee Williams pour décrire sa *Ménagerie de verre*, et qui désigne depuis toute pièce dont un personnage principal narre les événements tels qu'ils ont eu lieu dans ses souvenirs.

Au Delfino, Frank perdit Tenn de vue dès la première minute. Ce dernier ne pouvait pas entrer dans une pièce sans que quelqu'un se précipite pour l'entraîner au cœur d'un attroupement. Combien de fois Frank s'était-il tenu en bordure de la foule comme sur un rivage, à le regarder dériver de plus en plus loin, tête dansante sur les vagues qui se retournerait à peine pour chercher brièvement son regard ? Combien de fois Frank s'était-il retrouvé dans une pièce bondée comme celle-ci, à saluer les invités qui arrivaient en reconnaissant un visage vu dans un film ou les coulisses d'un théâtre ? Combien de fois ces gens, en entrant, avaient promené un regard à la ronde, vu Frank – personne – puis repéré quelqu'un d'important derrière lui et filé à l'étage ?

Un orchestre de cuivres se mit à jouer. Frank dansa avec une Française dont l'oncle regardait la piste, installé au bar. Les filles aimaient danser avec Frank, et lui avec elles ; il savait s'y prendre pour les faire virevolter, les rattraper et les renverser, et cette Française, elle arrivait à le suivre. Ce n'était pas toujours le cas, même parmi celles qui avaient reçu une éducation, mais danser avec les lourdaudes – les percherons, comme il les appelait –, même ça, valait mieux que danser avec un homme, ce que Tenn et lui ne faisaient de toute façon jamais, pas ensemble, en tout cas, pas même à Provincetown. Il voyait souvent le monde sous cet angle à l'époque : ce qu'il faisait avec Tenn, et ce qu'il avait fait avec des filles.

Ses mains se baladaient sans vergogne sur la Française – Martine – jusqu'à ce qu'il saisisse le regard meurtrier de son oncle. Il la laissa alors terminer sa pirouette dans les bras d'un autre homme puis apporta un whisky à l'oncle.

Celui-ci n'était pas mal non plus, s'avéra-t-il une fois ses traits décrispés et son regard radouci, et ils se retrouvèrent bientôt en train de discuter. Ils avaient tous deux fait la bataille de Guadalcanal et en échangèrent leurs récits respectifs en parlant fort pour se faire entendre par-dessus la musique. Lorsqu'il devint évident aux yeux de l'oncle qu'il n'y avait pas d'argent à espérer de Frank pour sa précieuse Martine, il s'en fut dans un nuage d'eau de Cologne aux odeurs de cuir. C'est à ce moment-là que Frank vit pour la première fois Jack Burns.

Il savait reconnaître un alcoolique lorsqu'il en voyait un. Quelques années plus tard, il aurait de bonnes raisons d'en devenir un lui-même, de rechercher désespérément cette mort lente et vaseuse. Ce soir-là, il n'avait envie que d'une cigarette et de l'air de la mer ; mais pour l'atteindre, il devait passer l'obstacle de l'ivrogne avachi contre le chambranle de l'entrée du Delfino. De l'autre bout de la pièce, dans la lumière tamisée par la fumée, avec l'orchestre qui jouait « Lazzarella », il aurait pu croire l'homme beau, mais alors qu'il quittait le bar pour s'avancer vers lui, son visage rose et bouffi, sa bouche aigrie, son corps pesant et inerte comme un sac de sable lui apparurent plus nettement. Il s'arrêta, le regarda droit dans les yeux et lui demanda s'il était sûr d'être au bon endroit.

« On n'est pas à Portofino ? »

Un homme apparut derrière lui et posa la main sur son épaule, pour le calmer ou le déclarer comme sien, ou les deux.

« Nous sommes là pour la fête à l'étage, dit-il à Frank en italien. C'est *privato*.

— La fête est là, au rez-de-chaussée et à l'étage »,

répliqua Frank en anglais, en gesticulant pour appuyer ses mots. Il parlait assez bien la langue maternelle de ses parents pour converser avec son interlocuteur, mais ne voyait pas de raison d'en faire l'effort. « Pas aussi *privato* que vous pourriez le croire. »

L'Italien murmura quelque chose à l'oreille de l'ivrogne, sans que cela ait le moindre effet sur son air renfrogné.

« Nous arrivons de *Firenze* », enchaîna-t-il en s'adressant de nouveau à Frank. Il lui tendit la main. « Je m'appelle Sandro. Et voici John Horne Burns. Le romancier. »

En une seule soirée à Portofino, Frank avait déjà rencontré Rex Harrison, l'acteur, embrassé sur la joue Daisy Fellowes, l'héritière, lorgné le compagnon pas si secret d'Arturo López Willshaw, le magnat chilien, et posé pour Cecil Beaton, le photographe. Il n'avait jamais entendu parler de John Horne Burns, le romancier. De ce qu'il en voyait, il doutait que quiconque le connaisse. Les soirées de Truman attiraient toutes sortes de parasites, de pique-assiette et d'anonymes rêvant de célébrité, même dans cette petite anse isolée à l'extrémité de la péninsule.

« Ravi de vous rencontrer, John Horne Burns le Romancier, dit Frank, plus par politesse envers Sandro que par affection pour le revêche bonhomme.

— Jack », répondit ce dernier.

Frank chercha Tenn du regard. S'il était déjà monté, il ne redescendrait pas avant des heures. C'était à l'étage qu'on trouvait les paillettes. Et plus particulièrement, derrière les portes closes des chambres. Tenn et lui avaient une fois passé une soirée entière sur l'énorme lit de Maureen Stapleton, vautrés avec elle sur le couvre-lit, leurs chaussures toujours aux pieds, à se partager un litre de vodka pendant que la fête qu'elle donnait battait son plein de l'autre côté de la porte et qu'une populace avide de paillettes martelait du poing en hurlant pour qu'ils lui ouvrent.

« *On meurt toujours seul*, ajouta Sandro. Le fameux roman de guerre. Une grande œuvre de fiction américaine. Et deux autres romans tout aussi excellents depuis.

— Arrête, grommela Jack.

— Super, dit Frank.

— Il est *modesto*, continua Sandro. Il travaille maintenant sur son excellent quatrième roman. Ce week-end, je le force à faire une pause. Je lui dis, va à la soirée de Truman Capote. Nous le rencontrons à *Firenze* en juin et la semaine dernière, nous recevons le télégramme avec cette adresse. Tout le monde en Italie connaît son livre alors je dis, prenons la voiture et allons voir le petit homme à la voix rigolote. Première fois que nous visitons *questo bel posto*.

— L'endroit grouille d'écrivains, dit Frank à Jack. Vous serez en bonne compagnie. Il y a Clare Boothe Luce là-bas. Jack Dunphy. » Il marqua un temps. « Tennessee Williams. »

Devant cet égrènement de noms prestigieux, Jack se contenta de lever les yeux au ciel avec dédain, en oscillant sur ses jambes.

« On entre ou quoi ? » demanda-t-il avant de se diriger vers le bar.

Sandro se tourna vers Frank.

« S'il vous plaît, excusez, dit-il. Il a des soucis avec son livre. C'est un grand homme. »

Puis il rejoignit précipitamment le grand homme en question.

Pour trouver une vue sur l'eau qui soit parfaitement dégagée, Frank suivit le trottoir de pierre qui longeait la courbe du port. La crique peu profonde était peuplée de yachts blancs illuminés de mille feux, dont les radios déversaient une musique nasillarde sur les ponts bondés. À Portofino en plein été, il n'y avait pas que Truman pour recevoir. Il était même possible que ces gens attroupés le long des bastingages, en train de bavarder ou de danser deux par deux, n'aient jamais entendu parler de Truman Capote ou de Tennessee Williams, et encore moins de John Horne Burns ; qu'ils n'aient jamais vu une pièce de théâtre, fini un livre ou assisté à un concert symphonique ; qu'ils soient riches sans être cultivés. Frank préférait encore être pauvre. Il aurait préféré peut-être même être mort.

Sur un des yachts les plus chics et les plus éloignés, une femme brune le salua de la main et, pendant le délicieux moment où il la prit pour Anna Magnani, son humeur s'égaya ; il leva le bras pour lui répondre ; mais ce n'était pas Anna du tout, bien sûr, juste une énième *signora* exubérante en robe de soirée, arborant un sourire trop grand pour son visage. Ils venaient de la quitter à Rome et même elle, dans son impétuosité, ne levait pas le camp du jour au lendemain comme ça, sans préparatifs, à moins d'avoir un nouvel amant ; et si ç'avait été le cas, elle aurait veillé à ce que Frank le sache. Il aurait aimé qu'elle soit là avec lui. À elle, il pouvait parler, et elle faisait au moins semblant de l'écouter avant de ramener la conversation sur elle. À Rome, elle les appelait à leur appartement tous les matins, dès le lever. « *Ciao*, disait-elle, déjà pressée. Quel est le programme, *ragazzi* ? » Frank oubliait souvent que c'était une actrice en pleine gloire et non pas une de ses sœurs qui vivaient à Peterstown, débordant de son soutien-gorge et lui pressant le visage entre ses mains quand elle avait besoin de lui faire entrer quelque chose dans le crâne.

Les immeubles du port rutilaient comme d'énormes boîtes à bijoux, roses, jaunes, orange. Les arcades longeant l'eau étaient éclairées de leurs propres lumières, formant de petites scènes où les gens se dressaient sur la pointe des pieds pour regarder à leur tour les bateaux et repérer peut-être des particuliers riches et célèbres. Frank pouvait avoir un appartement dans une de ces boîtes à bijoux, s'il le voulait. Voulait-il vivre dans une boîte à bijoux ? Voulait-il séjourner là, ailleurs ? Quel était le programme ?

Quoi qu'en pensent visiblement, à la façon dont ils le traitaient, la plupart des amis de Tenn, Frank était tout sauf un parasite. Un parasite gagnait-il sa croûte en jouant le rôle de secrétaire particulier, en tenant les comptes, en réservant les bateaux et en choisissant vestes et cravates ? Serrait-il le corps tremblant de Tenn contre le sien jusque tard dans la nuit pour tenir les démons à distance lorsque ce dernier, terrifié, ne trouvait pas le sommeil ? Le grand Tennessee Williams aurait-il dédié *La Rose tatouée*, sa plus belle œuvre, un véritable opéra, sa pièce d'amour, à un pique-assiette ? « À Frank, pour la Sicile », avait-il écrit, et cette dédicace resterait à jamais imprimée dans les librairies et les bibliothèques du monde entier.

Frank était trop jeune pour avoir presque trente et un ans. Son corps était encore ferme mais, à en juger par les hommes en maillot de bain, ou moins que ça, qu'il voyait dans tous les pays où l'emmenait Tenn, sur toutes ces plages, ces bancs de sauna, ces pelouses de parc, sa peau n'allait pas tarder à pendre sur ses jambes et ses bras, et son visage à se rider comme un pruneau. Qui voudrait de lui, alors ? Il n'avait pas d'argent à la banque. C'était Tenn qui lui payait son maigre salaire, lequel lui permettait à peine de tenir d'un mois sur l'autre. Certes, il avait aussi fait en sorte qu'il reçoive un gros pourcentage des droits d'exploitation de *La Rose tatouée*, à perpétuité, mais si Frank avait retenu quelque chose de leurs six années ensemble, c'était bien que les pièces de théâtre avaient les chevilles fragiles et que la perpétuité ne durait finalement pas si longtemps.

S'il restait à New York plus que quelques semaines de suite, il pourrait recommencer à passer des auditions. Il avait eu dix rôles de figurant au cinéma dans les années 1940, mais rien depuis qu'il avait rencontré Tenn. S'il en avait le cran, il pourrait faire appel à Tenn, Audrey Wood ou Kazan pour qu'ils lui ouvrent les portes de Broadway ou de Los Angeles. Il visait un premier rôle, mais se contenterait d'un rôle parlant, ou même d'un contrat dans une compagnie de danse ; quelque chose – n'importe quoi – qui lui permette de glisser un pied dans la place. Il n'était pas mauvais danseur. En 1949, il avait tout juste commencé le ballet. Il était nostalgique de la façon dont la danse lui électrisait et lui engourdissait le corps tout à la fois ; de l'impression de nager dans les airs, et du calme et de la limpidité de ses pensées lorsqu'il le faisait.

Il regarda autour de lui. Jeta son mégot dans l'eau. Seul dans l'obscurité de la jetée, face au port scintillant, il se dressa sur la pointe de ses mocassins blancs et écarta les bras. Tint la pose. Sa ceinture abdominale n'était pas aussi musclée qu'autrefois, mais ses jambes avaient la même force. Ses pectoraux tiraient sur les boutons de sa chemise. Il leva la tête vers le ciel, se reput de la vision des étoiles. Regretta de ne pas pouvoir se voir.

Lorsque je ne serai plus là, songea-t-il, Tenn aura l'embarras du choix. Il y avait toujours un intrigant, les yeux pleins d'étoiles et rêvant de célébrité, pour essayer de prendre sa place dans la lumière de Tenn. S'il pouvait, d'ici, se mettre sur la pointe des pieds et voir dans l'appartement de Truman, il était sûr d'en trouver un riant à gorge déployée à une des remarques narquoises de Tenn. « Oh, Mr. Williams, vous êtes impayable ! » disait à présent le garçon, avec un geste efféminé du poignet. La moitié des hommes qu'ils croisaient à ces soirées voulait être Tenn ; l'autre moitié voulait être Frank. La différence était que deux secondes après l'avoir rencontré, aucun d'eux ne se rappelait le nom de ce dernier. À quoi bon, se disaient-ils, il sera bientôt remplacé.

« Et vous, qu'est-ce que vous faites ? » lui avait demandé Jack Warner il y avait quatre étés de cela, presque jour pour jour.

Tenn l'avait amené à Los Angeles à l'occasion du tournage de *La Ménagerie*. Ils étaient amants depuis près d'un an.

« Je couche avec Mr. Williams », avait répondu Frank, en regardant le producteur stupéfait droit dans les yeux.

Il avait préparé cette réplique : si ce n'était pour Jack Warner, alors pour la prochaine personne qui lui poserait la question. Il avait voulu provoquer une réaction. Marquer les esprits. Il insinuait : oui, je fais ça, c'est vrai, et je le fais bien, mais je fais bien plus. Et là, il entendait parler affaires. Lorsqu'il répétait sa repartie, le sens lui en avait paru clair, mais elle n'avait pas été prise comme il l'espérait. Personne, et surtout pas Warner, n'y avait vu plus qu'un trait d'esprit. Tenn racontait l'anecdote à qui voulait l'entendre. C'était l'une de ses préférées. La semaine précédente, encore, dans la cuisine d'Anna, c'était revenu dans la conversation. Tenn s'était penché pour murmurer quelque chose à l'oreille de leur amie, et ils avaient tous les deux ri à en perdre haleine. Puis il avait assené à Frank une claque dans le dos en disant : « Pas vrai, chéri ? » Le geste l'avait réduit à la taille d'un chien. Mais Tenn et Anna avaient raison de rire. À part coucher avec Mr. Williams, qu'avait fait Frank Merlo de sa vie ?

Demain, il trouverait un plan d'action. Pour ce soir, il allait peut-être boire un verre, finalement. Voir comment Tenn s'en sortait à l'étage. Refaire un tour de piste avec Martine, lui pincer les fesses dans le prolongement d'un renversé, histoire de vraiment alarmer l'oncle. Frank aimait faire semblant. Jouer un rôle. Être l'objet des regards. Il allait en faire davantage dans ce sens, dès demain. Il avait encore une bonne dizaine d'années de jeunesse devant lui, estimait-il. Alors qu'ils redescendaient la colline pour aller à la fête, en début de soirée, Tenn avait évoqué l'idée de retourner à Rome dans les prochains mois, avant Barcelone, avant Tanger, pour se rendre sur le tournage de *Senso*, de Visconti. Ce dernier réalisait deux versions du film, une en italien et l'autre en anglais, et Tenn avait été engagé, avec Paul Bowles, pour écrire le script américain. Si, à la dernière minute, ils avaient besoin pour un rôle parlant d'un Italo-Américain chevalin, alors juste sous leur nez se trouverait le Petit Cheval, une aubaine, une révélation.

À l'intérieur du Delfino, la foule avait grossi. On pouvait repérer les touristes entrés sans invitation à leur tenue de jour, leur posture crispée de culpabilité et leurs regards furtifs. Ils prenaient une place précieuse dans le coin de la pièce et gloussaient de leur chance d'être là. Pourquoi n'y avait-il personne pour les mettre dehors ? Il était onze heures passées ; d'ici à minuit, la soirée n'aurait plus rien de sélect, et les parasites afflueraient de la *piazza*, attirés par l'odeur de l'argent. Si Frank avait la célébrité et la fortune de Truman, il exercerait un contrôle plus strict. Et viserait la qualité. Il inviterait Maria Callas à chanter pour eux, ne serait-ce que pour la voir enfin en personne. Il ferait de l'espace pour les danseurs avec lesquels il avait étudié à Manhattan. Les meilleures réceptions étaient celles qui ne lésinaient pas sur les divertissements.

Il monta l'escalier pour gagner l'appartement, qui aurait dû être maintenu plus *privato*, mais la porte était grande ouverte et la pièce tout aussi bondée. Les seuls visages qu'il reconnut étaient ceux de Jack, endormi dans un fauteuil à bascule, et de Sandro, la Sentinelle, debout à côté de lui, les mains dans les poches. Lorsque enfin il trouva Tenn, celui-ci était sur le seuil de la chambre de Truman, en train de parler à deux des femmes les plus blondes et les plus pâles que Frank ait jamais vues ; l'une d'elles tenait dans ses bras un bichon maltais de la taille d'un ballon de football.

« Ah, le voilà, le Cheval ! s'exclama Tenn en attrapant Frank par le coude. Et juste à temps ! Ces ravissantes dames me tiennent sous le charme de la plus délicieuse des anecdotes. Un scandale comme je n'en ai jamais entendu, et pourtant j'ai tout entendu. » Il les rapprocha tous trois de lui, avant d'ajouter à l'intention de Frankie : « L'une de ces femmes est la mère et l'autre, la fille. Je te mets au défi de me dire qui est qui. »

C'était évident, mais Frank secoua tout de même poliment la tête.

« Impossible », répondit-il avant de se présenter avec son sourire le plus grand et le plus étincelant, et un clin d'œil à l'adresse de la fille. Déjà, ces levrettes farouches et délicates, avec leur cou fin et nerveux, leurs yeux gris marbré de bleu et très écartés, le fascinaient lui aussi. Elles portaient la même robe droite irisée, le même tour de cou en perles, et la plus petite des deux (la mère) était perchée sur des talons hauts argentés qui l'amenaient à la taille exacte de sa fille. Leurs cheveux étaient tirés en arrière pour former la même coiffure à la mode, qui avait pour effet de tendre la peau de la mère presque assez pour cacher les signes révélateurs de l'âge. Une boucle de ceux de la fille s'était échappée et rebiquait sur sa tempe telle une antenne.

« Bitte Blomgren, dit la mère.

— Anja Blomgren, dit la fille.

— Et voici Maja », ajouta Bitte en soulevant le bichon maltais pour l'approcher des lèvres de Frank comme s'il avait demandé à l'embrasser.

Il lui gratouilla la nuque.

La présence de la chienne l'agaçait. Truman n'avait pas inclus dans son invitation Mr. Moon, leur bouledogue noir ; il en avait un lui-même, Bunky, qui à cet instant se promenait d'un pas dandinant au milieu de la foule, lustrant les chaussures avec sa bave. Bunky n'appréciait guère la compagnie des autres canidés, avait expliqué Truman au téléphone, particulièrement ceux de sa propre race, et

Frank avait donc été obligé d'abandonner Mr. Moon aux soins négligents d'Anna et à la compagnie de son méchant berger allemand. Qu'est-ce que ces reines des glaces avaient de si spécial, pour avoir eu le droit de faire entrer le leur ?

Il y avait quelques semaines de cela, était en train de raconter Bitte, elles étaient arrivées toutes les trois à Portofino, au terme d'un voyage qui les avait menées de Vienne, où elles logeaient dans l'appartement exigu d'une tante, aux sites touristiques de Paris et de la Loire puis chez elles à Malmö, pour s'installer chez un veuf à l'indécente et mystérieuse fortune qui s'était mis en tête de faire de Bitte sa troisième femme. Il avait établi mère et fille dans des chambres séparées au-dessus de la cuisine, dans l'aile est de sa villa. Lui-même dormait jusqu'à midi, en raison de son âge avancé, de ses bringues nocturnes ou d'un mélange des deux, mais les filles étaient des lève-tôt. Tous les matins, un pêcheur du coin, une brute au nez écrasé et aux avant-bras musclés ornés de cicatrices laissées par les hameçons, passait déposer la plus belle pièce de sa prise du jour dans la cuisine du veuf. De la terrasse qu'elles partageaient, Anja, alors qu'elle buvait un café en lisant un roman pendant que sa mère écrivait des cartes postales à l'intérieur, avait adressé au grand *beau laid** [1] un petit signe de la main alors qu'il remontait l'allée ; puis, une autre fois, Bitte, accoudée à la balustrade pour admirer la vue pendant qu'Anja prenait un bain, lui avait souhaité *buon giorno*. Les visites qu'il leur avait rendues par la suite dans leurs chambres respectives avaient été rapides, brutales

1. Tous les mots en italique suivis d'un astérisque sont en français dans la version originale.

et muettes. Elles n'avaient toujours pas réussi à déterminer laquelle d'entre elles avait couché avec lui la première. En fait, elles n'étaient même pas sûres encore qu'il ait eu conscience qu'elles étaient deux femmes différentes.

Elle laissait sa porte légèrement entrouverte pour qu'il la trouve dans son lit, feignant de se redresser dans un sursaut de surprise (Anja) ; ou bien, debout dans l'embrasure en peignoir de soie blanche, elle l'attrapait dans le couloir pour l'attirer dans sa chambre, et arrivait rarement jusqu'au lit (Bitte). Bitte racontait les détails avec un franc-parler plein de détachement : l'odeur saumâtre qui lui restait après sur la peau, son torse huileux et brûlé par le soleil couvert de poils noirs durs comme du fil de fer, les bottes crasseuses qu'il n'enlevait jamais. Ses mains calleuses qui saignaient parfois. Ses grognements bestiaux. Elle fanfaronnait. Essayait de les impressionner. Ce qui arrivait tout le temps en la présence de Tenn. Elle auditionnait. Frank ne croyait guère à son histoire, et surtout pas au fait que ce loup de mer insatiable n'arrivait pas à les différencier. Nous autres hommes, nous sommes de fins connaisseurs des corps, avait-il envie d'informer ces Blomgren. En quelque nombre que nous ayons goûté, ils sont aussi distincts à nos yeux que les différentes variétés de fleurs.

« Nos nouvelles amies font dans le local », fit Tenn à l'adresse de Frank.

Anja était restée silencieuse et parfaitement immobile pendant ce récit, gênée peut-être par la gaucherie de sa mère. Mais elle avait gardé la tête haute, regardant Frank et Tenn avec une rayonnante neutralité, et une sérénité rare chez les femmes de l'entourage de Tenn. Starlettes, agentes, parasites, mondaines, Mère Edwina et même la pauvre Rose Williams : Frank sentait toujours en elles, comme chez Tenn, une angoisse qui ronflait dans leur gorge comme un moteur. Celui-ci ne s'arrêtait jamais de tourner, altérant leur voix d'un trémolo que tout le monde hormis eux pouvait entendre. Cela maintenait Frank dans un état de vigilance permanent. À côté d'eux, il était aussi apaisant et doux qu'un jouet d'enfant. Il était l'homme vers qui ils se tournaient pour chercher le réconfort, ou se confesser, ou simplement se reposer. Était-ce parce qu'il n'avait pas de moteur, ou parce qu'il n'avait pas d'importance ? À moins que l'absence de moteur ne confirme son insignifiance ? Quoi qu'il en soit, Frank était du genre sur qui on pouvait compter, et il sentait qu'Anja aussi.

Le veuf ne faisait plus partie du tableau, d'après Bitte. Il avait mis ses invitées dehors lorsqu'il avait eu vent des visites du loup de mer. (Mais celui-ci avait-il continué à apporter du poisson ? se demanda Frank.) C'était la cuisinière, la fidèle cuisinière, qui les avait trahis. Puis les Blomgren s'étaient liées d'amitié avec Truman, qui leur avait trouvé un appartement en ville le temps qu'elles décident de la prochaine étape. L'argent allait finir par leur manquer, mais pas dans l'immédiat. Pour Bitte, la question la plus pressante était : *Qui serons-nous ?* Plus elles restaient longtemps hors de Suède, plus cette interrogation résonnait fortement dans ses rêves, et plus le champ des possibles s'élargissait. Personne ne les attendait à Malmö, et elle n'avait aucune envie de revoir la ville, surtout pendant les mois sombres. Anja était mannequin et aspirait à devenir actrice ; Bitte était artiste et aspirait à se marier. Pour elle-même, cette dernière voulait autant d'amour que d'argent, et par là elle entendait crouler dessous, se rouler dedans. Pour sa fille, elle voulait une célébrité à la mesure de son incroyable talent. Mais comment ? Où ? Elles pouvaient trouver une grande partie de ce qu'elles cherchaient en Italie, aux États-Unis sans aucun doute, et peut-être en Espagne ou dans le sud de la France, mais certainement pas en Suède, pas au degré qu'elles désiraient si désespérément.

« Notre pays est terne, terne, terne, déclara-t-elle. Pour vivre, nous avons besoin de lumière. Nous en sommes folles. »

Bitte parlait au nom d'Anja de la même façon que Tenn au nom de Rose, sa sœur lobotomisée, comme si Anja était trop délicate ou trop limitée pour choisir ses propres mots. Frank se demanda si c'était vraiment de lumière qu'Anja avait besoin, si quelqu'un lui avait posé la question, et ce que cela voulait dire exactement. Depuis une heure environ qu'il se tenait dans le coin à écouter la mère, en repoussant les parasites qui tentaient de s'introduire dans leur petit cercle fermé, les seuls mots qu'il avait entendu la fille prononcer étaient son nom.

Du moins jusqu'à ce que Bunky, le bouledogue choyé comme un prince par Truman, entre dans leur champ de vision à petits pas courts et pressés, le nez au sol pour ramasser les miettes d'un coup de langue, et que Maja saute brusquement des bras de Bitte pour aller lui dire bonjour. Cette boule de poils blancs tombée comme une bombe prit Bunky par surprise. Son premier réflexe fut de mordre. Maja, en bonne Blomgren, lui rendit la monnaie de sa pièce, mais elle n'était pas de taille. En un instant, Bunky se raidit, montra les dents et se jeta sur elle pour lui planter de nouveau les crocs dans le flanc. D'un seul geste, Bitte la ramassa et tourna le dos à Bunky pour s'enfuir en courant, traversant la pièce et dévalant l'escalier en étreignant la petite chienne qui gémissait, glapissait et maculait sa robe de sang.

Sandro se précipita et tomba à genoux.

« *Sono un veterinario!* » et « Je vais aider », s'écria-t-il en serrant délicatement Bunky, toujours furieux, contre lui et en détournant les yeux de la direction prise par Bitte et Maja.

« Pourquoi aider ce chien alors que c'est notre Maja qui est blessée ? » protesta Anja.

Mais à ce moment-là Truman apparut, hystérique, et poussa Sandro pour se jeter par terre à sa place. Il souleva Bunky à bout de bras pour l'examiner, en le retournant dans tous les sens. Il était si mince, si menu lui-même avec ses lunettes rondes, sa mèche qui lui retombait sur le front et ses bras qui s'agitaient comme des ailes maigrelettes. Proche des trente ans, il faisait pourtant beaucoup plus jeune que Frank ; un enfant dégingandé, d'un raffinement accompli, au cerveau d'extraterrestre.

« Où est-ce qu'elle t'a fait mal ? » demanda-t-il tendrement à Bunky, de cette voix improbable.

Il n'avait d'yeux et d'oreilles que pour l'animal, tout comme Frank et Tenn n'en auraient eu que pour Mr. Moon si ce dernier avait instigué pareille rixe, ce que bien sûr il n'aurait jamais fait.

« Il ne devrait pas avoir de séquelles, signor Capote, dit Sandro, debout à côté de lui. Il n'y a pas de plaie ouverte. Merci pour cette belle réception.

— Et on peut savoir qui vous êtes ? » répliqua Truman.

Sandro ouvrit la bouche pour répondre mais, avant qu'il ait pu le faire, Anja l'attrapa par le bras et l'entraîna à travers la pièce.

Pendant toute cette scène, Jack était resté inconscient dans son fauteuil.

Tout un assortiment de parasites jacassants s'accroupit à côté de Truman et Bunky, frottant le dos du premier, grattant les oreilles du second.

« On a tout vu, déclarèrent-ils. On est arrivés aussi vite qu'on a pu. Pauvre petit Bunky ! Pauvre Truman ! »

Frank et Tenn échangèrent un regard moqueur, en souriant. C'était toujours comme cela : après une soirée passée l'un sans l'autre, perdus dans un défilé d'inconnus et de connaissances grisées, ils se retrouvaient tard dans la nuit et s'effaçaient dans un coin, visages, lumières, musique et tintement des verres devenant un brouillard feutré autour d'eux. Un bref intermezzo, écrit juste pour eux. Très vite, quelqu'un venait les interrompre, pour entraîner Tenn à l'écart, inviter Frank à danser ; ou bien ils titubaient ensemble jusque chez eux, trop ivres et trop fatigués pour faire grand-chose à part s'affaler sur le lit tout habillés ; ou encore, ils se disputaient à propos de tel ou tel affront imaginaire et l'un d'eux, plus souvent Tenn ces derniers temps, partait en claquant la porte. Mais en attendant, pendant le bref intermède suivant leurs retrouvailles à la fin de ces soirées, ils s'accordaient mutuellement toute leur attention, jamais repus d'anecdotes, de baisers, de potins, et aussi fascinés qu'ils l'avaient été le soir de leur rencontre, sur la terrasse de l'Atlantic House à Provincetown ; leur redécouverte réciproque leur rappelant qui appartenait vraiment à qui, et la fausseté des dieux des paillettes autant que des démons de l'angoisse qui à cet instant même luttaient pour s'immiscer entre eux. Deux amants dont le regard se croisait à travers la pièce ; c'était du théâtre, oui, mais quelque chose d'autre aussi. La lumière dont parlait Bitte, peut-être.

Ce soir-là, ce fut Jack Burns qui s'interposa entre eux.

« Vous avez vu le type avec qui je suis arrivé ? Sandro ? » demanda-t-il à Frank.

Dormir l'avait un peu déssaoulé, mais il tenait encore mal sur ses jambes. Le passepoil du fauteuil avait imprimé sur sa joue un sillon rose vif.

« Il y a eu un peu d'animation, lui répondit Tenn. Ce dont la soirée avait désespérément besoin.

— Il est en train d'aider le chien d'une dame, ajouta Frank.

— Ça lui ressemble bien », fit amèrement Jack.

Ils l'entraînèrent à travers la foule puis dans l'étroit escalier, impatients de se débarrasser de lui mais souhaitant en même temps s'assurer qu'il n'allait pas créer des problèmes, et qu'il allait retrouver son... amant ? Mécène ? Ils devaient au moins cela à Truman. Mais Sandro et les Blomgren étaient introuvables. Le barman ne les avait pas vus. Martine et son « oncle », lequel avait la main au creux de son dos tandis qu'elle arquait le cou pour l'offrir à ses lèvres, se tenaient, l'air rêveur, au bord de la piste de danse. Le tromboniste, en pause cigarette, secoua la tête. La cuisine était plongée dans le noir. Seuls les pique-assiette, à l'affût comme toujours, eurent des réponses à donner : d'abord la vieille dame blonde était descendue en pleurant avec le petit chien, puis la plus jeune qui lui ressemblait et portait la même robe, accompagnée de l'homme en costume bleu aux cheveux bouclés, l'avait rejointe, calmée, et enfin tous trois étaient sortis en courant sur la *piazza* et regardez, les voilà, sur la plage.

Ils levèrent les yeux et, par les fenêtres du Delfino, ils virent Sandro qui tenait Maja au-dessus de l'eau. Debout sur le sable, Anja et Bitte le regardaient, l'une les bras tendus et l'autre les bras croisés. Il plongea Maja dans l'eau salée et l'y maintint enfoncée jusqu'au cou. Puis il l'enveloppa dans un grand tissu blanc – une nappe du restaurant, devina Frank – et la tendit à Bitte. Maja continua de pleurer, semblable à un monstre de foire nouveau-né en robe de baptême, pendant que Sandro l'essuyait et compressait ses plaies dans la lumière des projecteurs d'un yacht amarré. Il avait retroussé son pantalon jusqu'aux chevilles, mais sa chemise était trempée et lui collait à la peau. Il ressemblait à un pêcheur lui-même, sortant de la mer avec une curieuse prise.

On ne pouvait pas qualifier les bruits que faisait Maja d'aboiements ou même de gémissements ; ce qui s'échappait de sa gueule ressemblait davantage au chant lugubre d'une sirène qui savait la fin prochaine. Ce fut seulement lorsque Bitte la rendit à Sandro qu'elle se calma. Il la serra délicatement contre sa poitrine, prenant doucement sa joue dans sa main en coupe, et posa le menton sur sa tête. Peut-être s'endormit-elle immédiatement, bercée par les battements de son cœur. Lorsqu'il vit Jack approcher en compagnie de Frank et Tenn, il lui demanda : « Ça va ? », ce à quoi Jack repartit d'un haussement d'épaules en détournant le regard.

« Le petit monstre va survivre, chuchota Sandro avec un sourire à l'adresse des Suédoises. Mais apportez-la-moi demain matin. Dans mon sac, il y a des choses pour l'aider elle. Des trucs pas pour les chiens, mais pas dangereux pour les chiens. Ils enrayeront l'infection.

— Sandro et ses potions, fit Jack. C'est bien votre veine d'avoir rencontré un sorcier. »

Les deux femmes l'ignorèrent. Sandro dit que lorsqu'elles viendraient le voir le lendemain, il pourrait présenter Maja – en douceur – au chien de Jack, Lucky, qu'ils avaient laissé pour ce soir à la garde de la cuisinière dans leur petit hôtel plus haut sur la colline, dans la Via del Fondaco. Ils n'étaient là que pour une nuit. Dès le lendemain midi, ils avaient l'intention de reprendre la route pour gagner Marina di Cecina, où ils avaient loué un bungalow pour des vacances bien méritées. Ils étaient venus à Portofino sur un coup de tête, n'ayant décidé pour de bon de faire le détour que quelques minutes avant de prendre la route du nord à Livourne.

Lorsque Sandro rendit Maja à Bitte, elle se débattit en geignant pour regagner ses bras jusqu'à ce qu'il la reprenne. Sa petite poitrine palpitait sous la nappe blanche, ses yeux étaient ronds de frayeur. Bitte la regarda en penchant la tête d'un air méprisant.

« Nous lui donnons quelques minutes de plus, dit Sandro. Elle a encore très peur. »

Bitte s'éloigna en sortant une cigarette de quelque poche mystérieuse à l'intérieur de sa robe. Jack lui fournit le briquet. C'était une nuit sèche et sans vent et les vagues, au lieu de s'écraser sur le rivage, semblaient plutôt ondoyer en bruissant à leurs pieds avant de se retirer timidement, comme embarrassées de s'être montrées.

« Maligne, cette chienne, dit Anja à Frank. Elle voit un moyen de s'enfuir et elle tente le coup.

— Qui peut résister à une paire de bras musclés ? » répliqua Tenn. Il s'approcha de Frank par-derrière et lui pinça les biceps. « Ce n'est pas la seule bête maligne dans cette ménagerie.

— Elle a peur de votre mère, remarqua Frank.

— J'espérais les laisser toutes les deux ici avec le vieux signor Ricciardi, répondit Anja, en regardant Bitte enlever ses chaussures d'une main en maintenant sa cigarette de l'autre. Le pêcheur dont elle vous a parlé ? Vittorio ? Il n'était pas la maladie mais le symptôme, si vous voyez ce que je veux dire. Et il était d'abord à moi. »

Elle l'avait supplié de ne pas faire autant de bruit, leur raconta-t-elle, à présent que sa mère n'était plus à portée de voix. Elle avait été pleinement consciente de ce qui risquait de se passer s'ils étaient découverts. Si le pêcheur ne pouvait pas rester silencieux et faire vite, autant qu'il ne vienne pas la voir. Il aimait dire son nom, encore et encore, mais elle le lui avait interdit. Les premiers matins, il avait suivi ses instructions, mais ils avaient perdu la tête une ou deux fois, et ils avaient eu de la chance que personne ne les entende. Pour elle, il avait ôté ses bottes, même si c'était peu prudent et que cela leur faisait perdre un temps précieux. Ils minutaient les choses à la seconde près où Bitte entrait dans son long bain. Mais un jour, Bitte s'était levée tôt, ce qui ne lui ressemblait pas, et avait tout fichu en l'air. Elle avait vu Vittorio de sa terrasse et lui avait fait signe. Il avait compris son geste, et compris qu'elle était comme Anja mais pas Anja. Il n'était pas difficile. L'idée lui avait plu. Il devait avoir bien ri en en parlant avec ses amis. Mais pas avec Anja, pas en sa présence. Elle ne l'avait plus jamais reçu dans sa chambre.

Sa mère leur avait menti sur ce point. Ce n'avait pas été du partage, mais du vol. La maladie, pas le symptôme. Anja avait appris il y avait bien longtemps que Bitte fabriquait ses anecdotes de façon à se rendre plus intéressante qu'elle ne l'était, et que la contredire ou même clarifier ce qu'elle racontait était non seulement vain, mais ressenti par sa mère comme une trahison.

« Et vous l'aimiez, ce Vittorio ? » demanda Frank.

La question fit rire Anja.

« Quel âge avez-vous, *signor* ?

— Notre Frankie est un grand romantique de trente ans et demi, répondit Tenn à sa place en lui serrant tendrement les épaules. Un jeune homme au cœur d'écolier. »

C'était ainsi que la plupart des gens, et pas seulement Tenn, voyaient Frank à l'époque : un rêveur qui aimait s'amuser, un farceur aisément séduit par la promesse d'une belle fête – ce qu'il était – et un insouciant – ce qu'il n'était pas. Sincère et instinctivement honnête, il attendait la même chose des autres. Il s'interrogeait rarement sur leurs intentions. En conséquence, il avait été utilisé ; son cœur d'écolier avait été régulièrement brisé par des filles qui flairaient la faiblesse en lui. Il avait toujours été attiré par celles qui étaient dures et impénétrables comme Anja. Quand il en invitait une à sortir et qu'elle lui posait un lapin, il passait des heures à l'attendre, son ressentiment tournant rapidement à la peur qu'il ne lui soit arrivé quelque chose, puis à la conviction qu'il s'était trompé d'horaire ou d'endroit et, enfin, à la déception. S'il avait eu le talent nécessaire pour peindre un autoportrait, il se serait représenté en train de regarder par la fenêtre au moment où l'espoir laissait place à l'inquiétude sur son visage.

Bien qu'il déteste être déçu par les gens, il pardonnait facilement, sauf lorsque c'était à lui-même qu'il devait se pardonner pour avoir déçu quelqu'un d'autre. Alors il mettait un point d'honneur à ne décevoir personne. À toujours être d'accord. À dire oui à toute aventure, surtout si elle était de nature romantique. De tous les gens qui peuplaient sa vie, Tenn était le seul à savoir combien ces heures passées à la fenêtre, au fil de ses aventures amoureuses, lui faisaient crisper les poings. Lui seul savait que Frank était en permanence prêt à affronter le désastre, et à repousser quiconque se mettait en travers de son chemin. Il avait une fois dit que, certes, Frank était un petit cheval, le surnom correspondait à la forme de son corps, mais qu'il se demandait parfois si ce cheval n'était pas en porcelaine. Frank préférait ne pas se voir comme un cheval du tout, mais comme un instrument commun quoique de belle facture – une mandoline ou une *chitarra battente* – sculpté dans un bois dense et solide, un peu amoché à force d'être traîné par le ressac des nuits festives. Personne n'attendait grand-chose de cet objet ordinaire et cabossé. Mais quand on en jouait, quels sons agréables il produisait. Quel plaisir il apportait. Quel réconfort.

L'amour et l'affection, voilà ce que j'ai à offrir. Pour aussi bien les jours chauds que les jours froids, dans un monde où on est si seul, et où on a si froid[1], disait Alvaro Mangiacavallo, héros de *La Rose tatouée*, le premier rôle masculin que Tenn avait écrit en s'inspirant de Frank. Celui-ci avait-il dit quelque chose de ce genre à propos de lui-même, de leur relation, ou bien Tenn comprenait-il simplement sa raison d'être mieux que Frank lui-même ?

1. D'après la traduction de Paule de Beaumont.

Le contact des mains de Tenn sur ses épaules, là, sur le sable de Portofino, l'apaisait. Les muscles de son cou et du haut de son dos étaient comme des élastiques tendus, en permanence, au point de claquer. Parfois – en soirée, lors d'une promenade, ou même à la table du petit déjeuner en face de Tenn ou d'Anna – il se rendait brusquement compte qu'il avait les épaules toutes crispées et prenait conscience, à nouveau, que cela faisait des heures, des jours, des années qu'il vivait ainsi. L'acte de détendre ses muscles était alors comme l'annonce d'une très bonne nouvelle : ses poumons s'emplissaient d'air nourricier, ses yeux se fermaient de délicieux soulagement ; mais quelques instants plus tard, les élastiques se retendaient. Il ne se considérait pas comme quelqu'un d'angoissé ; il était simplement *sur le qui-vive*. Quelque chose de terrible pouvait arriver à tout moment, et pour cette inéluctable catastrophe, il fallait qu'il soit prêt.

« Vois-tu, Frank, continua Tenn, les Scandinaves vieillissent plus vite que les hommes et femmes des pays brûlés par le soleil. La différence se compte en années de chien. Jusqu'à quel âge avez-vous été romantique, miss Blomgren ?... Dix ans ?

— Quatorze, répondit-elle rapidement.

— Qu'est-ce qui s'est passé quand vous aviez quatorze ans ? » demanda Frank.

Elle cligna des yeux.

« La voilà », dit-elle alors que Bitte les rejoignait.

Il était minuit passé depuis longtemps, et la foule continuait d'affluer sur la place depuis les rues en amont. De ce point de vue, Portofino ressemblait aux dizaines d'autres ports où Tenn avait amené Frank lors de leurs longs séjours estivaux en Italie. Les gens restaient debout à manger leurs cornets de glace en échangeant des plaisanteries, en flirtant et en se balançant au rythme de la musique. De temps en temps, une explosion de feux d'artifice envahissait le ciel au-dessus de la marina, les faisant sursauter. Une voiture surgie de nulle part traversait la place en klaxonnant, son conducteur furieux hurlant et agitant le bras par la fenêtre. Puis, lorsque les cendres du feu d'artifice s'éparpillaient au vent, que l'odeur d'œuf se dissipait et que les radios des yachts s'éteignaient, les gens remontaient en titubant les pentes raides, par petits groupes : couples, hommes se tenant par la taille, bandes d'amis, emplissant l'air de chansons, d'exclamations et de rires qui ricochaient sur la pierre en échos creux. Les guirlandes d'ampoules colorées pendues aux réverbères s'estompaient dans la brume. Elles restaient allumées jusqu'à l'aube, moment où les hommes venus installer les étals de fruits, de poissons et de fleurs les débranchaient, le soleil dissipait le brouillard et les bateaux reprenaient du service. Les choses étaient exactement comme ça la nuit où tous six, accompagnés de la chienne remise sur pattes, traversèrent la place pour aller dans un bar sans nom prendre un dernier verre dont aucun d'eux n'avait besoin, et restèrent si longtemps à parler, rêver, faire des projets – le dernier verre en devenant bientôt trois, quatre – que le propriétaire, à qui Tenn avait donné une poignée de lires pour qu'il ne les mette pas dehors, s'endormit dans un fauteuil en attendant qu'ils se libèrent mutuellement. Lorsqu'ils émergèrent de l'établissement en plissant les paupières, c'était le deuxième jour d'août 1953.

Il y avait de cela dix ans.

Jack était mort maintenant, bien sûr, et Sandro menait une vie confortable, irréprochable et hors d'atteinte dans quelque ville de montagne en Toscane. La lettre la plus récente d'Anja était arrivée de Madrid, où elle tournait un film. Elle ne pouvait pas venir à New York avant l'automne, écrivait-elle, mais Frank serait sûrement sorti de l'hôpital bien avant ça ; les traitements au cobalt allaient marcher, cette fois. Elle avait joint un Polaroid pris lors d'un récent tournage à Marrakech : la tête enveloppée d'un de ces voiles musulmans, l'air blasé et triomphant sur le dos d'un chameau. Elle insistait pour le voir – « Et Tenn ? » – en Espagne au moment des fêtes. Elle aimait tellement Madrid qu'elle s'y était acheté un appartement occupant tout un étage d'un immeuble délabré de la Latina, bien qu'elle y passe rarement plus de quelques nuits à la suite. Parfois, Frank se voyait faire de cet appartement, qu'il ne connaissait que par les descriptions exubérantes qu'en avait faites Anja, sa prochaine résidence : les murs penchés en stuc jaune beurre, les hautes fenêtres débordant de fleurs, le balcon en fer forgé qui donnait sur les rues étroites et oppressées de la Plaza de San Andrés. Il parcourrait ces rues le soir pour se rendre à ses réunions nocturnes de résistants. Il fournirait de l'assistance aux artistes. Il blanchirait de l'argent, ferait de la contrebande d'armes, tout ce que le Mouvement jugerait nécessaire. Dans cette prochaine vie, son potentiel serait mis à profit.

Il posa la photo sur la petite table, à côté des vases de fleurs. Avec ce qui lui restait de force pour la journée, il retourna une page de la lettre et griffonna *Viens maintenant s'il te plaît, j'ai besoin de toi* au verso, un mot par ligne, comme la demande de rançon d'un fou. Puis il la remit dans l'enveloppe, referma celle-ci avec un peu de salive et ce qui restait de colle, écrivit dessus RETOUR À L'ENVOYEUR et la tendit à l'infirmière. La suite de la journée contint mille heures de vide et il dormit. Il n'avait aucun mal à s'assoupir, mais il se réveillait souvent et n'arrivait pas à rêver. Les autres occupants du service, avec leurs cris soudains et leurs gargouillements étranglés, le retenaient dans les hauts-fonds du sommeil. Mais ils ne le dérangeaient pas. Leurs corps, leurs voix, leurs souffles lui tenaient compagnie, comme à l'époque où il était dans la marine. On n'aurait pu le convaincre qu'il n'était pas de retour avec son escadre, qu'ils n'allaient pas prendre la mer à la première heure le lendemain. *Arrête de faire le pitre, Merlo*, disait l'un. Nicky ? *Dors un peu. On a besoin de tes jambes.*

Lorsque l'infirmière de nuit le réveilla, elle lui dit qu'il avait eu plusieurs visiteurs : Al et Dan, sa sœur Connie, le prêtre. Il y avait toujours un prêtre. Inlassable comme un charognard. Il reviendrait. Les autres aussi. Vivien Leigh, qui avait organisé une fête en son honneur quelques semaines plus tôt. Irene Selznick était passée déposer une coûteuse boîte de bonbons. Quelqu'un d'autre avait appelé au téléphone, ajouta l'infirmière, mais n'avait laissé ni nom ni message.

« Homme ou femme ? demanda Frank.

— Femme.

— Femme », répéta-t-il.

Qu'est-ce que c'était, cette fois ? se demanda-t-il. Un problème de mise en scène ? Une diva du cinéma qui piquait une crise ? Est-ce que son précieux Angel faisait une lecture d'un recueil de poèmes ? Non, Tenn avait renvoyé Angel à Key West. Cette fois, c'était l'avant-première du *Train de l'aube ne s'arrête plus ici*, en Virginie. Frank remonta les draps jusqu'à son menton et se tourna sur le côté, la pression de ses côtes sur le matelas lui arrachant une grimace. L'ombre de l'infirmière disparut du mur. Il appuya sur le bouton pour la faire revenir. Il avait besoin d'une couverture. De deux couvertures, et d'oxygène. Chaque frisson refermait plus durement l'étau sur les os douloureux de sa cage thoracique. Il sentait la nécrose sur ses lèvres, craquelées et d'un bleu de glace. Il appuya de nouveau sur le bouton. Cet endroit ne pouvait pas le retenir. Il irait en Espagne. Anja viendrait l'aider à s'évader.

Tenn s'était souvent gentiment moqué de la propension de Frank à rêvasser, à se perdre en contemplations extasiées, à toujours sauter les étapes pour arriver au *happy end*, un *happy end* différent à chaque fois. Même cette nuit-là, à Portofino, dans le bar sans nom, ivre comme un Cosaque, il avait déclaré à leurs nouveaux amis, avec fierté : *Il y a des roses tatouées dans les yeux de mon Frankie.* Et il avait raison. Pas un seul instant Frank n'avait ressenti la crainte que connaissait Tenn – que connaissaient la plupart des hommes : celle de mourir seul. C'était marrant comment les choses avaient tourné, pas vrai, Tenn ? N'était-ce pas presque marrant ?

2

La muse en hiver

Trente ans : cela fait trente ans qu'Anja vit dans cette ville. Mais maintenant qu'il est mort, elle n'en reconnaît pas le visage. À l'abri dans le train, derrière la fenêtre au vitrage épais, elle recule devant sa bouche tordue, ses yeux torves. Lorsqu'elle pose le pied sur le quai, la ville semble détourner le regard en signe de récrimination. Tramer quelque chose. Être en embuscade. Anja s'excuserait ou se confesserait si elle avait des raisons de le faire, mais elle n'en a pas. Que dit le vieil adage ? Le cœur n'obéit à personne. Elle l'aimait, mais elle n'a jamais aimé l'endroit où il l'a amenée.

Elle monte la colline pour gagner la maison où ils vivaient ensemble. Elle revient d'un rendez-vous à l'université, laquelle a récupéré le reste des documents qu'il a laissés derrière lui. Dans son sac se trouve une lettre, écrite sur du papier épais et signée par le président du conseil d'administration, expliquant les termes de la transaction. Il a fallu trois semaines pour mettre en cartons ses effets personnels, et il ne reste plus désormais de lui dans leur maison que ses livres. Ses vêtements sont allés à une association de bienfaisance, et les quelques lettres et photos qu'il avait gardées, parce que Anja avait insisté, à sa fille à Leiden. Pieter Meisner était un homme entièrement dénué de sentimentalité et elle, à défaut d'être sa femme, était la compagne de son esprit. Privés de sa présence physique, ni elle ni leur domicile n'ont subi de changement substantiel. La maison n'avait aucun droit sur son corps, et ne remarque donc pas l'absence de son haleine, de ses excrétions ou du toucher tremblant de ses doigts. Ce qui leur manque, c'est son redoutable cerveau, ce générateur qui ronronnait nuit et jour, émettant ses flux vibrants et invisibles. Elle aussi vibrait, et lui renvoyait ses propres ondes ; même en dormant, ils se bombardaient mutuellement d'énergie. Le matin, au réveil, ils vrombissaient déjà.

Comme elle se sent éteinte désormais.

Mais la ville. La ville le pleure tout entier et, abandonnant ses efforts sans enthousiasme pour la courtiser, a opté pour une croisade vengeresse. Les bâtiments de brique entre lesquels elle passe en remontant la colline se rapprochent rageusement les uns des autres. Si elle n'accélère pas le pas pour atteindre la place au bout de la rue, les murs vont finir par l'étouffer. Déjà, elle a glissé une fois et est tombée sur les pavés, renversant son sac d'oranges dans la neige brûlante, où elles ont grésillé et écumé jusqu'à ce qu'elle se redresse en chancelant et les remette dans le sac. Elle continue sa route d'un pas hâtif, les yeux fixés sur la large place, implorant humblement, silencieusement, la protection des chiens, des nounous jamaïcaines et des enfants hurlants dont elles s'occupent, mais ils ne peuvent pas entendre son appel. Elle n'est qu'une vieille Blanche riche en train de porter ses courses dans un quartier plein de vieilles Blanches riches livrées à leurs occupations.

Le peu de paix qu'a connu Anja dans sa vie, elle ne l'a trouvé qu'en deux types de circonstances : au milieu de la foule, ou avec lui. Toute autre situation – tout cet entre-deux – la tourmente depuis que l'Italie lui a donné le jour. Maintenant, elle redoute le tête-à-tête : être assise en face de n'importe qui d'autre que lui, une femme surtout, la main prise dans l'étau moite de la sienne, assiégée, drainée par l'expression implorante de son visage. Tout aussi terrifiant est le groupe de trois, où il faut négocier les virages de la conversation, l'orienter de tel ou tel côté, essayer de veiller à ce que personne ne se retrouve trop longtemps exclu. À choisir, qu'on lui donne un plateau de tournage ou une scène. Un public d'inconnus anonymes et enthousiastes qui boivent ses paroles. Ou, ce qu'elle préfère par-dessus tout ces jours-ci, qu'on lui donne son appartement vide – deux rues après la place, puis une au nord, bientôt arrivée, bientôt arrivée – où, à défaut d'être admirée, elle sera, à tout le moins, en sécurité.

Elle voit le jeune homme assis sur son perron dès qu'elle tourne au coin de la rue, avant qu'il ne la repère. Il se lève à son approche.

« Vous êtes Anja Bloom ? » demande-t-il.

Sans le regarder dans les yeux, elle pose ses courses et cherche un stylo dans son sac.

« Vous avez quelque chose à me faire signer ? »

Rien que pour cette raison, elle aurait dû exiger que son nom ne soit pas cité dans les journaux après la mort de Pieter. Apparemment, cela n'a pas suffi de répondre personnellement aux lettres que son agent lui fait parvenir tous les trimestres, de dédicacer portraits et photos de films, de, une fois, dans un rare élan de sentimentalité, se rendre à l'hôpital de l'autre côté de la colline pour exaucer le dernier vœu d'un homme d'une cinquantaine d'années qui dépérissait dans son lit. À présent, parce qu'elle a eu la faiblesse de ne pas croire que Pieter mourrait un jour, et n'était absolument pas préparée aux conséquences de son décès, elle va être obligée de recevoir devant chez elle acteurs, étudiants en cinéma et toutes autres sortes de curieux en manque d'attention, jusqu'à ce qu'elle décide de la prochaine, et dernière, ville où elle vivra.

Mais ce jeune homme ne lui présente pas d'affiche de théâtre jaunissante, ni de photo sur papier brillant vieille de plusieurs dizaines d'années, achetée dans une de ces boutiques rétro au pied de la colline.

« Je ne suis pas un fan ordinaire », répond-il avec une attitude et une émotion qu'elle reconnaît mais n'arrive pas à situer complètement.

Tout ce qu'elle parvient à identifier, c'est la marque caractéristique de l'Italien : une impériosité assurée mais empreinte de honte.

« *Le mie condoglienze per la perdita di suo marito* », ajoute-t-il avec une consciencieuse gravité.

Pas Sicilien, c'est sûr. Florentin, peut-être. Instruit. Ou alors, un habile imposteur.

« Concubin, le reprend-elle en étudiant son visage.

— Mon père était Sandro Nencini, continue-t-il en anglais. C'est aussi comme cela que je m'appelle. »

L'arbre solitaire dans le petit jardin à l'avant de sa maison la menace de ses poings. Elle ramasse son sac de provisions et le met dans les bras du jeune homme sans lui demander son avis.

« On peut parler à l'intérieur », déclare-t-elle.

Et dès qu'ils sont entrés, elle referme vivement la porte et tourne le verrou. Prend une profonde inspiration. Là, enfin, dans la cage d'escalier, dos au mur solide, elle peut boire à grands traits l'air frais et vivifiant.

Les bottes de son visiteur dégoulinent de sel noir sur le tapis du salon.

« S'il vous plaît », dit-elle en lui indiquant de les enlever.

Les fenêtres qui donnent à l'ouest le baignent de lumière. Ses grands pieds disgracieux, emmitouflés de plusieurs paires de chaussettes en laine multicolores, contrastent avec son corps svelte. Il enlève son écharpe, révélant une mutation agréable du visage de son père, adoucie par un nez moins aquilin et des pommettes moins saillantes. Sa mère devait être une fille de la campagne, ronde, gentille et aimante. Probablement contre l'avis de celle-ci, il s'est paré d'une barbe et d'une moustache, et des longs cheveux féminisants pour lesquels les jeunes étudiants en cinéma ont une prédilection depuis l'époque d'Anja elle-même.

Il est vraiment désolé de la déranger, dit-il, en s'asseyant sans y être invité dans le fauteuil en cuir de Pieter. La dernière chose qu'il a envie de faire est de l'importuner dans son deuil, surtout compte tenu de sa survenue encore si fraîche, mais il est là parce qu'il espère pouvoir lui être de quelque réconfort, ou au moins lui fournir une distraction agréable, peut-être même une occasion de se remémorer ce qu'il appelle – apparemment sans être gêné d'employer ce lieu commun – « le bon vieux temps ». En voyant le nom d'Anja Bloom dans la notice nécrologique du professeur Meisner, explique-t-il, il n'a pas pu se retenir de saisir cette chance de la rencontrer en personne. Qui se serait attendu à trouver pareil nom à pareil endroit, cité dans le récit de la vie du grand astronome avec autant de détachement et de désinvolture que s'il s'était agi de l'une de ses lointaines étoiles ? Mais bien sûr, ajoute-t-il – une remarque qu'il a dû formuler à l'avance –, elle était l'une des étoiles de Meisner, elle aussi. Est-ce qu'on le lui disait tout le temps ?

Autrefois, oui.

« Non, répond-elle.

— Ça vous dérange de parler de lui ? De votre vie avant lui ?

— Ce qui me dérange, ce sont vos questions de télévision », répond-elle froidement, bien qu'elle l'apprécie, et qu'elle l'ait immédiatement apprécié, même après qu'il lui a dit son nom. Les Italiens ont toujours réussi à lui plaire sans effort. (Si cette ville était italienne, elle aurait été sous son charme dès le début.) Il est évident qu'il se sert du lien de son père avec elle pour profiter de ses conseils et de ses enseignements, alors autant démarrer la leçon tout de suite. « C'est à la télévision qu'on dit "le bon vieux temps", explique-t-elle. Ou dans *People*. Le cinéaste sérieux ne laisse pas un concept aussi sentimental pénétrer ses pensées. Il méprise la sentimentalité. La nostalgie est son ennemie mortelle. Ce qu'il recherche, c'est la dissonance, la friction, le désaccord entre tête et cœur. Pas les liens. Les spectateurs établissent ces derniers s'ils le souhaitent. »

En d'autres termes : retour à la case départ. Et pourtant le garçon ne semble prêter aucune attention à sa leçon. Ses films seront mauvais.

« Je suis en troisième cycle de neurosciences, *signora*, l'interrompt-il, d'un air contrit. Dans la partie médicale. J'ai vu beaucoup de vos films – la plupart, je crois, ceux qui sont sortis au cinéma. La médiathèque en possède une grande collection, également, certains même sous forme de bobines ; mais les films ne sont pas mon domaine. J'ai beaucoup de respect pour eux, bien sûr, pour le travail que vous faites. Le travail artistique. L'art cinématographique. Et pour les contributions de votre mari à sa discipline.

— Votre père était médecin, dit-elle, non parce qu'elle pense lui apprendre quelque chose, mais parce que ça vient de lui revenir.

— Oui, en effet. Vétérinaire. Mais il aidait aussi les gens, pour les affections pas trop graves. Fièvres, asthme. Il faisait des ordonnances et réduisait des fractures. Il savait même soigner les dents. Les dernières années de sa vie, il tenait aussi une petite boutique d'antiquités. Ma mère avait l'habitude de dire en plaisantant : "Je ne m'inquiète pas quand je vois arriver les jeunettes. Ton père n'aime que ce qui est vieux et cassé." »

Elle regarde le garçon plus attentivement : la peau lisse au coin de ses yeux, le léger fard de l'acné sur ses joues.

« Il a dû vous avoir quand il était très vieux.

— C'est très vieux, soixante-deux ans ? » demande-t-il, et elle voit le sourire de Sandro revenir jusqu'à elle de Portofino en 1953 ; le sourire du médecin, de l'amant velléitaire, du meurtrier. Soixante ans, et pourtant elle le reconnaît. Que sait le garçon du passé de son père ? « Lorsqu'il est mort, j'avais dix-sept ans, poursuit-il. Il s'est endormi après le déjeuner et ne s'est jamais réveillé. Le téléphone a sonné, une urgence à la clinique, et ma sœur a essayé de le réveiller. Ma mère et moi étions sur la terrasse en train de fumer quand nous l'avons entendue hurler. Il n'aimait pas que nous fumions. Tous les jours, nous attendions qu'il s'endorme pour nous asseoir dehors avec un paquet d'Embassy et discuter des gens du quartier, des filles de mon école et de ce que ma vie allait être. »

Bien qu'elle le sache déjà à son haleine, elle lui demande : « Vous fumez toujours ? » Et quand il hoche la tête, elle sort de son sac un paquet de Camel. « Je vais me joindre à vous.

— À l'intérieur ?

— Pourquoi pas ? »

Elle actionne le briquet et inhale sa première bouffée riche et terreuse, plus délicieuse encore que la pureté de l'air de l'escalier, de ce poison que son corps réclame. Elle a cessé de prendre soin de ce dernier. Elle veut le punir de continuer à fonctionner si obstinément, comme pour l'embêter.

« J'aimerais arrêter », dit Sandro, sans arrêter.

Avant la mort de son père, lui explique-t-il, il ne s'intéressait absolument pas à la médecine. Il était déjà à la dérive. Son boulot après l'école consistait à faire des livraisons pour un ami de la famille qui était fleuriste. À la fin de ses études, il avait l'intention de travailler pour lui à plein temps. Sa seule ambition, si on pouvait parler d'ambition, c'était d'ouvrir une deuxième boutique de fleurs dans la ville voisine, ou d'attendre la mort dudit ami, qui n'avait pas d'enfants, pour reprendre son fonds de commerce sous son propre nom. Mais le jour où son père est décédé, continue-t-il, c'est comme si quelqu'un avait appuyé sur un interrupteur. Les antiquités ne l'avaient jamais tenté ; c'était le potentiel de la vie, ce qu'on pouvait en *faire*, ce qu'on pouvait en tirer de *plus*, qui était brusquement devenu l'énigme à résoudre pour lui. La coquille de la vie, ce qui avait été fait et ne pouvait plus être défait – il parlait de l'histoire, des figurines ébréchées, des horloges à pendule et des dentelles faites main – avait de l'importance mais, pour lui, aucun charme.

« Laissez-moi deviner, alors », répond Anja. Elle n'a pas besoin d'en entendre davantage. « Vous avez découvert que votre vocation était de sauver les gens. De les aider. De leur donner ce potentiel de vie dont vous parlez. Pour qu'ils ne meurent pas avant leur heure, comme votre père. »

Elle a déjà entendu cette histoire, ou des variantes de celle-ci, des centaines de fois : une histoire individuelle qui lui a été présentée comme singulière, comme une invention originale. Elle rêve d'en entendre une nouvelle, d'être convaincue par quelqu'un que sa vie n'a pas déjà été vécue par des milliers d'hommes exactement comme lui dans les années qui viennent de s'écouler. Elle rêve d'être surprise. C'est l'une des nombreuses raisons pour lesquelles elle a arrêté de faire des films : dès la première page du script, elle connaît non seulement la fin, mais aussi le milieu, la musique et les personnages secondaires. Il y a toujours une mère, et toujours un lit sur lequel un être cher a rendu le dernier soupir. Il y a toujours une décision contre laquelle on lutte avant de l'accepter. Il y a toujours un moment de prise d'indépendance.

« C'est de la raison de télévision, ça, non ? » réplique-t-il, et le sourire de Sandro réapparaît, mais cette fois accompagné d'un geste pour ramener ses cheveux derrière ses oreilles.

Un visage aimable, encadré de douces ondulations, ne suffira pas à t'obtenir ce que tu veux, pourrait-elle le prévenir. Ni le charme. Ni la jeunesse, et les privilèges de ton sexe. Ni ces yeux. Si elle était cruelle, elle dirait : tu n'auras pas la chance qu'il a eue, de mourir en paix dans ton lit après des années de péchés, ton épouse campagnarde et tes enfants dévoués marchant sur la pointe des pieds dans la maison par égard pour ton sommeil. Les Parques sont moins clémentes désormais. Le siècle a eu raison d'elles.

« Aider les gens n'était pas ma vocation, continue-t-il. Je ne sais pas si j'en avais une. Je sais seulement que la lumière s'est allumée en moi. Mais mon éducation prend du temps. J'avais à peine fait un an d'études à l'université de Pérouse que ma mère est tombée malade. Cancer du poumon. Encore une raison d'arrêter de fumer. Elle est vite décédée, mais pas assez vite pour s'épargner d'horribles souffrances. C'est son argent qui m'a permis de venir en Amérique. Ici, j'ai de meilleures chances. Le système universitaire italien... (Il agite la main comme pour chasser une mouche.) Il est encore plein de superstition. Les sciences dures y passent au second plan. Je veux être à la pointe de la recherche, comme on dit. Si on ne peut pas être à la pointe, à quoi bon ? Autant ouvrir une boutique de fleuriste. Faire des films pour Hollywood, et pas comme ceux en noir et blanc qu'on étudie en école de cinéma. » Il se tient le dos droit contre le dossier du fauteuil. « Puis-je vous demander de deviner ce que j'ai choisi comme spécialité ?

— Pourquoi ? Je vais être surprise ? »

Il hausse les épaules.

« Cela m'intéresse de savoir ce que vous pensez que j'ai pu choisir d'étudier. J'ai l'impression que vous me connaissez, et que je vous connais. Est-ce étrange ? Tout ce que j'ai, ce sont des photos de vous, quelques lettres de mon père où votre nom est mentionné, et cette petite heure – pour l'instant – de conversation. » Il ramasse son sac à dos, comme s'il s'apprêtait à en sortir les souvenirs qu'il vient de citer. Mais il se contente de le poser sur ses genoux. « Et vos films, bien sûr. J'en ai vu plus que je ne l'ai prétendu. Mon préféré est *Écho*.

— Votre impression d'un lien entre nous – si nous pouvons convenir de ce mot – s'explique donc, répond Anja. Vous m'avez regardée à l'écran. Vous avez vu mon corps sans vêtements, une version de celui-ci du moins, sous son jour le plus avantageux. Vous m'avez regardée vivre de nombreuses vies et mourir à chaque fois. Avez-vous remarqué que je mourais dans tous les films que j'ai tournés avec Martin Hovland ? C'était une plaisanterie, presque, entre nous. Pour Hovland, il n'y avait pas de mort paisible. Votre grand-mère qui a rendu l'âme avec grâce, en tenant votre main, intérieurement, elle hurlait. Interpréter les choses autrement à l'écran revenait à perpétuer un mythe malhonnête. Et donc j'ai hurlé, je me suis débattue, et j'ai reçu des récompenses pour la peine que je m'étais donnée. Je peux vous montrer des piles entières de lettres que m'ont écrites des hommes et des femmes prétendant me connaître mieux que je ne me connais moi-même, juste à ma façon de hurler et de me débattre. Mon chœur de tragédie grecque, avec ses conseils mal informés et non sollicités, essayant de me convaincre que lui seul voyait ce que la caméra de Hovland ne filmait pas. C'est là votre lien avec moi, Sandro ; il a une logique, mais reste une illusion. Mon lien avec vous, en revanche – vous dites : "J'ai l'impression que vous me connaissez" – n'a aucune logique. Il est purement fantasmé.

— Je ne sais pas ce que ce mot veut dire.

— C'est le fruit de votre imagination. »

Le jeune homme réfléchit.

« Peut-être, reprend-il. Mais je l'ai senti dès l'instant

où vous avez reconnu mon père en moi. J'étais nerveux de venir ici, et de vous montrer les choses que j'ai à vous montrer. » Il retourne le sac sur ses genoux. « Mais dès que vous avez vu le visage de Papa dans le mien, ma nervosité a disparu.

— Parce que vous êtes homosexuel, vous aussi ? »

Sans hésitation, il répond :

« Ça, c'est un mot que je connais. » Il sourit, en soutenant son regard. « Mais ce n'est pas celui que j'utilise.

— Lequel utilisez-vous ?

— On dit *queer* maintenant, *signora*.

— On disait déjà *queer* à l'époque. »

Il la regarde d'un air perplexe, qui n'est peut-être pas feint. Anja a toujours eu du mal à faire la différence entre la naïveté sincère et celle qu'on projette pour gagner du temps ou forcer l'autre à montrer ses cartes. C'est une stratégie qui convient mieux aux jeunes, mais la plupart des gens mettent trop longtemps à la parfaire, et lorsque enfin ils s'en servent, elle n'est plus aussi efficace.

« Il me semblait qu'à cette époque, il n'y avait pas de mots du tout pour nous », répond-il.

Il est possible que le jeune Sandro ait raison, songe Anja : que le temps qu'elle a passé en Italie se soit écoulé avant l'avènement du langage. Ces années sont bien silencieuses maintenant, il est vrai. Elle n'envie pas cette génération du vingt et unième siècle, le poids des voix et des images qu'ils trimballent partout, à portée de doigt. Pourtant, comme il lui plairait d'entendre leurs voix, à Frank et Tennessee, et même Jack, même Sandro, n'importe lequel d'entre eux. Elle peut trouver des enregistrements des interviews de Tenn, bien sûr, à la bibliothèque ou sur Internet, mais dans aucune de ces vidéos il ne peut l'interpeller de nouveau, ou appeler Frank, de l'autre bout de la terrasse au-dessus de l'Opéra de Rome. Dans aucune d'elles il ne peut placer sa main au creux de son dos et la conduire vers le comptoir du bar, en disant « Mesdames et messieurs, je vous présente Anja Bloom ». De ces hommes, Tenn était le dernier qu'elle a touché, en 1982 à New York : gros, drogué et affublé d'un béret absurde. D'eux quatre, Sandro était celui auquel elle avait prêté le moins d'attention ; c'était certainement le dernier qu'elle s'était attendue à revoir. Et pourtant le voilà.

« Voici ce que j'aimerais savoir, lui dit-elle. Êtes-vous venu me demander quelque chose, ou me le dire ? À moins que vous ne soyez pas encore sûr ? Qu'êtes-vous si impatient de me montrer, dont vous pensez que je n'ai pas déjà connaissance ?

— Mon intention était de vous montrer quelque chose. Mais peut-être que je cherche également à obtenir quelque chose. Et à apprendre quelque chose.

— Ça fait beaucoup de choses.

— Vous ne voulez pas de compagnie, donc ?

— C'est plus une intrusion que de la compagnie », réplique-t-elle, mais – et cela la surprend – elle le dit d'une façon qui signale, ne serait-ce qu'à elle-même, qu'elle les apprécie l'une et l'autre.

Dans *Écho*, son film le plus récent, le dernier de sa carrière, elle jouait une épouse en disgrâce exilée dans une ville de bord de mer sur l'isthme de Courlande. Pendant soixante-cinq minutes, elle errait sur la plage en robe de soirée, rencontrant d'autres femmes abandonnées diversement vêtues, jusqu'à ce qu'elle tombe sur sa sœur aînée, disparue depuis leur enfance. Sans dire un mot, la sœur la prenait par la main et l'entraînait à travers un marais jusqu'à une ferme déserte, où elles dormaient côte à côte, comme étant petites, et leurs rêves fusionnaient pour former l'intrigue d'action-aventure constituant le troisième acte du film. Dans celui-ci, qui offrait un changement de ton et de genre délibérément détonant, les deux sœurs sillonnaient l'Europe de l'Est à la poursuite de criminels de guerre et, entre deux mises à mort, chantaient des chansons mélo dans des bars de bord de route. *Écho* n'est pas seulement l'adieu d'Anja Bloom à l'écran, vingt-quatre ans plus tôt, mais également le dernier film écrit et réalisé par Hovland, l'homme qui avait fait d'elle sa muse, et dont le cerveau a explosé dans son sommeil le mois de sa sortie. Quatorze films, ils ont tourné ensemble, à commencer par *Clémence* en 1954. Ils avaient été en désaccord sur certains détails d'*Écho*, mais au bout du compte, Anja admirait énormément le résultat, comme tout le reste de l'œuvre de Hovland, et elle s'admirait même dedans, ce qui était moins souvent le cas ; et à ce jour, personne ne met en doute l'influence sur le monde du cinéma de ce film, ou de sa propre interprétation de l'exilée sans nom.

C'est la mère d'Anja qui l'a amenée en Italie – il y a toujours une mère – et l'Italie qui l'a amenée à Frank, et Frank et Tenn à Hovland, et Hovland à Pieter, puis Pieter a disparu en hurlant dans le néant, la laissant seule dans cette ville détestable, et maintenant l'Italie est de nouveau assise en face d'elle, en la personne de ce jeune homme qui croise et décroise les jambes.

3

Blanc

Avant de se séparer, enfin, devant ce bar sans nom de Portofino aux lueurs pourpres de l'aube, les six nouveaux amis se mirent d'accord : ils allaient dormir toute la matinée, puis se retrouver avec sandwichs et vin en début d'après-midi sur la plage de Paraggi. Ils n'avaient pas le temps pour un de ces déjeuners italiens élaborés qui se prolongeaient jusqu'en milieu de journée, pas avec la pluie qui était censée arriver en début de soirée. Jack grommela de voir leur départ pour Marina di Cecina ainsi reporté – ils avaient déjà payé le bungalow, c'était injuste envers Lucky le chien et Marika la cuisinière de les laisser enfermés dans le morne *albergo*, il aimait la pluie, il n'avait pas eu envie de venir ici à la base – mais sur cette question comme dans le reste de sa vie, il fit preuve d'une faiblesse de volonté teintée de sombre indifférence ; Sandro étant de son côté un homme persuasif dans ses passions, ils restèrent donc à Portofino une journée de plus.

Tenn avait réussi à dormir un peu, et dès neuf heures, il était au bureau dans leur chambre du Splendido. Un télégramme de Visconti était arrivé, demandant des nouvelles du script de *Senso*, mais c'était *Batailles d'anges* qu'il démolissait ce matin-là, inspectant chaque fragment pour voir comment il pouvait être repeint, réassemblé sous une nouvelle forme ou bien mis définitivement à la casse. Quatre ans plus tard, cette pièce, réintitulée *La Descente d'Orphée*, débuterait à Broadway, avec Maureen Stapleton en tête d'affiche, et ferait un flop. Entre-temps viendrait *La Chatte sur un toit brûlant*, le dernier succès qu'avait vu Frank, et probablement le dernier qu'il verrait. Étrange de penser que *La Chatte* était alors à quelques mois seulement de voir le jour, et qu'elle était déjà en gestation au fond du cerveau de Tenn tandis qu'en dépit de sa gueule de bois après la soirée chez Truman, il fouillait les débris de l'épave qui allait devenir *Orphée*. Tenn ne ratait jamais une journée de travail, quels que soient les abîmes de débauche où il avait pu tomber la veille. Si une nouvelle pièce ne voulait pas venir, il en repêchait une de la casse, ou bien il griffonnait un poème, une histoire, des idées ou quelques saynètes dans son journal. Il se présentait tôt au boulot tous les matins, tel un tailleur de pierres sur le chantier d'une cathédrale. Chaque jour, Frank se réveillait – à Key West, à New York, dans ce lit au Splendido, sous les couvertures moelleuses – au son de l'homme à la besogne : cliquètement des touches, claquement et tintement du chariot revenant encore et encore à la ligne, bruissement des pages, soupirs, tapements et grincements de la chaise.

Frank avait rarement l'occasion d'observer Tenn à l'œuvre comme à cet instant. Chez eux, Tenn avait un bureau à part dont il gardait la porte fermée même quand il était seul. De temps en temps, il en sortait pour une énième tasse de café noir, adressant un signe de tête hébété à Frank avant de retourner se réfugier dans son monde de voix silencieuses et de compagnons invisibles.

Il regarda Tenn introduire un crayon entre ses lèvres, basculer son fauteuil en arrière, appuyer ses pieds nus sur le bureau et fermer les yeux. Il avait le pantalon retroussé jusqu'aux genoux, les cheveux réduits à une masse de boucles emmêlées. Il resta assis dans cette position un long moment, les mains croisées sur le ventre, immobile, plongé dans ses pensées, tandis que la pendule sur la tablette de cheminée faisait entendre un bruyant tic-tac. Ainsi de profil, avec une seule de ses joues d'enfant visible, il paraissait plus vieux, plus distingué : il ressemblait à l'homme de lettres qu'il était destiné à devenir par sa naissance, si ce n'était son éducation. Un artiste aurait dû le peindre sous cet angle, dans cette douce lumière matinale. On aurait dû mettre son portrait sur un timbre. Tenn secoua vigoureusement la tête, comme s'il écoutait les pensées de Frank. Puis ses lèvres s'incurvèrent en un léger sourire autour du crayon. Elles restèrent ainsi pendant une longue minute d'autosatisfaction. De sérénité. D'assurance. Être témoin d'un tel moment était comme surprendre un animal sauvage en plein bain de soleil.

Frank aurait dû lui dire, à cet instant-là, qu'il l'aimait et ne le quitterait jamais. Non pas *combien* il l'aimait – énormément – mais qu'il l'aimait tout court, ce qu'il tenait lui-même pour acquis mais que Tenn prétendait ne pas savoir. Il aurait dû lui dire qu'il admirait sa vie de tailleur de pierres, qu'il était ébloui par les églises qu'il avait bâties et continuait à bâtir, par leur beauté et leur permanence, par le sacré-cœur qui flamboyait en elles. Il aurait dû lui dire : Je te suis reconnaissant de tout ce que tu m'as apporté, et de tout ce à quoi tu m'as amené, de tout ce que tu fais ressortir en moi. Mais Frank n'avait jamais rien dit de la sorte à Tenn. Il n'avait jamais prononcé les mots « je t'aime ». Il n'avait jamais trouvé le bon moment. Il ne voulait pas le déranger. Sa mauvaise poésie l'embarrassait. Frank était un dur de Jersey qui avait travaillé sur des chantiers, s'était battu pour son pays et s'imaginait encore avoir un enfant ou deux plus tard, sans parler de la femme qui irait avec. Il craignait qu'une fois une chose nommée, elle ne se retourne contre lui. Et peut-être savait-il, même à l'époque, que l'amour était une devise qu'il n'avait pas encore dépensée, alors que Tenn s'était ruiné pour lui dès la seconde où il l'avait vu.

Le tic-tac de la pendule se fit plus fort. Le soleil prit d'assaut les fenêtres. De la ville leur parvint le bourdonnement des cloches d'église. C'était dimanche, après tout.

Au milieu de ce vacarme, Tenn se redressa brusquement pour se remettre au travail. Il se leva, laissant son fauteuil retomber derrière lui avec un bruit sourd, pour feuilleter la pile de pages posées à côté de la machine à écrire et griffonner quelque chose, sans paraître remarquer Frank lorsque celui-ci, désormais vivement conscient de l'heure tardive, sortit du lit et passa nu devant lui pour aller aux toilettes.

Était-ce le nouveau titre, *La Descente d'Orphée*, qui venait de frapper ainsi son esprit ? Les premières lignes de *La Chatte* ? Ou bien juste un bout de dialogue qu'il allait condamner aux ordures une minute plus tard ? Frank ne savait des brouillons de Tenn que ce que ce dernier voulait bien lui raconter, ce qui certains jours était beaucoup – la honte secrète d'un personnage, une révélation de troisième acte – et d'autres rien du tout. Frank avait vite appris que demander voulait dire se voir refuser, et que moins il montrait d'intérêt, plus Tenn était susceptible de tirer une page de sa machine, de sortir avec elle sur la terrasse et de la lui lire à voix haute. Mais généralement, ce qu'il disait à Frank, c'était que ce qu'il avait écrit était pourri, qu'il était fini, qu'il n'avait pas d'autre *Tramway* à offrir et que même *Un tramway* n'était pas le chef-d'œuvre que tout le monde croyait, qu'aucun sponsor digne de ce nom ne voudrait jamais plus financer une seule de ses pièces, qu'il allait mourir pauvre et oublié, et que même Frank ne viendrait pas à son enterrement, heureux – non, ravi, soulagé, *fou de joie* ! – d'être enfin débarrassé de lui. Il s'emportait alors contre lui de le trahir aussi cruellement, de désirer secrètement l'abandonner, puis, quelques minutes plus tard, il implorait son pardon et lui rappelait à travers ses larmes les nombreuses années de bonheur qu'ils avaient eues ensemble – Mr. Moon, Duncan Street, le jour où ils avaient débarqué à Gênes – et les nombreuses autres qui les attendaient encore s'il voulait bien lui accorder un dernier sursis. Je t'en prie, Frank, je t'en prie, suppliait-il. Aie pitié…

Frank était le palmier au milieu de l'ouragan, fouetté et courbé par le vent presque jusqu'au point de rompre alors qu'il attend le calme inévitable de l'œil du cyclone. Cette vie avec Tenn, bien que loin d'être paisible, lui avait enseigné la patience. Comme lui, il plaçait ses espoirs dans la splendeur de ce qu'allait apporter le lendemain : le prochain succès, le prochain voyage à l'étranger, la prochaine soirée, le prochain garçon – et il dédaignait ou se méfiait de toute chose antérieure simplement pour son appartenance au passé monochrome. Leur avenir commun promettait de la couleur, en touches vives : une maison orange en Ligurie où retourner l'été suivant, les costumes sur le plateau de *Senso* à l'automne, les toits verdoyants de Marrakech un jour, les eaux turquoise de la côte de Key West lorsqu'ils rentreraient enfin chez eux.

« Ne les faisons pas attendre, lança Frank de la salle de bains, bien que ce soit lui qui ait dormi trop longtemps, comme d'habitude.

— Pars devant, répondit Tenn. Je vous retrouverai sur la plage.

— Je ne veux pas y aller tout seul.

— Demande aux tourtereaux de t'emmener. Ils ont besoin d'un arbitre.

— Ils sont infects l'un envers l'autre, n'est-ce pas ? Qu'est-ce que tu penses d'eux ? »

Tenn ne répondit pas. Lorsque Frank revint dans la chambre, il était de nouveau courbé à son bureau, en train de rayer des lignes en se mordant la lèvre et de réécrire en dessous de ses pattes de mouche hâtives. Une autre fulguration. Frank l'embrassa rapidement sur le sommet de la tête et resta un moment à côté de lui, dans un silence troublé seulement par leur respiration et le chuchotement du crayon sur le papier. Comme Tenn avait de la chance, songea-t-il, d'avoir un autre monde où se couler. Peu importait que celui-ci ne puisse l'étreindre ou lui rendre son amour. Il était bien plus réel à ses yeux, plus pressant, plus vivant, que le monde dans lequel Frank boutonnait sa chemise, se regardait une dernière fois dans le miroir, ouvrait la porte pour sortir dans le couloir et lançait par-dessus son épaule : « Ne nous fais pas poireauter. »

« Et vous, qu'est-ce que vous pensez d'eux ? demanda Frank à Anja et Bitte alors qu'ils attendaient leurs nouveaux amis sur la plage.

— Je pense qu'ils ne vont pas venir, répondit Bitte. Le méchant aura eu ce qu'il voulait.

— Lequel est le méchant ? »

Elles éclatèrent de rire.

« Peut-être que ses livres sont très bons ? fit Anja. Tu n'en avais pas entendu parler non plus ? »

Mais à ce moment-là, ils apparurent au loin, s'avançant vers eux en lunettes de soleil et caleçon de bain aux motifs criards, Sandro avec une chemise à manches courtes déboutonnée au niveau du nombril, Jack couvert jusqu'au cou d'une chemise à manches longues. Sandro les salua frénétiquement des deux mains, tel un immigrant sur le pont d'un paquebot. Jack portait un sac en toile sur l'épaule, la tête baissée d'un air vaincu.

Ils trouvèrent la section privée réservée aux clients du Splendido et tournèrent leur chaise vers le soleil. Ils étaient si près de l'eau que le sable était frais. Frank garda une place à sa gauche pour Tenn. Anja était installée à sa droite, puis Bitte, Sandro et enfin Jack, avec sa peau translucide, à l'autre bout sous un parasol à rayures bleues. Allongés côte à côte, ils formaient un rang impeccable, cerné d'autres rangs impeccables, un quadrillage de corps offerts à la délectation des dieux.

La première fois que Frank avait vu une plage italienne, sa précision militaire l'avait choqué : les sections organisées par couleurs et motifs, les cabines dont les numéros reprenaient ceux des parasols, les jeunes gens qui venaient deux fois par jour ratisser le sable. Dans le New Jersey, on arrivait avec un vieux drap, une glacière et six cousins, et on s'installait au premier endroit libre qu'on trouvait. On avait les genoux qui frottaient contre le dos velu du type assis devant, et personne n'en faisait un fromage. Il n'arrivait pas à décider ce qu'il préférait. Il y avait quelque chose de plaisant dans l'ordre italien – chacun connaissait sa place, sa couleur et son motif ; personne ne vous volait votre montre ou ne balançait du sable à votre neveu gringalet – mais il était nostalgique du patchwork désordonné de Monmouth et d'Asbury Park, où on ne pouvait faire un pas sans trébucher sur radios, ballons gonflables et casseroles apportées pour bâtir des châteaux de sable.

Frank n'était pas du genre à flemmarder. Il avait largement assez dormi, une gueule de bois minimale et des fourmis dans les jambes à cause de l'expresso qu'il avait bu. La fatigue de la veille s'était évaporée avec la brume du matin.

« Ça dit à quelqu'un d'aller nager ? » lança-t-il à la rangée silencieuse, assez fort pour être entendu de Jack, même si ce dernier ne donna aucun signe que c'était le cas.

Les Suédoises secouèrent la tête en souriant. Sandro somnolait. Si Tenn avait été là, il aurait au moins été en train de raconter une histoire.

« Je veux bien t'accompagner, dit Anja avec langueur, mais plus tard. Je n'ai pas fini de cuire. »

La tenue de la mère et de la fille consistait cette fois en un maillot de bain une-pièce moulant, qui leur couvrait à peine les cuisses et s'attachait derrière le cou avec un petit nœud ; dans leurs cheveux, un même bandeau blanc encadrait leur visage et exposait leur front aux rayons du soleil. Possédaient-elles des vêtements qui ne soient pas du blanc le plus éclatant, et les achetaient-elles toujours en double ? Dans leur uniforme identique, elles étaient comme une toile blanche qui invitait à les peindre et, en même temps, d'une pureté menaçante. On voulait à la fois les noyer d'encre de couleur et les protéger de la moindre tache. Aucune imperfection, aucun poil ou grain de beauté n'altérait la douceur de leur peau, de leurs bras et jambes laqués d'une huile qui sentait le romarin. Elles ne portaient ni maquillage ni vernis à ongles. Aucun bijou ou accessoire d'aucune sorte. Bitte bronzait plus vite, déjà plus foncée que sa fille d'une teinte, ce qui faisait ressortir les traces de l'âge à peine visibles sur sa gorge et aux coins de sa bouche.

Jusqu'à cet instant, Frank n'avait pas pris la pleine mesure de la beauté des deux femmes. Les mouchetures dans les yeux d'Anja qui, la veille au soir, avaient paru grises étaient désormais, dans le soleil éclatant et au bord de la mer étincelante, d'un blanc crayeux, tels de petits éclats dans une assiette bleue. Il voulait lui dire qu'elles étaient comme les vagues qui s'écrasaient sur le rivage, et ses yeux comme l'océan, mais c'était là encore de la mauvaise poésie et, de toute façon, le blanc de l'écume semblait terne en comparaison, Dieu avait mis trop de vert dans l'eau et, en plus de cela, il ne voulait pas lui donner de fausses idées. Il flirtait trop avec les femmes, d'après Tenn, mais il le faisait plus par habitude, politesse et sincère appréciation que par désir. Lorsqu'il flirtait avec un homme, cela servait généralement un objectif – professionnel ou autre, parfois les deux – mais, même alors, la chose était souvent involontaire, peut-être même inconsciente ; c'était seulement au beau milieu d'une conversation qu'il lui venait à l'esprit que l'homme était en mesure de l'aider d'une manière ou d'une autre, ou que ce qu'il avait pris pour des marques d'intérêt à l'égard de ses talents d'acteur et de danseur étaient de flagrantes tentatives de séduction. En général, il voulait que les gens se sentent bien dans leur peau ; ils étaient alors de meilleure compagnie et lui s'amusait davantage.

Et s'amuser n'était-il pas l'objectif principal ?

Il n'y avait rien d'amusant à rester sans rien faire sur un transat. C'était une perte de temps : pas de conversation, Sandro qui s'était mis à ronfler, Jack réfugié sous son parasol, les bras croisés, à regarder les vagues d'un air renfrogné. La chienne aurait été de meilleure compagnie, mais les Suédoises l'avaient laissée lécher ses blessures à l'appartement. Se relevant, Frank chercha du regard quelqu'un d'autre à qui parler, quelqu'un qu'il aurait rencontré chez Truman ou aperçu sur un des yachts, mais la seule personne qu'il reconnut fut Luca, le caboteur devenu chauffeur qui le conduisait partout où il voulait aller.

Luca se tenait près de son pick-up en compagnie d'autres *ragazzi*. Frank lui adressa un petit salut de la main. Devait-il l'approcher, se présenter à ses amis, proposer une partie de foot ? Luca leva le menton comme pour lui demander : *Qu'est-ce qu'il te faut maintenant ?* Ce par quoi il entendait sûrement : *Qu'est-ce qu'il te faut maintenant, sale pervers ?* C'était toujours un peu risqué de proposer quelque chose à ces hommes, même en toute innocence – un verre, quelques parties de *briscola* –, et ça l'était encore plus sans Tenn. Une bande de garçons plus jeunes, bien trop jeunes, des enfants en réalité, étaient attroupés derrière Luca et ses amis ; ils offraient des tours à scooter aux touristes et leur louaient des vélos à l'heure. Dans quelques années, ils passeraient aux tours en camionnette. Frank se demanda si Luca passerait à autre chose, et à quoi, ou s'il continuerait de voiturer starlettes et riches tantes jusqu'à la fin de ses jours.

À Anja, il dit :

« Je suis là pour t'annoncer que tu es déjà en train de brûler. » Il posa le doigt sur son épaule. « Aïe ! Viens te rafraîchir avec moi.

— La peau brûle plus vite dans l'eau, non ?

— C'est un mythe. Peut-être vrai pour l'eau normale, celle d'une piscine par exemple, mais l'eau salée protège la peau. Elle l'enduit d'une sorte de film. Regarde-moi. » Il recula d'un pas dans l'allée de sable pour qu'elle puisse voir tout son corps, bronzé des pieds à la tête. « Je passe plusieurs heures par jour dans la mer, et je ne prends jamais de coups de soleil. »

Elle l'observa d'un œil sceptique.

« Fais-moi confiance, ajouta-t-il. Je ne mens qu'aux hommes.

— Vas-y tout de suite, ordonna Bitte. Tu t'es assez reposée. »

Dans la baie aux eaux vert-bleu, Frank et Anja flottèrent l'un à côté de l'autre pendant un long moment. C'était une bonne nageuse qui, comme lui, avait une préférence pour la brasse. On pouvait continuer à discuter et regarder autour de soi en la pratiquant, et on évoluait avec plus de discrétion et d'élégance parmi les autres nageurs. Pour l'essentiel, ils se contentèrent d'aller et venir entre la zone où ils avaient pied et pouvaient se reposer un peu, et un endroit plus profond. De temps en temps, Anja plongeait ses mains en coupe dans l'eau salée pour s'en asperger le visage, avant de masser pour la faire pénétrer comme une crème de beauté.

« Tu vas bientôt me dire que Paraggi est la fontaine de jouvence, fit-elle.

— C'est assez beau pour l'être, n'est-ce pas ? »

Elle réajusta son bonnet de bain blanc et regarda en direction des rangées de transats.

« Quand j'aurai son âge, je reviendrai ici.

— Tu pourrais aussi n'en jamais partir. »

Elle réfléchit.

« Cela dépend. »

D'abord, expliqua-t-elle, il fallait qu'elle trouve un mari à Bitte. Ce n'était qu'une fois celle-ci installée qu'Anja pourrait respirer, choisir sa ville et tracer son propre chemin dans le monde. C'était quelque chose, ajouta-t-elle, que d'élever une mère. Cela demandait de la patience et un cœur endurci. Il fallait lui donner l'illusion de maîtriser la situation et rester froidement objective vis-à-vis des décisions que tu prenais pour elle, des décisions qu'elle croyait être les siennes mais dont elle n'assumait pas la responsabilité. Alors seulement elle te libèrerait. Elle avait bien l'intention de vivre plus longtemps que toi, de vivre éternellement en fait, ce qui te laissait plein de temps – des années et des années – pour aller te balader à New York, Paris, où que te portent tes rêves, tant que ceux-ci étaient ambitieux et n'avaient aucune chance de se réaliser. Un jour lointain, brisée mais non détruite, tu pourrais retourner auprès d'elle, et elle pourrait recommencer à te materner, même si dans son cas ce serait réellement la première fois.

Anja détestait le mannequinat, avoua-t-elle à Frank. Si elle aspirait à devenir actrice, comme l'affirmait Bitte, c'était seulement pour donner à son cerveau et à ses membres quelque chose à faire pendant que les caméras la suivaient.

D'ailleurs c'était plus le rêve de Bitte pour elle que le sien propre, et à ce titre, il la propulserait hors de l'orbite de sa mère. Quelle que soit la ville où Bitte finirait par se poser, menottée à un homme riche, croulant sous les robes incrustées de joyaux et endurant de suffocantes garden-parties, Anja resterait quelque temps pour s'assurer que cela durerait, mais il deviendrait bientôt évident aux yeux de Bitte que l'avenir de sa fille en tant qu'actrice résidait ailleurs. « De préférence de l'autre côté de l'océan le plus éloigné », ajouta Anja avec un rire. Alors, après que sa mère aurait insisté pour qu'elle aille se bâtir une vie et une carrière dans quelque ville lointaine, Anja lui ferait ses adieux, s'achèterait un petit appartement avec l'argent qu'elle se verrait sûrement donner, apprendrait un métier, se trouverait un poste de secrétaire ou ferait tout ce qu'il fallait pour pouvoir, le soir, se gaver d'art et d'idées. Histoire, sciences, musique, poésie, danse, peinture, théâtre, sculpture, elle était avide de tout. Elle avait vingt-deux ans. De son propre aveu, elle connaissait tout sans rien connaître. Elle ne se marierait jamais, disait-elle, à moins que son époux ne la laisse se repaître ainsi, et pas seulement d'art et d'idées, mais aussi d'autres hommes. Il faudrait pour cela qu'il soit très fort et, de ce qu'elle avait pu voir à ce jour, les hommes forts qui appréciaient l'art et les idées semblaient préférer la compagnie des autres hommes à celle des femmes, surtout celles qui réclamaient cette forme de force particulière.

Ce n'était pas la conversation que Frank avait espérée et pensé avoir avec sa nouvelle amie. Il essaya de l'interrompre en lui parlant de sa propre mère et de ses sœurs – de leur petite vie de ménagères qu'il avait considérée avec pitié et une certaine jalousie, tant elles étaient sûres de la place qu'elles occupaient dans leur maison, dans leur rue bien droite du New Jersey, dans le monde. À l'âge d'Anja, il avait fui chaque matin loin de leurs yeux au volant du camion de son oncle pour faire ses livraisons ; l'après-midi, il allait chercher ses copains et ils passaient des heures à la plage, assis à l'avant du camion, à fumer et à siffler les filles qui descendaient de la promenade. Puis il les avait fuis à leur tour, ces garçons qui ne prendraient jamais leur envol, d'abord pour se rendre à la guerre puis, lorsque celle-ci l'avait recraché sur le rivage, pour aller vivre à New York. C'était là, dit-il à Anja, que ses yeux s'étaient enfin faits à la réalité et qu'il avait vu les hommes comme pour la première fois, ce qui l'avait mené à la porte d'établissements sans enseigne et à la vie lumineuse qui se cachait derrière.

« J'essaie de t'imaginer au volant d'un camion de laitier », dit Anja.

Frank rentra la tête dans les épaules.

« Tu me trouves trop petit, n'est-ce pas ? plaisanta-t-il. Avoue ! Tout ce que tu vois, c'est le sommet de mon crâne.

— Non ! protesta Anja avec embarras. C'est juste...

— Je te taquine », la rassura-t-il sans la laisser terminer.

Ils étaient arrivés à bonne distance du rivage et il commençait à avoir les bras fatigués. Il la ramena à un endroit où ils avaient pied. Le soleil leur tapait sur la nuque et se réfléchissait dans le miroir de l'eau pour atteindre leur visage, mais elle semblait à peine le remarquer. Était-ce le bon moment pour lui avouer que le sel ne la protégerait pas ? Debout à côté de lui, de l'eau jusqu'au cou, elle était tournée vers la plage, les yeux plissés. Tout en parlant, elle tapotait la surface du bout des doigts comme un piano, créant de petits cercles.

Elle n'avait personne à qui se confier, dit-elle. Personne à qui se mesurer, à découvrir, à taquiner en retour. En dépit de toutes ses ambitions, Bitte maintenait inexplicablement une distance entre elles et les amis qu'elles se faisaient au fil de leurs pérégrinations, déclinant leurs invitations et se méfiant de leurs gestes d'amitié. Si Anja parlait trop à une soirée, sa mère lui pinçait le bras pour la mettre en garde. Une fois, à un dîner, elle lui avait enfoncé sa fourchette dans la cuisse, sous la table, jusqu'à ce qu'elle se taise. Bitte pensait que les jeunes femmes devaient rester un mystère, une histoire encore à écrire ; tandis que les femmes plus âgées devaient parfaire l'art de se raconter pour pouvoir rester visibles, survivre.

Anja était fille unique. Elle éluda toutes les questions de Frank sur son père hormis pour dire qu'il était mort, un fait qui semblait lui apporter du réconfort, ou au moins une certaine définition. Frank connaissait déjà certains des autres détails de sa situation – la tante aveugle à Vienne, les amples économies de la famille, l'enfance tranquille faite de patinage, de marchés de Noël, de poneys et de mois entiers de pluie qu'elle passait coincée chez elle sans un ami – pour les avoir entendus lors de leur conversation nocturne au bar de la *piazza* ; ce qui le surprit n'était pas l'amertume avec laquelle Anja parlait de sa vie et de l'influence de sa mère, mais combien il semblait primordial pour elle que Frank la croie. Avant de percevoir cette note désespérée dans ses propos, il n'avait eu aucune raison de douter de leur véracité.

« On devrait rentrer, dit-il.

— Je t'ennuie », fit Anja en se renversant en arrière pour faire la planche.

Il lui éclaboussa doucement les orteils.

« Les secrets ne m'ennuient jamais, répliqua-t-il. Pour une raison que j'ignore, les gens me confient toujours les leurs. Mais les potins, c'est plus divertissant. Et les potins au sujet des secrets d'autrui ? Il n'y a rien de mieux. »

Il ne savait pas si c'était juste la façon dont la lumière tombait sur elle mais, sous cet angle, il pouvait tout voir à travers le tissu de son maillot de bain. Pour leur épargner l'embarras inhérent, à elle comme à lui-même, il se mit lui aussi sur le dos.

Elle écarta les bras et lui prit la main.

« Ce que j'ai découvert au sujet des hommes de ton genre, c'est que vous attendez toujours des femmes qu'elles vous fassent un numéro, dit-elle d'un ton neutre. Nous l'avons fait pour Truman et son Jack, les quelques semaines après que signor Ricciardi nous a mises à la porte. Nous l'avons fait partout en France. Et à Vienne. Mais ce que nous nous sommes demandé, ma chère mère et moi, alors que nous faisions tout le chemin de Portofino à ici, avec la colline entre les deux, à pied parce que personne n'avait proposé de nous emmener en voiture, c'est ce qui arrive à la fin du numéro.

— Vous êtes venues à pied ? À Paraggi ? Pourquoi est-ce que tu ne m'as rien dit ? Je suis sûr que Luca aurait pu passer vous prendre sur le chemin. Je suis désolé, j'aurais dû vous demander. Il y a d'autres chauffeurs s'il vous en faut un...

— Aurons-nous quelque part où aller après le baisser du rideau ? Y serons-nous en sécurité ? Aurons-nous assez à manger ? Serons-nous encore intéressantes à vos yeux ?

— Je me considère comme un gentleman. »

De l'autre côté de la plage, Luca et ses amis avaient enlevé leur T-shirt pour jouer au foot avec les garçons plus jeunes. À cette heure-là, toute l'Italie était au repos : en train de dormir, de folâtrer, de digérer, de faire l'amour. Frank, lui, rêvait non de repos, mais d'aventure. De joie, au moins. D'excitation. Il appréciait Anja, il lui voulait du bien, il la plaignait pour sa longue marche et son inévitable coup de soleil, mais pour quelqu'un d'aussi jeune, elle avait peu de joie à offrir et beaucoup de doléances. Il se demanda s'il existait une seule chose qui puisse lui procurer de la joie, et si le sort les avait réunis pour qu'il la lui fasse découvrir.

« Est-ce qu'il y a un endroit où danser à Portofino ? » lui demanda-t-il avec espoir.

Elle répondit qu'il y avait une petite boîte de nuit, mais que la musique y était trop forte pour qu'on s'entende penser.

« Pourquoi aurais-tu besoin de penser si tu danses ? » répliqua-t-il.

Lorsqu'ils virent Tenn descendre de la camionnette – il devait alors être seize heures –, ils lui firent de grands signes et lui indiquèrent la section réservée au Splendido.

« Il faut que j'y retourne, maintenant, dit Frank. Tu voulais rester ?

— Non, répondit-elle. Il est temps. »

Mais elle ne fit aucun mouvement pour se rapprocher du rivage. Frank lui proposa de faire la course, avec l'idée de perdre d'une longueur. Elle secoua la tête.

« Vous avez vraiment l'intention de nous quitter cette semaine ? » demanda-t-elle.

Il lui rappela le passage qu'ils devaient faire à Vérone pour le script de *Senso*, que Tenn avait décrit en détail la veille au soir. Visconti, le réalisateur, insistait pour que le dialogue soit poétique, et Tenn avait besoin de se cloîtrer dans un hôtel pour l'écrire. Ils devaient retrouver Paul Bowles et son nouvel amant, Ahmed, qui arriveraient de Rome.

« Tenn est un des écrivains les plus demandés au monde, expliqua-t-il à Anja. Plus demandé que Truman, ça c'est certain, quoi qu'en dise ce dernier. Il en reçoit tous les jours, des invitations à écrire quelque chose pour quelqu'un, à se montrer ici ou à parler là. Une fois sur deux quand il se réveille, il ne sait plus dans quelle ville il se trouve.

— Ça, c'est lui, répliqua-t-elle. Mais toi ? Vous allez toujours partout ensemble ?

— Pas toujours.

— Est-ce que tu as un amant qui t'attend à Vérone ?

— Non.

— Alors il reste une chance que notre spectacle continue ici à Portofino.

— Je suppose. »

Enfin, ils se mirent à nager vers la plage. Lorsqu'ils eurent pied, ils continuèrent en marchant et, à la surprise de Frank, Anja lui prit la main ; c'est à cet instant, alors qu'ils n'avaient plus de l'eau que jusqu'à la taille, qu'il se rappela la transparence de son maillot de bain. Baissant les yeux, il vit combien celui-ci laissait peu de place à l'imagination puis, dans un affreux éclair de lucidité, avec quel ébahissement les gens aux premiers rangs, leurs transats tournés vers l'ouest, la regardaient. Avec embarras, il se plaça devant elle pour la dérober autant que possible à leur vue sans gêner leur progression. Il fusilla du regard un vieil homme qui avait la muflerie de la montrer du doigt. Luca et les autres garçons étaient alignés côte à côte, les plus petits debout sur la pointe des pieds, comme à un défilé. Anja ne sembla rien remarquer de tout cela, ni ses efforts pour la cacher, ni le vieillard, ni les yeux qui vagabondaient de ses seins à la tache sombre entre ses jambes, puis à Frank, avant de revenir sur elle. Pour les occupants de la plage, Frank devait donner l'impression de la présenter, de l'exhiber, tandis qu'elle-même continuait de lui babiller à l'oreille comme une petite fille, citant les villes qu'elle rêvait de découvrir – Rome, Athènes, Tanger ; Frank et Tenn y étaient-ils déjà allés ? Et laquelle préféraient-ils ? Et quand pourrait-elle les y rejoindre ? Et les mendiants venaient-ils vraiment se mettre juste devant vous, la bouche ouverte ?

Arrivé sur le sable, il l'entraîna vers leur section en la tenant derrière lui, tout près, défiant la foule, d'un œil hargneux, de faire la moindre remarque. Elle continua de lui papoter dans l'oreille gauche. Elle était contente que Tenn soit enfin arrivé, disait-elle. Elle lui trouvait beaucoup d'allure, non seulement parce que c'était l'artiste le plus célèbre qu'elle ait jamais rencontré, mais aussi parce que c'était la première fois qu'elle entendait cet accent de cow-boy dans la vraie vie. Avant, elle avait presque refusé de croire qu'il y avait des Américains qui parlaient vraiment comme ça. Son père avait aimé les westerns. Elle n'avait jamais eu l'honneur d'assister à une pièce de Tenn au théâtre, mais elle avait vu *Un tramway* deux fois au cinéma et était tombée amoureuse, comme toutes les filles, de Marlon Brando. Mais en vérité, ajouta-t-elle, c'était Stanley Kowalski dont elle était amoureuse, parce qu'il était la brute dont elle et toutes les autres femmes rêvaient en dépit d'elles-mêmes, en dépit de ce qui était bon pour elles...

C'est à cet instant, à son évocation de la brute, que l'idée vint à Frank qu'Anja avait honte et que, loin de ne pas se rendre compte de ce qui lui arrivait, elle n'avait que trop conscience de l'effet de l'eau sur le maillot de bain que sa mère lui avait acheté. Elle venait de répéter mot pour mot, comme si c'étaient les siens, les termes qu'avait employés cette dernière au sujet de Stanley la veille au soir. Il était possible qu'elle sache à peine ce qu'elle disait depuis qu'elle était sortie de l'eau, qu'elle ne bavarde tant que pour essayer de penser à autre chose, peut-être même donner à Frank autre chose à penser. Lorsqu'elle lui avait pris la main, ç'avait été pour obtenir sa protection. *Vas-y*, avait ordonné Bitte. *Tu t'es assez reposée.*

« Vous avez l'air requinqués, tous les deux », leur dit Tenn tandis qu'Anja se hâtait de s'enrouler dans une serviette.

Elle se réinstalla sur sa chaise longue et inclina le parasol pour profiter de son ombre.

« Ça vous dit qu'on se casse d'ici ? suggéra Frank.

— Frankie tout craché, fit Tenn à l'adresse du groupe. Juste quand j'arrive, il est prêt à repartir. »

Du coin de l'œil, Frank voyait encore les doigts pointés, les hommes égrillards, les vieilles dames scandalisées et les enfants qui gloussaient. Il entendait leurs chuchotements excités. Mais il était également possible que ces gens soient déjà retournés à leur sieste ou à leur magazine, oubliant le spectacle offert par Anja. Avait-il imaginé toute la scène ? Était-il donc si prude ? La chaleur commençait-elle à lui jouer des tours ? Sur l'herbe à côté du parking, la partie de foot de Luca avait repris. Sandro et Jack se disputaient au sujet d'un bout de papier que Jack avait déchiré d'un livre et tenait sous le nez de Sandro.

« Où suggères-tu que nous allions ? demanda Bitte. Tout est fermé à cette heure.

— On ne peut pas se reposer un peu ? » ajouta Anja.

Sa serviette la couvrait du menton aux genoux.

« Frank ne sait pas ce que veut dire ce mot, fit Tenn.

— Il doit bien y avoir quelque chose à faire par ici, insista l'intéressé. Quelque chose pour se dégourdir les jambes. »

Sandro arracha le bout de papier de la main de Jack, le roula en boule et lui tourna le dos.

« Notre *padrona di casa* nous a parlé d'un chemin de promenade le long du littoral, annonça-t-il au reste du groupe. Elle dit qu'il offre la plus belle vue de Portofino depuis les hauteurs, que c'est magnifique. Avec un jardin sauvage plein de statues.

— Testa del Lupo, répondit Anja. De l'autre côté de la montagne. En direction de Santa Margherita. Nous l'avons vu. » Elle s'interrompit avant d'ajouter : « Nous avons dû beaucoup marcher.

— La tête du loup, traduisit Tenn.

— Bravo ! s'exclama Sandro.

— Ça fait très long à pied pour y aller ou en revenir, intervint Bitte. Mais la vue vaut le coup d'y retourner. Au crépuscule, les couleurs doivent être encore plus spectaculaires, tu ne crois pas, Anja ? Mais si nous voulons y aller tous ensemble, et manger un petit quelque chose avant – ce que nous devrions faire si je ne veux pas m'évanouir – et passer par l'appartement pour nous changer, nous n'avons pas énormément de temps devant nous. Rien que pour atteindre le début du sentier, il y a un bout de chemin à faire en voiture.

— Luca va nous y emmener », déclara Frank.

4

Chute

Il vient la chercher le lundi soir, entre six et sept. Sa propension à être en retard l'agace, mais seulement assez pour qu'elle le taquine à ce sujet, pas au point qu'elle en fasse un sujet de discorde. Peut-être que s'il passait moins de temps à se pomponner et à choisir ses vêtements, dit-elle – il est toujours sur son trente et un, comme s'il avait un rendez-vous galant après, ce qui est possible, Anja ne lui a jamais demandé, ça ne la regarde pas, et par ailleurs elle ne veut pas qu'il voie dans la moindre question à cet égard une curiosité de grand-mère, parce qu'elle n'est pas sa grand-mère, elle est son amie.

Il porte un manteau cintré et une longue écharpe en fourrure qu'il enroule plusieurs fois autour de son cou. La fourrure de l'écharpe est assortie à celle des poignets de ses gants en cuir. Son jean est compliqué de fermetures Éclair à des endroits improbables. Le soin qu'il met à s'habiller la pousse à se rendre, pour la première fois depuis des années, dans la rue plate au pied de la colline, où se trouvent, à défaut des boutiques les plus branchées, celles qui sont appropriées pour une femme de son âge ; des boutiques qui vendent robes et tailleurs aux coupes classiques, gilets élégants en beige, argenté ou gris ardoise, rien de trop tape-à-l'œil, rien qui attire l'attention.

Elle se laisse convaincre par la vendeuse d'acheter un manteau fin en laine mélangée avec des hachures grises et noires, un motif qu'elle appelle « London Plaid ». Il sera loin d'être assez chaud, mais son col haut et asymétrique lui donne un aspect assez crâne, qui fait presque oublier sa longueur inélégante, à mi-mollet. À la caisse, Anja tend la main pour attraper un col roulé à torsades rouge sur la table des promotions de Noël, puis un bonnet, une écharpe et des gants assortis.

« Ils sont à un prix incroyablement avantageux, dit la vendeuse. Et comme vous achetez l'ensemble, vous avez dix pour cent supplémentaires ! »

La dernière fois qu'Anja a eu l'occasion de consulter ses comptes, lors du règlement de la succession de Pieter, elle avait plus de dix millions de dollars à sa disposition.

Elle garde ses nouveaux achats dans leurs boîtes solides, scellées d'un autocollant portant le nom et le logo de la boutique, où ils ont été tendrement enveloppés de papier de soie couleur lavande. Cela semble tellement dommage de déchirer l'autocollant et le beau papier qu'elle repousse le moment de le faire pendant trois mois, et bien sûr, lorsque enfin elle se décide, le printemps est officiellement là et les vêtements sont trop chauds, même le manteau, et elle se demande si son association avec Sandrino durera jusqu'au prochain hiver. Petit Sandro, l'appelle-t-elle, bien qu'il fasse au moins une tête de plus que son père et qu'elle lui arrive à peine à l'épaule.

Les lundis où il vient la chercher, toujours des lundis, parce que ce sont les soirs où un professeur qu'elle respecte énormément à l'autre université présente, en sa qualité de conservateur, une série de films, elle fait le ménage dans les pièces à vivre de son appartement, non parce qu'il lui demande de le faire ou a commenté une fois le désordre qui règne chez elle, mais parce qu'elle prend plaisir à ranger, désinfecter, astiquer, et parce qu'elle a appris sur le tard cette vérité illogique : le plaisir est meilleur quand on en avale d'un seul coup une grosse quantité patiemment amassée que lorsqu'il est divisé en portions raisonnables, comme des parts de gâteau. Non seulement la faim entre deux festins est supportable, mais elle fournit aussi une compagnie parfaitement agréable, tout comme le serait la rage si elle était de nature rageuse.

Ses jambes lui donnent parfois du souci, alors elle marche lentement par peur de tomber. Une fois qu'une vieille veuve sans enfants est tombée, elle est fichue. Anja ne se soumettra pas à une infirmière joviale armée d'un sac en caoutchouc rempli d'éponges et de cuvettes en plastique. Sandrino lui dit que ce n'est pas la chute qui casse l'os ; l'os se casse tout seul et provoque la chute, il n'y a aucun moyen de s'en prémunir, autant danser. Mais elle prend quand même son bras et le laisse la guider à travers la place et dans les marches de ciment de son café préféré. Elle est triste de voir combien les congères ont fondu depuis la semaine précédente. Elle entend les insidieux petits ruisselets à leur base s'écouler en gouttant dans les caniveaux.

La neige est la seule chose qu'elle aime dans cette ville. Elle lui rappelle son pays natal. Elle y pense plus souvent depuis la mort de Pieter, et cela aussi est une chute qu'elle préférerait éviter, parce qu'une fois qu'une vieille veuve sans enfants commence à se remémorer la neige sur le toit de sa maison d'enfance, le silence aveuglant des bois au fond du jardin, où les loups blancs couraient librement, les yeux brillants de son père derrière le masque de son costume, son rire un peu niais, elle est fichue. Dans tous ses voyages à travers le monde, Anja Bloom n'est pas retournée une seule fois dans sa Suède natale, même pas pour l'inauguration du théâtre qui porte le nom de son père à Malmö.

Lorsque Sandrino vient la chercher, il sent le tabac, la cigarette aux clous de girofle, la marijuana. Son grand amour, plus que la nourriture, la beauté ou le sexe, est la variété de douces euphories qui accompagnent la brûlure dans sa gorge. Cela ne la dérange pas qu'il soit souvent « envapé », comme il dit. Au café, ils s'assoient côte à côte sur la banquette rembourrée, pressés l'un contre l'autre par des étudiants qui font semblant de travailler, si proches que l'odeur de cigarettes européennes et de café amer de Sandrino demeure, discrète, dans ses propres cheveux et vêtements le reste de la semaine. Le seul soir où elle montre l'agacement qu'il lui inspire en arrivant si tard chez elle qu'ils ratent les scènes d'ouverture de *L'Ange bleu*, sa réaction est de lui acheter une de ces roses présentées dans des seaux à une supérette devant laquelle ils passent en se rendant au café. Comme elle se sent ridicule en entrant dans l'établissement avec sa rose enveloppée de cellophane à la main, en compagnie de ce jeune homme envapé ; non qu'elle se soucie le moins du monde de ce que les gens peuvent penser ; non que quiconque irait croire qu'elle est autre chose que sa grand-mère.

Cela la surprend qu'ils ne parlent plus beaucoup de son père et de Jack Burns, des événements survenus à Portofino et à Livourne. Après le récapitulatif initial, le passé a cessé d'être un sujet de conversation pour eux. Ce premier soir, il y a des mois de cela dans son appartement, il a sorti de son sac, avec force cérémonies, un paquet de cartes à jouer italiennes, un exemplaire taché de sel des *Poems and Lyrics*[1] de Percy Bysshe Shelley et une lettre que Jack avait écrite à sa mère à Andover, mais jamais envoyée. Sandro avait gardé la lettre, les poèmes et les cartes pour lui et, à sa mort, sa femme les avait fait passer à leur fils sans lui donner d'explications. La nature de la relation entre Jack et son père, à défaut du lien entre les cartes, le recueil et la lettre, était assez évidente et n'avait pas vraiment surpris Sandrino ni même, pour autant qu'il puisse en juger, sa mère. Il avait seulement besoin qu'Anja confirme ses soupçons, ce qu'elle a fait, et qu'elle lui dise, si elle le savait, ce qu'il était advenu de ce mystérieux Jack. Quel était son nom de famille ? Peut-être était-il encore en vie ? Cette lettre avait-elle une importance particulière ?

9 août 1953

Chère mère,

Je crois que les Ritals m'ont enfin rendu superstitieux. J'ai réussi à me convaincre que le coup de chaleur dont je suis encore

---

1. S'il n'y a pas d'équivalent exact à ce recueil en français, on peut trouver la traduction des poèmes qui le composent dans les *Œuvres poétiques complètes de Shelley* en quatre tomes, traduites par Félix Rabbe (1885).

en train de me remettre m'a touché en représailles directes à la dernière lettre que je t'ai adressée. Je n'aurais jamais dû me vanter si ouvertement de la parfaite santé dont j'ai joui pendant cet épouvantable hiver toscan. Savais-tu que gli Italiani *croient qu'on peut attraper la mort en dormant sans T-shirt ? Si le vent souffle par ta fenêtre ouverte pendant que tu es torse nu au lit, tu es foutu. Ne t'inquiète pas, je suis bientôt guéri et j'ai toujours la chemise bleue que tu m'as envoyée. Elle s'est avérée me porter chance. Sandro n'est ni très bon marin ni très bon nageur, il est incapable de conduire à moins de cent kilomètres-heure, mais il fait un garde-malade à peu près compétent quand il est motivé.*

Je me suis promis de t'écrire plus souvent après tous ces mois de silence pendant que je terminais mon livre et que l'humidité s'infiltrait entre les pierres de La Bicocca. Dans l'intervalle, j'attends sans trop de patience que Warburg revienne à la raison au sujet de L'Inconnu, *puis ce ne sera qu'une question de temps avant qu'il m'envoie le contrat pour que je puisse me consacrer à un nouveau projet. Je ne promets pas d'arriver à revenir quand il sortira, à moins que les Ritals me fassent croire aussi aux miracles, tant qu'ils y sont.*

Je m'inquiétais autrefois d'avoir un jour mon content de sensations, mais j'en suis depuis venu à penser que pareille satiété est une impossibilité. Je suis devenu une personne plus chaleureuse à tous points de vue, et ce n'est pas juste la fièvre qui parle. Tu ne peux pas vivre si longtemps au sein d'un peuple sans en assimiler les traits. Ils s'insinuent en toi comme l'humidité.

Nous avons un ami qui passe la semaine chez nous et il est debout à côté de moi alors même que j'écris ces mots. Il veut que je l'accompagne sur la plage maintenant que je suis assez remis pour me risquer de nouveau au soleil. Tu imagines, quelqu'un qui recherche ma compagnie ? Je te le dis, je me ramollis. Ne le répète pas à Dumps.

Je t'enverrai une lettre digne de ce nom quand j'aurai quelque chose d'indigne à te raconter.

Affectueusement,
Jack

De sa bibliothèque, Anja a sorti les trois romans de Jack – *On meurt toujours seul*[1], *Le Diable au collège*[2] et *Pleurs d'enfants*[3] – et les a tendus à Sandrino. Elle lui a dit qu'elle avait lu le premier en entier, et la moitié du deuxième ; quant au troisième, elle n'avait pas réussi à aller au-delà de quelques pages. John Horne Burns, cet homme que son père avait aimé, avait rencontré un grand succès à la fin des années quarante, lui a-t-elle expliqué. « Il était doué d'un intellect raffiné et ses livres d'un style cruel et satirique. C'était un homme perturbé et plein de colère, arrogant et effrayé, un génie et un ivrogne à la carrière finie. Les deux hommes n'étaient pas aussi tendres l'un avec l'autre qu'il le laissait entendre dans sa lettre, du moins pas d'après ce qu'elle avait pu voir de ses propres yeux, ou appris plus tard de la bouche de Frank Merlo. Elle n'avait passé que trois jours avec Jack et le père de Sandro en Italie, mais Frank les avait connus plus longtemps.

Il n'était pas dans les habitudes d'Anja de garder des

1. *The Gallery* (1947), traduit par Jacques Schœllkopf (1949).
2. *Lucifer with a Book* (1949), traduit par Jacques Tournier (1951).
3. *A Cry of Children* (1951), non traduit.

informations pour elle, encore moins de tenir sa langue, mais c'est ce qu'elle a fait ce premier soir où Sandrino est passé la voir avec son sac de souvenirs. Elle a été émue par la tendresse avec laquelle il feuilletait les livres écrits par l'amant de son père, par la fierté dans son regard lorsqu'il a relevé les yeux vers elle. À sa visite suivante, il a dit : « J'ai googlé Frank Merlo. J'ai vu qu'il avait été le petit ami de Tennessee Williams et qu'il était mort jeune. Vous n'avez pas idée comme c'est étrange pour moi d'imaginer mon *Papà* en train de frayer avec dramaturges et starlettes. De lire des poèmes en anglais. Quand je me le représente, je le vois un genou à terre dans la poussière, une cigarette au coin de la bouche. En train de retirer un clou du sabot d'une chèvre. »

Lorsqu'elle lui a raconté dans quelles circonstances ils s'étaient rencontrés tous les six, un compte-rendu purement factuel de la bagarre entre les deux chiens et de leur nuit blanche au bar, il s'est exclamé : « Truman Capote ! *Petit déjeuner chez Tiffany* ? Impossible ! » Elle ne lui a pas raconté ce qui s'était passé dans les jours qui avaient suivi leur rencontre, l'excursion à Testa del Lupo, le week-end où Frank les avait rejoints près de Livourne, même si – elle tient à se le rappeler à présent – elle n'a jamais menti quand Sandrino lui posait une question un peu directe. Lorsqu'elle n'avait pas de fait tout prêt à lui servir, elle lui donnait son opinion, en veillant à faire la distinction entre les deux. Il voulait savoir comment son père et Jack Burns s'étaient entendus, si quelqu'un était au courant que Sandro était déjà marié. Il voulait qu'elle avance des hypothèses sur ce que son père aurait fait si Jack n'était pas mort si jeune.

Puis Sandrino a fini par arriver au bout des questions qu'il voulait poser sur ces trois jours qu'Anja avait passés avec son père à Portofino en 1953, et il a commencé à lui demander ce qu'ils pouvaient faire tous les deux désormais.

Lorsqu'il vient la chercher, la ville se radoucit. Pendant les quelques heures qu'elle passe en sa compagnie – le trajet à pied de sa maison jusqu'au train en bas de la colline, puis la traversée de la cour de l'université et de la place, la montée des marches menant au café et enfin, de là, le chemin jusqu'à l'autre train qui la ramène chez elle –, la ville lui présente ses paumes tournées vers le ciel en signe d'humble magnanimité. Mais sa compassion ne dure jamais. Sa miséricorde est temporaire et conditionnelle. Le lendemain matin, quand Anja sort balayer les ordures qui encombrent le trottoir, la ville sent sa faiblesse et elle se dépêche de rentrer. À l'abri des quarante-quatre murs distincts de son appartement, sa faim des visites de Sandrino et de la trêve concomitante offerte par la ville est d'agréable compagnie. Et pourtant, se dit-elle parfois, elle donnerait tout pour éprouver de la rage.

Elle essaie de faire monter celle-ci avec des souvenirs de sa mère, avec un examen sans merci de son corps ravagé par l'âge dans le miroir en pied, avec l'image des lèvres bleutées et entrouvertes de Pieter, avec la pensée de Frank abandonné au Memorial Hospital, mais l'émotion ne veut pas venir. Elle a eu trop de chance ; elle est désormais trop reconnaissante. Son chagrin ne fait pas le poids face à sa faim. Anja Bloom est aimée, fière et douée de toute sa raison, c'est une millionnaire qui a la bougeotte et tout son temps pour choisir librement le prochain endroit formidable où elle passera sa vie. Elle décidera de cet endroit bientôt – cet été, au plus tard. La série de films sera terminée, Sandrino n'aura plus rien à lui demander et elle le laissera partir.

Lima. Dakar. Melbourne. Elle ne sera jamais à court de villes. Si elle reste en aussi bonne santé, il y a de sérieuses chances qu'elle vive assez longtemps pour prendre un de ces allers simples pour Mars. À cette perspective, elle sourit intérieurement. Pieter serait insupportablement jaloux. L'homme qui étudiait les étoiles naines. Pour lui, elle continue de suivre l'évolution de Gliese 581 g. Il avait espéré voir son habitabilité prouvée de son vivant. Il avait espéré obtenir plus de réponses de son vivant. Mais qu'est-ce que ça veut dire, de son vivant ? Ses collègues qui lui ont survécu sur terre sont à cet instant même penchés sur ses découvertes. Dans six mois, l'*Astrophysical Journal* publiera son article sur les étoiles hyper-rapides. Les films d'Anja seront encore projetés dans cent ans. Plus. Leurs noms à tous deux apparaîtront dans les manuels ; ils ont tous deux fait l'objet de documentaires qui seront montrés à des générations de cinéastes et de scientifiques. Toute cette chance, toute cette gratitude ne comblent pas le vide qu'elle ressent, ne peuvent pas le combler. Sur la fin, la peau de Pieter était sèche comme du papier. Ses articulations noueuses comme des montagnes sur un globe. Elle donnerait tout pour éprouver de la rage. Sa faim ne fait pas le poids face à son chagrin.

Ce que Sandrino veut savoir par-dessus tout, c'est si cela lui manque de travailler. Vingt-quatre ans, c'est long, l'informe-t-il, ce qui bien sûr n'est pas vrai, mais allez faire comprendre cela à un jeune homme. Il dit qu'il n'arrive pas à voir ce qu'elle ressent véritablement au sujet de sa « vie dans le monde du spectacle » à la façon dont elle en parle. Un coup, dit-il, elle est soulagée et libérée ; le moment suivant, la nostalgie pèse sur elle comme un regret. Qu'en est-il vraiment ? Ils sont au café. Ils sont à la projection, en train d'attendre que *Le Cabinet du Dr Caligari* commence. Ils sont debout devant chez elle, à la fin d'un autre lundi soir. Où qu'ils se trouvent, ses questions restent les mêmes, posées en termes différents mais toujours avec ce mélange désarmant d'exubérance, d'incrédulité, de sollicitude et de reconnaissance pour ce privilège.

« Ça ne vous manque pas de travailler ? »

« Comment est-ce qu'on fait pour tout lâcher comme ça ? »

« Vous devez être plus heureuse maintenant qu'à l'époque ? »

« Dites-moi une chose qui vous manque dans le métier. »

Mais même à l'apogée de son association avec Hovland, elle a toujours considéré le métier d'actrice comme un plaisir coupable. Qui demandait beaucoup de travail, certes, mais tout de même. Elle n'a jamais vu les arts comme une vocation supérieure à, par exemple, la science, la religion ou même le sport ; et au sein des arts, elle est loin de classer le sien en tête. Elle suppose que c'est parce que cela lui est venu si facilement. Quand on ne voit pas la difficulté d'une profession, le savoir-faire complexe qu'elle requiert, les heures précieuses et irrattrapables qu'elle a volées dans la vie d'une personne, comment en déterminer la valeur ? La machine sophistiquée que représente un film excellent, écrit et réalisé avec une vision claire et sans complaisance, ça, oui, elle l'admire ; les romans de Henry James et de Virginia Woolf la remplissent d'émerveillement ; elle s'engoue de poésie imagiste, de certaines pièces de musique classique ou contemporaine et, bien sûr, de la peinture et de la sculpture, à l'exception peut-être de la production moderne, avec ses grands concepts piètrement mis en œuvre. Elle a toujours été agacée de s'entendre traiter de prodige. Elle ne voit pas où est l'honneur dans le fait d'exercer de façon experte ce pour quoi on est né.

Néanmoins, rappelle-t-elle à Sandrino, elle n'est pas restée oisive pendant ce quart de siècle écoulé depuis *Écho*. Elle a mis en scène la version scénique d'*Angle* à Londres et Amsterdam. Elle travaille encore parfois sur une collection de poèmes, même si elle craint qu'ils empruntent trop aux imagistes. Elle a accompagné Pieter à diverses conférences et dans de longs séjours de recherche, y compris un au pôle Sud. Pendant deux semestres, à la fin des années quatre-vingt-dix, elle a donné un cours de premier cycle à NYU. Elle est allée recevoir des récompenses aux quatre coins du monde et, pour chacune d'elles, elle a écrit un nouveau discours. C'est seulement depuis quelques années – elle ne sait plus exactement combien – que la ville la retient en otage. Ne crois pas ce que raconte la presse, lui dit-elle ; c'est de la paresse scénaristique. Anja n'est pas Greta Garbo. La presse fait se répéter l'histoire pour ne pas avoir à travailler trop dur.

Et pourtant, il continue de la harceler de questions. N'y a-t-il aucun autre réalisateur qui vous enthousiasme ? Aucun de ces disciples de Hovland ? Il ne la croit pas quand elle lui dit que le cinéma n'était pas son premier amour, ni même le second, que ce n'était qu'un moyen d'arriver à ses fins. Cela n'a pas de sens pour lui qu'on puisse être incroyablement doué pour une chose – parmi les meilleures du vingtième siècle, à en croire ses divers trophées – sans adorer celle-ci, sans y perdre jusqu'à son âme. C'est un pur produit de l'Italie, après tout, sa sensibilité romantique est une garantie au même titre que le parmesan et l'huile d'olive. Elle lui est reconnaissante de lui ramener l'Italie, non parce qu'elle a passé de si beaux moments là-bas – beaucoup ne l'ont pas été – mais parce que c'est le dernier endroit où elle a vécu comme une jeune femme. Être une jeune femme l'épuisait, mais c'était beaucoup moins de travail que d'être une femme adulte. Et maintenant qu'elle est une *vieille* femme, jouissant d'une bienheureuse invisibilité et se voyant enfin accorder la solitude et la liberté qu'elle craignait autrefois, elle découvre que la paresse n'est pas le vilain mot qu'on lui a appris à mépriser. En fait, elle a commencé à s'y essayer, à profiter de ses innombrables licences, de son immensité qui semble dilater le temps. Présentement, ses lundis avec Sandrino sont les seuls soirs où elle sort de sa maison.

Les jours où il ne vient pas sont longs. Il semble tout aussi impossible que Pieter s'en soit allé et que Sandrino ne soit apparu que récemment. Plus d'une fois, elle appelle le jeune homme par le prénom de son mari, sans s'en rendre compte, avant qu'il la reprenne, avec une expression fugace d'appréhension. Non, elle ne devient pas sénile, le rassure-t-elle ; elle ne sait que trop bien qui ils sont, tous les deux ; mais c'est là ce qu'ils faisaient si souvent autrefois, Pieter et elle : assis côte à côte, ils se livraient des heures durant à ce qu'il appelait une « boxe mentale », débattant avec férocité, tombant d'accord avec enthousiasme, jusqu'à ce que la faim ou l'épuisement rappelle leur corps à leur souvenir.

Sandrino ne peut pas lui en vouloir de retomber dans une habitude vieille de trente ans, surtout sachant qu'elle n'y a jamais complètement renoncé. Elle a continué de rivaliser mentalement avec Pieter, imaginant sa réaction aux informations quotidiennes puis exprimant tout haut son désaccord ou son assentiment. L'esprit de Pieter lui est aussi familier et accessible que le sien : ses systèmes de référence, ses préjugés exaspérants et sa cécité sélective, ses croque-mitaines et ses vaches sacrées prévisibles. Débattre avec lui ne nécessite pas sa présence physique. Jusqu'à présent, dans les neuf mois qui se sont écoulés depuis sa mort, il a eu raison à peu près la moitié du temps. « Ça, tu l'avais vu venir », lui a-t-elle dit l'autre jour, en tournant une page du *New York Times*.

Après toutes ces semaines à regarder de vieux films et à endurer les sessions solennelles de questions-réponses postprojection, elle aurait dû s'attendre à ce que Sandrino souhaite changer de sujet. « Je veux vous montrer un peu de mon monde », dit-il, sous-entendant qu'il s'est jusqu'à présent senti confiné à son monde à elle. Le sien est le programme de neurosciences à l'université où il est en train d'achever la première année de son cursus de troisième cycle. Ce sont également les restaurants à sushis (« Ce qu'ils font à ces petits poissons ! s'exclame-t-il. Ce sont des sculptures qu'on peut manger ! »), les entraînements d'aviron à l'aube sur le fleuve, avec un club de passionnés, les bières artisanales et les bars de travestis. Elle est à la fois soulagée et déçue lorsque c'est dans la sphère universitaire qu'il l'invite, à l'occasion d'une conférence prochaine intitulée : « Apprentissage et mémoire chez les drosophiles ».

« Des mouches ? fait-elle en riant. Je te donne le monde

de Marlene Dietrich et de Fritz Lang, et tout ce que tu me proposes en retour, ce sont des mouches ? »

Il lui tend le prospectus annonçant la conférence de la même façon qu'il lui a tendu la rose. Avec une incrédulité feinte, il lui demande :

« Vous n'êtes pas curieuse de voir ce que ces petites bestioles sont capables d'apprendre et de retenir ?

— Tu me connais assez bien maintenant pour savoir combien je suis curieuse de tout apprendre. » Elle prend le prospectus et le plie en deux. « De tous les désirs, la curiosité est le seul capable de maintenir une personne en vie. » Jusqu'à ce qu'elle dise ces mots, elle ne savait pas si elle y croyait. Elle entreprend de lui faire la liste de toutes les formes de désir qui lui viennent en tête – ambition, sexe, amour, toute la taxinomie – pour défendre son affirmation, mais se rappelle brusquement Pieter, l'homme le plus curieux qu'elle ait jamais connu, et s'interrompt.

« Il y a quelque chose qui ne va pas ?

— Non », répond-elle.

Aucun désir, si fort soit-il, ne peut sauver quelqu'un une fois que son corps l'a trahi.

Elle rouvre le prospectus.

« Ça a l'air très intéressant, dit-elle.

— C'est la dernière conférence du semestre, répond Sandrino. Il y en a eu de plus sexy – “Épigénétique”, “Le cortex préfrontal”, “Comportement hiérarchique”, je crois qu'elles vous auraient plu –, mais j'étais trop nerveux pour vous inviter. »

Il lui explique qu'elle est une VIP et lui simplement son caprice. Sur un plateau de tournage, ajoute-t-il, l'accessoire ne se voit pas accorder le privilège d'inviter la star à le rejoindre dans l'entrepôt avec le reste du matériel.

« Est-ce ainsi que tu penses que je te traite ? lui demande-t-elle. Comme un accessoire ? »

Cela le blesse.

« Bien sûr que non ! »

Les moments qu'ils passent ensemble sont le temps fort de sa semaine, dit-il, une pause heureuse dans ses études difficiles. Elle lui rappelle son professeur d'anglais à Florence, ajoute-t-il, mais, en même temps, c'est la première fois qu'il rencontre quelqu'un comme elle.

« J'étais la collaboratrice de Hovland, dit-elle. Pas sa diva. Ni son esclave. Pareil avec Pieter : une collaboratrice. Il m'a fait partager toutes ses recherches, ses idées et ses théories, bien que je parle à peine sa langue. Je crois que tout ce que j'ai toujours attendu d'autrui, homme ou femme, était la possibilité de collaborer, de débattre. Je ne veux pas être ton professeur, Sandrino, et de toute façon, tu es trop intelligent pour être mon élève. »

Il sourit.

« Alors, ensemble, nous allons apprendre tout ce qu'il y a à savoir sur les mouches du vinaigre.

— Oui, répond-elle. Pourquoi pas.

— Et je peux vous faire découvrir d'autres choses, aussi. Si vous êtes vraiment curieuse de tout. »

Ces yeux espiègles, ce sourire en coin. Ce pourrait être n'importe quelle année. Dans n'importe quel pays. Il pourrait être n'importe lequel d'entre eux.

« Je te retrouverai donc dans l'amphi Marcus W. Lannon, dit-elle, lisant le prospectus. Jeudi 12 mai, seize heures.

— Laissez-moi vous donner des indications pour y aller. »

Elle secoue la tête. Lannon Hall. En face de Calderwell, de l'autre côté de la grande cour par rapport à Meacham. Les amphithéâtres de l'université sont comme des villes où ils auraient vécu autrefois et où elle n'aurait jamais pensé retourner seule. Pieter se tient à l'avant de la caverneuse salle trapézoïdale, au pupitre, devant le gigantesque écran blanc. Il est tourné vers l'auditoire et passe son pointeur laser argenté – son rouge à lèvres, a-t-elle l'habitude de plaisanter – par-dessus son épaule droite pour montrer les étoiles. Il connaît si précisément la position de chacune d'elles qu'il n'a pas besoin de se retourner.

« Est-ce que je vais rencontrer des amis à toi ? demande-t-elle à Sandrino.

— Je n'ai pas d'amis à la fac, répond-il. La vie sociale, c'est difficile. Nous avons tellement de travail. Et ils ont des petites amies, des femmes, et certains même, des enfants. Ils viennent en cours ou pour leur tour de garde, et ils repartent. Les amis dont je vous ai parlé – Trevor, James et Roberto, Bryce qui fait collection de vieilles voitures... Ce sont des mecs que j'ai rencontrés en boîte, ou à l'aviron. Ou... en ligne. » Il hausse les épaules. « Nous ne sommes pas très proches les uns des autres. Cette ville ! Tout le monde me dit qu'il faut vivre ici cinq ans avant de savoir avec certitude si quelqu'un est un vrai ami. Cinq ans, c'est trop long à attendre !

— Ils se trompent », fait Anja.

Elle veut dire que ça prendra encore plus longtemps, que ça n'arrivera peut-être même jamais, et que la seule solution est de fuir pour une meilleure ville, mais il s'est déridé, ayant interprété sa remarque dans l'autre sens, et elle ne le détrompe pas. Qu'il garde donc espoir. Il lui vient pour la première fois à l'esprit que Sandrino souffre de solitude, bien qu'il soit possible qu'il n'ait parlé de rien d'autre depuis leur première soirée ensemble. Son monde, lorsqu'il le lui décrit (elle est curieuse, elle ne cesse de l'interroger maintenant, pendant les deux semaines précédant la conférence), semble plein à craquer : les matins glacés sur le fleuve, les heures passées à la bibliothèque, les rendez-vous amoureux trois ou quatre soirs par semaine, le mi-temps de saisie de données à l'hôpital pour se faire un peu plus d'argent de poche, les cours d'anglais pour rester au niveau de ses camarades de classe, les sorties au cinéma, en boîte ou dans les bars jusque tard dans la nuit, le refuge ponctuel d'une église le dimanche matin lorsqu'il est pris d'une envie de musique religieuse. Une moitié des gens qui remplissent autant leur temps le font par joie, parce qu'ils ne se lassent jamais de la générosité de la vie ; ce sont des gloutons, des gourmands. Frank Merlo était de ceux-là. Les autres le font pour se distraire de leur solitude, du gouffre qui s'ouvrira sous leurs pieds s'ils arrêtent de courir. Anja avait pris Sandrino pour un des premiers. Mais sa jeunesse et sa beauté, son aisance corporelle, l'ont peut-être trompée. Pourquoi, après l'excitation initiale due à la célébrité d'Anja et à son lien avec son père, continuerait-il à passer ses lundis soir en la compagnie impérieuse et généralement dénuée d'humour d'une vieille femme – endeuillée comme elle l'est, hantée, autoritaire, affamée – s'il ne cherchait pas désespérément à se distraire ?

« J'ai un aveu à vous faire, dit-il.

— Comme c'est excitant », réplique-t-elle.

C'est le lundi avant la conférence. Les jours ont rallongé. Il fait encore clair lorsqu'ils vont prendre le train.

« Mon ami Trevor, il nous espionne depuis quelque temps. Il vous espionne, vous. »

Trevor est le garçon qu'il aime le plus, dont il parle le plus souvent, celui qui a un autel dédié à Tennessee Williams dans son appartement et le poster de Marlon Brando au-dessus de son lit. Sandrino affirme qu'il est beau, même s'il n'est sur aucune des photos qu'il a montrées à Anja sur son téléphone. Trevor a joué le rôle de Brick dans *La Chatte sur un toit brûlant* lorsqu'ils l'ont montée dans sa fac, et s'est payé des places d'orchestre trop chères pour lui à la récente reprise d'*Un tramway* à Broadway, mais ses pièces préférées sont les moins connues, les plus expérimentales, celles que Tenn a écrites après la mort de Frank, celles que personne n'aime vraiment : *Avis de tempête*, *Indigne nation*, *Habits pour un hôtel estival*[1].

« Je lui ai dit de venir nous rejoindre à une projection pour dire bonjour, que vous n'êtes pas une personne qui est froide, que vous allez lui serrer la main chaleureusement, mais comme moi, Trevor est timide pour certaines choses. » En disant ces mots, il baisse la tête. Lorsqu'il est nerveux, il perd son anglais. « Quelques lundis soir, il est au café en même temps que nous. Il s'assoit à côté pour pouvoir vous regarder et vous entendre. Ses écouteurs sont vides. Éteints, je veux dire. Il écoute la voix de quelqu'un qui a été une amie de son idole, Tennessee Williams. Une fois, il m'a lu un passage de la biographie à propos du

1. *Small Craft Warnings*, *Out Cry*, *Clothes for a Summer Hotel*. Ces pièces n'ont jamais été traduites en français.

temps que vous avez passé en Italie avec lui et Frank. » Il s'interrompt avant d'ajouter, vivement : « De vous aussi, il est fan. Vous et Hovland. Trevor est instituteur, et acteur à côté, dans une troupe de théâtre amateur. Vous vous rappelez quand je vous ai dit que j'avais vu *Angle* ? C'est Trevor qui l'a pris en vidéo à la demande pour le regarder avec moi. À la fin, on a applaudi comme si vous étiez avec nous en personne.

— Est-ce qu'il connaît mon adresse, Sandrino ?

— Non !

— Le quartier où je vis ? »

De nouveau, il baisse la tête.

« Oui, j'ai laissé échapper le nom du quartier sans faire exprès. Mais c'est un grand quartier, oui ? Il ne découvrira pas quel appartement vous habitez. Je vous promets. Le Café Viva ! suffit. Et la conférence. Il vient à la conférence. "Pour la voir dans la lumière" – c'est comme ça que Trevor parle ! Très dramatique ! Et pour vous rencontrer, enfin, en personne. C'est un morceau seulement de mon aveu. Je lui ai dit que vous veniez avec moi voir les mouches. Ça m'a échappé aussi. Je suis désolé. Trevor est quelqu'un... Je ne sais pas. » Il fait un geste de la main vers le réverbère. « Je n'arrive pas à lui dire non.

— Ce n'est pas grave, Sandrino », répond-elle en se forçant à sourire, même si sa confession, et l'intrusion de Trevor dans leurs projets de jeudi, suscite en elle un malaise familier mais impossible à identifier.

Plus tard, après la projection de *L'Étudiant de Prague*, dans le box très convoité à l'arrière de Café Viva ! – elle avait oublié même que l'endroit portait un nom, et qu'il y avait ce point d'exclamation à la fin, ce souhait sonore et agressif, *Longue vie à vous ! Si vous l'osez !* –, elle parcourt du regard la pièce bondée, cherchant Trevor bien que Sandrino ait affirmé qu'il n'était pas là, et elle s'imagine que tous les écouteurs sont vides, que tout le monde l'écoute faire le récit de ce qu'elle a choisi de lui raconter ce soir, le récit de la dernière fois qu'elle a vu Tennessee Williams. Peut-être se met-elle un petit peu en scène, dressant le décor du Waldorf Astoria en 1982, du prostitué au bras duquel Tenn est arrivé et reparti, du mystérieux cadeau qui est arrivé chez elle quelques mois après la mort de l'écrivain.

Sandrino écarquille les yeux.

« Vous raconterez ça à Trevor aussi ? » lui demande-t-il, avec plus d'enthousiasme qu'elle ne lui a vu en montrer pour quoi que ce soit d'autre, et c'est à cet instant qu'elle identifie la source du malaise que lui a inspiré l'aveu de Sandrino, qui est cette tristesse particulière due au fait d'aimer un homme qui aime les autres hommes. C'est à cet instant qu'elle sait avec certitude qu'elle va le perdre, qu'elle était destinée à le perdre depuis le début.

Plus tard, tout le monde parle de l'Islande. Reykjavik est tout à la fois assez près et assez loin. Mais d'où ? De quoi ?

Lorsque enfin elle rencontre Trevor, trois jours plus tard dans le couloir devant Lannon Hall, elle le reconnaît immédiatement. Il est l'exact inverse de Sandrino : blond et musclé, l'Américain qu'on voit sur les affiches de dessins animés, les traits anguleux et patriciens, les cheveux rasés à la militaire partout sauf sur le devant, où ils se dressent et bouclent en une vague figée. Il porte un jean et un T-shirt moulant. Sa voix est aiguë, féminine, bien qu'il fasse un effort évident et clairement laborieux pour la moduler. Quel Brick il a dû faire. Anja l'a déjà rencontré mille fois.

« Un honneur », dit Trevor en lui baisant la main.

Le professeur derrière le pupitre dit à son auditoire que la tête d'une drosophile fait moins d'un millimètre de diamètre. Ce n'est pas Pieter. Il n'a rien de sa présence. Mais il est compétent, convaincant, un bûcheur. Chaque tête de drosophile contient environ cent mille neurones, ajoute-t-il ; un nombre raisonnablement facile à étudier et manipuler, mais qui n'est pas sans poser de problèmes non plus. Le professeur qui n'est pas Pieter a entraîné les mouches à former des souvenirs à long terme en les exposant à une odeur de champignon. Il a fait une découverte inattendue : les gènes qui aident à créer les souvenirs étaient les mêmes que ceux qui perçoivent la lumière. Un murmure parcourt la salle. Sandrino prend des notes sur un bloc, de son onctueuse écriture cursive ; penché sur son accoudoir, il n'arrête pas de ramener ses cheveux derrière son oreille. Trevor surprend le regard d'Anja posé sur lui et lève les yeux au ciel comme pour dire : *Moi non plus, je ne sais pas de quoi parle ce type.* Mais Anja le sait, ou du moins elle croit le savoir. Cela relève du bon sens, qu'il y ait un lien entre la lumière et la mémoire. Pas vraiment de quoi faire une étude sur le sujet.

Après, il y a le fromage en cubes, le melon en tranches, l'eau pétillante, et Trevor assis à ses pieds comme un chien libidineux. Il ne mérite pas Sandrino, pense Anja, mais il n'est pas désagréable, alors elle répond à ses questions avec politesse et patience. Qu'elle lui ait apporté un de ses portraits présignés semble faire le plus grand plaisir à Sandrino, comme si le geste valait approbation. Trevor n'a nulle part où ranger la photo, alors il la pose sur le radiateur derrière lui, à l'endroit. Elle a immédiatement envie de la récupérer. Elle doute que le cliché arrive sur le mur à côté de Brando. Ce n'est pas Anja qui intéresse Trevor.

Toutes ses questions portent sur Tenn, Frank et Truman ; les pires questions de télévision, que Sandro n'a jamais, une seule fois, osé lui balancer, même quand il l'interrogeait sur son père. Anja préférerait parler de la lumière et de la mémoire, de Reykjavik, de Gliese 581 g, de *L'Étudiant de Prague*, de n'importe quoi d'autre que les soirées mondaines d'Italie en 1953. Mais voyez la fierté qui se lit sur le visage de Sandrino. Voyez le plaisir que cela lui apporte d'être le véhicule capable de procurer à Trevor ce qu'il veut. Voyez comment il marque du pied le rythme d'une musique absente. Assise entre les deux garçons, tournant la tête vers l'un puis vers l'autre, Anja réfléchit au corollaire de cette tristesse particulière dont elle vient de se souvenir : une certaine électricité, celle qui peut passer d'un homme à un autre par l'intermédiaire d'une femme. En dépit de sa méfiance à l'égard de Trevor, elle est – à cet instant, du moins – enchantée de transmettre ce courant, de se laisser animer par celui-ci.

« Il m'a dit que vous êtes assise sur une véritable mine d'or, fait Trevor.

— C'est ainsi qu'il définit la situation ?

— Non ! proteste Sandrino. Je n'ai jamais dit “une mine d'or”. Trevor !

— Alors c'est moi qui le dis, réplique l'intéressé. Est-il vrai que vous êtes la seule personne au monde à l'avoir vue ?

— Je crois, oui, répond Anja.

— Et vous n'en avez rien fait ?

— C'était un cadeau, pour moi. Je l'ai montrée une fois à mon mari, il y a des années de ça. Nous l'avons lue ensemble à voix haute. C'est un texte court, plus personnel que commercial. Dépouillé. J'ai pris des dispositions pour en faire don à l'université du Sud[1], mais en attendant, il m'appartient, à moi seule. »

Trevor hausse les sourcils en regardant Sandrino, qui hausse les épaules. Le courant traverse Anja.

« Je vais vous raconter la dernière fois que j'ai vu Tennessee Williams, dit-elle. Je vais vous parler de la pièce qu'il a écrite pour moi, parce que j'ai promis à Sandrino de le faire. Mais avant que vous me posiez la question, laissez-moi vous donner ma réponse : non, vous ne pouvez pas la lire. »

1. *The University of the South*, une université privée située à Sewanee, Tennessee, à laquelle Tennessee Williams a légué ses droits littéraires.

5

La tête du Loup

Frank s'était installé à l'avant, entre Tenn et Luca, qui conduisait. Jack et Sandro étaient assis à l'arrière, chacun à sa fenêtre, séparés par un kilomètre de cuir brûlant. Les femmes les suivaient de près dans la camionnette du frère de Luca. À chaque virage, ils se faisaient signe comme des enfants sur un manège. La chemise de Frank, trempée de sueur, lui collait au dos. Tenn s'éventait avec une poignée de pages qu'il avait sorties de sa sacoche. Sandro avait la tête à la fenêtre comme Mr. Moon lorsqu'ils descendaient Duncan Street en voiture avec lui. Le vent ne leur apportait aucun soulagement, même alors qu'ils montaient vers l'air prétendument plus sec des montagnes. Ils avaient été stupides de quitter la plage, dit Jack, et quel était l'intérêt d'une belle vue quand le soleil vous brûlait et vous éblouissait, et que les hauteurs vous donnaient le tournis ? Et pourquoi on faisait tout un foin des vues, d'abord ? Qu'est-ce qu'une vue vous apportait, si ce n'est la dangereuse illusion de dominer le monde, assez rétréci pour être pris entre le pouce et l'index et éliminé d'une pichenette ? Si seulement !

Il continua comme ça jusqu'à ce que Sandro lui propose de changer de place. Lorsque Jack refusa, il lui proposa de poser la tête sur ses genoux. Jack refusa cela aussi.

Qu'est-ce qui faisait que deux personnes restaient ensemble ? Lors de ces virages, lorsque le camion semblait s'immobiliser un instant en équilibre au bord de la route et du ravin rocailleux, qu'est-ce qui poussait Sandro à continuer de tendre le bras pour retenir Jack, alors que ce dernier n'offrait aucun remerciement ni aucune tendresse en retour, aucun signe même qu'il voulait être sauvé ? Quelle meilleure version de lui-même Jack montrait-il à Sandro lorsqu'ils étaient seuls, et que faisait-il – s'il faisait quelque chose – pour se racheter de ces moments où il se comportait comme un enfant gâté, retenant tout le monde en otage avec son perpétuel mécontentement ? Frank voulait savoir. Plus que ça, il voulait que Tenn, sans y être invité, compare la façon dont Jack traitait Sandro à celle dont Frank le traitait lui-même, et qu'il soit reconnaissant ; et il voulait accepter cette gratitude de bon gré plutôt que d'immédiatement y résister et de s'en méfier ; mais pardessus tout, il voulait que tout ce bon gré et cette gratitude forment une coquille solide autour d'eux.

Ils s'étaient déjà arrêtés chez Bitte et Anja pour qu'elles changent de chaussures, puis chez Jack et Sandro pour que ce dernier prenne ses jumelles, et maintenant, à la demande de ces dames, ils s'arrêtaient une fois de plus, sur une *terrazza panoramica* pour touristes, afin de prendre un *aperitivo* prérandonnée. Le pique-nique à Paraggi avait été leur idée, mais elles n'avaient rien apporté à manger, comptant sur les hommes pour les nourrir. Anja n'avait rien avalé de tout le temps qu'ils avaient passé à la plage, mais Bitte avait englouti la moitié du sandwich à la mortadelle de Frank, une pêche, une poignée de noisettes et le plus gros du vin de Sandro.

Elle invita Luca et son frère à les rejoindre à leur table sur la terrasse.

« Nous allons attendre ici », répondirent-ils sans hésitation, en levant les deux mains pour indiquer qu'ils étaient d'un côté de cette expédition et Bitte, avec son curieux assortiment d'amis, de l'autre.

Frank n'en fut pas surpris. Partout où il avait voyagé en dehors des États-Unis, non seulement les hommes qu'il embauchait savaient rester à leur place, mais ils en étaient fiers, ainsi que du service particulier qu'ils fournissaient, que ce soit conduire une voiture, porter un bagage ou livrer des courses à un appartement de location. Les deux frères étaient payés pour leur temps, après tout. Leur proposer de venir sur la terrasse boire un Campari-soda avec leurs employeurs laissait entendre que celle-ci était un meilleur endroit où se trouver, un privilège qu'ils n'avaient pas demandé et ne désiraient pas nécessairement. Ils préférèrent rester à portée de voix sur le parking, qui était juste une parcelle d'herbe morte entre la route et le bord de la falaise.

Bien qu'il soit désormais près de cinq heures, le soleil était encore si haut dans le ciel qu'il donnait l'impression d'être à son zénith. Ils étaient assis sous un parasol à une table ronde couverte d'un tissu rouge vif, et décorée d'une carte postale représentant la plage qu'ils venaient de quitter.

« Voilà qui est mieux », fit Jack quand leurs boissons arrivèrent.

Il prit un glaçon dans son verre et le passa sur son front.

« Quelquefois, dit Sandro, je dis à mes malades : pour vous soigner, tout ce dont il y a besoin, c'est un Campari-soda.

— Je croyais que tu ne soignais que les animaux, s'étonna Frank.

— Il a de plus en plus de patients humains, répondit Jack. Ils le suivent partout. Notre Sandro est un peu le rebouteux de son petit hameau. »

Sandro parcourut le groupe du regard.

« Qu'est-ce que ça veut dire, *rebouteux* ? demanda-t-il avec un sourire intéressé.

— Je voulais te poser une question, Sandro, dit rapidement Frank. Quelque chose que j'ai remarqué, tout à l'heure dans le camion. Quand on prenait les virages, tu tendais le bras devant Jack. Pour le protéger.

— C'est idiot, je sais, répondit Sandro en riant. Comme un père avec un enfant. Mais c'est instinctif.

— Mais ce que j'ai remarqué, c'est que tu le plaçais bas, en travers de sa taille et non de sa poitrine... (Il mima le geste.) Comme si tu ne voulais pas que Luca te voie dans le rétroviseur. Et chaque fois que tu le faisais, tu regardais Luca après. D'un air un peu nerveux. Crois-tu qu'il ne sait pas ce que nous sommes ? »

Le regard de Sandro se durcit.

« Instinctif, là encore, répondit-il. Et tu dis "ce que nous sommes" comme si c'était un uniforme que nous portons.

— Ce n'est pas le cas ?

— Le boulot de Luca est de ne pas remarquer, déclara Tenn. Et s'il le fait, de n'en rien laisser paraître. La dernière chose qu'il ferait serait de ricaner. Ces journaliers sont fiers de leur capacité à rester impassibles, vous savez. Ce qu'ils disent de nous dans notre dos, c'est une autre histoire.

— Ils nous détestent, dit Frank.

— Je crois qu'ils ont juste peur, tempéra Jack.

— De toi peut-être », répliqua Bitte, et ils éclatèrent tous de rire.

Même Jack réussit à esquisser l'ombre d'un sourire, bien que celui-ci soit probablement destiné au serveur qui venait d'arriver avec son deuxième verre.

Anja se pencha pour embrasser Frank sur la joue.

« Qui aurait peur d'une frimousse pareille ?

— Bien dit, fit Tenn. Qui pourrait éprouver autre chose que de l'amour pour mon Petit Cheval ? » Il tendit à son tour le bras pour lui ébouriffer les cheveux. « Vous devriez voir comment il charme tout Key West rien qu'en se baladant dans la rue. Même les flics se laissent ensorceler. J'ai souvent dit que si Frankie se présentait aux élections municipales, il les remporterait haut la main.

— *Un angioletto* », enchérit Sandro.

Tout le monde regardait Frank. Il était conscient de la sueur sur son visage, qu'Anja avait goûtée avec ses lèvres fraîches. Il secoua la tête en essayant de ne pas rougir.

« Je n'ai rien d'un ange », dit-il.

Il enfonça les doigts dans le bol d'olives et en sortit deux vertes. Petites, lisses comme du cuir et presque sans chair autour du noyau, lequel était pointu aux deux bouts. Le restaurant servait celles-ci, ainsi que les noires fripées que l'on conservait dans de l'huile, gratuitement, avec également des chips grasses, des mélanges de noix salées et des cubes de provolone piqués de cure-dents. Des aliments qui stimulaient à la fois la soif et la faim, et qui vous permettaient de tenir pendant ces heures oisives de la fin d'après-midi, où la plupart des hommes étaient au travail mais où vous aviez la chance de n'avoir rien à faire hormis papoter avec vos nouveaux amis qui louaient votre nature angélique. Comment en était-il arrivé là ? Qu'avait-il fait pour mériter une vie si riche ?

« Ne l'écoutez pas, fit Tenn. Frankie est comme toutes les grandes actrices : plus on les applaudit, plus elles sont convaincues de ne rien valoir.

— Sauf Anna, remarqua Frank.

— Anna Magnani est l'exception à toutes les règles », répondit Tenn. Puis, s'adressant à Anja, il ajouta avec désinvolture, en chassant une mouche de la main : « Quand tu viendras à Rome, nous te la présenterons. »

Il lui sourit.

« Vous feriez ça ? demanda Bitte.

— Bien sûr. Anna la méprisera immédiatement.

— Oh oui, enchérit Frank.

— Et cela vous amusera ? s'étonna Bitte.

— Énormément, répliqua Tenn. Plus tôt votre fille apprendra à faire face au mépris, aux mensonges et aux subterfuges de ses futures collègues, mieux elle se portera. C'est une étape nécessaire de son éducation qui, si vous voulez mon avis, devrait déjà être passée. Nous ne savons pas encore si elle a la constitution pour ce métier, mais signora Magnani rendra son diagnostic. »

Bitte hocha la tête avec un air de conspiratrice.

« Cela fait quelque temps que j'essaie de l'endurcir. »

Anja avait détourné la tête pour regarder la route, comme si elle était indifférente à leurs intentions envers elle, mais Frank savait, depuis leur conversation précédente, que pas un mot de la discussion ne lui échappait. Tenn continua de tracer les grandes lignes des cinquante prochaines années de la vie d'Anja Bloom : rôles de figurante dans des films européens, puis inscription à l'Actors Studio à New York. Après ça, seconds rôles à Broadway et après : la nouvelle Geraldine Page. Il connaissait justement l'endroit parfait dans le quartier de Gramercy pour camper quelques mois : un ami de Kazan avait un persan blanc et une chambre d'amis dotée de deux lits simples. Un ami, un chat, une situation dont Frank n'avait jamais entendu parler avant, et dont il ne réentendrait plus jamais parler par la suite.

« Elle est beaucoup plus jolie que Geraldine, déclara-t-il.

— On parle de son talent, répliqua Tenn. Pas de son potentiel décoratif. »

La scène n'était pas ce qu'il fallait à Anja, protesta Bitte, comme si Kazan avait déjà fait une offre. La caméra lui donnait une dimension qu'on ne pouvait pas apprécier du cinquantième rang. Elle exprima l'espoir que d'autres films soient faits à partir des pièces de Tenn pour qu'Anja puisse en être la vedette et qu'elle-même puisse se rendre à l'avant-première en avion privé.

Pendant tout ce discours, Frank avait gardé un œil sur Anja. Elle observait une bande de jeunes garçons qui étaient sortis de derrière les rangées de voitures. Lorsqu'ils s'approchèrent de Luca et de son frère, ceux-ci leur balancèrent de la terre du bout du pied pour les chasser.

« Je ne m'attendais pas à trouver des Gitans ici, dit Anja, et ils se retournèrent tous pour voir de qui elle parlait. Comme c'est triste. »

Il y en avait neuf. Torse nu. Si maigres que leurs côtes faisaient des reliefs au soleil. Leur short et leurs mollets étaient maculés de boue. Certains tenaient leurs chaussures à la main. Un de ceux que Luca avait repoussés fit tournoyer un yoyo en bois autour de sa tête. Ses amis s'éparpillèrent puis, avec des caquètements de rire, le taclèrent au beau milieu de la rue, forçant les voitures à faire des embardées pour les éviter, dans un concert de klaxons et de cris.

« J'espère qu'ils ne vont pas nous embêter », dit Bitte.

Elle écarta sa chaise de la balustrade qui les séparait de la route. La terrasse était assez basse pour que les garçons puissent venir s'y coller et passer leurs bras maigres entre les lattes.

« On n'est pas en Afrique, remarqua Tenn. Ni même en Sicile. Ils sont inoffensifs.

— Exactement, enchérit Jack.

— On ne sait jamais.

— Ils n'ont pas l'air prêts à tout, *Mor*, intervint Anja. Ils ont l'air heureux. Comme de petits oiseaux.

— Exactement, répéta Jack.

— Eh bien, pardonnez-moi, tous, si j'ai du mal à reconnaître le bonheur », répliqua Bitte.

Anja regarda Frank et leva les yeux au ciel. Mais Bitte n'avait pas tout à fait tort. Il y avait quelque chose de sauvage chez eux. Ils étaient peut-être heureux, mais leurs mains étaient crasseuses, comme s'ils venaient de se frayer un chemin hors de terre. Ils avaient des bouts de ficelle colorée attachés autour du cou et des poignets, comme s'ils faisaient partie d'une sorte de tribu. À Frank, ils ne rappelaient pas des oiseaux, mais des ratons laveurs furieux, avec leurs yeux sombres et fatigués cerclés de saleté et leurs petites mains agitées comme des pattes griffues. Ils s'interpellaient entre eux avec des glapissements qui pouvaient aussi bien être un dialecte italien populaire qu'une langue de leur invention ou du pur charabia.

« Ils me donnent le frisson, reprit Bitte.

— S'ils sont italiens, ils devraient avoir honte, dit Sandro.

— Et s'ils ne le sont pas ? demanda Jack.

— *Boh*, fit Sandro avec un haussement d'épaules.

— *Boh*, l'imita Jack d'une voix aiguë de petite fille.

— On ne voit pas ce genre de chose en Suède, dit Bitte.

— Et certainement pas en Nouvelle-Angleterre, ajouta Jack, où les garçons sont enrôlés dès la naissance dans le chœur paroissial anglican.

— C'est très raffiné, là-bas, n'est-ce pas ? lui demanda Anja. Ma cousine Brigit m'a dit que la Nouvelle-Angleterre était la région la plus civilisée des États-Unis. Elle nous a écrit de Boston. Elle faisait un tour du monde. Je me rappelle avoir lu les mots "Nouvelle-Angleterre" et pensé qu'ils évoquaient pour moi l'espoir. »

À la grande surprise de Frank – et apparemment de Sandro –, non seulement Jack exprima son accord avec Anja, mais il enchaîna en décrivant, avec une nostalgie dont ils n'avaient jusqu'alors vu aucune trace, la verdure feutrée et les églises sévères d'Andover, la neige qui n'était pas de taille face aux services municipaux, la concentration de pensionnats et d'universités du Maine jusqu'au Connecticut. L'enfance qu'il avait passée sur des parquets froids à contempler des recueils de peintures, pendant que le phonographe à côté de lui jouait *Don Pasquale*, de

Donizetti. L'odeur d'encens qui avait imprégné l'habit des religieuses à St Augustine's. La main de sa mère, qu'il était obligé de tenir même pour se rendre chez leur voisin de l'autre côté de la rue.

Les petites villes de Nouvelle-Angleterre avaient leur charme, reconnaissait-il, mais il n'y avait pas d'endroit plus dangereux au monde. « Qu'est-ce que le provincialisme si ce n'est la décision collective et butée de jeter l'éponge ? dit-il, redevenant lui-même. Je préfère me faire poignarder dans une ruelle de Naples que m'encroûter sur les pelouses arborées de la Phillips Academy. » Sa mère était la seule chose en Nouvelle-Angleterre, dans sa ville natale, dans le *putain de* pays tout entier, qui lui manquait vraiment. Cela faisait plusieurs mois qu'il ne lui avait pas écrit, ajouta-t-il, mais ces derniers temps, elle occupait ses pensées plus souvent que d'habitude.

Ils avaient déjà entendu une partie de cela la veille au soir, mais Jack parlait si peu, et faisait si rarement preuve de tendresse, qu'ils le laissèrent continuer.

« Lorsqu'il boit, chuchota Sandro à Frank, il se rappelle surtout sa *Mamma*. Puis il ne se rappelle plus rien. »

Maman Burns n'était pas morte. Elle n'était même pas particulièrement vieille. Elle était venue voir Jack à Florence pas plus tard que l'été précédent. Ils s'étaient rendus avec Sandro sur les plages thermales d'Ischia, ce qui avait requis un train, un ferry, des maillots de bain et le déni aveugle de l'étrangeté de leur trio. Sandro n'avait rien été de plus que le bon ami de Jack. *Vraiment sympa de sa part d'avoir payé l'addition, pas vrai, Maman ? Tu te couches déjà, Maman ? Bonne idée !*

« Il dit les meilleures choses gentilles sur moi quand

Mamma Burns est là pour les entendre, expliqua Sandro à Frank, là encore en confidence. Le reste du temps je suis... »

Il baissa le pouce.

Lorsqu'il avait pris congé de sa mère à Gênes, expliqua Jack, il pensait ne jamais la revoir. Il y avait peu de chances qu'elle revienne, et il n'avait aucune intention de retourner aux États-Unis, pas même pour les vertes pelouses d'Andover, et pas même si son livre suivant, *Pleurs d'enfants*, était un succès, ce qu'il n'avait pas été.

« C'est moi qui ai pleuré quand ces critiques sont parues, avoua-t-il.

— Les mauvaises critiques font vendre les journaux, dit Frank.

— Alors ils ont dû en vendre des milliers d'exemplaires », répliqua Jack.

Il venait cependant de finir le premier jet d'un nouveau roman, commencé juste après celui-là. C'était quand il était au tapis, quand il avait des blessures à panser, qu'il travaillait le plus dur et écrivait le mieux.

« Ce sont mes plus belles pages depuis *On meurt toujours seul* », insista-t-il ; ce qui ne voulait rien dire pour Frank ou qui que ce soit à la table, étant donné qu'aucun d'eux – pas même Sandro, découvrirait-il plus tard – ne l'avait lu. « Et il a un putain de bon titre : *L'Inconnu et son mal.* »

Il balaya du regard leurs visages sans expression.

« M-A-L ? demanda Frank. Ou M-Â-L-E ?

— Je suis à peu près sûr de préférer la seconde orthographe, fit Tenn.

— Vous pouvez vous moquer, répliqua Jack, toute trace de tendresse brusquement dissipée. Mais mon éditeur est gaga de ce que j'ai pour l'instant. Encore un ou deux mois de fignolage et ce sera bon. Je devrais être en train de travailler dessus à l'instant même, au lieu de perdre mon temps à me balader d'un bout à l'autre de la côte avec vous comme un touriste. Si ce bouquin ne voit jamais le jour, c'est à *lui* qu'il faudra s'en prendre. »

Sandro, l'accusé, lui arracha son verre de whisky à moitié plein des mains et le vida d'un trait.

« De quoi parle le livre ? » demanda Anja.

Les enfants des rues s'étaient calmés, mais soudain, vif comme l'éclair, celui au yoyo entreprit de gravir la colline. Ils regardèrent ses amis le poursuivre dans les bois en recommençant à hurler ces étranges syllabes. En chemin, ils ramassèrent bâtons et cailloux, mettant ces derniers dans leurs poches.

« Ils jouent à la guerre, c'est tout », dit Jack.

Il appela le serveur pour avoir un nouveau verre, et ne répondit à aucune autre question, à propos de son livre ou de quoi que ce soit d'autre.

Lorsqu'ils arrivèrent à Testa del Lupo, le soleil était sur le point de se coucher et ils durent se dépêcher pour en voir les couleurs. Ils se trouvaient quelque part entre Portofino et Santa Margherita, sur un embranchement non pavé d'une route qui n'apparaissait pas sur la carte, dans la propriété à l'abandon d'une famille autrefois importante mais éteinte depuis longtemps. Pour accéder au bord de la falaise, il fallait traverser le jardin de sculptures, entouré de hauts murs dissuasifs et jonché de statues effondrées, démembrées ou étranglées par les mauvaises herbes. Luca les accompagna jusqu'à l'entrée puis leur indiqua, de l'autre côté, le chemin de pierre blanche qui menait à la pointe. Il y avait assisté au coucher de soleil assez de fois, dit-il. C'était là que tous les hommes amenaient leur *fidanzata* pour la demander en mariage, là qu'un jour il amènerait sa Teresa, dont il parlait souvent et avec une grande solennité. En attendant, il allait fumer. Il n'y avait personne d'autre dans le jardin, mais ils entendaient des voix au loin et des percussions qui semblaient presque tribales. « Probablement une sérénade », dit Luca avant de s'asseoir sur un des bancs en pierre effrités et de frotter une allumette.

Avec son haut mur et ses monuments laissés à l'abandon, le jardin ressemblait à une nécropole. Au centre se dressait la fontaine qui donnait son nom au lieu : un pilier de trois mètres de haut sculpté sur ses quatre faces de têtes de loup identiques. Sous chacune d'elles, une vasque en demi-lune craquelée, qui autrefois recevait l'eau coulant des lèvres de l'animal. Au sommet du pilier, une chimère composée d'une tête de loup, d'un torse humain et d'une longue queue de poisson montrait les crocs en direction du soleil couchant, comme si elle était furieuse contre lui. C'était la seule statue de tout le jardin à être restée intacte, sans fêlures ni lichen ni yeux manquants la regardant de là où ils étaient tombés au milieu de la végétation. Quelqu'un prenait soin de l'étrange créature. Quelqu'un essuyait la crasse accumulée dans ses plis, polissait ses dents tranchantes, brossait ses écailles.

Ils s'arrêtèrent un moment pour l'admirer. Elle projetait une ombre allongée sur le mur derrière elle, ce qui la faisait paraître moins menaçante dans sa minceur mais plus imposante en taille. Un couple qui se tenait par la main – un homme aux cheveux blancs accompagné d'une femme ridiculement jeune au visage dissimulé par un grand chapeau mou – passa précipitamment devant eux sans les saluer. Le temps s'était enfin rafraîchi mais l'humidité faisait vibrer l'air. Frank se pencha pour embrasser la sueur salée qui avait séché sur le cou de Tenn. Il posa la tête sur son épaule, les yeux tournés vers l'étrange fontaine. *Je ne sais pas comment tu fais pour rester là jours et nuits à hurler vainement après le soleil.*

« Qu'est-ce que tu en dis, Bitte ? demanda-t-il. Est-ce que notre louve, là, est heureuse ou triste ?

— Ne la provoque pas », chuchota Anja.

La fontaine et la vue étaient les seules raisons de venir là, d'après Bitte ; le reste du vaste jardin n'était que ruines ordinaires. Ils passèrent sous une arche basse pour s'engager sur le chemin, cerné de toutes parts par des bois clairsemés et les explosions de rose et de jaune de fleurs sauvages dans les broussailles. Des couples étaient allongés sur le dos sur de gros rochers plats, les chevilles entrelacées ; ils contemplaient le ciel, s'embrassaient, dormaient, se partageaient des bouteilles de vin, s'enlaçaient. Ce qu'on avait dit à Frank sur le vieux pays était donc vrai : où qu'on pose les yeux, même au milieu de nulle part, on trouvait des gens amoureux.

Ils avançaient deux par deux, bien que le chemin soit assez large pour que les promeneurs aillent à six de front. Bitte et Jack ouvraient la marche, suivis de Tenn et Anja. Sandro traînait les pieds, les mains enfoncées dans les poches, la tête basse. Frank ralentit le pas pour lui tenir compagnie.

« Est-ce que je peux te dire quelques mots en privé ? lui demanda Sandro lorsque les autres furent hors de portée de voix.

— À moi ? Bien sûr.

— Cela fait un moment que j'essaie de te parler en tête à tête, mais tu ne m'as pas remarqué.

— Je...

— La première chose : ce n'est pas ma faute pour le livre de Jack. Ce qu'il vous a dit, au sujet de *L'Inconnu*, ce n'est pas la vérité. L'éditeur, il a écrit de New York la semaine dernière pour annoncer qu'il ne peut pas le publier. Qu'il refuse de le publier. Ce n'est pas bon, il dit, même si Jack passe six mois de plus, deux ans de plus dessus. Il ne peut pas faire de ce qui n'est pas bon quelque chose de bon.

— Est-ce que Jack sait cela ?

— Bien sûr qu'il sait ! Il a lu la lettre. Je ne lui cache pas ses lettres ; c'est lui qui me les cache. Toute la nuit, il a bu au bar à *Firenze* et quand il est rentré par le dernier bus, il était en colère, il s'est jeté sur moi les poings serrés. Alors le soir suivant, quand il a retourné au bar, j'ai lu les lettres sur son bureau, et c'est comme ça que je sais ce qu'ils lui ont dit sur son livre. Mais je fais semblant parce que s'il apprend que je sais, il sera humiliation. »

Lui passant le bras autour du cou, Frank le serra contre lui.

« Moins on en sait sur le contenu de leurs lettres, mieux c'est, lui dit-il. Crois-moi. J'ai appris quelques trucs à force de vivre avec un écrivain ces dernières années. »

Sandro secoua la tête.

« Je veux savoir tout ou rien.

— On aurait eu la vie plus facile avec des actrices, continua Frank. L'actrice peut apprendre ses répliques, remonter sur scène le lendemain soir, arranger son maquillage, repenser la psychologie du personnage et boom ! Le public l'adore. L'écrivain doit passer des mois, des années, dans le tunnel entre un livre et le suivant, avec seulement ses amants et amis pour lui lancer dans le noir : *Continue ! C'est bon,* tu *es bon ! Souviens-toi ce qu'a dit untel à propos du dernier truc que tu as écrit !* Sauf qu'ils ne croient pas un mot de ce qu'on leur dit. Je ne suis même pas sûr qu'ils nous entendent. Ils ont désespérément besoin de nous l'entendre dire, mais nous ne sommes jamais ceux qu'ils croient.

— Jack se met très en colère quand je fais ça, quand j'essaie de lui redonner confiance.

— Tenn aussi. Sauf quand c'est le contraire. Qu'il me supplie de lui rappeler, encore et encore, ce qu'il est, *qui* il est. Puis il me demande d'arrêter. J'ai en mémoire des citations extraites de journaux du monde entier. "Va boire un verre, Frankie, me dit-il lorsque je m'emballe avec mes citations, en me poussant dehors. C'est mon droit d'être malheureux." »

Frank leva les mains, feignant d'accepter la défaite, le sourire aux lèvres comme pour dire : qu'est-ce que tu veux faire ? Autant boire, danser, organiser une soirée, trouver l'opéra le plus proche et acheter une place aux premières loges.

Ce n'était pas toute la vérité, cependant. Il lui avait fallu des années pour apprendre les pas de cette danse du besoin et de la résistance avec Tenn, et pour chanter avec lui le refrain de la chanson qui l'accompagnait : « J'ai besoin de toi, maintenant va-t'en ; enchaîne-moi, maintenant donne-moi la clef. » Mais désormais, il était habitué à tout cela. Et s'habituer à quelqu'un, se faire une place dans ses humeurs, ses revendications et ses affections, n'était pas quelque chose ? N'était-ce pas ce qu'on pouvait espérer de mieux, même quand parfois, ce qu'on voulait surtout, c'était faire l'amour sur un rocher devant un public d'inconnus, et revenir à ce rocher tous les soirs au coucher du soleil pour retrouver le même homme en train d'attendre ? N'était-ce pas là, peut-être, tout ce qui comptait ?

« Certains soirs, j'ai l'impression d'être l'homme le plus seul au monde, avoua-t-il à Sandro. Surtout quand Tenn est dans le tunnel. »

Il aurait pu régler une horloge sur la régularité de ces épisodes, mais ce qu'il aurait dû lui dire, c'était qu'une vie de brefs moments de solitude était bien meilleure que ce qu'il avait connu avant, qui était une vie d'amour désespérément semé aux quatre vents. S'il avait été coupable d'un crime avant Tenn, c'était d'avoir donné des morceaux de son cœur à trop d'hommes qui ne le méritaient pas. Désormais, Tenn le possédait tout entier. C'était seulement son enveloppe corporelle, ces bras, ces jambes et ces lèvres agités, qu'ils laissaient d'autres hommes emprunter à l'occasion, et il s'agissait moins là d'un crime que d'un plongeon dans l'eau fraîche.

« Seul, ce n'est pas le problème, répondit Sandro. Je n'ai pas le temps de m'inquiéter de qui se sent seul et qui non. Le problème, c'est que Jack est en train de se tuer. Pire en pire il devient avec la boisson. *L'Inconnu*, c'était comme du sang envoyé à son cœur pour le tenir en vie. Mais maintenant il n'y a plus de sang. Avant, il buvait et il écrivait ensemble. Maintenant il n'y a plus que la boisson, toute la journée au bar à *Firenze*. Après que j'ai lu la lettre, c'est quand j'ai décidé qu'on doit aller à Portofino pour qu'il parle à Truman Capote. Pour sauver sa carrière.

Pour avoir de l'aide pour sa tête, peut-être, je ne sais pas, je ne sais plus quoi faire. Il dit que les écrits de Capote c'est n'importe quoi, mais je lui réponds : qu'est-ce que ça peut faire que tu aimes ses livres ou pas, s'il peut te présenter aux bonnes personnes ? À la place, on a eu un heureux accident avec les chiens et il a rencontré le grand Tennessee Williams, ce qui est encore mieux, et je t'ai rencontré, toi, qui es un cadeau pour moi parce qu'on est, comment ils disent ? dans le même bateau. Toute la journée, j'ai essayé de convaincre Jack de rester encore plus de jours ici avec toi et Tennessee Williams, pour devenir des meilleurs amis, mais il insiste pour partir demain. » Sandro était au bord des larmes, parlant fort avec ses mains mais la voix douce et prête à se briser. « Il dit qu'il partira tout seul s'il doit, qu'il prendra la voiture et le chien et Marika, et qu'il me laissera ici, *abbandonato*.

— Je suis désolé », fit Frank.

Dans quelques minutes, ils auraient atteint le bord de la falaise, où les autres membres de leur groupe se tenaient déjà, appuyés sur des poteaux de bois pour ne pas perdre l'équilibre, les lèvres muettement entrouvertes, les yeux fixés sur le ciel marbré de rose et de violet, les nuages cramoisis. Le bruit de percussions se fit plus fort, en provenance des bois ou d'un des villages en contrebas, Frank n'aurait su le dire.

« J'aime cet homme, reprit Sandro. Tu ne comprends pas comment, je sais. Je vois la façon dont vous le regardez, tous, comme s'il est répugnant. Il ne montre plus de tendresse envers moi, c'est vrai. Il y a des jours où je voudrais qu'il disparaît. Mais mon cœur est trop grand pour disparaître aussi, pour rester tout le temps avec... »

Il secoua la tête, et ils firent quelques pas en silence. « Tu as été avec des femmes avant, oui ?

— Jusqu'à la guerre, répondit Frank.

— Jack est quelqu'un qui souffre. Tu n'as pas une douleur pareille. Pas toi, si plein de vie. Pas moi. Pas signorina Anja. Mais Jack l'a sur tout son corps, une douleur comme si sa peau était en feu. Et ça me donne une responsabilité. »

Ils arrivaient auprès des autres.

« Je vais t'aider », promit promptement Frank à mi-voix, bien qu'il n'ait aucune idée de la forme qu'allait prendre cette aide.

De ce qu'il avait pu voir et entendre, Sandro aurait mieux fait de se désintéresser de la brute. Que Jack boive jusqu'à la mort si c'était ce qu'il voulait. C'était son droit d'être malheureux. Tenn avait une force vitale qui poussait les mots à venir et le sang à affluer, qui encourageait l'auteur à ressortir du tunnel, les acteurs à monter sur scène et les spectateurs à se lever pour applaudir. Si vous n'aviez pas votre propre force vitale, personne ne pouvait vous prêter la sienne. Personne ne pouvait vous sauver. Mais il ne dit rien de tout cela à Sandro, ni sur le moment ni plus tard. Tout ce qu'il put lui offrir fut sa vague promesse de l'aider.

« Vous avez pris votre temps, dites donc », fit remarquer Jack.

À l'exception du vieil homme et de sa petite amie au chapeau mou, qui se tenaient enlacés à quelques pas d'eux, ils étaient seuls au bord de la falaise. À mesure que le ciel s'embrasait et s'obscurcissait, en contrebas, les ombres se répandaient dans les villes et les lumières s'allumaient une à une dans les maisons et les restaurants, accueillant discrètement la nuit.

« *Bellissimo*, non ? dit Sandro.

— Cette brise, fit Anja.

— *Che spettacolo!* enchérit Tenn.

— Mais qu'est-ce qui tambourine comme ça ?! » demanda Frank.

Et c'est à cet instant que, de derrière les arbres en pente de l'autre côté du chemin, la bande de garçons qu'ils avaient vue dans la rue devant le café réapparut. Elle s'était multipliée, comptant désormais une grosse vingtaine de membres, âgés d'au moins dix-huit ans pour certains et de dix tout au plus pour d'autres, qui entrechoquaient leurs bâtons et leurs pierres en chantant dans leur langue incompréhensible. Ils se répartirent en blocs de trois ou quatre et, bras dessus, bras dessous, braillant chacun une chanson différente et levant les genoux plus haut que la taille comme des soldats, ils entreprirent de descendre la colline.

« C'est une sorte de mimodrame, devina Tenn.

— C'est affreux », répliqua Bitte.

En quelques instants, les garçons se retrouvèrent rassemblés devant eux, face à eux, au bord de la falaise. Ils continuèrent d'approcher, pas à pas, les acculant contre le garde-fou avec leurs petits corps efflanqués, sans cesser le vacarme qu'ils faisaient avec leurs bâtons, leurs pierres et leurs voix haut perchées, les yeux écarquillés et clignant frénétiquement des paupières. Tirant sa compagne par la main, le vieil homme remonta en courant le chemin de l'autre côté, sans être remarqué. Les garçons avaient leurs bâtons pointés sur Frank, Tenn, Sandro et Jack, mais leurs yeux et leurs grands sourires carnassiers étaient fixés sur Anja et Bitte, toujours vêtues de leur maillot de bain blanc sous une robe d'été toute fine.

Bitte se couvrit la poitrine des bras et s'effaça derrière Tenn.

« Donnez-leur de l'argent, quelque chose ! s'écria-t-elle.

— Restez calmes, dit Tenn en tapant nerveusement des mains en rythme avec leur étrange musique. Ils veulent seulement notre attention. Ce sera bientôt fini. »

Frank porta malgré tout la main à sa poche pour plier les quelques lires qui lui restaient.

« Mais que sont-ils ?!

— Des Gitans, c'est tout », répondit Jack. Il tendit la main vers un des plus jeunes pour lui mettre une pièce au creux de la paume. Lorsque les amis du garçon s'attroupèrent autour de lui, il retourna ses poches en disant : « *Vuoto!* Je n'ai rien d'autre ! »

Leurs dents étaient ébréchées et pointues, avec des espaces entre elles comme si les autres étaient tombées sous les coups ou n'avaient jamais poussé. Leur épouvantable concert se poursuivit, interminable, insupportable, alors même que, un par un, ils donnaient leur argent et que la nuit tombait rapidement autour d'eux. Les couples sur la colline, descendant de leurs rochers, s'approchèrent avec curiosité puis s'arrêtèrent et battirent en retraite dans le jardin. Les garçons s'étaient mis à psalmodier, différentes mélopées qui se fondaient les unes dans les autres, sans jamais s'interrompre, en une cauchemardesque cacophonie dépourvue du moindre sens. La voix de celui qui semblait être leur chef s'élevait clairement au-dessus des autres, forte et perçante. C'était lui qui avait les yeux les plus fous du groupe. Il avait des oreilles charnues et pointues qui saillaient de son crâne comme celles d'un elfe. Ils s'exprimaient peut-être dans un obscur sabir slave ou italien mais personne, pas même Sandro, ne pouvait l'identifier. Ils chantaient et scandaient de plus en plus fort, s'interrompant les uns les autres, rivalisant, ouvrant la bouche le plus possible, montrant leurs dents cassées.

Bitte essaya de s'enfuir mais ne réussit à faire que quelques pas avant que le chef des gamins ne s'interpose pour la retenir. Un des plus grands, à la peau couleur de noix, l'attrapa alors par-derrière, passant le bras en travers de sa poitrine pour la plaquer contre lui, et lui susurra une douce et lente sérénade à l'oreille. De l'autre main, il tenait un long bâton affûté à un bout pour servir de lance. Elle ferma les yeux, les paupières serrées. Elle avait l'air terrifiée. Lorsqu'elle lui donna un coup de talon sur le pied, il ne tressaillit même pas. Tenn lança un regard éperdu à Frank – « Fais quelque chose », dit-il entre ses dents – mais ils étaient coincés entre la falaise et l'armée de jeunes garçons, sur le visage desquels se lisait une exubérance de possédés. Était-ce là quelque horrible plaisanterie, ou bien étaient-ils réellement dangereux ? Frank avait affronté les Japs sans peur, vague après vague, mais il n'arrivait pas à imaginer un combat contre une armée d'enfants.

C'était au tour de Sandro d'essayer.

« *Vai via!* » cria-t-il en faisant un pas vers eux et en agitant les bras comme un aveugle cherchant son chemin.

Les garçons répondirent par des huées. Ceux qui avaient des lances les appuyèrent sur sa poitrine. Dix d'entre eux, peut-être, étaient armés de la sorte. Ils avaient le visage maculé de boue.

Sandro leva les bras au-dessus de sa tête.

« *Andate all'inferno!* lança-t-il en haussant le menton.

— *Andate all'inferno!* s'exclamèrent-ils en réponse,

scandant ses mots encore et encore, d'un ton efféminé, maniéré, comme un chœur de tragédie homosexuel, tout en défilant sur place. *Andate all'inferno! Andate all'inferno!* »

Frank passa le bras autour de la taille de Tenn. Se redressant de toute sa hauteur, la poitrine bombée, il murmura de façon à n'être entendu que de Tenn, puis celui-ci fit de même.

« Maintenant ! » s'écria Frank, et ils chargèrent ensemble en avant pour essayer de franchir le mur de corps.

Les garçons s'agglutinèrent autour d'eux et les firent tomber sur le sol rocailleux au bout de trois pas. Ils leur immobilisèrent les jambes et tirèrent sur leur maillot de bain, leur écorchant les cuisses et le dos de leurs griffes acérées de ratons laveurs, enfonçant les doigts dans leur peau comme s'ils essayaient de leur arracher de gros morceaux de chair. Frank tenta de les repousser, écrasant son poing sur des visages, des poitrines, mais ils revenaient sans cesse à l'assaut. Jack et Sandro s'écroulèrent à côté de lui, aisément taclés, en agitant les bras. Les gamins clouèrent Frank au sol, à plat ventre sur un caillou qui lui meurtrissait les côtes, un pied nu et putride posé sur sa nuque, un autre entre ses omoplates pour l'empêcher de se redresser. Tenn gisait par-dessus lui. « Mais c'est quoi, ce bordel ? » hurlait Jack entre deux grognements estomaqués, en se protégeant la tête de ses avant-bras, comme un boxeur, pour empêcher le garçon agenouillé sur sa poitrine de lui arracher les yeux.

« Anja, ça va ? » appela Frank. Sa mère et elle avaient été traînées jusqu'au bord de la falaise. Il ne les apercevait que par instants, à travers l'essaim de garçons. « Dis-moi que ça va !

— Frank ! » cria-t-elle en réponse, battant éperdument des jambes. Elle poussa un hurlement alors qu'ils tiraient sur sa robe, l'étranglant à moitié. « Aide-moi !

— À l'aide ! » lança également Bitte.

Frank entendit un bruit d'étoffe qui se déchirait et, en relevant les yeux, vit les morceaux de leurs robes blanches, lumineux comme des flammes, disparaître en flottant dans l'obscurité trouble. Anja – c'était probablement Anja – tendit les bras pour s'agripper à un des poteaux. Il se débattit, donnant tout ce qu'il avait pour essayer de se dégager, mais les garçons ne cessaient de revenir à la charge pour le maintenir au sol. Un autre pied nu se posa sur sa joue droite, lui écrasant le visage dans la poussière. Ils avaient retiré Tenn de sur son dos et, même sans le voir, il savait que c'était son haleine adoucie de whiskey qu'il sentait sur sa nuque. Il connaissait le rythme de ses poumons dans ses moments de terreur et d'excitation. Il connaissait l'épaisseur exacte de la poitrine qu'il aurait sentie si seulement il avait pu se retourner pour le serrer contre lui.

Bitte avait réussi à passer les bras autour de la taille d'Anja, mais Frank ne voyait pas bien ce que les garçons étaient en train de leur faire. Il y en avait trop. Ils s'empilaient autour d'elles, se relevaient d'un bond, attendaient un moment avant de revenir à la charge. Puis Frank vit quelque chose qu'il ne pourrait jamais oublier, pour le restant de ses jours : un des garçons, au visage indistinguable des autres, ouvrit grand la bouche, montrant les dents comme un chien, et se jeta sur la jambe nue d'Anja pour mordre dedans. Elle hurla. Les garçons se mirent à psalmodier encore plus fort, et à rire, et à faire entendre des piaillements stridents d'oiseau tombant du ciel, un son horrible qui couvrit les cris des deux femmes. Ils sortirent leur petite verge et tirèrent dessus, en pressant vers le bas comme un troupeau de vaches décharnées se trayant elles-mêmes. Frank imagina les corps des deux femmes, dénudés et maculés de boue, les garçons pleins de violence concupiscente en train de pousser mollement en elles, de les suffoquer. De les dévorer. Il essaya encore une fois de se redresser, mais il était immobilisé et il pleurait, et ses larmes le rendaient faible. Jamais il ne s'était senti aussi impuissant, aussi prisonnier des limites de son corps.

Puis Luca et son frère apparurent, flanqués d'une armée d'hommes, ceux qui avaient occupé les rochers, et les garçons, cessant de psalmodier, lâchèrent leurs lances et s'enfuirent dans les bois sombres. Seul leur chef, celui aux oreilles d'elfe, resta. Il tenait Jack par la gorge lorsqu'il vit Luca. À en croire Jack, le garçon le regarda droit dans les yeux d'un air à la fois tendre et scrutateur, comme s'il s'apprêtait à presser doucement ses lèvres sur les siennes, mais à la place, sans lâcher la gorge de Jack, il se pencha pour ramasser une pierre grosse comme son poing et lui en donna un grand coup sur la tempe. Celle-ci enfla presque immédiatement pour former une bosse de la taille et de la couleur d'une pêche mûre.

Luca et son frère plaquèrent le garçon au sol. Ils lui écrasèrent violemment l'entrejambe du talon et, lorsqu'il se recroquevilla comme un cloporte sous l'effet de la douleur, ils le bourrèrent de coups de pied au visage jusqu'à faire couler le sang. Puis ils traînèrent son corps inconscient, aux yeux déjà bleuis, au crâne réduit à un amas d'entailles saignantes, jusqu'au bord de la falaise. Luca l'envoya rouler sur une corniche trois mètres plus bas, où il atterrit le cou tordu dans le mauvais sens. Ils restèrent un moment là à le regarder, haletants. Le garçon ne bougea pas. Alors Luca se laissa glisser jusqu'à la corniche pour lui tourner la tête vers les villes et les bateaux qui étincelaient désormais de mille feux.

Un touriste découvrit le corps le lendemain après-midi. L'histoire fit parler quelques jours, puis la police étouffa rapidement l'affaire pour protéger Luca et son frère, Roberto, qui n'auraient de toute façon jamais été inculpés pour avoir débarrassé le monde d'un Gitan barbare dépourvu de nom et de papiers. Qui pouvait seulement prouver qu'il avait existé ? Aucune famille ne se présenta pour récupérer sa dépouille, aucun groupe ne réclama justice pour lui. Les garçons de sa tribu disparurent dans les bois puis, imagina Frank, se dispersèrent dans les rues basses des diverses villes balnéaires de la péninsule, où ils prendraient pour cibles les vieilles femmes susceptibles de se laisser apitoyer. Pendant des années après l'incident, Frank scruta le visage de tous les Gitans qu'il croisait, dans diverses villes d'Italie et d'Afrique du Nord, mais il n'aurait reconnu que le chef, à ses yeux et à ses oreilles, et peut-être le grand à la peau couleur de noix, qui d'après Bitte sentait le clou de girofle.

Aucun enquêteur ne suivit Jack et Sandro de Portofino à leur bungalow de Marina di Cecina, où ils avaient prévu de se baigner et de faire de la voile jusqu'à la fin août. Entre-temps, Frank, Tenn et Anja étaient arrivés à des centaines de kilomètres de là, et le vieux riche de Bitte, signor Ricciardi, avait retrouvé son intérêt pour elle, parce que – et Frank n'avait-il pas su cela depuis le début ? – l'apparence de la jeunesse était aussi séduisante que ce qu'elle imitait, surtout quand le temps manquait et qu'on cherchait à tout prix quelqu'un à couvrir d'amour.

Maintenant, de nouveau allongé sur le flanc, de nouveau infirme, de nouveau meurtri de partout, mais la joue posée sur les draps rêches et brûlés par la javel de l'hôpital plutôt que dans la poussière, Frank était en colère, furieux même, et il était possible qu'il le soit depuis des années et qu'il ait transmué sa fureur en désir ; furieux de savoir que plus jamais il ne posséderait la jeunesse ou l'amour. Et même s'il n'avait gâché ni l'une ni l'autre complètement, il ne les avait pas non plus protégés aussi farouchement qu'il l'aurait pu, s'il était seulement possible de le faire ; et si ça ne l'était pas, alors sa fureur venait du fait que personne ne lui avait dit combien le créneau serait court. Ou peut-être qu'on le lui avait dit, au contraire – peut-être était-ce évident pour tout le monde sauf lui, peut-être était-ce le message que Tenn lui envoyait en le négligeant ainsi, en l'abandonnant – mais qu'il avait été trop romantique pour y croire, ou y prêter attention, ou ravaler sa fierté, auquel cas il se haïssait encore plus qu'il ne le faisait déjà, était encore plus en colère qu'il ne s'en serait cru capable ; lui, le gentil Frank Merlo, l'homme qui avait autrefois été un garçon si amoureux de la vie qu'il avait imaginé pouvoir danser d'un bout à l'autre de celle-ci, jusqu'au tout dernier jour.

Il voyait cette soirée dans les collines en amont de Portofino comme le début de son châtiment. Depuis, celui-ci lui avait été infligé en doses progressives, lentement, en un goutte-à-goutte toxique, au fil des années où il avait continué à oser vivre libre, aimer avec abandon, courir après la beauté sitôt qu'elle croisait son chemin, telle une biche traversant une route de campagne. Pas une seule fois au cours de ces années avec Tenn il ne s'était interrogé sur son droit à se gaver de beauté jusqu'à exploser, puis à tout lâcher afin de poursuivre la biche dans les bois pour en avoir encore plus. Il aurait pourtant dû savoir. Personne ne vivait pareille vie impunément.

Le mot qu'il avait écrit à Anja la veille, griffonné au dos de sa lettre à elle, était en train de traverser l'Atlantique pour gagner Madrid, porté par les ailes de l'espoir et de la détresse. Frank se le représentait ainsi, comme un oiseau déterminé investi d'une mission solitaire, battant furieusement des ailes, le cou tendu. Il arriverait chez Anja aussi vite qu'il le pouvait et, lorsqu'elle le recevrait, elle sortirait sa malle du placard, la remplirait de ses robes à motifs multicolores et, à son tour, traverserait l'océan à toute vitesse pour venir voir Frank dans son lit au Memorial Hospital. À partir de là, beaucoup de réparations pourraient être apportées. Il pourrait se vouer à Anja et à sa carrière – comme il l'avait fait avec Tenn et la sienne – mais cette fois avec une sorte de pureté. Il pourrait se montrer monacal dans ses fonctions auprès d'elle, et son corps se laverait de ses péchés un peu plus chaque jour.

Pendant un temps, dans les années qui avaient suivi Portofino, il avait envisagé de tenter le coup avec Anja, de troquer le titre de Mrs. Williams contre celui de Mr. Bloom. Ils auraient mené ensemble une vie agréablement complice, à barboter dans les vagues, à faire attention au soleil. Cela lui aurait-il tant coûté ? Le Destin – ou le Seigneur, si sa mère avait raison au sujet de Son existence et de

Son jugement – aurait-il montré plus de respect envers lui, ou une once de clémence, pour ce genre de sacrifice ? Y aurait-il eu une récompense au lieu de cette sentence ? Cette pénitence, aurait dit sa mère. Le prêtre avait suggéré la Réconciliation, ce sacrement mystique que Frank avait pratiqué pour la dernière fois à l'école primaire.

Où était passé le prêtre, d'ailleurs ? La prochaine fois qu'il se montrerait, Frank lui demanderait pourquoi il n'était jamais trop tard pour se Réconcilier, pour se confesser, pourquoi Dieu était prêt à passer l'éponge pour peu qu'à la toute fin de sa vie on reconnaisse qu'Il avait eu raison depuis le début. Le père Kelly et lui n'avaient guère d'autre sujet de conversation au cours de ces longues journées et longues nuits passées dans le service, alors pourquoi ne pas aborder le sujet de la mesquinerie du Seigneur ? Les visites du vieil homme étaient des rituels empruntés, et pourtant Frank en était venu à tolérer, voire à apprécier, sa compagnie. Son ministère représentait une distraction bienvenue dans l'attente interminable d'un mot, un seul, de Tenn.

Depuis qu'il était à l'hôpital, nombre de leurs amis étaient venus le voir ou l'avaient appelé au nom de Tenn, lui transmettant tous ses excuses, ses promesses et ses vœux indirects de guérison.

« Nous attendons ton rétablissement complet, rien de moins », lui avait encore dit Audrey Wood le matin même à sa manière autoritaire, en tapotant ses mains glacées et en appuyant sur le *nous* comme si elle était l'épouse de Tenn et non son agente, comme si Tenn venait juste de passer dans l'autre pièce et qu'il allait revenir d'un moment à l'autre avec le thé et les biscuits.

Le jour où Truman lui avait rendu visite, il était assis au bord du lit de Frank lorsqu'on avait emporté le corps de Mike Murphy, mort quelques heures plus tôt. Le cadavre était passé comme en flottant à côté d'eux, recouvert d'un drap. Ces cortèges spectraux marquaient les seuls moments où le silence se faisait dans le service. Dès que Mike avait disparu, les cris et les hurlements avaient repris. Quelqu'un avait jeté son bassin de lit vide dans l'espace laissé par Mike et son lit. Puis tous les autres mecs l'avaient irrité. En hommage. Par défi. Cela avait fait monter les larmes aux yeux de Frank. Le vacarme créé était comme un feu d'artifice. Il souffrait trop pour atteindre le sien, alors il avait fait signe à Truman de le jeter pour lui avant que les infirmières ne se précipitent pour les arrêter. Ç'avait été quelque chose : Truman Capote levant le pissoir en plastique de Frank et le projetant, d'un geste, à travers la pièce. Après, il s'était essuyé la main sur le drap.

« Je reviendrai quand tu auras plus de forces », avait-il déclaré avant de l'embrasser sur les lèvres sans honte.

Truman était le seul ami qui ne cherchait pas d'excuses à Tenn, au cancer, à quoi que ce soit.

« J'ai entendu dire qu'il te croit contagieux, ajouta-t-il, s'arrêtant sur le seuil. Irene l'a appelé l'autre jour et lui a sonné les cloches à ce sujet. Pour ça... » Il balaya la pièce d'un geste du bras. « Maintenant, c'est de mes nouvelles qu'il va avoir ! »

Frank avait hoché la tête et fermé les yeux. Truman était resté là quelques instants de plus.

« Tiens bon, Frankie », l'avait-il entendu dire avant de s'assoupir.

Frank et Tenn avaient tous les deux joué un rôle dans

le naufrage de leur relation au cours des années qui avaient suivi Portofino, mais les choses n'étaient pas irréparables, pas aux yeux de Frank, quoi qu'ils aient pu dire dans le feu de l'action. Le verre brisé sur le tapis pouvait être aspiré, ou le tapis jeté, quelle importance, c'était juste du verre de mauvaise qualité, c'était juste un vieux tapis qui n'était même plus à la mode. Leur passé ne pouvait peut-être pas être réécrit, mais il était supportable. Frank ne voulait pas retrouver sa vie d'autrefois avec Tenn, ni même en commencer une nouvelle avec lui. Toutes les négociations nécessaires à cela étaient trop loin dans le futur, il y avait trop d'étapes entre les deux, trop de personnages sur la scène étroite. Il ne s'accordait plus le luxe de faire des projets d'avenir. Le seul qu'il consentait à s'accorder, pour l'instant, était l'espoir qu'à un moment dans les prochaines heures, les prochains jours, la main qui le secouerait doucement pour le réveiller serait celle de Tenn, que lorsqu'il ouvrirait les yeux, ce serait son visage qui l'accueillerait, sa voix qui lui dirait « Tout va bien, mon cœur, continue de te reposer, il n'y a aucune soirée où aller de toute façon, aucun endroit plus important qu'ici, maintenant laisse-moi te raconter tout ce que tu as raté... ».

6
Un squelette de moineau

« Anja Bloom à cinquante ans, s'exclama Tenn. Toujours exempte des ravages du temps ! »

Il se tenait debout devant elle dans le restaurant du Waldorf, les mains dans les siennes. C'était l'été 1982. Il avait la peau sèche et froide, bien qu'il arrive juste de la rue où régnait une chaleur étouffante. Cela faisait plus de trente minutes qu'Anja l'attendait pour un déjeuner à treize heures, en sirotant de l'eau minérale, en relisant les notes de Hovland sur *Séquence* et en cherchant dans son cœur la mansuétude dont elle avait décidé sans conviction de faire preuve. Déjà, ses mains molles et réticentes la trahissaient. Le pardon ne lui était jamais venu facilement. Dix-neuf ans avaient passé depuis que Tenn avait abandonné Frank aux salles lugubres du Memorial Hospital, sept depuis qu'il s'était justifié dans ses *Mémoires* en se faisant passer pour l'amant dévoué, éploré et incompris. Pendant tout ce temps, par loyauté envers Frank, pour le venger de cette désertion, elle avait effacé Tenn de sa vie.

Elle l'avait immédiatement repéré par la fenêtre, avec ses lunettes à monture large et son panama. Tout brisé soit-il en ce dernier acte de sa vie, son air distingué l'entourait toujours comme une atmosphère, lourde de gravité et de vapeur. Elle passait même à travers la vitre. Il avait pris de l'embonpoint et arborait désormais une épaisse barbe grise encadrée de ce qu'on ne pouvait qualifier que de barbillons. Il avait un jeune homme au bras, qui l'aidait à se frayer un chemin au milieu de la foule suante et pressée sur le trottoir, bien que Tenn semble parfaitement capable, à soixante et onze ans, de se débrouiller tout seul. À l'entrée de l'hôtel, son compagnon l'avait embrassé sur la joue et doucement mais fermement poussé vers la porte, comme un père le fait d'un enfant le premier jour d'école.

De près, Tenn avait le visage ridé, grêlé, pâle, les paupières gonflées et les yeux humides, comme s'il venait de pleurer ou de faire une crise d'allergie. Sa tenue, au moins, était présentable et familière : une chemise repassée ouverte au col, un costume en lin gris adapté aux faux-semblants d'un déjeuner chic en centre-ville, des chaussures habillées et dûment cirées, et un petit éventail chinois dépassant de la poche de sa veste. Anja avait entendu les rumeurs et s'était attendue à bien pire.

La découverte, en lisant le *Times*, qu'elle était de retour à New York pour un petit moment et qu'elle avait récemment fêté un anniversaire à une soirée fastueuse dans l'Upper West Side était l'excuse qu'il lui avait donnée dans sa toute dernière lettre pour prendre la plume et l'inviter à déjeuner. L'enveloppe était restée sur son bureau, fermée, pendant deux jours avant que la curiosité ait raison d'elle. Pour l'essentiel, la lettre ne contenait rien de nouveau. Il ne s'attendait pas à ce qu'elle le croie, écrivait-il, mais chaque mot de ses *Mémoires* était vrai, autant qu'il s'en souvienne.

Il avait aimé Frankie. Frankie l'avait aidé à garder les pieds sur terre. Depuis Frankie, il flottait, il avançait en aveugle, il errait au hasard. Tout ce qu'il touchait partait en poussière. Il était aux prises avec une sorte de malédiction depuis que le Cheval était tombé malade, une malédiction contre laquelle il cessait seulement maintenant de lutter. Il n'en pouvait plus. Il était fini. Ce déjeuner serait l'ultime occasion qu'il aurait de la voir avant d'aller vivre en Extrême-Orient. Avant de partir, il souhaitait s'entourer une dernière fois de personnes qui avaient connu sa bonté. Elle n'avait pas su déterminer s'il parlait de celle de Frank ou de la sienne.

Au fil des ans, Tenn lui avait envoyé de multiples itérations de cette même lettre. Elles avaient commencé à arriver dans les mois qui avaient suivi la mort de Frankie. Elles l'attendaient à la réception des hôtels. Son manager les lui faisait envoyer à ses diverses adresses à Madrid, Amsterdam, Los Angeles. Elles la suppliaient de le voir et d'écouter sa version des faits. Elles vantaient les rôles qu'il pourrait créer pour elle sur les planches, les productions cinématographiques de *Doux oiseau de jeunesse* et *Soudain l'été dernier* qu'il pourrait adapter pour servir son talent, sa beauté, son vaste registre. Il était possible que Tenn ne se rappelle pas avoir écrit ces lettres, que même lorsqu'il avait envoyé cette toute dernière, où il lui demandait de le retrouver pour déjeuner, il ait été dans le brouillard ; il était possible que la semaine précédente, lorsque Anja l'avait fait informer qu'elle l'attendrait au Waldorf, il ait pensé que c'était une invitation de sa part et non une réponse à sa proposition. À en croire les rumeurs, les cachets et l'alcool avaient enfin eu raison de sa mémoire, de son jugement et de sa conception de la réalité. Sa paranoïa, son désespoir et ses peurs s'étaient amplifiés. Les seules personnes fiables et loyales de son entourage étaient celles qui se trouvaient à son service.

Pourquoi Anja avait-elle accepté de le rencontrer maintenant, dans cet état ? Pourquoi, finalement, avait-elle choisi de croire à sa version de l'histoire et, peut-être, de lui pardonner ? Ce devait être parce qu'elle était tombée amoureuse.

Tenn commanda un martini dry – un *see-through*, dit-il – et le vida d'un trait, avant de faire signe au serveur de lui en apporter un autre. Il demanda à Anja combien de temps elle avait l'intention de rester à New York. Elle répondit qu'elle n'était pas sûre. Elle ne lui parla pas de Pieter Meisner, le professeur de physique à Columbia dont elle venait de quitter le lit, et dans l'appartement duquel elle avait commencé à laisser des vêtements et des livres. Puis suivit une discussion en terrain sûr : l'attrait de certaines villes, la déception que d'autres représentaient. Il s'était récemment énamouré de Bangkok, un des rares endroits où un gentleman âgé pouvait encore aller et se voir respecté, où on ne lui mentait pas. Les États-Unis ne faisaient preuve envers les hommes de son âge, de sa stature et de son orientation d'aucun égard, d'aucune loyauté ; l'Angleterre ou l'Italie non plus, désormais. Perdez votre jeunesse, et vous perdez tout. Le Maroc était prometteur, ajouta-t-il. Même le Mexique présentait des possibilités fascinantes. Mais la Thaïlande : c'était là qu'il fallait qu'il s'installe définitivement. Y était-elle déjà allée, au cours de ses nombreux voyages exotiques ? Non, jamais.

« J'ai entendu dire qu'il y avait un problème de criminalité de rue à Bangkok », ajouta-t-elle.

Il balaya la remarque d'un geste de la main.

« Tu te lies d'amitié avec la population locale, et elle te protège. Tu graisses des pattes pour qu'ils ne t'astiquent pas les côtes. Pas le système le plus honnête qui soit, je le crains, mais les termes ont le mérite d'être clairs. Tu paies d'une façon ou d'une autre. »

Elle dit que cela avait l'air d'un plan tout à fait raisonnable.

« Et qu'as-tu pensé de Svoboda ? » demanda-t-il.

Le brusque changement de sujet auquel elle s'était attendue, mais pas si tôt dans la conversation. Les assiettes devant eux étaient encore vides. Ni lui ni elle n'avait encore prononcé le nom de Frank. Il lui adressa un mince sourire et la regarda droit dans les yeux, ce qui fit monter en elle une bouffée de culpabilité qu'elle refoula instinctivement. Jan Svoboda était le dramaturge-metteur en scène tchèque également mentionné dans l'article du *Times* au sujet de son anniversaire, le jeune prodige qui avait, disait la rumeur, écrit une nouvelle pièce « de magie et de magnificence », « à la portée extraordinaire », spécifiquement pour Anja Bloom, l'actrice qu'il préférait au monde. Celle-ci n'était encore jamais montée sur la moindre scène, sans même parler de Broadway, mais c'était de Broadway que Svoboda pourrait lui ouvrir les portes – ou dont elle pourrait ouvrir les portes à Svoboda, maintenait Hovland – si elle trouvait la pièce digne de son temps et de sa concentration. Hovland le lui déconseillait vivement ; Mitchell, son fidèle manager, était emballé par l'idée ainsi que par la pièce ; Anja, la seule personne dont l'opinion avait une importance, hésitait. Faire la pièce voudrait dire rester à New York, une ville dont l'atmosphère de réalisme cru et de danger la grisait comme un défi ; passer de nombreuses *grasses matinées** avec Pieter, qui restait debout toute la nuit pour regarder ses étoiles et ne donnait jamais cours avant le milieu de l'après-midi ; mais cela voudrait dire, aussi, huit représentations par semaine à Times Square, ce qui aurait pour conséquence de retarder longtemps le tournage de *Séquence* de Hovland, un script qui présentait sa propre magnificence, sa propre portée.

« Je pense que Jan est un homme brillant, répondit-elle. Il me rappelle Visconti : méticuleux et intellectuel sans pour autant sacrifier la passion. Même si sa nouvelle pièce ne parle pas du cœur.

— Le cœur est démodé, répliqua Tenn d'un ton lugubre. Il l'est depuis quelque temps déjà. »

Elle se demanda un moment si c'était vrai. Ça ne l'était pas.

« *Crimes du cœur*, dit-elle. Je crois me rappeler que la pièce a remporté le prix Pulitzer l'année dernière. »

Tenn afficha une expression de dédain.

« Ce mélodrame pâlichon de bas étage, façon roman gothique sauce Mississippi ! » s'exclama-t-il, assez fort pour que la femme à la table voisine se retourne, reconnaisse l'un d'eux, ou les deux, et les dévisage. « Un "cauchemar éreintant", ça c'est bien vrai ! Je suis parti au milieu du deuxième acte.

— *Dreamgirls* ? suggéra Anja.

— Tu vas la jouer alors ? reprit Tenn. Cette pièce brillante et sans cœur que te propose Svoboda ? Ou bien vas-tu enfin me laisser t'écrire quelque chose ? Que je peux te fournir rapidement. Avant la chute de la première feuille d'automne. Avant la fin août, si tu ne peux pas attendre si longtemps ! Donne-moi cette occasion.

— Je ne sais pas ce que je vais faire avec Jan, répondit Anja. Je suis à la croisée des chemins.

— Je t'écrirai quelque chose qui a du cœur, de la poésie, du *muscle*, insista Tenn, en abattant le poing sur la table. Je ne comprends plus la vie, mais je comprends la mort. C'est le seul truc qui soit compréhensible pour moi maintenant. Je t'écrirai quelque chose de plus transcendant et de plus osé que tout ce que Hovland et Svoboda pourraient faire pour toi en conjuguant leurs efforts.

— Tu as déjà essayé une fois », répliqua amèrement Anja.

Lorsque la première de la version scénique de *Soudain l'été dernier* avait été donnée dans un des théâtres d'avant-garde de Broadway, début 1958, Anja était en Allemagne avec Hovland, en train d'achever de tourner *Angle*. À l'époque, se rappelait-elle, elle avait été vaguement consciente qu'une nouvelle œuvre de Tenn avait été couplée à une autre de ses piécettes, et que la production entière, intitulée *Garden District*, recevait des critiques globalement positives. Elle se rappelait avoir écrit à Frank de Fribourg pour lui dire qu'elle était désolée de rater ce qui se passait à New York, mais qu'elle avait presque terminé un film au sujet duquel Hovland et elle nourrissaient de grands espoirs, et qu'elle croisait les doigts pour que *Garden District* tienne longtemps l'affiche. Au milieu de cette même année était sorti *Angle*, le film qui avait fait d'Anja Bloom une star. Elle avait été tellement prise par le battage autour de la reconnaissance mondiale du génie de Hovland et par l'explosion de sa propre carrière qu'elle avait cessé de suivre celles de Tenn, de Frank, de Visconti et de tous les autres.

Un soir de 1959, elle avait accepté de sortir avec un acteur mineur. Elle ne se rappelait pas son nom, ni le film qu'il l'avait emmenée voir ; seulement qu'ils étaient à Los Angeles et qu'il était récemment devenu nécessaire pour elle de porter des lunettes noires afin d'éviter d'être reconnue. Là, sur l'écran de la salle de cinéma où elle se croyait en sécurité, alors que l'acteur glissait un bras présomptueux autour de ses épaules, était passée la bande-annonce de *Soudain l'été dernier*. Les petits indigènes à moitié nus montaient en courant la colline, tapant sur leurs étranges instruments. Elizabeth Taylor parlait avec agitation de son maillot de bain blanc et transparent, puis tombait à genoux sur une plage de sable. Anja avait eu un hoquet de stupeur. C'était elle qui était là, mise à nu, agressée sans préavis par un souvenir dont elle avait cru, à tort, qu'il n'appartenait qu'à elle. Elle avait immédiatement compris pourquoi Tenn et Frank n'avaient jamais mentionné la violation qu'était cette pièce – et maintenant ce film majeur, ce tremplin pour Elizabeth Taylor et Katharine Hepburn – dans leurs conversations et leurs lettres au cours des années qui avaient suivi Portofino. Pendant qu'Anja cherchait sa voie en tant qu'actrice, Tennessee Williams était occupé à transformer son histoire et celle de sa mère, de Paraggi, de Testa del Lupo, en un cauchemar honteux destiné à horrifier le monde, dans le seul but de servir ses propres intérêts.

Anja avait vu *Soudain l'été dernier* comme la vengeance de Tenn à son égard parce qu'elle l'avait dépassé en célébrité, comme son châtiment pour ne pas l'avoir suivi partout en quémandant un rôle comme une actrice américaine. Hovland l'avait aidée à voir le caractère malavisé de cette interprétation. Comme tout grand artiste, avait-il expliqué, Tennessee Williams modelait l'argile de ses expériences pour former non une représentation littérale de la réalité mais une sculpture mystérieuse, qui portait en elle une vérité à moitié reconnue, à moitié devinée, et entièrement ineffable. *Soudain l'été dernier* n'appartenait pas plus à Anja que *La Rose tatouée* à Frank, même si, sans eux, ni l'une ni l'autre de ces pièces n'aurait existé.

« Tu n'es pas Catherine Holly, confirma Tenn alors que, un par un, d'autres clients du restaurant se retournaient pour jeter un coup d'œil furtif dans leur direction. Ta mère n'est pas Violet Venable. Aucun de nous n'est, ou n'a jamais été, Sebastian Venable. *Soudain l'été dernier* n'était pas *pour* toi, Anja, ni même à propos de toi. Cette pièce était le résidu de ma psychothérapie, ce qui s'est écoulé de ma tête après que j'y ai fait le ménage. C'était ma façon de donner un sens à ce que j'avais vécu à Barcelone, non à Portofino. C'était un cri de guerre contre les bouchers qui se prétendent médecins et qui ont découpé le cerveau de ma sœur Rose. » Il détourna le regard. « Il se trouve aussi que ce sont les dernières bonnes pages que j'ai écrites.

— J'avais essayé d'exorciser ce jour de mes rêves, répondit Anja. J'avais presque oublié que c'était arrivé.

— Peut-être que ce n'est pas arrivé. Qui reste-t-il à part nous pour le dire avec certitude ?

— Cela me revenait en tête comme une histoire que j'avais entendue par hasard, comme une scène que j'avais lue dans un roman de gare. Pas quelque chose qui pouvait vraiment nous être arrivé, à moi, à ma mère, à *nous*. Et puis je lève les yeux vers un écran de cinéma et cette horreur m'assaille de nouveau, ces garçons avec leurs lances et ces cloches, cet amas de corps qui frappent et qui mordent ! Et ton nom, écrit triomphalement en travers, en lettres flamboyantes !

— J'avais espéré que tu ne verrais jamais ce film, dit

Tenn, tendrement. Ce monstre de film. Mais, Anja, je voulais que tu viennes voir la pièce. J'en tirais une grande fierté. *Soudain l'été dernier* était mon exorcisme à moi. J'ai passé des mois à New York pour la faire mettre en scène à la perfection. C'est Frank qui m'a convaincu de ne pas te prévenir qu'elle comportait de vagues échos de Portofino, Frank qui m'a demandé de ne pas insister pour que tu reviennes en Amérique voir la première. Il s'attendait à ce que la pièce ne dure pas et tombe dans l'oubli, et qui pourrait le lui reprocher ? Une bizarrerie en un acte parlant de cannibales, de lobotomies et de déchéance morale ! Il a prié pour que ce soit un four, j'en suis sûr, purement par égard pour toi. Mais après, on a eu de si excellentes critiques – de la part de Brooks Atkinson notamment, rien que ça ! Tu t'en souviens ? “Une superbe prouesse. Un génie de la nécromancie.” Ces mots étaient tout pour moi ; et lorsque le film est arrivé, plus vite que quiconque l'aurait cru possible, il était déjà trop tard. On ne te voyait pas beaucoup à cette époque, de toute façon, n'est-ce pas ? Quand tu te faisais si rapidement ta place au soleil ? Je crois me souvenir de Frank en train de t'écrire des lettres, d'essayer de te joindre au téléphone dans tel ou tel hôtel, sans jamais obtenir de réponse. Tu veux que je te décrive l'effet que ta disparition a eu sur lui ?

— Je mettais son nom sur la liste à chaque avant-première. J'avais l'habitude de surveiller la porte dans l'espoir de le voir apparaître sur le seuil. Mais tu le tenais si occupé. Et Hovland – il demandait énormément de moi. Lorsque Frankie et moi trouvions enfin un moment pour parler, toujours tard le soir, toujours séparés par un océan, je pouvais entendre l'épuisement dans sa voix. Je le suppliais de venir vivre avec moi.

— Ce sont là tes excuses ?

— Frank a toujours eu un plan, mais il ne s'est jamais réalisé.

— J'aurais dû t'écrire quelque chose à l'époque. Juste après cet horrible film, quand j'avais encore la touche magique, que le cœur était encore à la mode. Frankie m'a exhorté à le faire mais... Mes dernières bonnes pages... » Il prit une longue et profonde inspiration. « Tu te souviendras peut-être que nous étions avec miss Anja Blomgren au premier embranchement de sa vie. C'est nous qui t'avons mise sur la route que tu suis depuis tout ce temps. N'est-ce pas presque romantique – à la triste façon des histoires d'amour – d'être ici de nouveau réunis, rien que toi et moi ? À un moment où tu peux peut-être m'aider, comme Frank et moi t'avons aidée ?

— Tu dis son nom avec si peu d'effort », fit-elle.

La remarque le décontenança, et ils restèrent un moment assis en silence. Cela ne surprenait pas Anja que Frank ait essayé de la protéger de *Soudain l'été dernier*, et que Tenn n'ait pas pensé qu'elle avait besoin d'être protégée. Frank l'avait toujours traitée comme une demoiselle en détresse, quelle que soit l'épaisseur de l'armure qu'elle présentait, tandis que Tenn lui attribuait plus de force qu'elle n'en possédait vraiment. Peut-être étaient-ce là les deux seuls types d'hommes qui existaient au monde : ceux qui essayaient toujours de vous sauver, et ceux qui vous mettaient éternellement à l'épreuve. Il était encore trop tôt pour dire à quel type Pieter se révélerait appartenir.

Enfin, Tenn reprit :

« Je parle de Frank Merlo – et j'écris au sujet de Frank

Merlo – depuis longtemps maintenant. Tu le saurais si tu n'avais pas instauré une distance aussi infranchissable.

— Tu l'as laissé mourir tout seul, dans ce service des cancéreux, accusa Anja, les mains de nouveau tremblantes. Alors que tout ce qu'il voulait, c'était toi. Rien que toi. Il m'a parlé de ta cruauté dans ses lettres. De ton absence. Des autres hommes que tu faisais défiler devant lui. Ça m'a choquée, à quel point tu étais tombé bas, les profondeurs d'égoïsme que tu avais atteintes. Je voulais te voir aujourd'hui pour pouvoir te juger simplement faible plutôt que méchant, et peut-être te pardonner, mais c'est trop difficile quand je t'entends dire son nom, et quand je me le remémore tel qu'il était. Frank était un homme de pure bonté, pratiquement un des seuls qu'il m'ait été donné de connaître dans cette vie. Si tu veux écrire une pièce avec du cœur, du muscle et de la poésie, écris-la à propos de lui. *Pour* lui. Pas pour moi.

— J'ai déjà essayé. À chaque fois, j'ai lamentablement échoué.

— Essaie encore. »

Il secoua la tête.

« Je n'arrive pas à le cerner. Je croyais l'avoir préservé dans l'ambre avec le personnage de Mangiacavallo dans *La Rose tatouée*, mais c'était juste un Polaroid, maintenant estompé. Comment puis-je parler du Cheval lorsque, la dernière fois que je l'ai vu, il ressemblait à un squelette de moineau ? Je voulais lui rendre justice dans mes Mémoires. J'ai évoqué notre profond attachement l'un pour l'autre, la dernière nuit que nous avions passée ensemble. C'était ma chance de parler au monde de sa bonté, de notre longue association, de sa mort qui a brisé ma vie en deux. Mais maintenant, tu es là avec tes flèches empoisonnées, tes accusations de fausseté. D'opportunisme. » Il bredouillait, de plus en plus agité. « Que sais-tu de nous, d'abord ? De quoi, vraiment, es-tu si certaine ? J'ai écrit des poèmes pour Frank ; veux-tu que je t'en lise un ? J'ai donné à son fantôme une voix et un nom dans *Brume et clarté*[1]. Es-tu allée voir la première de cette pièce en juillet dernier ? Non ? Tu n'es pas la seule. Personne n'est venu. »

Anja l'écoutait, regrettant certaines des choses – mais pas toutes – qu'elle avait voulu lui dire depuis vingt ans. Mais soudain ce n'était plus à Frank qu'elle pensait – au moment où elle avait ouvert sa lettre à Madrid, au coup de téléphone qu'elle avait immédiatement passé à l'hôpital, paniquée, pour apprendre qu'il était trop tard, au serment qu'elle s'était fait alors de ne plus parler à Tenn de sa vie – mais à sa mère. Elle non plus n'avait jamais réussi à cerner Bitte ; elle pesait trop lourd, elle était impossible à expliquer, c'était un calvaire de seulement faire l'effort, et elle avait donc renoncé à essayer. Mais pas Tenn, apparemment. Elle le regarda ôter ses lunettes, en essuyer les verres avec sa serviette de table et les remettre sur son nez. Sans elles, il semblait dix ans plus jeune, même avec ses yeux bouffis et les profondes rides qui les entouraient. Il se mit à manger avec voracité son steak et ses pommes de terre, devenus froids depuis longtemps. C'est à ce moment, peut-être, en le regardant, cet ami d'autrefois à l'étoile désormais sur le déclin, à qui elle avait enfin dit ce qu'elle pensait, qu'elle sentit la première fêlure dans sa colère. La première touche de compassion indépendante de toute pitié. Ses mains s'immobilisèrent.

1. *Something Cloudy, Something Clear* (1981). Non traduite.

Le garçon qui avait escorté Tenn apparut derrière la vitre et lui fit signe de la main. Il s'appuya contre une voiture garée et alluma une cigarette. Anja était contente qu'il soit là. Tenn allait avoir besoin de lui maintenant, pour affronter les rues.

« Écris-moi quelque chose au sujet de Frank », dit-elle. Ils n'avaient plus beaucoup de temps. « Quelque chose que tu n'as pas encore écrit. »

Tenn tourna les yeux vers le garçon derrière la vitre, avant de les reposer sur elle.

« J'ai fait une rencontre, révéla-t-il. Ce mois-ci, à Key West. C'était Frankie. C'est ça que je veux te dire : le Petit Cheval était avec moi.

— Frank était là, répéta Anja d'un ton sceptique. Avec toi.

— Oui. »

Et c'est à ce moment-là que Tenn se mit à pleurer, et qu'elle prit ses mains dans les siennes pour la deuxième fois de la journée, et pour la dernière fois de sa vie. Elle tourna les yeux vers le jeune homme, lui indiqua Tenn d'un signe de tête, mais il se contenta de lui montrer sa cigarette comme pour dire : *Quand j'aurai fini, ma petite dame*. Puis il prit la pose comme un mannequin, là, dans Park Avenue, avec ses bottes de cow-boy, son jean évasé et sa crinière d'épais cheveux blonds.

Tenn s'était laissé glisser sur sa chaise.

« C'est ton compagnon ? lui demanda-t-elle.

— C'est Kurt, oui, répondit-il. Il prend soin de moi. Il veille à ce que j'aille où je dois aller sans faire de scène.

— C'est bien.

— Comment est-ce que j'ai dit qu'il s'appelait ?

— Kurt.

— Je crois qu'en réalité c'était celui d'avant. » Il se plia de rire. « Celui-ci s'appelle Ted. Leur nom ne fait jamais plus d'une syllabe. »

Enfin, l'intéressé entra dans le restaurant et s'arrêta discrètement près de l'entrée, les mains dans les poches, à quelques pas du maître d'hôtel. Tenn ne montra aucune intention de vouloir se lever. Il était quinze heures passées, et bien qu'Anja n'ait aucune obligation après, elle était impatiente de prendre la fuite. Elle avait l'intention de mettre ses lunettes de soleil, d'appeler Pieter pendant ses heures de permanence et de passer le reste de la journée dans un musée climatisé.

« Je compte sur toi pour m'envoyer quelque chose, dit-elle à Tenn.

— Est-ce que je t'ai raconté ce qui s'était passé à Key West ?

— La prochaine fois.

— Je te donnerai des nouvelles, promit-il. Et après, tu viendras me voir à Bangkok. Je dirai à Kurt de te trouver un hôtel grandiose. »

Elle lui demanda quand il avait l'intention de partir, bien qu'elle sente que cet exil, comme les retrouvailles avec Frank à Key West, était une autre de ses inventions ou de ses hallucinations, et que, bien qu'il voyage souvent, et loin, il n'avait aucun projet crédible d'aller s'installer, vieux et infirme, à l'autre bout du monde.

« Je pars dès que je peux. »

Elle lui sourit.

« Alors je viendrai te voir à Bangkok. »

Six mois plus tard, seul dans sa chambre à l'hôtel Élysée, à quatre rues du Waldorf, il prit un cachet de trop et mourut.

Anja apprit la nouvelle à la radio, dans un taxi qui remontait à vive allure la Sixième Avenue. Elle avait choisi de ne pas quitter New York, bien qu'elle ait fini par refuser le rôle principal dans la pièce de Svoboda, qui était donc allé à Jill Clayburgh. Elle avait choisi *Séquence* à la place, ce qui voulait dire qu'elle avait choisi Hovland. Il avait accepté de tourner le film juste à côté de la ville pour qu'elle puisse rester proche de son astronome.

Quelques mois après la mort de Tenn, une grande enveloppe en kraft arriva pour Anja chez Pieter. Reconnaissant l'adresse en Floride, elle l'ouvrit immédiatement dans le hall de l'immeuble, sous les yeux attentifs du portier, toujours à l'affût lorsque la furtive Anja Bloom passait devant lui. Elle en sortit une pièce de dix-sept pages intitulée *Appelons ça de la joie*, dédiée à « et F. M. et A. B. ». Il n'y avait aucune lettre avec, pas même un petit mot.

Elle s'attendait à voir *Appelons ça de la joie* mis en scène ou publié quelque part un jour ou l'autre, mais les années avaient passé, les biographies étaient parues, et la pièce n'avait jamais été mentionnée. Il n'y avait aucune trace du titre dans les archives de Tenn ou dans ses lettres. Elle en vint à croire qu'elle était en possession du seul exemplaire encore existant. Elle le montra seulement à Pieter, ce cadeau que Tenn leur avait fait, à Frank et elle seuls. Elle le garda dans son enveloppe d'origine, tamponnée du 11 avril 1983, au fond du meuble à documents dans l'appartement, avec tous ses vieux scripts annotés. Et là, comme tant de choses de grande importance, il fut oublié.

« Jusqu'à ce que tu arrives, Sandrino », dit-elle maintenant.

7

Hommes sensibles

Aucun d'eux ne voulait faire appel aux médecins de Portofino, qui n'étaient pas connus pour leur discrétion, alors c'est Sandro qui les soigna à l'abri des regards. Il s'occupa d'abord de lui-même puis se consacra tour à tour à chacun de ses compagnons, affalés par terre dans l'appartement étouffant d'Anja et Bitte, près de Via del Fondaco. Il appuyait d'une main une poche de glace sur la tempe de Jack, déballait des rouleaux de gaze de l'autre, une épingle à nourrice entre les lèvres. Il versa de l'iode sur leurs coupures et les banda. Il travaillait en silence, avec calme et une détermination efficace. Lorsqu'il eut terminé avec Frank, il lui frotta le dessus de l'oreille d'un doigt replié comme il l'aurait fait avec un chiot.

Ils avaient ramené les Suédoises à leur appartement de location en pensant que c'était l'endroit où elles se sentiraient le plus chez elles à défaut d'un véritable foyer mais, plus tard dans la soirée, après avoir pris un bain, enfilé des vêtements propres et serré Maja dans leurs bras chacune à son tour, elles annoncèrent qu'elles ne pouvaient pas respirer entre ces murs. Elles ne supportaient pas l'idée de rester seules ; elles voyaient les visages de ces garçons à chaque fois qu'elles fermaient les yeux ; l'écho de leurs mélopées retentissait dans leur tête ; et donc Frank proposa de les héberger au Splendido aussi longtemps qu'elles en auraient besoin. Bien que Tenn soit prêt à se dissocier d'elles – elles étaient marquées, d'une façon ou d'une autre, déclara-t-il à Frank ; vouées au malheur – il accepta à contrecœur.

Bien après minuit, ils prirent une chambre pour les Suédoises à l'autre bout de l'étage où ils logeaient, leur administrèrent des somnifères prélevés dans la réserve de Tenn et les installèrent dans des lits jumeaux séparés par une table de nuit. Bitte repoussa immédiatement ses couvertures et, les yeux mi-clos, gagna en titubant le lit d'Anja pour se blottir contre elle, le menton contre son épaule, comme une enfant effrayée par un orage.

Frank s'assit dans le fauteuil au coin de la pièce pour leur tenir compagnie, la tête entre les mains, regardant le Seconal faire son effet sur leur respiration. Celle d'Anja ralentit la première, et celle de Bitte s'aligna bientôt sur elle. Cela le réconfortait d'observer le mouvement de leur poitrine alors que leurs poumons se gonflaient et se dégonflaient, la sensualité animale de leurs grognements, les filets de bave et les brusques sursauts. Tenn et lui offraient sûrement un spectacle semblable chaque nuit. La chaleur qu'ils généraient était un code tacitement établi, un signal. Que disait ce signal sinon : *Notre place est ici* ? Que disait ce code sinon : *Je suis là pour te protéger* ? Il aurait tant aimé pouvoir contempler le couple qu'il formait avec Tenn comme il contemplait les deux femmes à cet instant, leurs corps réduits à leur plus pure expression, refoulant les forces chahuteuses de la pensée et de la mémoire. C'était une pièce d'amour en soi.

Il s'assoupit plusieurs fois, faisant des rêves agités, tourmentés. Aux premières lueurs de l'aube, il éteignit la lampe et sortit, refermant doucement la porte. Ses pas résonnèrent dans le large couloir éclairé d'appliques à la flamme dansante. *Ce qui s'est passé à Testa del Lupo il y a seulement quelques heures ne me changera pas*, songea-t-il. Il avait déjà été endurci par la vie. Dans une jungle des îles Salomon, il s'était agenouillé à côté de Thomas Brunner d'Abilene, Texas, un garçon de son âge, marine comme lui, fauché par une balle ennemie, le sang giclant de sa jugulaire. La balle l'avait manqué lui-même d'à peine vingt centimètres. Dans ces vingt centimètres se trouvaient à la fois un sursis et un commandement : use sagement de cet avenir qui t'est offert. Les démons de Jack étaient plus visibles, semblables à des corbeaux perchés sur ses épaules, en train de lui picorer les yeux. La vie les avait déjà tous endurcis, et peut-être était-ce cela qui les avait attirés les uns vers les autres, qui leur avait permis de se reconnaître mutuellement à la soirée de Truman. Si ce n'était pas vrai pour Anja deux soirs plus tôt, ça l'était désormais. Testa del Lupo allait la changer – elle avait changé sous les yeux de Frank. La seule question était : comment ? Il fallut à Frank quelques heures supplémentaires d'un sommeil troublé pour que ses mains arrêtent de trembler. Pour Tenn, cela demanda un passage à la machine à écrire. Ensuite, ils allèrent chercher un café au bar du Splendido et gagnèrent avec leurs tasses en porcelaine un banc à l'autre bout du jardin privé, caché aux regards des autres clients par un dais de bougainvilliers. Quelqu'un avait conçu l'endroit pour offrir tranquillité et protection : les apaisants buissons de lavande et de romarin, la mer calme en contrebas qu'on apercevait au détour d'un feuillage, le portail fermé haut comme deux hommes. Combien d'autres amants avaient pris une heure pour s'asseoir sur le même bloc de pierre sculptée, pour entrelacer leurs jambes et se blottir l'un contre l'autre, pour paresser dans le silence d'une longue association dont les termes étaient parfaitement clairs, tout ça pour troubler ce moment de paix avec la discussion redoutée de ce qui allait venir ensuite ?

« Je veux un rôle dans *Senso* », déclara Frank.

Il avait entendu ces mots dans sa tête si souvent qu'ils semblaient désincarnés, ainsi prononcés à voix haute.

« Quel genre de rôle ?

— N'importe quoi. »

Tenn réfléchit un moment. Dans cette scène, un moment était trop long.

« Tu me surprends, finit-il par dire. Ai-je raison d'être surpris ? »

Lorsque Frank resta silencieux, Tenn l'embrassa, doucement, sur la tempe, et le serra davantage contre lui.

« Et Anja ?

— Elle aussi, si tu peux, répondit Frank. Mais, Tenn ? D'abord moi.

— Visconti se croit de nouveau dans un opéra. D'après ce qu'il m'a semblé comprendre. C'est le chaos sur le tournage.

— Et pas ici ? »

Tenn mima le geste de froisser la lettre de Visconti et de la jeter dans les plates-bandes.

« Le chaos a tendance à me trouver, répondit-il. Un danger dont j'aurais dû te prévenir avant que tu lies ton destin au mien. Trop tard désormais, je le crains. Écoute. J'ai déjà des idées. Que dirais-tu si je faisais de toi un soldat dans le Risorgimento ? Il n'y a jamais trop de soldats dans un film de guerre. J'ai seulement été recruté pour écrire les scènes d'amour, mais Bowles a son mot à dire dans les scènes de guerre. Il n'aura pas d'objections à y glisser une ou deux répliques supplémentaires. Il lui suffira de te voir une fois en uniforme pour t'écrire un soliloque de dix minutes.

— C'est parfait.

— De ce que j'ai vu du script pour l'instant, les soldats passent beaucoup de temps à hurler, marcher au pas et boire. Dans une scène, je me rappelle, ils sont dans leurs baraquements en train de laver leur linge – torse nu, certainement, connaissant Visconti – lorsque Alida Valli fait irruption, à la recherche de son amant. Tu t'intégreras sans problème. Comment ai-je fait pour ne pas y penser plus tôt ? Tu me pardonnes ? »

Il tapota la cuisse nue de Frank.

« Et Anja ?

— Elle va être plus dure à caser. Elle ne passera jamais pour une Italienne, pas même une Vénitienne, pas sans cirage. Cela dit, Visconti voulait Marlon Brando pour le rôle de Mahler – c'est l'officier *autrichien*, et le personnage principal, bon sang ! – alors il ne fera peut-être pas de manières avec notre apprentie.

— Elle ferait une bonne Autrichienne.

— Elle ferait une bonne assassine. »

Frank et Tenn s'accordaient sur un point indéniable : Anja offrait des dehors glacials – *un froid saisissant*, comme l'avait décrit Tenn – et il était trop tôt pour savoir comment cela se traduirait à l'écran. C'était sur la profondeur et la densité de la glace que Frank et Tenn n'étaient pas d'accord. Frank pensait qu'elle était fine, que tout ce qu'il faudrait pour la fissurer, la faire fondre, et par la même occasion libérer Anja des griffes de sa mère, était de l'amour. L'amour romantique avait le plus de potentiel, bien sûr, mais l'amour d'un ami fidèle – lui, par exemple –, donné ou reçu, pourrait également faire l'affaire. Tenn, de son côté, pensait que la jeune Anja Blomgren était déjà glacée jusqu'à la moelle, que quelque horreur lui était arrivée en Suède et que les dégâts étaient irréversibles. Voyant que cela perturbait Frank, il ajouta :

« Oh, chéri, ne vois-tu donc pas ? Ce sont ces gens-là qui ont de la chance. »

Ils étaient tous deux des hommes sensibles, lui expliqua-t-il, chauds au toucher, des fils sous tension, et ils le seraient toujours.

« Tel est notre lot. C'est une malédiction d'être ainsi, mais notre orientation sexuelle n'en est ni la cause ni le remède, et ce n'est pas non plus un symptôme. Qu'on se tape des hommes ou des femmes n'a aucune incidence. »

D'ailleurs, il comptait certains des hommes les plus farouchement hétérosexuels de sa connaissance parmi les personnes les plus profondément et les plus douloureusement touchées par ce fléau. Une des rares bénédictions de cette affection était que, chez certains – « Pense Brando, dit-il, pense Kazan. Pense Anna, Tennessee Williams, Frank Merlo » –, elle engendrait la création d'art, et cette création, sinon l'art lui-même, offrait une protection temporaire contre la chaleur, l'illusion de contrôler ses passions, un aperçu de pouvoir.

« Tu dis “Pense Frank Merlo”, protesta celui-ci, mais Frank Merlo n’a rien foutu en matière d’art.

— Pas encore, peut-être, mais c’est pour ça que tu m’as demandé ce que tu viens de me demander.

— Cinq ans trop tard, peut-être.

— Ou exactement au bon moment. »

Frank avait été attentif au choix des mots de Tenn. « Protection *temporaire* » ; « *illusion* de contrôle » ; « *aperçu* de pouvoir ». Néanmoins, il aurait accepté ces limitations quelles que soient les circonstances. C’était déjà nettement mieux que le surplace qu’il faisait pour l’instant. Être pris par les épaules et tourné dans une direction – Rome, un uniforme du Risorgimento, une réplique ou deux, une chance – était une bouffée d’air frais. Cela blessait son amour-propre de demander quoi que ce soit à Tenn, mais c’était juste pour cette fois, il ne le referait jamais, sauf en cas d’absolue nécessité. Il se serait décidé bien plus tôt s’il n’avait pas été sous le charme du monde de Tenn et absorbé par les missions et corvées quotidiennes qui y étaient associées : billets de train, réservations d’hôtels, réparations de la maison de Duncan Street, taches à enlever sur leurs smokings, une compresse froide pour le front fiévreux de Maman Edwina, une dernière visite guidée pour Rose. Il s’était jeté à corps perdu dans l’organisation des réceptions qu’ils donnaient tous les soirs, dans la tâche de divertir les épouses, de flirter avec des gentlemen distingués, d’aller chercher des cachets après les heures de bureau chez des médecins aisément soudoyés, de calmer les nerfs de Tenn, de gérer ses demandes de sexe et ses refus cruels, tout cela en soutien au dramaturge, au théâtre et à leur cause commune. Frank avait joué ce rôle de bonne grâce, avec plaisir, mais le moment était venu désormais – avec la bénédiction de Tenn et la promesse de la compagnie d'Anja – d'en prendre un plus important.

« J'espère juste qu'Anja va se remettre, dit-il. Mentalement, je veux dire.

— Elle a réussi à s'en sortir jusqu'à présent avec la mère qu'elle a, ne t'inquiète pas pour elle. Une fois qu'une chose est gelée, elle ne peut pas geler davantage, elle ne peut évoluer que dans le sens opposé. Et qui est plus qualifié que le Petit Cheval pour la faire fondre ? J'entends d'ici le goutte-à-goutte. Quel guide tu feras pour elle au pays de la sensibilité ! Mais je persiste à dire qu'il vaudrait mieux pour elle rester comme elle est. »

Frank réfléchit un moment.

« Ce que tu es en train de m'expliquer, c'est qu'un iceberg en Antarctique n'est pas plus froid que des glaçons dans un cocktail ?

— Si tu veux être un artiste, Frankie – même si c'est juste un acteur –, voici ta première leçon : il ne faut pas être aussi littéral. »

Leur plan pour aider Anja, qu'ils concoctèrent sur ce banc de pierre et qui restait à lui soumettre, comportait un certain nombre d'étapes. La première était de trouver une distraction pour Bitte à Portofino. Pouvaient-ils encore sauver ses fiançailles avec le signor Ricciardi ? Et sinon, Truman connaissait-il un autre riche célibataire susceptible de faire un bon parti, de préférence avec un chat noir et des problèmes cardiaques ? Si ce n'était pas le cas, ils seraient obligés de passer les yachts au peigne fin. Mais quelle que soit la façon dont ils détourneraient l'attention de Bitte, ajouta Tenn, il leur fallait agir vite, pour « faire baisser le pont-levis ». Alors seulement ils pourraient jeter Anja sur leur épaule, la faire sortir furtivement du château à la faveur de la nuit, et ne pas cesser de courir avant d'avoir atteint Vérone.

Là, tous trois rejoindraient Paul et Ahmed comme prévu. Paul et Tenn avaient besoin de s'enfermer pour terminer le script de *Senso* avant la date butoir imposée par Visconti, à la fin du mois. Pendant ce temps, Frank et Anja pourraient explorer la ville, manger trop de calamars frits, se prendre pour Roméo et Juliette, faire une excursion de quelques jours à Venise s'ils y arrivaient, et travailler leurs répliques pour *Senso* une fois que Tenn et Paul les auraient écrites. Si Frank visitait un musée ou une bibliothèque pour s'informer sur le Risorgimento, tant mieux. Avant le 1er septembre, tous les cinq partiraient pour Rome dans leurs Jaguar décapotables assorties, Tenn, Frank et Anja en tête, suivis de Paul et Ahmed, le vent dans les cheveux, l'avenir devant eux aussi lumineux que les tournesols sur les collines toscanes.

Comme beaucoup de choses, la libération totale d'Anja se résumerait finalement à une question d'argent. Combien elle en avait et, surtout, combien elle pouvait s'en procurer. Frank et Tenn seraient sûrement capables de la convaincre de les accompagner de Vérone à Rome, mais serait-elle en mesure de subvenir à ses besoins lorsqu'ils auraient quitté l'Italie à l'automne ? C'était cette étape du plan qui risquait de se révéler la plus compliquée. Tenn voyait un potentiel d'actrice – ou, à tout le moins, de mannequin – chez Anja, et il avait envie de la garder assez longtemps près de lui pour élucider le mystère au cœur de sa personnalité, mais il n'était pas tombé assez décisivement ou romantiquement sous son charme pour l'entretenir comme il en avait entretenu tant d'autres, Frank y compris. Il était possible cependant qu'il se laisse attendrir avec le temps, vu combien une personne pouvait en venir à sembler nécessaire rien qu'en restant dans les parages.

Tenn était généreux de son argent. Il se laissait aussi facilement flatter. La plupart du temps, les deux allaient de pair, et Frank devait être là pour le protéger de l'influence d'un évident lèche-bottes. Si Anja, qui était incapable de flatterie, même par instinct de survie, se trouvait dans le besoin, Frank serait forcé d'en appeler pour elle à l'autre faiblesse de Tenn : les demoiselles en détresse. Mais comme d'habitude, Frank mettait la charrue avant les bœufs. Ils n'en étaient pas encore là. Pour commencer, ils devaient faire baisser le pont-levis.

Il alla voir Anja l'après-midi même. Elle et sa mère n'avaient fait aucun effort pour quitter le Splendido, ce qui signifiait une nuit de plus aux frais de Tenn. Jack et Sandro, avec leurs souvenirs de Testa del Lupo, étaient déjà en route, depuis longtemps, pour leur bungalow près de Livourne. Eux partis, Frank ne voyait aucune raison de revenir sur ces horribles événements. Si les Merlo de Peterstown, New Jersey, lui avaient appris une chose, c'était à tenir à l'écart la laideur – avec de joyeuses conversations, de la nourriture, de la musique et des rêves à voix haute – jusqu'à ce qu'elle se force un passage. L'heure était à regarder vers l'avenir et ses possibilités de dégel. Et donc, dans le couloir devant la porte des Suédoises, à l'abri des oreilles de sa mère demeurée à l'intérieur, il tendit à Anja son billet pour le reste de sa vie.

Qu'elle refusa.

Elle n'était pas encore prête, expliqua-t-elle, à voir sa vie commencer. Elle avait besoin de plus de temps.

« Tu plaisantes », dit Frank.

Elle croisa les bras avec une expression de défi qui aurait pu être de la gêne. Elle avait encore les coudes tachés par l'iode dont Sandro avait badigeonné ses coupures. Le temps, expliqua-t-elle, l'aiderait à déterminer si l'avenir qu'elle envisageait pour elle-même était bien celui qu'elle voulait vraiment. Elle faisait référence au portrait qu'elle lui avait peint dans l'eau à Paraggi, celui de la secrétaire gloutonne de Madison Avenue se gorgeant d'idées à sa pause déjeuner. Elle se demandait si son imagination pouvait trouver quelque chose de mieux que cette vision. Elle restait une fille, dit-elle, et Frank devait se rappeler qu'une fille était toujours en devenir. En devenant, elle n'avait aucune intention de faire même le plus petit pas en direction de la vision que sa mère avait pour elle, celle où elle trimait devant la caméra, pour le public et pour les hommes qui se trouvaient derrière. Elle était esclave depuis assez longtemps, ajouta-t-elle avec un signe de tête en direction de la chambre où Bitte était censée être en train de dormir, et ce fut la façon excessivement dramatique dont elle élevait la voix qui convainquit Frank, plus que les bleus sur son bras ou ses coups de soleil, que ce pays avait déjà laissé son empreinte sur elle.

« Pour être franche avec toi, continua-t-elle, je ne considère pas vraiment ce que font les acteurs comme un art, à la base. Il y a là dedans un je-ne-sais-quoi de puéril, non ? C'est un jeu auquel on joue étant petit pour s'amuser et amuser ses parents, puis on grandit et on fait quelque chose de plus sérieux. » Elle posa une main sur son épaule d'une façon qu'il trouva presque maternelle dans sa condescendance. « Et puis de toute manière, je joue déjà un rôle, à cet instant. Toi aussi, non ? Est-ce qu'on ne joue pas nos rôles chaque minute de chaque jour, même quand on est seuls ? Les histoires qu'on se raconte, celles qu'on fait croire à nos mères et nos amants ? Cela semble demander plus de patience que de talent.

— Tu n'as jamais vu Vivien Leigh sur scène. Ou Maureen Stapleton. Tallulah Bankhead.

— Et si c'était le cas ?

— Tu serais transformée. »

Pour une fille aussi intelligente, Anja avait sérieusement besoin d'être éduquée, de voir de près l'art de l'actrice. Il fallait qu'elle soit témoin de la transformation, de la *possession*. Frank y avait assisté de près de nombreuses fois, depuis les coulisses. Si on regardait assez attentivement, on pouvait le voir, le démon en plein acte de possession, la façon dont il s'abattait sur la femme, s'introduisait en elle, étirait les traits de son visage, tordait sa voix. On ne pouvait pas voir cela et qualifier la chose de jeu d'enfant. On ne pouvait pas voir cela et affirmer que ce n'était pas de l'art. Tout ça, il le dit à Anja dans ce couloir, et plus il voyait que sa passion ne la convainquait pas, plus il lui en voulait.

« Je suppose que je m'attendais à davantage de gratitude, conclut-il. Tenn et moi n'avons aucune obligation de faire ça pour toi, tu sais. Rien de tout ça. »

Il écarta les bras pour indiquer l'hôtel mais ce dont il parlait vraiment, bien sûr, c'était du privilège de sa liberté, de son éducation. De quel droit le refusait-elle ?

« Je ne me rappelle pas t'avoir demandé de m'éduquer », répliqua Anja, le visage semblable à un glacier infranchissable.

Elle continua en récitant d'un ton détaché, sans décroiser les bras, une litanie d'autres raisons pour rendre leur cadeau à Frank et Tenn sans ménagement ni une once de reconnaissance. La principale étant que l'incident de Testa del Lupo les avait secouées, Bitte et elle, plus profondément qu'elle ne pouvait le décrire. Pour Frank et Tenn, ç'avait été une rixe, mais pour les deux femmes, ç'avait été une violation. Comment pouvait-il ne pas comprendre cela ? Bitte n'avait pas fait une phrase cohérente depuis l'attaque. Anja n'allait pas abandonner sa mère dans un état pareil.

« Ce n'est pas une femme forte, dit-elle. J'ai une obligation envers elle. Ne pas tenir compte de cette obligation, de tout ce qui est arrivé, c'est la marque de votre arrogance. C'est le luxe que vous avez. La façon dont vous voletez comme des abeilles, Tenn, toi et les hommes comme vous, on l'a vue des centaines de fois : vous vous arrêtez sur une jolie fleur pour en sucer tout le nectar, puis vous passez à la suivante. Je t'ai déjà posé la question une fois, et tu n'as pas répondu. Laisse-moi te la reposer différemment : t'arrive-t-il de penser à ce qu'il advient de la fleur une fois que vous l'avez vidée ?

— Je ne suis pas du genre à passer si vite à autre chose, protesta Frank.

— Moi non plus. »

Ce soir-là, lorsque le gérant de l'hôtel appela pour les informer qu'Anja et Bitte avaient demandé à rester une nuit de plus – pas « une dernière nuit » mais « une nuit de plus » –, Frank lui indiqua d'arrêter de facturer leur chambre à Mr. Williams si elles ne la libéraient pas le lendemain. Ils s'évitèrent mutuellement pendant le reste de leur séjour à Portofino, ce qui ne fut pas chose facile compte tenu du fait que Frank les expulsait de leur hôtel, sa mère et elle, qu'ils avaient encore tant à se dire, et qu'en dépit de ses accusations – ou à cause d'elles, il n'était pas tout à fait sûr – elle lui manquait.

Bien qu'il ait rarement l'occasion de voir les pages elles-mêmes, Frank savait que Tenn travaillait sur plusieurs projets à la fois, des projets qui changeaient régulièrement de forme, la pièce devenant une nouvelle, puis un poème, avant de redevenir une pièce. Ce sur quoi il travaillait en ce moment le remplissait d'énergie, mais était-ce *Batailles*, *Orphée* ou quelque chose d'autre qu'il finirait peut-être par abandonner pour de bon ? Frank n'en était pas encore sûr, même si cela deviendrait plus évident avec le temps. Tout en traçant les grandes lignes de ces projets, Tenn écrivait des lettres détaillant leur évolution à Audrey Wood, Kazan, Bowles ou encore le producteur, le metteur en scène, l'actrice ou le critique avec qui il collaborait sur le moment, ou avec qui il souhaitait collaborer à l'avenir. L'échange était constant, et si dense ! Tant de ces chassés-croisés de taches noires sur pages blanches ! Rien que la pensée de toutes ces voix, réelles et imaginaires, lui aboyant dessus depuis New York ou Los Angeles, ou tirées des profondeurs les plus sombres de l'esprit, pour réclamer son attention, sans jamais un moment de repos, lui faisait mal à la tête. Parce que Tenn sentait cela, ou parce qu'il avait besoin de son propre refuge loin du flux de communications, il tenait Frank à l'écart de celui-ci, dans sa maison de maître tranquille et bien aménagée, sans verrou à la porte, où son compagnon prenait plaisir à explorer les nombreuses pièces, à recevoir leurs invités, à réparer les robinets qui fuyaient et – si l'envie s'en faisait sentir, ce qui était souvent le cas – à danser sur les lits. Tenn pouvait venir l'y voir à toute heure du jour et de la nuit, mais il n'aurait jamais pu y vivre : l'endroit était trop calme.

Demander un rôle dans *Senso* représentait pour Frank le risque de devoir quitter cette paisible demeure pour rejoindre la foule bruyante de Tenn. Dès qu'il l'avait fait, il l'avait regretté. Et dès qu'il l'avait regretté, il s'en était voulu.

Ce fut presque une chance, donc, que Tenn n'en reparle pas.

Sans la coopération d'Anja pour leur projet d'enlèvement, ils n'avaient aucune raison de rester à Portofino. Vérone les appelait, *Senso* les appelait, sans parler de Mr. Moon, d'Anna et de leur appartement à Rome, avec la vue sur l'Opéra et la plomberie préhistorique. Maintenant que Tenn était regonflé à bloc avec son nouveau manuscrit, il pouvait écrire partout où il pouvait traîner sa machine à écrire. Il aurait pu écrire dans un arbre de la jungle, sous des tirs d'artillerie, avait l'habitude de dire Frank, tant qu'il avait une branche sur laquelle poser son Olivetti ; et si l'arbre était là où les meilleurs mots lui venaient, ou bien là où les mots lui venaient le mieux, c'était à Frank d'envoyer le télégramme annonçant les sincères regrets de Mr. Williams de ne pouvoir participer à l'événement où il se rendrait à sa place, de servir les excuses de plus en plus ridicules de Mr. Williams pour justifier son absence, et de trouver d'autres façons de s'occuper jusqu'à ce que

Mr. Williams redescende de l'arbre et demande quel jour on était, et quand est-ce qu'ils pouvaient se casser de là.

« Au plus tôt demain, répondit Frank.

— Et aujourd'hui, on est ?

— Mardi.

— Donc on s'en va mercredi. »

Frank prit les dispositions nécessaires pour qu'on les conduise en bateau à Rapallo, où ils récupéreraient la Jaguar au garage. Il était content d'avoir quelque chose à faire. Jusqu'alors, sa journée avait consisté à gagner Paraggi à pied pour nager et à en revenir par le même moyen, à la fois pour tuer le temps et parce qu'il valait mieux ne pas être vu dans la camionnette de Luca.

Ils commandèrent à manger dans leur chambre, puis s'arrêtèrent au Delfino pour prendre un digestif et dire au revoir à Truman. S'il y avait quelqu'un qui connaissait les derniers potins au sujet du garçon découvert à Testa del Lupo, ce serait miss Capote, et ils avaient très envie de savoir quelles rumeurs, s'il y en avait, circulaient encore dans le petit *paese*.

Ils trouvèrent Truman seul au comptoir, les pieds pendant dans le vide à trente centimètres du sol, en train de finir une vodka-orange. Devant lui était posé un livre ouvert qu'il ne lisait pas. Ils s'installèrent sur les tabourets vides de part et d'autre du sien. Il jeta un regard aigre à Frank lorsque Tenn dit « Voilà le genre de bibliothèque que j'aime » avant de commander trois Campari-soda.

Il y avait de l'animation dans le restaurant pour un mardi – même si, dans une ville balnéaire en été, c'était samedi soir tous les soirs –, et tout le monde semblait occupé à rire à gorge déployée ou à se disputer bruyamment, sans cesser de manger et de boire avec abandon, comme si ç'allait rester à jamais un samedi d'été. Il vint à l'esprit de Frank que sa vie n'était guère différente de cet éternel samedi, que le lundi dont son père et son frère appréhendaient le retour à longueur de week-end ne viendrait jamais pour lui tant qu'il resterait avec Tenn.

« Notre ami est passé déposer ceci, dit Truman en soulevant le livre, un exemplaire relié d'*On meurt toujours seul*, de John Horne Burns. J'ai trébuché dessus en sortant de mon appartement et j'ai failli tomber dans les escaliers. Il était enveloppé de papier d'emballage comme une pièce de viande crue ou quelque chose d'indécent. J'ai le plaisir de vous annoncer que ça tient plus du second que de la première.

— C'est vraiment si bon que ça ? demanda Tenn.

— Il se considère comme un génie, dit Frank.

— Il a un rare talent. Malheureusement, c'est pour raconter une histoire de soldats dégénérés, de bars gay et de syphilis aussi assommante que le serment d'allégeance. Pas étonnant que Mailer l'ait porté aux nues.

— Tu en avais entendu parler avant ?

— Crois-le ou non, Tenn, ils impriment encore les pages même quand tu n'es pas dedans. Bien sûr que j'en avais entendu parler. Il a fait fureur l'année d'après *Les Domaines hantés*. Le Très Important Roman de Guerre Que Tout Le Monde Devrait Avoir Lu, et tout ça. La Face Cachée de Naples. L'Histoire Qui N'Avait Encore Jamais Été Racontée. La Voix d'une Génération, ils l'ont appelé. Si l'expression vous semble familière, c'est parce qu'ils m'avaient donné le même surnom dix mois plus tôt. Apparemment, les critiques ont la conception du temps d'un éphémère... Si j'étais compétitif pour deux sous, j'aurais été furieux. » Ils éclatèrent tous trois de rire. « Gore a fait l'article du bouquin dans toute la ville. C'était sa carte de visite. Puis, quand il a commencé à obtenir de meilleures critiques qu'*Un garçon près de la rivière*, il est brusquement devenu muet sur le sujet.

— Mutisme hystérique, fit Tenn.

— On a tous les deux lu *Un garçon près de la rivière* la semaine de sa sortie, dit Frank. Ça m'a fait rougir. Je ne sais pas comment Gore s'est débrouillé pour écrire quelque chose comme ça impunément.

— Pas impunément, répondit Truman. Montre-moi une seule critique d'un livre de Gore Vidal dans le *Times* depuis. Jusqu'à nouvel ordre, il n'existe plus. C'est une comédie musicale à Broadway avec un fronton vide. De nos jours, s'il veut publier un mot, il est obligé d'utiliser un pseudo. Il aurait dû prendre exemple sur Jack Burns. Si tu veux écrire un roman sur les histoires de cœur et de cul d'une bande de tantes, arrange-toi juste pour que ce soit si chiant que personne ne remarquera rien, et ils le qualifieront de Chef-d'Œuvre de Littérature. Ils ont été à deux doigts de lui donner un Pulitzer.

— Mais c'était il y a cinq ans, fit remarquer Tenn. Maintenant, c'est juste un ivrogne à la carrière finie.

— Mes sources me disent qu'*Il Dottore* et lui ont quitté la ville, reprit Truman. Je suppose que c'est *Il Dottore* qui m'a laissé le livre en guise de cadeau d'adieu. J'aurais préféré un amaro local, ou une friandise pour Bunky après le traumatisme que ces Suédoises lui ont fait subir, mais au moins il a fait un effort.

— Ce n'est certainement pas Jack qui en aurait eu

l'idée, dit Frank, en se demandant si Truman avait seulement vu le bouquet de roses blanches qu'il avait apporté à sa soirée.

— Non, le Jack Burns cuvant son vin dans mon fauteuil ne m'a pas vraiment fait l'effet d'un parangon de bonnes manières, répliqua Truman. Le vieux ronchon ne sait même pas la chance qu'il a de vagabonder d'un bout à l'autre de la Ligurie avec *Il Dottore Bello* à ses côtés. Au volant, sûrement. Moitié garde du corps, moitié grand frère, moitié manuel de savoir-vivre. Mais toi et moi, on sait la chance qu'on a, hein, Tenn ? On pourrait lui ouvrir les yeux.

— Ajoute ange gardien à la liste, répondit l'intéressé. Plus une dizaine d'autres qualités héroïques, et tu auras mon Frankie. »

Truman et Jack Dunphy s'appartenaient depuis aussi longtemps que Tenn et Frank. Les quatre avaient sillonné l'Italie ensemble, poussant notamment jusqu'à l'île d'Ischia en une désastreuse expédition qui vit une terrible dispute éclater entre eux, dont Frank ne se rappelait plus le sujet. Jack Dunphy était peu sociable, du genre timide, se montrant rarement en public, de dix ans plus âgé que Truman mais semblant en avoir trente de plus, à peu près aussi boute-en-train qu'une plante en pot. « La Vieille Dame », comme le surnommait Tenn, était aussi introvertie et sérieuse que Truman était fêtard et caustique. La plupart du temps, c'était Frank qui se retrouvait coincé à côté de Jack Dunphy à l'arrière de leurs décapotables, où Jack se contentait de sembler se fondre dans la banquette ou s'étioler au soleil sous son chapeau à large bord, ne laissant d'autre choix à Frank que de regarder le paysage passer à toute vitesse. Se voir comparé à Jack, et même à Sandro, mettait Frank mal à l'aise, non parce qu'il ne les aimait pas – c'étaient de braves types, pour autant qu'il puisse en juger – mais parce que ce qu'il partageait avec Tenn en était venu à lui paraître plus grand et plus riche que le chaperonnage inquiet de Sandro ou l'arrangement domestique que décrivait Truman.

« Mon Jack est à l'étage en train de me griller un hamburger à cet instant même, dit Truman. C'est le plat qui me manque le plus quand je suis ici. Un hamburger accompagné de salade de pommes de terre. Les Italiens sont en guerre contre la mayonnaise. Ça horrifie la plupart d'entre eux. Nous apportons nous-mêmes nos pots, surtout quand nous devons aller en Sicile, où ils n'en vendent même pas. Qu'on me donne un hamburger, une salade de pommes de terre avec de la mayo en rab et un bureau de poste avec des horaires réguliers, et je serais prêt à faire défection. Vous n'avez pas idée combien de fois je suis allé sur la *piazza* acheter des timbres pendant les heures d'ouverture, pour trouver un panneau CHIUSO dans la vitrine et l'employé à son poste haussant les épaules comme s'il y avait une fosse aux crocodiles entre lui et la porte.

— Ces crocodiles sont peut-être invisibles pour nous, répliqua Tenn, mais pour lui ils sont très réels. Nous avons là un pays qui n'est pas régi par les convenances, mais par l'humeur, la fantaisie. La vanité. La seule façon d'y prospérer est de suivre les mêmes règles. Pas étonnant qu'il séduise si complètement les Anglais et les Américains, en particulier les hommes. L'Italie est tout ce qu'on apprend au mâle anglo-saxon à ne pas être : indiscipliné, permissif. *Joli.*

— Joli ? répéta Truman.

— J'ai vu cet employé et des centaines, peut-être des milliers, de garçons comme lui. Je peux te dire qu'il a passé plus qu'une minute ou deux devant son miroir ce matin, pour s'admirer après avoir enfilé son uniforme postal. Il s'est coiffé et a mis de la laque sur ses cheveux. Il s'est campé fièrement dans cette chemise gris tourterelle amidonnée et cette élégante petite casquette. Il s'est frotté le menton et a tourné le visage de part et d'autre, envoûté par ses propres yeux d'un brun profond. L'employé de poste italien moyen a une conscience de la beauté plus vive que le peintre paysagiste professionnel américain. »

Frank l'écoutait avec agacement, non parce que Tenn avait remarqué l'employé, bien sûr – il l'avait lui-même repéré la veille, comment aurait-il pu faire autrement, lorsqu'il avait envoyé un télégramme à Anna pour prendre des nouvelles de Mr. Moon – mais parce qu'ils avaient un sujet de discussion plus important à aborder que la curieuse nature du mâle italien, une question dont Tenn et lui avaient depuis longtemps fait le tour. Il décida de les interrompre, quelque chose qu'il s'autorisait rarement, sous peine qu'ils y passent la nuit.

« Sandro – *Il Dottore* – veut que vous aidiez Jack, dit-il à Truman. Tenn et toi. Il a besoin de vous. Avec toute… l'agitation de ces derniers jours, j'ai oublié qu'il était venu me voir. Il s'est dit que je comprendrais. Je ne sais pas ce qu'il attend de vous exactement, mais c'est quelque chose que seul un autre écrivain peut faire. Jack est en train d'écrire un nouveau livre…

— *Le Mâle inconnu*, intervint Tenn.
— Quelque chose comme ça, fit Frank.
— Une autobiographie ?
— Sandro est très inquiet, continua Frank. Les autres romans de Jack ont fait un flop, et ses éditeurs ne veulent même pas de ce nouveau manuscrit. Mais Jack refuse de l'admettre. Il pense que c'est un plus grand chef-d'œuvre encore que le premier. Sandro dit qu'il va continuer à boire jusqu'à ce que l'éditeur se range à cet avis, et s'il continue à boire, ça va le tuer.
— Ces romans n'ont pas fait un flop, répondit Truman. Ils ont été lynchés. La Voix d'une Génération Devenue Fausse. Au milieu de ma jubilation, je me rappelle avoir eu presque de la peine pour lui. Vaincre un rival est, parfois, un plaisir mitigé.
— Je pensais avoir au moins entendu parler de tous les écrivains pédés vaguement connus, fit remarquer Tenn en feuilletant *On meurt toujours seul*.
— Tu as été trop occupé avec tes starlettes, répliqua Truman. Prends mon exemplaire si tu veux. Il n'est même pas dédicacé. »
Tenn reposa le livre sur le comptoir.
« On doit bien connaître quelqu'un qui a couché avec lui, dit-il avec indifférence. À moins que ce ne soit un prude par-dessus le marché ? Je peux t'assurer que je n'ai jamais rencontré pareil rabat-joie. » Il reprit le livre. « Réflexion faite, dit-il en le tendant à Frank par-dessus la tête de Truman, garde-moi ça, Frankie. En souvenir. Nous ne reverrons jamais le gaillard. Et c'est probablement aussi la dernière fois que nous voyons Sandro.
— Il n'y a vraiment rien que tu puisses envisager de

faire pour l'aider ? insista Frank. Je sais qu'il est odieux, entendez-moi bien, je ne l'aime pas beaucoup, mais s'il va vraiment si mal, on ne devrait pas essayer de l'aider ? C'est un ancien soldat, comme moi. Et c'est... Eh bien, il est des nôtres, qu'on le veuille ou non. »

Tenn regarda Truman. Truman regarda Tenn.

« Mon Petit Cheval, fit ce dernier. Parfois j'oublie que tu n'es pas un écrivain. Puis tu dis quelque chose de ce genre et ça me revient.

— Qu'est-ce que tu entends par là ?

— Je crois que ce que ton maladroit jockey veut dire, c'est qu'*Il Dottore* dramatise, expliqua Truman.

— Exactement, répondit Tenn. Quand tu penses à comment Jack est maintenant, rappelle-toi l'état dans lequel j'étais après *Été et fumées*. » Il se leva pour venir passer un bras autour de ses épaules, et se tourna vers Truman. « Nous étions à Fez, commença-t-il. J'étais tombé dans une déprime si profonde que même le soleil africain ne pouvait pas m'atteindre. En plein milieu de la nuit, j'ai forcé Frankie à faire nos bagages et à me conduire à Casablanca. Mais la déprime m'y attendait déjà, tout aussi profonde, pleine de sables mouvants. J'ai réussi à me convaincre que si je ne quittais pas le continent, elle allait m'engloutir. Je n'étais pas au *bord* de la dépression : j'étais en plein dedans, au fond du trou. Presque catatonique, bredouillant comme un petit enfant. » Il se retourna vers Frank. « Est-ce que tu as appelé les autorités, mon chéri ? Bien sûr que non. Il a contacté l'agence et nous a réservé des places sur le prochain bateau pour Marseille. Il a monté mes bagages à bord pour moi, deux sacs à chaque bras, comme si j'étais infirme. La traversée a été horrible. Elle a duré trois jours.

Je ne pouvais rien avaler. J'ai dit aux autres passagers que j'étais en train de mourir du choléra. Frank tenait ma main moite dans la sienne sous la table. À Marseille, nous avons pris un autre bateau pour gagner Rome. C'est seulement lorsque nous avons respiré l'air au large de la côte italienne que j'ai pu commencer à m'extraire du gouffre, et Frankie m'attendait en haut, le bras tendu pour me hisser sur la terre ferme. Si Sandro veut sauver Jack, c'est ce qu'il va devoir faire : se familiariser avec la boue. S'y rouler un moment. Se muscler les bras. Et non refiler son boulet à des gens qu'il ne connaît que depuis trois jours, surtout pas d'autres écrivains qui n'ont peut-être pas le succès de Jack à cœur. Ce que tu ne comprends pas, Frankie, c'est que si on essaie d'intervenir, Jack nous en voudra de le traiter comme quelqu'un qui a besoin de notre charité. Il sera humilié. Et au bout du compte, quand tout ira de travers, il dira que c'est de notre faute.

— Elle n'a pas tort, ta belle », ajouta Truman.

Frankie n'avait jamais eu lieu de considérer Tenn comme un homme méchant, mais il l'avait déjà vu faire preuve de méchanceté envers les autres écrivains. Tous ceux que connaissait Frank le faisaient, autant pour se divertir que pour paraître plus confiants et sûrs d'eux qu'ils ne l'étaient vraiment. La méchanceté leur servait d'armure. L'unique problème était que, pour ce qui concernait Tenn en tout cas, elle retombait dès qu'il se retrouvait seul, le laissant en proie à la peur des représailles et à la culpabilité d'avoir mortellement blessé quelqu'un qui ne le méritait pas ; c'était alors qu'il se tournait vers Frank pour que celui-ci le rassure en confirmant que, non, il n'était pas un monstre et que, oui, beaucoup de gens lui devaient leur carrière et que, dans le genre malveillant et hostile, Truman était bien pire. Ce dernier était tout autant le rival de Tenn que celui de Jack, après tout ; d'ailleurs, c'était aussi le cas de Paul Bowles, Gore Vidal, Don Windham ou même Bill Inge. Ces rivaux se trouvaient également être ses meilleurs amis, et les seuls, affirmait Tenn, qui le comprenaient vraiment.

Frank rêvait tellement de parvenir à ce niveau de compréhension que, l'été précédent, il avait passé quelques heures par jour à la bibliothèque publique climatisée de La Nouvelle-Orléans, pour essayer d'écrire sa propre pièce. *Un chant de Jersey*, l'avait-il intitulée, un titre rédigé en majuscules, en gras, et souligné en haut de la page. Il n'avait pas beaucoup d'éducation mais il était mordu de lecture, dévorant tout ce qui lui passait sous le nez – des Mémoires de Salvador Dalí au *Héros aux mille et un visages* de Joseph Campbell – et on lui avait dit qu'il composait des lettres extrêmement divertissantes. Il était aussi à l'aise dans une loge à la philharmonie ou à l'opéra qu'à danser le lindy hop à l'arrière d'un dancing à Chelsea. Pour *Un chant de Jersey*, il avait en tête une structure traditionnelle en trois actes, un premier rôle féminin inspiré de sa tante Marie (qui serait jouée par Anna Magnani, bien sûr) et les grandes lignes d'un décor, dessinées au crayon au dos du script. Mais *Un chant de Jersey* n'avait jamais été chanté. Lorsqu'il essayait d'écrire, il courait après les mots comme un chien après les oiseaux. Lorsque enfin il arrivait à trouver une réplique, il la biffait immédiatement. Il était capable de produire une lettre en un clin d'œil, sans souci, mais quand il s'agissait de donner une voix à quelqu'un d'autre, il perdait ses moyens. Ses personnages étaient comme de piètres contrefaçons de Serafina Delle Rose et Stanley Kowalski. Et chaque après-midi, il ressortait de la bibliothèque les doigts et les avant-bras maculés d'encre qu'il frottait furieusement dans le lavabo de la salle de bains avant que Tenn puisse lui poser la moindre question.

Cette expérience ratée avait donné à Frank encore plus de respect pour Tenn, mais elle avait également causé un séisme dans l'appartement du Quartier français, où ils menaient par ailleurs une vie heureuse. Ç'avait été la prise de conscience par Frank que non seulement il n'était pas et ne serait jamais un écrivain, ni d'ailleurs un grand acteur ou danseur, mais aussi que, n'étant rien de tout ça, il n'avait pas naturellement sa place dans le monde de Tenn.

Le séisme en question n'avait pas réveillé Tenn, mais le lendemain matin, avait remarqué Frank, la fissure entre eux, celle que lui seul pouvait voir, était devenue une crevasse. Il était encore possible de sauter par-dessus, mais c'était un bond plus dangereux que la veille au soir ; il y avait un plus grand risque qu'il ne tombe dans la crevasse et ne s'y retrouve coincé. Tenn avait peut-être perçu cette distance, mais il n'avait aucun moyen de savoir que Frank avait essayé en vain d'écrire une pièce, et encore moins que cet échec avait conduit Frank à douter de leur compatibilité et même, à se demander s'il avait seulement une place dans son monde. Pour Frank, cependant, ce vide nouveau était le mauvais présage qu'il avait toujours craint. Il regardait les bords déchiquetés de la crevasse, les ténèbres menaçantes entre eux, avec un mélange de peur et de soulagement à l'idée que le jour était enfin arrivé. Tous les couples, supposait-il, étaient séparés par au moins une faille ; un sol complètement ferme ou une union parfaite, ça n'existait pas, ni dans une guerre ou un pays, ni entre amants ; l'astuce, cependant, était de ne pas le reconnaître. Une fois qu'on l'avait remarquée, une fois qu'on avait été réveillé en sursaut, comme Frank, on devenait obsédé par son évolution, et le fait même de suivre cette évolution garantissait son inévitabilité.

Il était également très possible qu'il se trompe complètement sur tout ça, que le séisme, la fissure, la crevasse, le bond par-dessus le vide, le chien qui chassait des oiseaux, ne soient pas du tout les bonnes métaphores. Peut-être était-ce l'incapacité de Frank à décrire le problème correctement – la pauvreté de son langage comparée à la richesse de celui de Tenn – qui le condamnait. S'il était incapable de décrire une chose, s'il ne pouvait se décider sur la métaphore à y appliquer, comment les autres, dont l'homme qu'il aimait, pouvaient-ils le comprendre ? Et si la chose qu'il essayait de décrire, qu'il cherchait si éperdument à définir pour pouvoir la chérir et la protéger, était la vie même qu'il menait avec cet homme qu'il aimait ? Alors quoi ? Ils ne pouvaient pas appeler cette chose un « mariage », et même s'ils l'avaient pu, Frank ne voulait pas ce mot. Au mieux, c'était une mauvaise traduction. Au pire, ça sentait le garage, les bouteilles de lait vides et les tapis de sol dans la Chevrolet de son père. Le mariage appartenait à ses cousins, à Luca et Teresa, à Ike et Mamie Eisenhower ; ce n'était pas le bon mot pour décrire ce qu'il partageait avec Tenn, et ça ne le serait jamais. « Amitié » non plus ; ni « liaison ». Un jour, quelqu'un trouverait le terme adéquat. En attendant, le seul espoir pour un homme qui n'était pas un maître des mots résidait dans la comparaison, dans le fait de pouvoir désigner deux autres hommes et de dire : *Ça, c'est nous aussi ; c'est eux la métaphore que je cherchais*. Frank n'avait pas encore rencontré pareil couple. Ce n'était pas Truman et Jack Dunphy ; il les avait assez vus ces dernières années pour le savoir. Mais il gardait l'espoir, si vague soit-il, que ce soient Sandro et Jack Burns.

« Si Sandro n'est pas capable de le gérer, était en train de dire Truman, un autre adulateur prendra sa place. Je ne serais pas surpris qu'il en ait déjà un qui attend en coulisses. Comme tu ne le sais sûrement que trop bien, Frankie, la seule façon de soulager l'ego d'un écrivain est de le flatter. Tu ne peux pas le dresser à revoir ses attentes à la baisse ou se contenter de moins. Jack Burns n'est pas venu en Italie pour y étudier à l'université de l'Humilité. Il est venu ici parce que sa famille et ses amis ont vu ses tripes étalées dans les journaux et que l'idée de les affronter lui était insupportable. Il voulait vivre au milieu d'un peuple naïf qui le traiterait comme le demi-dieu qu'il s'imagine être, qui seraient fascinés par l'aura – même à peine visible – d'une réputation américaine. Je ne lui jette pas la pierre, pour être honnête. Moi aussi, "j'ai toujours eu foi en la bonté des inconnus." »

Frank secoua la tête.

« J'ai écrit ça dans un but humoristique, tu sais, fit Tenn, manifestement flatté par son invocation de Blanche DuBois. Mais le public ne rit jamais. Les spectateurs s'identifient trop avec le personnage, avec l'élément tragique. Chaque fois que je les vois agripper leurs perles et que j'entends ces murmures compatissants s'élever des rangs, je considère la scène – toute la production, même ! – comme un ratage. Ils devraient hurler de rire !

— Si ça peut te consoler, répliqua Truman, je suis d'accord avec toi, la scène est complètement ratée. »

Frank n'avait jamais vu ce qu'il y avait de drôle dans le personnage de Blanche, et il ne le voyait certainement pas chez Jack.

« Ça me gêne de me moquer de lui, dit-il. Il souffre.

— Tu ne peux sauver qu'un seul écrivain à la fois, répondit Tenn, la main sur son épaule. Le poids de deux d'entre nous ferait couler le canot de sauvetage. »

Chez les marines, Frank avait appris une approche différente. Chaque homme était un frère. Rester sans rien faire quand son frère se noyait était un acte de trahison. Que le frère en question soit une grande gueule, un flemmard ou une ordure importait peu, il fallait quand même hisser sa vilaine carcasse sur le bateau avant qu'il ne coule. Mais au lieu d'avancer cet argument, qui ne lui apporterait rien dans un débat qu'il savait n'avoir aucune chance de remporter, et ne ferait qu'amener Tenn et Truman à s'attendrir sur son romantisme de soldat, il orienta la conversation, aussi délicatement que possible, vers ce qui s'était passé à Testa del Lupo. Il devint vite évident, cependant, que Truman n'en savait pas plus qu'eux sur ces événements, ou alors n'avait aucune intention de leur révéler ce qu'il savait.

Pendant ce temps, les yachts étaient entrés dans le port pour déverser leurs passagers affamés sur la terre ferme, et toutes les deux ou trois minutes, les portes du Delfino s'ouvraient grandes sur un nouveau groupe de robes d'été et de chapeaux de paille. Tout le monde connaissait Truman, lequel non seulement se montrait patient avec chaque femme et chaque homme qui s'approchait pour le saluer, mais semblait même accueillir leurs avances avec plaisir et gagner en taille et en ardeur à mesure que la conversation progressait. Par ce côté, il ressemblait plus à Frank qu'à Tenn, qui cédait souvent à la nervosité lorsqu'il était au milieu d'une foule, et se recroquevillait sous le poids des regards trop insistants aux premières et aux réceptions. Le whisky et les cachets l'aidaient jusqu'à un certain point, mais seulement lorsque Frank pouvait en calibrer les doses et réguler les prises à sa place ; livré à lui-même, Tenn buvait trop de whisky puis, pour en neutraliser les effets, avalait trop de cachets, et à la fin de la nuit, c'était une épave.

Truman était triste de les voir quitter Portofino, leur dit-il après l'apparition brève et contrariée de Jack Dunphy dans les escaliers. Il était temps pour lui de monter manger le hamburger qui l'attendait. Lady Dunphy n'était pas d'humeur à recevoir ce soir, ajouta-t-il, sinon il les aurait invités à venir boire un expresso et le regarder digérer son sandwich réchauffé. Il leur promit de se rattraper en les invitant à les rejoindre de nouveau à Taormine, peut-être à l'automne, sur le chemin du Maroc ? Ou sinon, à la fin du printemps 1954, après la saison des pluies ? Truman et Dunphy vivaient depuis trois ans déjà en Sicile, dans une vertigineuse villa du nom de Fontana Vecchia qui avait autrefois appartenu à D. H. Lawrence, où les loyers étaient plus bas et les hommes plus bruns et plus accommodants que dans le Nord. Ils étaient des hôtes excellents, leur rappela-t-il, et la vie était plus calme à Taormine, plus discrète.

Si Frank avait été en position de donner son avis, il aurait avancé l'idée qui lui était venue alors que Truman rabâchait sa nostalgie de la Sicile, qui était que puisque Dunphy et lui avaient un aussi spacieux logement et une telle envie de recevoir, et puisque Tenn et lui-même y avaient déjà passé des heures heureuses quelques étés plus tôt, ils devraient plutôt inviter Sandro et Jack, ou Jack seul. Y avait-il meilleur endroit, avec l'esprit de D. H. Lawrence qui veillait sur les lieux, pour offrir à leur compatriote un changement de décor, un refuge pour lécher ses blessures et se désintoxiquer ? Mais Frank commençait, très lentement, à comprendre que les autres hommes, même Tenn, n'avaient pas un cœur aussi grand, simple et pragmatique que le sien ; sinon, ils auraient déjà été en train de composer un télégramme à envoyer à Marina di Cecina. Frank n'était pas toujours capable de dire tout haut ce qu'il y avait dans son cœur, mais il était d'ordinaire plutôt doué pour mettre en œuvre ses bonnes intentions. Cela l'énervait d'avoir rencontré si peu de succès à Portofino jusqu'à présent – d'abord avec Anja, et maintenant avec Jack –, aussi était-ce peut-être une bonne chose que Tenn et lui reprennent leur route.

Ils firent leurs adieux à Truman, qui disparut dans les escaliers du Delfino, puis traversèrent tout chancelants la *piazza* pour regagner le Splendido. Ni l'un ni l'autre ne voulait appeler une voiture. Ils appréciaient cette occasion de remplacer les horreurs de Testa del Lupo par le vent frais du port, les lumières à l'éclat brouillé par l'alcool et la mandoline dont jouait un homme dans l'embrasure d'une *pasticceria* aux volets fermés. Frank portait l'exemplaire d'*On meurt toujours seul* que leur avait donné Truman. En arrivant devant l'appartement d'Anja et Bitte près de la Via del Fondaco, ils furent surpris de voir de la lumière à une des fenêtres et une ombre qui passait devant, car les deux femmes avaient encore une nuit gratuite à l'hôtel. Ils restèrent un moment devant, à regarder la silhouette se baisser et se redresser, encore et encore, comme si elle faisait de la callisthénie. Ils ne sonnèrent pas à la porte. C'était étrange, tout ce qui pouvait se passer entre des gens en seulement quelques jours. Frank espérait revoir Anja à l'avenir, mais une fois qu'ils se seraient quittés là, il n'aurait aucun moyen de la retrouver. Elle ne savait pas elle-même où allait sa vie. Ce serait à elle de le rechercher si elle voulait, enfin, exprimer sa gratitude pour ce que Tenn et lui avaient essayé de faire pour elle.

Plus ils s'éloignaient de la *piazza*, plus les rues devenaient sombres et vides, plus Frank se sentait à l'aise de marcher avec le bras autour de la taille de Tenn. Cela ne changeait rien que les Italiens s'assoient sur les genoux les uns des autres et se lèchent la truffe par habitude culturelle ; dans l'affection que se montraient deux homosexuels, même la plus discrète, existait une différence immédiatement perceptible. Frank agitait le faisceau de sa lampe de poche dans les yeux de tous les gens qu'ils croisaient, à la fois pour les identifier et pour se donner le temps, avec Tenn, de se séparer et de lancer *buona serata* avec un geste chaleureux, mais pas trop non plus, de la main. L'alcool n'avait pas complètement calmé leurs nerfs. À chaque tournant, ils s'attendaient presque à tomber sur la bande de petits sauvages, ou sur des *carabinieri* qui auraient finalement décidé de poser aux Américains quelques questions sur le corps retrouvé à Testa del Lupo. Frank accéléra le pas.

À mi-pente, Tenn lui prit la lampe des mains et s'engagea dans une venelle sombre. « Un raccourci », expliqua-t-il.

Les murs de l'étroite ruelle étaient couverts de végétation, une sorte de plante grimpante à fleurs qui poussait sans retenue dans toute la ville. Elle dégageait une odeur âcre et piquante – rappelant un peu le chèvrefeuille mais en beaucoup moins douce – qui emplissait l'air comme une fumée.

« Je ne sais pas ce que c'est que cette plante, mais ça irait très bien avec du gin », dit Tenn en cueillant une fleur.

Le raccourci les conduisit, enfin, à une église et, derrière elle, à un cimetière. Derrière celui-ci, une falaise.

« Oh, bon, fit Tenn avec un sourire dans la voix. Pas terrible comme raccourci, finalement. »

Ils descendirent à pas lents et hésitants un chemin de pierre inégal, en direction de la plus haute structure visible au loin, un mausolée.

Au Splendido ils avaient le lit le plus confortable qu'on puisse se payer, dans un des hôtels les plus prestigieux au monde, mais c'est là, sur l'herbe bourbeuse devant le mur de squelettes, qu'ils se laissèrent tomber en s'embrassant passionnément, et que Frank, enhardi par l'obscurité et le mur qui les cachait au regard de la lune, baissa son pantalon jusqu'à ses chevilles. Il éteignit la lampe de poche.

« Promets-moi, dit-il en riant, les paumes appuyées sur le sol ferme. Après ça, plus de cimetières. »

Les seuls bruits étaient ceux de la mer Ligurienne s'écrasant sur les rochers en contrebas et les mots tendres que Tenn soufflait à l'oreille de Frank tout en se plaçant derrière lui, exactement les mots qu'il fallait, toujours sur ses lèvres dans ce genre de circonstances, pour convaincre Frank de la joie que lui apportait son corps du simple fait qu'il était le sien. Ce n'était pas juste un corps comme un autre : c'était celui dans lequel Frank Merlo était miraculeusement né. C'était le seul et l'unique corps de Frank Merlo qui existait et existerait, il ne pourrait jamais être copié, et cela lui plaisait tant de le voir se révéler à lui sans complexe, encore et encore. Il avait cherché le corps de Frank toute sa vie, disait-il, depuis le premier moment où il avait été attiré, comme par un violent courant sous-marin, vers le corps d'un autre homme (il se rappelait à peine qui), et maintenant qu'il le tenait, les bras si serrés autour de sa poitrine qu'il lui écrasait les côtes, les poumons et le cœur, il ne le laisserait jamais repartir.

Le lendemain matin au Splendido, ils furent réveillés par un télégramme affolé de Paul Bowles. Il avait des soucis avec sa partie du script de *Senso*, avec Ahmed, avec son foie. PLUS QUE 50 KILOS, criait le bout de papier. Il suppliait Tenn de renoncer complètement à Vérone et de le rejoindre directement à Rome, tout de suite ; ou sinon, laissaient entendre les lettres capitales, il mourrait d'anxiété, de frustration, de malnutrition, d'insolation et d'abandon. Ahmed ne faisait pas un bon chaperon, pas avec toute cette herbe autour d'eux et les tapineurs disponibles à la pelle.

Écrivains en danger où que porte le regard.

Le nouveau plan – concocté sur-le-champ par Frank et Tenn en remplacement de celui du pont-levis – consistait pour Paul et Ahmed à rester à Rome jusqu'à ce que Tenn et Frank les y rejoignent plus tard dans la journée. Ils avaient pris un appartement au même étage du 11 Via Firenze, juste à côté de celui que Tenn et Frank partageaient avec Mr. Moon. Tenn travaillerait ses scènes d'amour pour *Senso* sur l'une de leurs deux terrasses ensoleillées du quatrième étage, Paul terminerait ses révisions sur la terrasse voisine, à quelques centimètres de là, sous la supervision constante de Tenn, et à la fin de la semaine, ils remettraient tous deux leur script en main propre à Visconti, qui tournait en extérieur non loin de là, dans le Trastevere.

La possibilité que l'un de ces scripts comporte les répliques d'un soldat chevalin du Risorgimento ne fut jamais évoquée. Frank n'osa pas demander, la honte l'empêchant de réitérer le geste de supplication fait envers Tenn dans le jardin de l'hôtel ; il était également possible qu'il ait trop peur de se voir répondre oui, et de n'avoir d'autre choix après cela que d'enfiler l'uniforme du soldat et de dire ses répliques. Et si le costume ne lui allait pas ? Et s'il perdait sa voix ? Et s'il était nul ?

Il avait eu une nuit pour réfléchir aux accusations portées par Anja contre lui, et une baignade au lever du soleil pour s'éclaircir les idées. Il résolut de défendre sa réputation auprès d'elle avant de quitter Portofino. Sur le chemin du port avec Tenn et leurs bagages, il demanda à leur chauffeur de le déposer devant chez elle. Après avoir sonné sans succès à la porte, il laissa un mot pour elle à la logeuse. Quand Anja le recevrait, si elle le recevait, il ne le savait pas.

Cela perturbait Frank d'être boudé longtemps par quelqu'un, surtout une femme. Il n'était pas habitué au sentiment de culpabilité que cela faisait monter en lui. Les disputes qu'il avait eues avec son père, ses frères et ses cousins au fil des ans, et avec Tenn, notamment plus tôt dans l'été, des tempêtes qui ébranlaient les vitres, le tenaient éveillé la nuit et parfois même faisaient couler le sang, passaient toujours rapidement. Mais les femmes, il le savait, gardaient leurs tempêtes avec elles.

Les rages noires des femmes, que Frank affrontait rarement avec courage, le faisaient retomber dans cette enfance dont il avait tant lutté pour sortir, et redevenir ce petit garçon suçant son pouce accroupi sous la table de la salle à manger, à regarder passer les jupes de sa mère et de ses tantes. Parfois, il n'était pas rentré immédiatement à la maison après avoir entendu sa mère l'appeler du pas de la porte ; parfois, il avait repris son père sur son anglais. Sa mère lui faisait payer ces fautes d'une dure claque sur le *culetto* et d'un chapelet de jurons ; mais un instant plus tard, elle l'attirait contre sa poitrine, posait la tête sur la sienne et sanglotait. Cela durait quelques minutes puis, comme si elle se rappelait ce qu'il avait fait de mal, elle le repoussait avec fureur, pour venir le trouver plus tard dans la nuit et l'étouffer de nouveau en le couvrant de baisers. Il ne savait jamais sur quelle mère il allait tomber en se réveillant.

Il avait passé des après-midi entiers, l'été, à l'observer de sous la table, écoutant ses conversations avec ses sœurs et Mrs. Covelli, la voisine, l'espionnant dans les rares moments où elle se croyait seule, et où elle s'asseyait dans le fauteuil relax de son mari pour fumer, chanter et faire craquer ses articulations, ce qu'il n'avait jamais vu d'autre femme faire avant, ou depuis. Ce qu'il avait fini par comprendre, c'était que sa mère ne se conformait à aucun modèle. Il y avait des fois où elle gardait gentiment son dîner au chaud pour le moment où il se déciderait à rentrer ; où elle riait avec lui, à gorge déployée, avec mépris, de la façon dont son père massacrait l'anglais. Il n'y avait aucun moyen de prévoir ou de suivre la trajectoire de ses tempêtes. La seule chose chez elle qui ne changeait jamais était qu'elle n'oubliait rien et ne pardonnait à personne.

Sur le port, Tenn tournait en rond autour de leur pile de valises, en regardant sa montre. Le bateau pour Rapallo était en retard. Il mit sa main en visière sous le soleil de l'après-midi, essayant de repérer l'embarcation que Frank avait affrétée.

« Tu as pris ton temps, fit-il remarquer en voyant Frank arriver avec une *gelato* qu'il s'était arrêté pour acheter en descendant la colline. Tu es sûr que cet ami de Luca va bien venir ? Il est déjà le quart !

— Si tu ne me fais pas confiance pour organiser nos transports, répliqua Frank, tu peux te chercher un nouvel agent de voyages.

— Ne sois pas aigre. Pas avec toutes ces heures de promiscuité devant nous. »

En guise d'excuse, Frank lui offrit une bouchée de sa glace.

L'angoisse croissante qu'il ressentait avait une autre cause : il n'avait aucune hâte de retourner à Rome. Il était impatient de revoir Mr. Moon, bien sûr, et Anna aussi, mais sinon, il regagnait une ville et un été accablés de tempêtes. Dans les mois qui avaient précédé leur fuite à Portofino, le même vieux sujet de dispute était venu s'immiscer entre Tenn et lui.

Son nom, cette fois, était Alvaro.

Frank avait rencontré Alvaro l'été précédent, en 1952, et la chaleur et les longs après-midi solitaires de l'été 1953 l'avaient ramené droit dans ses bras. Il avait été las de rester à l'appartement dans l'espoir que Tenn finisse de travailler tôt, las de ces semaines entières sans ne serait-ce qu'une petite claque sur les fesses de la part de l'homme qui partageait son lit. Il redoutait les heures somnolentes de la sieste dans le *centro storico*, avec ses grilles tristement baissées et ses chats maigres et apathiques. Le son étouffé des radios derrière les volets suffisait à le faire sangloter.

Alvaro n'avait pas un sou mais des heures de liberté à foison et, comme la plupart des Italiens, son plus grand talent consistait à passer le temps. Frank savait qu'il pouvait toujours le trouver sur la Piazza dei Monti, et qu'Alvaro était toujours content qu'on l'y trouve, assis sur la plus haute marche de la fontaine, les mains appuyées derrière lui, la poitrine bombée, prêt pour tout ce qui pouvait se présenter. Il n'attendait rien de Frank. À part des ordres : emmène-moi dans le Trastevere sur ta moto (*En selle, signor Merlo !*), va me chercher un verre d'eau (*Voilà, signor Merlo, bien fraîche*), mets ta bouche là (*Comme il vous plaira, signor Merlo*). Il avait peu de tolérance pour l'indécision, l'hésitation, la tristesse quelle qu'en soit la cause. Quelques heures à mener cet agréable jeune homme à la baguette, et à orienter ses diverses formes d'attention, calmaient la fébrilité de Frank. Tous les deux ou trois jours – c'était mal d'être glouton, mais oh, comme il avait eu faim d'Alvaro, tous les jours, en ces mois torrides de juin et juillet – il faisait les quelques centaines de mètres qui le séparaient de la fontaine, cherchait son regard, inclinait discrètement la tête en direction du bar au coin de la *piazza* et de la Via dei Serpenti, et le regardait prendre hâtivement congé de ses amis pour un après-midi et une soirée d'*Il Duce*, signor Merlo.

Frank rentrait de ces épisodes satisfait, temporairement

revigoré et prêt à affronter les prochaines journées vides dans l'appartement, et reconnaissant pour les miettes que Tenn laissait tomber de son assiette, plutôt que désespéré. Lorsque Tenn semblait disposé à écouter, il lui racontait de nouveau, comme il l'avait fait après sa première rencontre avec Alvaro l'année précédente, tous les détails de cette obéissance et de cette excitabilité de jeune chien, la crasse sous les ongles du garçon, la douceur du poil sur son ventre. Tenn aimait particulièrement entendre par quels côtés Alvaro ressemblait à Frank, et c'était donc sur ces aspects que ce dernier insistait. Lorsque Tenn ne semblait pas ouvert à ce type de récit, qu'il avait l'air d'humeur querelleuse ou que Frank devinait qu'à cet instant précis il avait besoin de tendresse et non de titillation, il inventait une histoire selon laquelle Alvaro l'avait éconduit ou lui avait posé un lapin. Pour expliquer ses heures d'absence, il décrivait alors une excursion touristique qui n'avait jamais eu lieu ou une sieste sur la plage qu'il n'avait jamais faite. Il importait peu que Tenn le croie ou non : ils s'enlaçaient et faisaient l'amour, ou allaient manger un morceau au Tre Scalini, ou se rendaient au cinéma pour une séance tardive.

Mais le plus souvent cet été-là, Frank était rentré à l'appartement pour trouver Tenn dans leur lit avec quelque fleur de macadam maigre et couverte de bleus cueillie sur la Via Nazionale par solitude et esprit de vengeance. Alors la tempête éclatait. Tenn traitait Alvaro de tapineur crasseux, de *pire déchet du dépotoir*, ce à quoi Frank répondait en montrant du doigt le prostitué terrifié en train de fouiller éperdument les draps à la recherche de son caleçon.

« Est-ce qu'il parle seulement anglais, celui-là ? s'écriait Frank. Lui as-tu seulement demandé son nom ? »

Tenn : Giovanni !

Frank : Ils s'appellent tous Giovanni !

Tenn : Pareil pour ton Alvaro !

Frank : Il a de la famille à Sant'Angelo ! À quatre-vingts kilomètres du village dont la mienne est originaire ! Il aime les glaces à la fraise ! Sa mère n'y voit que d'un œil !

Tenn *(levant les mains au ciel)* : Quelle galanterie ! Quelle bienséance ! Quels jeunes gens bien comme il faut vous faites, trop nobles pour les rustres de mon acabit !

Frank : Mon premier geste chaque jour, c'est de venir te voir – toi, Tenn ! Pas lui ! J'entre sur la pointe des pieds pour ne pas te déranger, plein d'espoir, en me disant : peut-être qu'il est dans un de ses bons jours. Et qu'est-ce que je trouve ? Une fois de plus, Tenn ne va pas bien. Il est ivre, ou triste, ou les deux. Chaque jour depuis que nous sommes arrivés ici. Il a besoin de quelque chose mais ne peut pas me dire quoi, je sais juste que je ne peux pas le lui donner, il n'a même pas envie de le recevoir de moi. Alors, oui, je vais trouver Alvaro. N'est-ce pas ce qu'on a toujours fait ? Et est-ce que je ne m'assure pas que tu vas bien avant de m'en aller ? Est-ce que je ne t'embrasse pas avant de sortir ?

Tenn : Juste avant de claquer la porte !

Frank : Juste après avoir vérifié l'état de tes flacons de cachet !

Tenn : Eh bien, j'en ai assez d'être traité comme une putain stupide et insatisfaisante par le Bubu de Montparnasse !

Des livres jetés à travers la pièce. Une table renversée. La voisine donnant des coups de manche à balai sur le mur. Un vase fracassé. Un silence si lourd qu'il prenait à la gorge. Le claquement du pêne des portes de la chambre, fermées mais pas à clef, au cas où le pardon arriverait plus tôt que prévu. Un sommeil agité, énervé. Des rêves contrits et tendres. Rideau. Pas d'applaudissements.

Le lendemain matin, ils se prélassaient dans le pardon. Fait dans les formes, celui-ci coûtait une fortune. En la matière, Tenn et lui étaient extravagamment dépensiers, après chaque dispute. Dans la tête de Frank, leur pardon l'un pour l'autre était une réserve de pièces d'or, dans des coffres remplissant une chambre forte sans fond. Ils avaient presque tout dépensé au cours de ces deux premiers mois d'été à Rome, avant Portofino, et pourtant leur stock continuait à se renflouer, rapportant des intérêts avec chaque journée paisible qui suivait. Avec chaque déclaration de pardon venait la promesse de se comporter plus gentiment, de s'intéresser davantage aux sentiments de l'autre, de se rappeler qu'ils avaient de la chance d'être épargnés par les problèmes qui accablaient la plupart des hommes – argent, enfants, femmes – même s'ils ne l'étaient pas par la jalousie. Ne savaient-ils pas cela avant ? Quand l'avaient-ils oublié ?

C'était dans ces moments-là, dans la béatitude d'un matin de pardon, avec les sopranos de l'Opéra en dessous de chez eux qui leur chantaient la sérénade en travaillant leurs arias, leurs voix flottant jusqu'à eux comme des vœux, que Frank se sentait le plus prêt à déclarer son amour à Tenn. Mais tout ce qu'il pouvait offrir, à la lumière de ce qui avait été dit, était son pardon. Celui-ci durait quelques heures, un jour tout au plus, puis le mélodrame recommençait depuis le début : mêmes répliques, mêmes accessoires, même acmé tonitruant. La pièce avait tenu l'affiche pendant des semaines, au cours desquelles Alvaro était devenu plus bronzé et plus tendre, Frank plus avide, fantasque, fébrile, et Tenn moins disposé à écouter ses récits.

Un matin de début juillet, Tenn lui avait annoncé :

« J'ai pris un billet de bateau pour Barcelone.

— Tout seul ?

— Aussi incroyable que ça puisse te paraître, je suis parfaitement capable de réserver mes traversées moi-même.

— Tu pars seul, je veux dire.

— *Meglio solo che mal accompagnato* » avait été sa réponse, et sur ces mots, il était parti.

En ce qui concernait Frank, l'adage ne se vérifiait pas, avait-il découvert au cours de ces trois longues semaines que Tenn avait passées en Espagne. Libre de se consacrer entièrement à Alvaro, il s'était d'abord montré vorace avec lui, mais était rapidement devenu distrait et, pour finir, cruel. Il n'arriverait jamais à rien, lui avait-il dit. Il lui faisait perdre son temps et son argent. Alvaro avait levé le bras pour le frapper. À la place, il lui avait craché aux pieds. Son regard n'était pas furieux, mais effrayé. Abattu. Trahi. « Espèce de lâche ! » lui avait lancé Frank alors qu'Alvaro s'éloignait en courant dans la petite ruelle obscure. Frank avait exigé qu'il l'y amène et se mette à genoux devant lui, en plein air, mais même cette scène l'avait lassé. Sa capacité à jouer les dictateurs avait une durée limitée. Ce n'était pas dans sa nature.

Avec tout son temps à sa disposition et l'appartement entier comme terrain de jeu, Frank n'avait pas fait grand-chose à part dormir, lire des romans et griffonner quelques cartes postales. Il avait entrepris d'écrire une lettre à un agent artistique de New York, avant de la déchirer. Il n'y avait aucun agent, aucune personne dans le monde du spectacle américain qui ne finirait pas par flairer, d'une manière ou d'une autre, son affiliation avec Tenn, et Frank était encore assez jeune pour penser que la seule façon de réussir vraiment sa vie était de ne rien devoir à personne. Se pouvait-il qu'il soit réellement si dur de lancer sa carrière par ses propres moyens ? Des générations d'hommes américains, plus faibles, avec moins de charme et d'énergie, avaient réussi à le faire, alors pourquoi pas lui ? En attendant, il s'était mis à la fenêtre ouverte et avait chanté avec les sopranos. *Carmen*. Cela aussi avait été gratifié par la voisine de coups de balai.

Si Frankie ne pouvait pas être piétiné, et s'il n'était pas encore tout à fait en mesure de devenir quelqu'un par lui-même, il voulait au moins se rendre utile à Tenn, comme il avait toujours promis de le faire. Alors il s'était arrangé pour que Paul et Ahmed retrouvent Tenn à Barcelone, puis qu'ils se rendent tous trois à Rome, et pendant ce temps, c'était lui qui avait suggéré au propriétaire d'aérer l'appartement au bout du couloir, afin que Paul et Ahmed puissent le louer. C'était lui qui avait retapé les oreillers dans leur suite et balayé la terrasse où Paul travaillerait sur le script de *Senso*. Lorsque Tenn était enfin revenu d'Espagne, en cette dernière semaine de juillet, il portait deux brassées de pardon, et quel délicieux désordre cela avait créé, les pétales de rose et les pièces d'or qui tombaient de ses bras alors qu'il passait le seuil, suivi de Paul et Ahmed comme de deux demoiselles d'honneur.

Tenn était revenu de Barcelone l'esprit léger. Il avait laissé les diables bleus là-bas, avait-il expliqué, et quand il arrivait à s'en libérer, il y avait toujours la possibilité, si ténue soit-elle, qu'ils ne retrouvent pas leur chemin jusqu'à lui. Avant Tenn, Frank n'avait jamais entendu parler des diables bleus. Il avait eu le *blues*, bien sûr, semblable à des nuages de pluie suspendus un moment au-dessus de sa tête, mais le soleil les avait toujours rapidement dissipés, à la faveur de la gaieté qui faisait sa véritable personnalité. Les diables bleus de Tenn étaient comme des chats sauvages, disait-il, qui vivaient sous sa peau. Et lorsque vous aviez des chats sauvages sous la peau, ils pouvaient se réveiller à tout moment du jour ou de la nuit, et vous faire frissonner, trembler, crier, pleurer. Les cachets permettaient de les faire dormir, mais jamais très longtemps. Ils se remettaient à hurler et griffer sans prévenir. Frank était l'une des rares personnes à être capables de dire quand ils s'étaient réveillés. Il apercevait Tenn à une soirée, à rire ou trinquer, insouciant aux yeux des autres gens, mais les petites pattes étaient là, en train de lui griffer le visage, les miaulements angoissés aussi. Frank traversait alors la pièce pour venir se tenir à ses côtés, lui passer le bras autour de la taille. Cela aidait, lui avait dit Tenn, d'avoir un Petit Cheval pour le soutenir lorsqu'il chancelait sous le poids de ce fardeau.

Pendant ces trois semaines à Barcelone, loin de Frank, Tenn avait ajouté des pages à *Batailles d'anges*. Il avait assisté à une corrida. Il avait nagé, mangé de la paella, parlé français. Franz Neuner, « l'impresario sexuel de Barcelone » d'après Bowles, lui avait procuré des distractions. Et du début à la fin, avait-il déclaré, il s'était senti plus seul sans son Frankie qu'avec lui, le genre de solitude qu'on n'atteint et ne reconnaît qu'au prix d'une séparation.

Être *mal accompagnato*, en fin de compte, n'aurait peut-être pas été si terrible. « Quel piètre compagnon je fais pour toute personne jeune et pleine de vie », avait-il écrit à Frank sur une carte postale. Lorsqu'elle était arrivée, le lendemain de son retour, Frank l'avait brûlée. Les mots des diables bleus ne l'intéressaient pas.

Sur le chemin de Portofino, la tête de Frank posée sur ses genoux pendant qu'il conduisait, Tenn lui avait raconté des anecdotes et ils avaient ri pour la première fois depuis des mois. (Il était parti au milieu de la corrida, avait-il avoué, parce qu'il était profondément offensé par le spectacle. « Ce n'était pas la cruauté envers les taureaux qui était si dure à avaler… » Il avait commencé à rire, et ce d'un air tellement détendu, avec un tel régal anticipé et une telle absence de félinité que Frank s'était joint à lui. « C'étaient les matadors rondouillards ! On ne reste pas assis à crever de chaleur sous le soleil, la gorge nouée par la puanteur du sang de taureau, pour regarder des silhouettes grassouillettes tordre des hanches et se cambrer. ») Pendant tout le temps qu'ils traversaient la Toscane et s'avançaient en Ligurie, Frank avait dormi par intermittence, se réveillant chaque fois au son de la voix de Tenn. C'était comme ça que ç'avait été pendant des années. C'était comme ça que ça pouvait continuer, s'était-il dit.

Et voilà qu'ils repartaient à Rome. Le bateau pour Rapallo était en retard, mais venait juste d'entrer enfin dans le port pour se diriger vers eux, à peine plus gros qu'un vulgaire canoë et piloté par un homme torse nu et squelettique qui devait bien avoir près de quatre-vingts ans.

« Ce vieil échalas est le cousin de Luca ? s'étonna Tenn.

— Il a peut-être dit son oncle.

— Ou son *nonno*. »

Le vieil homme leur fit signe d'approcher de l'embarcation.

« Vous allez pouvoir caser tout ça ? lui demanda Frank en indiquant leurs piles de bagages.

— Pas de problème ! » répondit-il avec un sourire jovial en tapant dans ses mains, révélant des incisives manquantes. Il entreprit d'ouvrir divers compartiments secrets dans la coque pour y glisser les sacs, les tournant dans un sens ou dans l'autre avec habileté, et, miraculeusement, la petite embarcation réussit à tous les avaler avant d'être remplie. « *Allora!* » s'exclama-t-il en refermant les portes à la volée.

Ils partirent, Frank et Tenn assis derrière le vieil homme sur une planche en bois sans coussin, aussi fascinés par les nœuds épais que formaient les muscles de son dos – des muscles qu'eux-mêmes ne développeraient jamais, que ce soit en restant assis à un bureau ou en dansant au sein d'une troupe professionnelle – que par les épaules de Portofino elle-même, ces montagnes jumelles de part et d'autre du port, qui faisaient de leur mieux pour cacher la ville orange et or aux regards curieux du monde. C'est juste alors qu'ils tournaient le dos à la ville pour prendre le large que Frank vit Anja sortir en trombe du Delfino.

« Stop ! dit-il au vieil homme. *Fermo!*

— *Che succede?*

— Arrêtez-vous là juste une minute. Ne bougez pas. *Non si muova.* »

Elle ne regardait pas où elle allait. Elle balayait la *piazza* et l'eau des yeux, scrutant les bateaux et les visages des touristes qui les attendaient le long du quai, la main sur la tête pour empêcher son chapeau de s'envoler. Elle percuta un jeune garçon et ne s'arrêta même pas pour vérifier qu'il n'avait rien. De l'autre main, elle portait une petite valise blanche.

« Enfin, dit Tenn. Le collier de perles est cassé.

— Elle vient avec nous », déclara Frank.

« Qu'est-ce que vous faisiez comme métier ? » demanda la nouvelle infirmière à Frank.

C'était ainsi qu'elles parlaient de sa vie désormais, toutes les infirmières : au passé. Il ne reprit pas celle-là. Elle s'apprêtait à l'emmener dans une chambre individuelle, et lui faisait la conversation pour qu'il ne demande pas pourquoi.

« Je couchais avec Tennessee Williams », répliqua-t-il.

Cette vieille blague.

« Ah, c'est bien », répondit-elle distraitement. Elle tenait la main au creux de son dos pour l'aider à se lever. Elle avait apporté un fauteuil roulant juste au cas où. « Qu'est-ce que vous en dites, vous préférez la solution facile ? »

Son badge indiquait « Fay Newton ». Elle avait le visage large et les yeux rapprochés comme une chouette.

« Je peux marcher, Fig », répondit-il.

Cela le faisait sourire, une chouette du nom de Fig Newton[1]. Peut-être était-ce le gaz antalgique.

Il fit le tour de la salle pour souhaiter bonne chance aux autres. Il y en avait dix en ce moment. C'était le milieu de la journée et la plupart dormaient. Entre deux adieux, il

1. Les Fig Newtons sont l'équivalent américain des Figolu.

devait s'asseoir au bord de leur lit pour reprendre sa respiration. Il était le seul à avoir un cancer du poumon. Les autres étaient touchés au foie ou au cerveau. Aussi mal en point soit-il, il avait vu bien pire.

« Tu te fais la belle ? » demanda Sid l'Aveugle.

Ils avaient tous un surnom de malade. Ils se les donnaient pour passer le temps.

« C'est ce qu'on me dit », répondit Frank.

Sid avait bien besoin d'un peu d'espoir.

« Content pour toi. Je ne veux pas te revoir ici.

— Tu m'verras pas quoi qu'il arrive », répliqua Frank avec sa plus belle imitation de James Cagney.

Sid l'Aveugle avait été charpentier. Guiboles, le type en face de lui, avait été facteur. Petit Doigt, Grognon et Rigoletto avaient travaillé dans des bureaux. Robin des Bois, dans l'immobilier. Pluto avait enseigné les sciences dans un lycée de Teaneck. Il Muscaïolo avait géré une pizzeria. Il y avait un mec de couleur qu'ils appelaient Jazz. Crâne d'Œuf avait peint des maisons. Le Cheval... Il avait été assistant. (Parfois, il disait « secrétaire ».) Il y avait bien longtemps, il avait conduit un camion, dansé, combattu avec les marines et eu quelques rôles de figurant dans des films de série B. Non, rien qu'ils aient pu voir.

« Mr. Merlo, dit miss Fig, sur le seuil. Il faut que je vous amène à l'étage. »

Il tapota affectueusement la poitrine de Rigoletto, qui dormait. En se relevant, il fut pris d'un léger vertige. Il se planta fermement sur ses jambes pour que l'infirmière ne le voie pas. Mais retraverser la pièce l'acheva.

« Juste pour cette fois, dit-il en se laissant tomber dans le fauteuil roulant. Pour vous.

— Vous dormirez mieux dans votre chambre personnelle, lui dit-elle en le poussant dans l'ascenseur.

— Je dormais bien en bas.

— Ce n'est pas un endroit où on a envie de rester pour toujours.

— Donc c'est là que vous m'emmenez ? Dans un endroit où j'aurai envie de rester pour toujours ? »

Ils montèrent. Elle l'arrêta devant une porte fermée, contourna le fauteuil pour ouvrir celle-ci, puis le poussa dans une petite chambre blanche sans fenêtre. Elle contenait un lit simple, un fauteuil, une bouteille d'oxygène et une table basse couverte de câbles et de machines qui clignotaient. Ses fleurs, ses cartes et ses livres avaient déjà été montés et disposés sur la table de chevet comme une nature morte.

« Tout le monde n'a pas ce luxe », dit Fig. Elle le gara le long du lit et mit le frein. « Il y a quelqu'un qui prend soin de vous.

— Qui paie la facture ?

— Je n'ai pas ce genre d'information », répondit-elle.

Au cours des derniers mois, en plein cœur de l'été, Frank avait multiplié les allers et retours entre l'appartement de Tenn dans la Soixante-Cinquième Rue et le service de cobalthérapie du Memorial Hospital. On lui donnait à enfiler une longue blouse blanche et on le faisait s'étendre sur une table allongée comme la Fiancée de Frankenstein, sur le dos, les bras le long du corps, la tête immobilisée dans un cylindre d'acier. Quatre vis, épaisses comme des boulons, appuyaient sur sa mâchoire et ses tempes pour l'empêcher de bouger tandis que le médecin positionnait un gigantesque œil de métal, légèrement incliné, juste au-dessus de son cœur. « Prêt ? » demandait-il alors même que l'œil bombardait ses poumons de deux cents rayons gamma, à l'endroit précis où se trouvaient ses tumeurs. Parfois, la procédure ne durait que quelques minutes, et parfois plus d'une heure. Quand elle était terminée, l'infirmière le libérait du cylindre et l'envoyait se reposer dans la salle avec les autres. Il s'y rendait toujours sur ses deux jambes, refusant systématiquement le fauteuil roulant. S'il avait assez de forces, il était libre de ressortir le jour même, de prendre un taxi pour regagner la Soixante-Cinquième Rue ou de s'asseoir sur un banc dans le parc. S'il était trop faible, il passait la nuit dans le service, rentrait le lendemain matin, à temps pour trouver Tenn devant sa machine à écrire, puis dormait un peu plus.

On lui avait dit que le traitement pouvait durer des mois, des années. « Tout ce qu'on peut faire, c'est voir où il frappe ensuite », avait expliqué le médecin ; et une fois qu'ils le savaient, ils ripostaient immédiatement. Plus Frank en apprenait sur le traitement, plus ça lui semblait simple. Les taches continueraient d'apparaître sur les radios de ses poumons, de son foie et de son cerveau, mais l'œil ne manquerait jamais de rayons gamma à braquer sur elles. C'était une course, et Frank avait toujours été bon à la course. Le premier arrivé. Un sprinteur. Un battant.

Il détestait la vue des brûlures noires sur sa poitrine, de ses mamelons douloureux et fripés, de ses vilaines rougeurs, de sa peau sèche, irritée et squameuse. Surprendre le reflet de son visage dans le miroir, ses joues creuses, ses yeux exorbités, lui faisait peur. Mais c'était la fatigue qu'il détestait le plus. Il rêvait de nager, de danser, de baiser. Chaque jour au réveil, il se promettait de faire au moins une de ces trois choses. Mais c'était déjà le début de l'après-midi, et le seul fait de se rendre de la chambre au canapé du salon lui prenait toute son énergie. Il passait ses journées à regarder des *soaps*, avec Gigi à côté de lui qui lui léchait les doigts, Mr. Moon étant mort en avril 1954, huit mois après s'être vu refuser une invitation à la fête de Truman. Tenn était toujours en sortie quelque part. Des amis passaient le voir sans rien trouver à lui dire, déballaient de la nourriture qu'il ne pouvait pas manger et des histoires qu'il avait peine à suivre alors que, le soir arrivant, il commençait à s'assoupir par moments. Mais tout de même, c'était un rythme, une routine qui pouvait continuer longtemps (des mois, des années), et peu lui importait ce que disaient Al et Dan, et Connie, et le prêtre, ça portait malheur de faire un testament quand on était dans un état pareil. C'était comme admettre que la course était finie. Il s'en occuperait un jour, leur promettait-il, mais seulement lorsque l'Été Indien serait arrivé.

C'était Sid l'Aveugle qui lui avait parlé de l'Été Indien. Il faisait des séjours réguliers au Memorial Hospital depuis dix ans – « Neuf ans de plus que toi, rappelait-il à Frank, alors accroche-toi » – et il avait tout vu. Chaque mec qui était passé par le service, affirmait-il, avait connu une période – quelques jours, une semaine, un mois, plus longtemps encore s'il avait de la chance – où le cancer avait quitté son corps, où ses muscles avaient brusquement retrouvé leur vigueur, où il avait pu manger une assiette de spaghettis bolognaise sans tout vomir, où sa bouche s'était remplie de salive et sa bite de sang. Lui-même attendait encore son Été Indien. Il espérait que lorsqu'il viendrait, la vue lui reviendrait avec. Sa fille était devenue une jeune femme ; il voulait la voir avec ses cheveux blond vénitien jusqu'aux épaules. Comme avec la version météorologique du phénomène, disait-il, tu ne pouvais jamais en prévoir l'arrivée, mais quand il était là, c'était le moment de régler tes affaires, de faire tes adieux et tes aveux, de bien baiser ta femme une dernière fois, parce que l'hiver était sur le point de te tomber dessus et ce coup-ci, il ne te laisserait pas te relever.

Tout cela était encore à venir, avait expliqué Frank à qui voulait l'entendre, même si Sid était le seul à sembler le croire. En attendant, il s'était fait aux nouveaux rythmes de son monde réduit, aux trajets de l'appartement de Tenn à l'hôpital dix rues plus loin au sud, du service de cobalthérapie à la salle de repos, de la chambre au salon. Quand Tenn et Angel passaient devant eux en regardant leur montre, en faisant des projets, Gigi et lui les ignoraient. Puis, il y avait quelques semaines de cela, sans même dire au revoir, Angel était reparti à Key West et Frank et Tenn s'étaient retrouvés seuls dans l'appartement. Cela aussi, cette routine étrange et familière de vivre avec Tenn, Frank s'y était habitué.

Avec le départ d'Angel, il avait espéré que Tenn reviendrait dormir avec lui dans le grand lit. Il avait tellement envie de sentir la peau, la graisse et la sueur d'un autre corps contre le sien, le berçant dans ses bras. Non, ce n'était pas juste n'importe quel corps qu'il voulait : il voulait celui de Tenn, sa graisse, sa peau, sa sueur, la caresse drue de sa moustache sur sa nuque. Le corps de Tenn était celui auprès duquel il se sentait chez lui, le seul qui pouvait le protéger.

« Une fois que tu auras avalé tous ces somnifères, avait dit Frank, ma toux ne te réveillera pas. Tu n'auras pas de mal à faire une bonne nuit si tu veux bien seulement essayer. » Il ne voulait pas mendier, mais cela y ressemblait furieusement. « Fais comme si on était en 1953 et que c'était juste un rhume d'été ? Fais comme si tu ne me détestais pas.

— Je ne pourrai jamais te détester, Frankie », avait répondu Tenn. Attrapant le ventilateur électrique et son oreiller préféré, il s'était dirigé vers le canapé du salon. « Mais tu seras plus à l'aise avec ce bon grand lit pour toi tout seul. »

Lorsque Tenn avait refermé la porte de la chambre, Frank s'était traîné jusqu'au bord du lit et avait tendu le bras pour tirer le verrou.

Toutes les nuits depuis, que Tenn rentre ou non de ses expéditions il ne savait où dans Manhattan, Frank s'était enfermé ainsi. Qu'il change d'avis, s'était-il dit. Qu'il retrouve sa pitié – sa compassion, son cœur – mais qu'il ne découvre pas la porte ouverte lorsqu'il viendrait enfin réconforter Frank. Qu'il ne le trouve pas étalé sur le lit devant lui comme un prostitué. Qu'il se demande pourquoi elle avait seulement été verrouillée. Qu'il y tambourine, terrifié de ne pas pouvoir atteindre Frank à temps pour le sauver. Que ses supplications angoissées parviennent à son amant.

Frank l'avait vu pour la dernière fois il y avait une semaine de cela, le matin. Tenn était entré dans la chambre pendant qu'il s'habillait. La voiture l'attendait en bas pour l'emmener à son rendez-vous de neuf heures au Memorial Hospital.

« Laisse-moi t'aider, avait dit Tenn.

— Je peux mettre ma chemise tout seul, avait répondu Frank.

— Comme tu veux. »

Frank ne portait que son moelleux peignoir blanc. Le

simple geste d'enlever sa chemise du cintre l'avait essoufflé. La chaleur tapait déjà sur les fenêtres et les ventilateurs ronronnaient. Il avait attendu que Tenn ressorte pour pouvoir enlever son peignoir, mais ce dernier était resté là, sur le seuil, l'épaule appuyée au chambranle, les yeux fixés sur lui. Il observait Frank comme on observe une souris sur laquelle on n'a pas le cœur de lâcher son chat. Leurs regards s'étaient croisés. Puis, parce qu'il était déjà en retard et qu'il fallait bien que Tenn voie – pour une fois, de près – l'intégralité de ses quarante-quatre kilos de corps torturé et à bout de souffle, le sac d'os brûlés que le Petit Cheval était devenu, Frank avait laissé son peignoir tomber par terre.

« Mon Dieu, Frankie », avait murmuré Tenn en s'effondrant à genoux.

Il avait quitté la ville le jour même ; c'était du moins ce qu'on avait dit à Frank. La première du *Train de l'aube* était donnée en Virginie. Mais Tenn serait allé n'importe où, aurait saisi n'importe quelle excuse pour fuir cet appartement, et mettre de la distance entre lui et le squelette geignard qu'était devenu Frank. Ce dernier le connaissait comme s'il l'avait fait. Il savait que c'était lui qui payait pour cette chambre individuelle à cet étage calme, pour la bouteille d'oxygène, pour les machines clignotantes, les repas améliorés et le dévouement additionnel de miss Fig, la blouse de fiancée de Frankenstein et l'œil incendiaire. Il savait que c'était là le maximum que ferait Tenn, ici, à la fin de leur longue association. Il ne se nourrissait plus aucune illusion. La seule chose qu'il ne savait pas, c'était quand l'été indien arriverait, et si Tenn reviendrait à temps pour un dernier jour au soleil.

8
L'hypothèse de la survie

La ville, toute détestable qu'elle est, bourgeonne de partout. Dans le parc en dessous des fenêtres de l'appartement d'Anja, les tulipes se dressent fièrement en formation. Un rang de violet, un de rose, un de jaune, la pelouse qui s'étale à leurs pieds d'un vert éclatant. Une clôture métallique à fleurons protège le parc. Deux fois par semaine, une équipe d'hommes en chemise orange vient l'entretenir. Ils sautent hors de leur pick-up, déverrouillent le portail cintré, se déploient sur la pelouse et les paillis pour harponner les déchets envahisseurs, enlever les débris qui encombrent la fontaine, nettoyer les fientes d'oiseaux sur les statues, balayer les allées pavées ; puis ils referment le portail derrière eux, jettent leur sac d'ordures à l'arrière de leur véhicule et s'en vont dans un rugissement de moteur.

Si Anja est assise à sa fenêtre lorsqu'un vent violent souffle de l'ouest, les embruns de la fontaine lui rafraîchissent le visage, le cou et les bras. Elle ferme les yeux, pense à un autre endroit. Tous les soirs à dix heures – elle est souvent à sa fenêtre à cette heure-là, juste avant de s'endormir – les jets d'eau et les lumières de la fontaine s'arrêtent brusquement dans un bruit d'éclaboussure, plongeant tout le square dans l'obscurité. Puis, à dix heures et demie, même quand il pleut des cordes, les arroseurs se mettent en route. Elle trouvait autrefois que c'était du gaspillage, toute cette attention accordée à un parc que l'Association n'ouvre au public que six fois par an. Maintenant, elle aimerait que les agents d'entretien soient les seuls à s'en voir autoriser l'accès, et qu'ils travaillent aussi le week-end, où les bouts de papier s'entassent, s'accrochent aux grilles et flottent dans l'eau comme des messages qui n'ont pas été lus. Dans deux semaines, à l'occasion du concert de musique de chambre donné tous les ans en l'honneur du Memorial Day, qui marque aussi le début de la saison, les enfants vont arriver et tout piétiner, renverser leurs glaces, abîmer le gazon, décapiter les tulipes avec leur haleine sucrée.

Dernièrement, Anja s'est mise à dormir sur la banquette sous sa fenêtre ouverte. La chambre principale a toujours été surchauffée, avec ses radiateurs, dont un aurait suffi, aux valves bloquées par la rouille. Elle endurait son atmosphère suffocante pour Pieter, qui n'avait jamais assez chaud. Mais leur lit est parfait dans son état actuel, avec la courtepointe amish, cousue à la main exprès pour elle, qu'il lui a offerte pour son soixante-dixième anniversaire, les deux énormes oreillers bien rebondis et sans un faux pli, et le drap soigneusement replié par-dessus le bord du couvre-lit. C'est comme ça qu'elle l'a laissé, du moins, il y a des semaines de cela. Parfois, elle oublie même l'existence de la pièce, cachée dans le fond de l'appartement beaucoup trop grand, loin des bruits et des couleurs du square. Anja peut dormir n'importe où. Elle s'est tellement ratatinée que son corps, de la tête aux orteils, fait la longueur exacte de la petite banquette.

Le problème est que leurs lourds et vieux classeurs à tiroirs en bois sont restés dans cette chambre à l'autre bout de l'appartement, vestiges de l'époque où Pieter y vivait seul en tant que jeune professeur, et louait la deuxième chambre à des étudiants. Ses papiers n'y sont plus, bien sûr, mais quelque part au milieu des scripts d'Anja, de ses contrats, de ses portraits et de ses lettres de fans, se trouve *Appelons ça de la joie*, que Sandrino et Trevor, surtout Trevor, persistent à qualifier de trésor – un « classique garanti », affirme ce dernier – malgré l'assurance qu'elle lui donne du contraire.

Oh, mes chers garçons, songe-t-elle. Ne savez-vous donc pas ? Une œuvre de vieillesse, composée à la hâte, en désespoir de cause, pour prouver votre valeur, revendiquer votre génie, déclencher une renaissance et reconquérir les critiques qui vous ont abandonné, pendant que la mort regarde par-dessus votre épaule, ce n'est pas un trésor. C'est quelque chose que vous espérez voir vos amis détruire.

Mais ils ne savent pas, ils ne la croient pas, alors ils insistent. Ils résistent à son refus de tout romantisme, et c'est bien normal. Ils doutent de son objectivité, de son recul. Depuis la conférence sur les drosophiles, en ces premiers lundis chauds et printaniers, ils viennent la voir en ville pour plaider leur cause. Peut-être pensent-ils que plus ils seront près de l'appartement où se trouve le manuscrit de Tenn, plus elle sera susceptible de les y emmener pour les laisser le lire.

Et par « ils », elle entend Trevor. Toujours Trevor. Chaque lundi soir, alors qu'elle s'approche du bar à vins au pied de la colline, elle ne peut s'empêcher d'espérer – juste une fois, c'est tout ce qu'elle demande – trouver Sandrino en train de l'attendre seul, sans le garçon jacassant. Elle est toujours déçue. D'une part, Sandrino est amoureux de Trevor. Il cherche sa main sous la table ; il ne l'interrompt jamais ; il le dévore des yeux comme un enfant regarde le magicien qui vient de sortir une pièce de derrière son oreille. D'autre part, ils sont tous deux incapables d'arriver à l'heure.

Bien que la série de projections soit terminée, ils ont gardé leur tradition du lundi soir. Le maître d'hôtel met un carton RÉSERVÉ sur l'unique table basse dans le coin du bar. Autour d'eux, les autres clients sont perchés en équilibre instable sur de hauts tabourets bancals, penchés sur leur verre de cabernet à quinze dollars. Les garçons s'assoient côte à côte, le dos tourné à la rue, face à la banquette où est installée Anja, séparés d'elle par une de ces déprimantes bougies à pile qui projettent une lueur faussement vacillante. Que ne donnerait-elle pas pour une vraie flamme, pour de la fumée, pour des gouttes de cire où tremper le bout de ses doigts, pour une main cherchant la sienne sous la table. Que ne donnerait-elle pas pour se hisser d'un bond sur un de ces hauts tabourets de bar sans craindre de le voir se renverser.

Aussi laconiquement que possible, Anja a répondu à toutes les questions de télévision qu'elle avait autrefois rejetées. Cela aussi, c'est à cause de Trevor, qui les glisse au milieu de discussions sur l'esthétique, l'art ou la météo comme pour lui soutirer des aveux à son insu. Quand elle se prête à son jeu, quel immense plaisir c'est pour elle de voir le plaisir que son plaisir à lui donne à Sandrino. Elle le fait non pour s'épancher, mais pour voir les yeux de ce dernier s'écarquiller de la fierté d'avoir procuré cette légende vivante, cette amie de son père, à son enthousiaste petit copain.

Peut-être, alors, n'est-ce pas pour Sandrino qu'elle le fait, mais pour elle. Sont-ce des plaisirs comparables, se voir procurer quelque chose et être procuré soi-même ? Quoi qu'il en soit, ces lundis soir, seules pauses dans son projet de paresse, la font renouer avec le pouvoir dont elle jouissait autrefois et auquel elle avait pratiquement renoncé, celui de tenir un public captif de ses caprices.

Quand chaque réponse est vraie, qu'est-ce qui la pousse à dire oui au lieu de non, à préférer cette raison-ci à celle-là pour expliquer ses choix de carrière, à choisir untel plutôt qu'untel, ou untel, ou untel, quand on lui demande, avec tant de désinvolture, ce qui lui manque ? Ils lui manquent tous. Sa vie sans eux est insoutenable. Les questions de télévision les poussent dans des cases, l'obligeant à admettre que lui appartient à une période et lui à une autre, quand la vérité est qu'ils étaient tous un seul homme, cassé en morceaux et éparpillé sur l'ensemble de sa vie. Chacun d'eux contenait les autres. Quand Pieter s'est coupé le doigt, le sang de Hovland tachait le couteau. Quand Frank l'a attirée tout contre son dos alors qu'ils sortaient de l'eau à Paraggi, le corps qui la protégeait des regards était celui de son père.

Question : Ça ne vous manque pas de travailler ?

Réponse : Non.

Q : Comment est-ce qu'on fait pour tout lâcher comme ça ?

R : Par fierté.

Q : Vous devez être plus heureuse maintenant qu'à l'époque ?

R : Oui.

Q : Dites-moi une chose qui vous manque dans le métier.

R : Lui.

Q : Ça ne vous manque pas de travailler ?

R : Si.

Q : Comment est-ce qu'on fait pour tout lâcher comme ça ?

R : Par peur.

Q : Vous devez être plus heureuse maintenant qu'à l'époque ?

R : Non.

Q : Dites-moi une chose qui vous manque dans le métier.

R : Lui.

Q : Ça ne vous manque pas de travailler ?

R : Vous faites l'erreur – tout le monde la fait – de conclure que le projet de paresse dans lequel je me suis récemment lancée n'est pas une forme de travail, de supposer que si je ne joue pas, je dois être en train de me décomposer. Je reconnais que je n'ai pas d'aptitudes pour la paresse. Je suis américaine depuis trop longtemps, méfiante à l'égard de l'indolence et des rêves sans but. C'est pour cela que je vais bientôt quitter le pays, comme vous le savez. C'est pour cela que cette ville me hait : non parce que je me suis estompée, mais pour mon potentiel gâché. Mais avant de partir, j'ai beaucoup à désapprendre. Pour être paresseux avec succès, il faut savoir se satisfaire de ce qu'on sait déjà et de ce qu'on ne saura jamais. Je m'entraîne à rester assise à ma fenêtre en compagnie des tulipes, une fleur parmi les autres, et à accepter pleinement ma beauté et mon inutilité relatives. Le fait d'être finie. C'est une torture. Je ne peux pas m'empêcher de penser à mes prétendues contributions à l'art ; d'évaluer ma capacité à refaire surface ; et, dans mes pires moments de faiblesse, de me remémorer avec une tendresse sirupeuse mes éloges, mes bonnes critiques, mes admirateurs. Mais ce serait un triomphe, me dis-je, de parvenir à l'acceptation, de me vider de moi-même sans la commode intervention de la mort. Je me demande si quelqu'un a déjà réussi à le faire. Je veux être la première.

Q : Comment est-ce qu'on fait pour tout lâcher comme ça ?

R : Vous achetez deux billets à deux mille cinq cents dollars pièce et vous prenez l'avion pour aller à Los Angeles voir une représentation de bienfaisance de *Love Letters* avec Elizabeth Taylor, soixante-quinze ans, à l'affiche. Elle n'a pas joué dans une pièce depuis vingt-trois ans, mais celle-ci est au profit de la lutte contre le sida, alors elle a fait une exception. On l'amène sur scène dans son fauteuil roulant, vêtue d'une robe couleur melon et d'un manteau en chinchilla gris. L'autre billet est pour Scott, votre nouveau manager, dont l'amant est mort à quarante ans de la maladie et qui fond en larmes en voyant Dame Liz en chair et en os. Elle porte des boucles d'oreilles en or si grandes et si lourdes qu'elle semble peiner à lever la tête. Elle a le dos bousillé, dit Scott ; elle ne tient droite que grâce à un système de vis et de plaques ; elle souffre terriblement ; elle se shoote au Vicodin. Vous vous levez d'un bond pour l'applaudir avec Scott et le reste des smokings et des robes à sequins autour de vous. Liz est tellement décrépite que vous vous demandez si elle peut seulement parler. Vous continuez d'applaudir parce que vous ne voulez pas découvrir si elle est capable de jouer la pièce ou non, vous espérez qu'ils vont tout annuler, c'est allé assez loin comme ça, c'est cruel de l'exploiter ainsi, même pour un million de dollars au profit des victimes du sida. La première moitié du spectacle est atroce. Liz sonne faux. Elle dit ses répliques d'une voix mièvre et stridente. Vous préférez garder les yeux posés sur James Earl Jones assis à côté d'elle dans son costume sombre, impassible comme un juge, se prêtant à la mascarade par respect envers elle. Et puis, à mi-parcours, quelque chose change. Liz réajuste le tir, investit le personnage de Melissa, qui se met à vieillir sous vos yeux. *Je suis grosse, je suis moche, mes cheveux sont affreux !* dit-elle, avec une émotion qui est à la fois subtile et poignante. *Ils m'ont prescrit tout un tas de nouveaux médicaments, et la moitié du temps, je délire complètement.* Ç'aurait pu devenir de la parodie, mais ça ne le fait pas. Liz dépasse Melissa en l'habitant sans ironie ni conscience de soi. Au tomber du rideau, elle fait ce dont, vous en êtes sûrs maintenant, elle avait l'intention depuis le début : elle se lève triomphalement de son fauteuil métallique, comme guérie par l'art, et salue. Oubliées, les vis et les plaques. À la poubelle, votre pitié mal placée. Elle est radieuse. Son cou est long, ses boucles d'oreilles légères comme de l'étain. Elle va sauver le monde. Son talent dépasse de loin le vôtre. Vous en avez considérablement ; on vous a même comparée à elle ; mais vous savez où est votre place. Vous ne vous laisserez pas amener en fauteuil roulant sur une scène à moins d'être certaine de pouvoir vous lever et la traverser en dansant.

Q : Vous devez être plus heureuse maintenant qu'à l'époque ?

R : Je ne veux pas vous faire l'insulte d'entretenir la fiction selon laquelle seuls les jeunes croient que le bonheur peut être mesuré, sans parler d'être comparé. De toute façon, ce que vous voulez vraiment savoir, c'est si je sacrifierais une période de ma vie pour en revivre une autre, et bien sûr que oui. À cet instant, je troquerais mes vingt-cinq ans contre mon enfance, mon adolescence contre n'importe quelle autre décennie, ma soixantaine contre ma quarantaine. (Posez-moi la même question dans deux minutes, et ma réponse sera probablement différente.) Mais pour ce qui est d'aujourd'hui et demain, des moments que je vis à cet instant, même dans ce corps, je ne les échangerais pour rien au monde. J'ai dans l'idée que vous ressentez la même chose, tous les deux. Pieter, Hovland, Frank, mon père… Je ne retournerais auprès d'aucun d'eux si cela voulait dire renoncer au pari de ces derniers jours, mois ou années de vie. Ce serait une insulte de penser, parce que je suis vieille et que j'ai peur de tomber, parce que j'étais autrefois une star, une beauté et une aventurière montée aux grottes de Barabar, parce que les seules paillettes qui restent dans ma vie sont profondément enfouies dans les fibres du tapis, et parce que vous m'avez entendue dire que je travaille dur à apprendre l'art d'être une tulipe, que je ne crois pas aux promesses de mon avenir.

Q : Dites-moi une chose qui vous manque dans le métier.

R : Vous pensez que je mérite une histoire d'amour. Voici ce que j'ai de plus proche à offrir.

Il était venu pour quelqu'un d'autre, mais c'est moi qu'il a choisie. Ce sont deux choses différentes, être aimé et être choisi. C'est cette dernière drogue qui est la plus puissante. Elle vous rend esclave. Et ce qui vous manque quand tout se termine, ce n'est pas l'homme qui a procédé au choix, mais cette ivresse d'avoir été vue par lui, et cueillie au milieu des mauvaises herbes pour être emportée, jalousement mise de côté et, oui, possédée par lui. Ces désirs sont passés de mode, mais cela ne les rend pas moins vrais. Je suis désolée de parler en généralités. Je n'essaie pas d'être elliptique. J'essaie de vous expliquer, au cas où vous ne le sauriez pas déjà, que vous serez aimés par beaucoup d'hommes mais choisis par seulement quelques-uns, et que connaître la différence vous évitera de vous ridiculiser. Pieter m'a aimée. Frank m'a aimée. Mon père m'a aimée. Vous m'aimez un peu, à votre façon. Vous devriez vous voir, suspendus à mes lèvres. Votre vin est en train de se réchauffer. Vous me voyez non comme je suis, mais à travers le prisme de vos projections. Cela me fait plaisir d'être aimée ; ça me rend ce que vous appelez « heureuse » de jouer le rôle de l'aimée pour vous, comme je l'ai fait pour eux – Pieter, Frank, Tenn et mon père, et même Sandro et Jack – pendant toutes ces années. Mais Hovland a été le seul à me voir nettement, le seul à discerner qui j'étais vraiment ;

c'est la raison pour laquelle il m'a choisie, et aussi pour laquelle il ne pouvait pas m'aimer. Je n'ai jamais joué un rôle devant Hovland. À aucun moment. Pas même le soir où nous nous sommes rencontrés, alors qu'il était venu voir quelqu'un d'autre. Je n'ai pas eu à le faire, une fois choisie. Ce que vous voyez de moi à l'écran, c'est ce que je vois quand je me regarde dans la glace ; tout ce que Hovland a fait, c'est transformer sa caméra en miroir.

« Ça ne vous manque pas de ne plus vous voir, alors ? demande Trevor, l'interrompant. Moi ça me manquerait, c'est sûr. Et ne parlons pas de Fabio, ici. »

Ils éclatent tous deux de rire.

« Moi ? proteste Sandrino. Ce mec ne peut pas passer devant un miroir sans lui faire l'amour.

— Et la salle de bains de ce mec-là ressemble à l'intérieur d'un Sephora après une explosion, rétorque Trevor. Je ne savais pas qu'on pouvait avoir besoin de plus d'un type de sèche-cheveux. »

Ostensiblement, Sandrino agrippe une poignée de son abondante chevelure, la tire au-dessus de sa tête et la laisse retomber en place, exactement comme avant.

« Ce genre de chose n'arrive pas par accident », réplique-t-il.

Les garçons la retiennent de plus en plus tard avec leur badinage. À moins que ce ne soit elle qui les retienne. C'est difficile à dire. Toutes les semaines, lorsque le bar se vide et qu'elle réussit enfin à les convaincre qu'elle doit absolument s'en aller, en jouant le rôle de la vieille dame (J'ai besoin de dormir !), ils la raccompagnent chez elle, un à chaque bras, pour veiller à ce que la ville ne lui fasse pas de mal. Leurs premiers lundis au bar à vins, elle était de retour bien avant que la fontaine s'arrête. Elle avait largement le temps de s'asseoir dans la lumière du crépuscule pour attendre ce vent d'ouest soulevant tout sur son passage, et le chatouillis des gouttelettes d'eau sur sa peau, cette violation à la fois tendre et vulgaire. Maintenant, la nuit est tombée depuis longtemps lorsqu'ils atteignent enfin le haut de sa colline ; la fontaine est immobile, les arroseurs tournent, exécutant leur tâche au ras du sol, et les télévisions nimbent de bleu presque toutes les fenêtres autour du square. Elle se tient sur le petit chemin de pierre devant sa porte, entre les deux grands garçons, fatiguée de parler et de refuser, encore et encore, lorsqu'ils (Trevor) demandent à voir le manuscrit qu'elle aurait dû détruire il y a des années.

« Vous voulez vous en débarrasser ? l'interroge Sandrino.

— Oui, répond-elle.

— Vous ne voulez pas que quelqu'un d'autre que vous en possède un exemplaire ?

— Exact.

— Mais juste le jeter au feu, ce serait...

— Un sacrilège, intervient Trevor. Un blasphème. Un crime !

— *Stai calmo*, fait Sandrino en lui tapotant le dos.

— Un acte de clémence, rectifie Anja.

— OK, répond Sandrino. Nous devons faire preuve de respect. C'est votre souhait. Le script est à vous.

— Merci.

— Mais je suis sûr que vous êtes d'accord pour dire que nous devons aussi montrer du respect à Tennessee Williams. À moins que je ne me trompe, il ne vous a pas donné la permission de détruire son œuvre. Que dites-vous de l'appeler et de le lui demander, d'une façon qui soit appropriée ? De lui laisser une chance de dire au revoir ?

— Te voilà reparti dans un fantasme », répond Anja.

Sandrino boit généralement un ou deux verres de vin mais ce soir, de ce qu'elle a compté, il a rempli son verre quatre fois. Il est plus nerveux ces derniers temps, moins communicatif, moins joyeux, ce qu'Anja a attribué à son projet de passer le mois d'août en Italie. Craint-il de voir une aventure estivale lui voler Trevor ? Quelqu'un l'attend-il à Livourne, quelqu'un d'autre que les fantômes de son père et de sa mère ? Va-t-elle lui manquer ? Elle interrompt elle-même le cours de ses pensées. *Questions de télévision !* Elle passe trop de temps avec ces jeunes gens romantiques. Elle devrait pourtant savoir avec quelle facilité un esprit ou un cœur peuvent être corrompus.

« Pourquoi est-ce que vous souriez ? lui demande Trevor.

— Ce que je propose, c'est une séance de spiritisme, est en train d'expliquer Sandrino. Pas tout de suite, pas ce soir. Il faut de la préparation pour faire les choses dans les règles de l'art. Lundi prochain, à la place du bar à vins.

— C'est son idée, déclare Trevor.

— Je l'ai déjà fait. Au pays, avec ma *fidanzata*. Je l'ai aidée à croire.

— Il ne rate jamais une occasion d'évoquer ses anciennes petites amies. C'était celle aux grands pieds ou celle avec tous les oiseaux ? »

Sandrino l'ignore, pour une fois, envoûté par sa propre diversion.

« Voici comment on procède : on allume beaucoup de bougies. On met une photographie de Tennessee Williams dans un cadre doré. On se tient en cercle, main dans la main, avec *Appelons ça de la joie* au milieu. On répand des pétales de fleurs par-dessus, peut-être, mais c'est juste pour faire joli. On a déjà un objet qu'il a touché : les pages. Est-ce qu'il les a tapées ou écrites à la main ? À la main, ce serait mieux. Et bien sûr, on vous a, vous, son amie de quand il était en vie. Il voudra reparler avec vous, oui ? Vous avez fait la paix avec lui la dernière fois que vous l'avez vu, à New York ?

— Je suppose, répond Anja.

— Bien. Nous allons lui demander la permission de lire le manuscrit. Ça vous calmera, Anja. Moins de sentiments de culpabilité. Et quand il nous la donnera – comment il pourrait nous dire non ? Nous sommes son genre, vous avez dit ! Jeunes et beaux ! Ha ! – nous lirons les pages à voix haute tous ensemble, en prenant chacun un rôle, avec lui présent dans la pièce, comme un metteur en scène. Ce sera magnifique.

— C'est la meilleure idée que personne ait jamais eue », enchérit Trevor.

Ils se taisent tous les deux, attendant la réaction d'Anja. Elle laisse délibérément durer le suspense en tournant les yeux vers l'homme épais en train de promener son chien miniature autour du parc. Il s'est arrêté pour surveiller cette scène suspecte : deux individus de haute taille cernant cette vieille dame qui ne parle jamais à personne. N'y avait-il pas avec elle un vieux monsieur bien habillé, avant ? Qu'est-il devenu ? L'homme épais vit juste en face de chez elle, de l'autre côté du square. Ce n'est pas un endroit où les voisins cherchent à nouer des liens d'amitié ; c'est un endroit où ils veillent à connaître chaque propriétaire de vue mais vont rarement au-delà d'un « bonjour » guindé dans leurs interactions, où ils n'engagent la conversation qu'en cas de perturbation de l'ordre naturel : un concert dans le parc, un chat perdu, l'invasion d'un perron tard le soir par deux grands intrus. Anja lui sourit en hochant la tête pour indiquer que tout va bien.

« Et on brûle les pages après les avoir lues ? demande-t-elle à Sandrino.

— Oui, répond-il. Comme ça, on les reçoit, mais on ne les préserve pas.

— À moins que vous ne changiez d'avis, bien sûr, et que vous ne vouliez finalement les garder, intervient Trevor.

— Est-ce qu'il faut des bougies particulières, ou n'importe quel cylindre de cire fera l'affaire ? demande Anja d'un ton faussement sérieux. J'ai de vieilles bougies d'anniversaire dans un tiroir. Est-ce que je dois mettre un voile ? »

Sandrino fronce les sourcils.

« Est-ce que vous faites une plaisanterie de moi ? »

Il se tient dans l'ombre d'Anja, mais elle peut quand même voir son air blessé.

« Oh, Sandrino, dit-elle. Tu crois vraiment à tout cela ? » Elle lui touche le coude. « Parce que pour moi, ça ressemble plus à un canular que vous avez concocté tous les deux.

— Je ne suis pas un si bon acteur », proteste Sandrino. Il indique son ami de la tête. « Lui, oui, mais pas moi. Et puis je ne "concocterais" jamais un canular contre vous. Je ne ferais rien pour vous déplaire.

— Alors dis-moi, répond-elle en serrant doucement son bras du bout des doigts. Avant que je ne m'endorme debout tant je suis fatiguée. J'aimerais comprendre pourquoi mon ami le neurobiologiste croit qu'il existe un pont entre le monde matériel et le monde spirituel. »

Elle appréciera la musique de son explication. Elle veut revoir la ferveur juvénile qui, il y a quelques instants seulement, a rendu ses couleurs et sa joie au visage du jeune homme. Elle veut retrouver son affection.

« J'y ai toujours cru, répond-il. Depuis que je suis tout petit. Ma *nonna* voyait souvent des gens qui n'étaient pas là. Pour elle, il n'y avait pas de quoi en faire une histoire. Ils donnaient une sorte de... richesse à sa vie. Je faisais semblant de les voir aussi, pour elle, parce que dans sa petite chambre au sommet des escaliers, je me sentais – peut-être que votre mot correspond – *choisi* par elle ; mais si ce n'est pas ce que vous voulez dire par ce mot, alors *béni*. Fort, au moins, plus fort que ma sœur ou n'importe qui d'autre dans la maison, parce que j'étais son préféré. J'espérais qu'un jour je pourrais arrêter de faire semblant. Je passais mon temps à essayer de voir et d'entendre les gens dans les couloirs déserts. Et un jour, enfin, j'avais dix ans, et dans sa chambre j'ai entendu une voix qui n'était pas la sienne, sauf que je la regardais droit dans les yeux. "C'est ta sœur ?" j'ai demandé ; étrangement, je la reconnaissais, bien qu'elle soit morte avant ma naissance. Et ma *nonna* a répondu oui, c'est ta *zia* Carmela, et elle s'est remise à sa couture comme si ce genre de chose nous arrivait tous les jours. J'étais si content ! Cette seule voix, une vraie voix, a été tout ce dont j'avais besoin pour être convaincu. Ça ne m'a pas fait peur. Au contraire, j'ai eu moins peur de tout. Je me sentais moins seul. J'étais plus patient. Plus adulte. Et donc, quand le moment est venu, c'est pour ça que j'ai choisi d'étudier les neurosciences, pour voir si elles pouvaient me convaincre que je ne devais plus croire. Est-ce que les scientifiques de l'université pouvaient m'affirmer que ma *nonna* et moi, nous avions tort ? Que nous n'avions pas entendu *zia* Carmela dire, aussi clairement que vous m'entendez maintenant : *E ora, dimmi tutto* ? Et pour l'instant, rien de ce que j'ai lu dans mes cours ne me dit qu'il est impossible qu'un morceau de notre conscience puisse continuer d'exister après que notre chair et nos os ont pourri. Et si ce fragment peut continuer d'exister, il n'y a aucune raison pour qu'on ne puisse pas le voir, l'entendre, le sentir, ou communiquer d'une façon ou d'une autre avec lui. L'hypothèse de la survie, on appelle ça. Pour moi, c'est plus qu'une hypothèse. C'est ce que je crois. »

Plus tard, par cette fraîche nuit de mai, aux petites heures de ce qui est désormais le mardi, Anja réfléchit, allongée sur sa banquette sous la fenêtre, incapable de trouver le sommeil. Elle n'est aucunement surprise que Sandrino et sa pauvre *nonna* démente aient tant tenu à croire qu'une part de leurs morts flottait parmi eux, que ces derniers luttaient désespérément pour se frayer un chemin jusqu'à eux à travers la fange assourdissante du monde matériel. Cela ne la surprend pas non plus qu'il n'ait pas mentionné cette croyance en l'hypothèse de la survie jusqu'à maintenant, qu'il lui ait fallu siffler une bouteille entière de sancerre pour trouver le courage d'avouer quelque chose d'aussi fantastique à une amie en apparence dénuée de sentimentalisme. Artiste ou non, Anja est aussi la compagne d'un des plus éminents partisans de l'astronomie quantique. Était.

Elle se rappelle les soirées qui n'en finissaient pas à Rome, à Lugano, à San Remo, où elle se trouvait portée de pièce somptueuse en pièce somptueuse bien après que l'envie de rester s'était éteinte ; l'incapacité des Italiens à vous laisser partir, la lamentation, le repentir, l'aveu de défaite qu'il y avait dans leurs « bonne nuit ». *Buona notte, buona notte*, marmonnait-elle, la tête honteusement baissée en se frayant un chemin vers la sortie. Pas étonnant que Sandrino croie qu'il n'y a pas de fin, que la fête continuera éternellement.

Le lendemain, elle l'appelle chez lui. Il est surpris, et heureux, d'entendre sa voix. Elle ne l'appelle jamais, sauf quand son agacement devant son retard a tourné à l'inquiétude. Elle reconnaît la voix de Trevor dans le fond. Elle dit à Sandrino qu'elle a réfléchi à son idée et qu'elle s'y prêtera, bien qu'à contrecœur.

« Mais c'est un jour férié, lundi prochain, lui rappelle-t-elle. Memorial Day. Il y aura des enfants et des violons dans le square. Cela fera du bruit.

— Memorial Day ! » s'exclame-t-il, transporté par l'à-propos du mot.

Il consulte Trevor au sujet du bruit. Un peu de musique pour violons conviendra bien à l'ambiance, décident-ils ensemble, mais pas les enfants.

« D'ici à ce qu'il fasse nuit, ils seront repartis, non ? demande Sandrino. Pour la séance, il doit faire noir, noir, noir. Aucune lumière à part celle qu'on apporte. Encore mieux si on commence sur le coup de minuit.

— Sandrino…

— Pardon, vous avez raison. Pas minuit. Je dis des bêtises. Nous viendrons à huit heures – nous ne serons pas en retard, je vous le promets – et le temps de tout préparer, les enfants seront partis se coucher. Merci de nous accueillir chez vous. Nous apporterons du vin et à manger. Votre seul rôle sera d'ouvrir la porte et de sortir pour nous les pages.

— Je veux qu'une chose soit claire, répond Anja. Je ne crois pas à tout cela. Je vois cette soirée comme un cadeau que je te fais. À toi, Sandrino, en remerciement de ton amitié, qui m'a apporté un peu de joie cette année, dans cette ville. J'espère que tu n'en attends pas plus de moi.

— C'est amusant », réplique-t-il. Elle l'entend fermer une porte, et la voix de Trevor ne lui parvient plus. « Dans ma tête, c'est le cadeau que je vous fais, moi, à vous. Je me dis : Anja me remerciera quand ce sera terminé. Enfin, je vais apprendre à mon amie quelque chose qu'elle ne sait pas déjà ! Mais en attendant, je veux vous avertir : nous ne regarderons pas en arrière. Nous regarderons à *travers.* »

Faites sonner les violons, manque-t-elle de répliquer, mais elle se retient. Elle l'a déjà vexé une fois. À la place, elle répond, d'un ton sans conviction et involontairement maternel :

« D'accord. »

Neuf mois plus tôt, lorsque Anja a vidé les meubles-classeurs des papiers de Pieter, elle a redistribué les siens dans plusieurs tiroirs. Cet effort éphémère d'organisation était une façon pour elle de « faire le point », pour reprendre les mots de son manager, Scott, mais les choix impliqués dans l'acte de grouper et de classer ses documents – par films ? par genres ? par dates ? – se sont révélés trop durs pour elle et les papiers sont restés dans l'état de rangement où elle les a laissés.

Il ne lui faut cependant pas longtemps pour retrouver

l'enveloppe jaune arborant l'écriture déliée de Tenn, son adresse à Key West dans le coin supérieur gauche, celle de Pieter à New York au milieu, aussi évocatrice qu'une photographie. Dans ces chiffres et ces lettres se trouvent la peinture vert citron des fenêtres du premier foyer qu'ils ont partagé, l'odeur de brûlé du café turc du voisin, le dos englué des carreaux de douche qui tombaient. Les pages d'*Appelons ça de la joie* sont cornées. Elle résiste à l'impulsion de relire la pièce du début à la fin. Voir les mots *Gisele, Frankie, bungalow, jukebox, Bangkok* lui suffit. Elle remet le script dans son enveloppe et le sort avec précaution de la chambre, refermant la porte derrière elle aussi doucement que s'il y avait quelqu'un en train de dormir dans le lit, et le pose dans l'espace vide sur l'étagère où se trouvaient avant les romans de John Horne Burns.

Les jours passent lentement. Elle continue à échouer lamentablement dans son projet de paresse, abandonnant son poste à la fenêtre pendant des heures entières pour aller sur des sites immobiliers chercher des propriétés dans des endroits où elle n'a jamais vécu : Malte, Sydney, Ljubljana. Les annonces sont vagues et mensongères, les sites encombrés de statistiques obsolètes et de photos sous-exposées. Elle essaie de limiter ses recherches aux zones plus tempérées, meilleures pour sa peau et ses os fragiles, et pourtant elle se sent continuellement attirée vers le nord : elle trompe Malte avec Édimbourg, Sydney avec Sendai, Ljubljana avec Vancouver. Ce sont toutes des villes sans associations ni liens, sans l'attrait de l'amour ou du souvenir. Des brochures sur papier glacé arrivent par la poste ; des agents laissent des messages sur son répondeur d'une voix susurrante, l'invitant à « passer voir ». Elle tape son nom de naissance – Anja Blomgren – dans les formulaires en ligne et, lorsque du courrier ou des messages arrivent pour cette jeune femme, ça lui fait un peu l'effet des esprits de Sandrino essayant de franchir le voile.

Le lundi, un gros camion s'arrête dans la rue et deux hommes en sortent des piles de tables blanches et de chaises pliantes. Quelques minutes plus tard, des voitures et des camionnettes viennent se garer derrière, d'où émergent des femmes portant de grands gâteaux rectangulaires préparés dans les pâtisseries du quartier, des adolescents trimballant larges cruches en plastique remplies de limonade, bouteilles d'eau et percolateurs, et les musiciens, avec les boîtes en cuir où sont rangés leurs instruments. Les tulipes regardent avec nervosité la pelouse déjà toute piétinée, qui quelques heures plus tôt était encore impeccable, en se préparant mentalement à subir le même assaut. Le journal annonçait de la pluie mais, pour le moment, la chance n'est pas du côté d'Anja, des fleurs et de la pelouse : il fait beau et chaud.

Une par une, les portes d'entrée des maisons de grès brun s'ouvrent pour laisser sortir des hommes au pull fin noué sur les épaules, précédés de leurs femmes guidant des poussettes sur les pavés. Alors que le soleil se couche, les boîtes de pizza récemment livrées sont ouvertes, les carrés au citron et les parts de gâteau dévorés, le café servi dans des gobelets en polystyrène de mauvaise qualité qui vont traîner dans le parc le reste de l'été. La musique continue. Avec chacune de ces torches allumées pour lutter contre l'obscurité, l'appréhension d'Anja devient plus forte. À huit heures précises, on sonne à sa porte.

Bien que ce soit seulement la deuxième fois que

Sandrino se trouve chez Anja, il fait visiter l'appartement à Trevor comme s'il rentrait triomphalement chez lui. Il parle avec une fierté territoriale des cheminées, des portes coulissantes, des lambris, des moulures complexes le long des arches, des incrustations d'or et de marbre. « Ça continue comme ça sur des kilomètres », dit-il en prenant la main de son ami pour l'entraîner dans le couloir central. Anja les oriente vers les quatre pièces que possédait Pieter au départ et explique qu'à mesure que les appartements autour d'eux se libéraient au fil des ans, ils les ont achetés et ont abattu autant de murs qu'ils le pouvaient pour agrandir les perspectives. Elle assure que ce n'est pas impériosité ou avidité de sa part. Plus elle avait d'espace dans cette ville, dit-elle, moins elle risquait de fuir.

Sandrino se préoccupe moins de l'histoire de l'appartement que de trouver la pièce la mieux adaptée à ses projets. Enfin, il choisit le petit salon à côté de la chambre du milieu pour sa forme circulaire, son bar équipé d'un évier et ses hautes fenêtres, et parce que, une fois celles-ci ouvertes, la musique qui leur parvient du dehors est distincte sans être importune. Il pose ses sacs en toile par terre.

« J'ai chargé Trevor de la nourriture et des boissons », murmure-t-il d'un ton honteux en sortant trois bouteilles de vin rouge bon marché, dont il enlève précipitamment les étiquettes, deux gros bacs blancs de fromage à tartiner, une boîte de crackers nature et un paquet de chips goût pizza estampillé en majuscules orange vif de l'indication « format familial ». Il dispose ces objets sur le comptoir du bar et propose une série de toasts : à Anja, à sa *nonna*, à Tennessee.

Le vin est fade et sucré, le fromage innommable, mais

ils aident à calmer l'angoisse d'Anja. C'est une fête d'enfants qu'elle accueille. Elle se prête à un jeu inoffensif pour faire plaisir à ses garçons. Sous les yeux attentifs de Trevor et elle, Sandrino libère un espace par terre au milieu de la pièce, déplie un petit tapis oriental rectangulaire orné de glands de soie et place une haute bougie en verre à chaque coin. Les bougies portent le visage imprimé d'un saint. Lorsqu'il demande des coussins, Anja comprend enfin qu'il compte les faire s'asseoir tous trois par terre. Elle refuse. Ses jambes. Alors ils vont chercher une petite table de jeu dans la chambre d'amis et il pose tapis et bougies dessus.

Il fait asseoir Anja à la tête de la table dans la pièce plongée dans l'ombre, tandis que Trevor et lui s'installent face à face au milieu. Sur ses instructions, elle place l'enveloppe contenant *Appelons ça de la joie* au centre, entre les bougies allumées. Puis Trevor sort une cigarette mince et biscornue de sa poche et la présente à leur admiration.

« Notre médium est arrivé », annonce-t-il.

Sandrino se tourne vers Anja.

« Ça n'est pas un problème ?

— Tu ne lui as pas demandé avant ? » s'exclame Trevor.

Il referme le poing sur le joint.

« Je suis désolé, s'excuse Sandrino. J'étais tellement préoccupé !

— Fais voir, dit Anja. Peut-être qu'il va y avoir de la magie ici ce soir, finalement. »

La première fois qu'elle a fumé, c'était avec Frank et Tenn : tous les cinq allongés sur des coussins – par terre ! Oh, son jeune dos ! – à Rome, Ahmed lui passant le kif sous le regard protecteur de Frank. Depuis, elle en a partagé plus d'un avec Hovland pour se détendre afin de mieux entrer dans un rôle. Une fois avec Peter Fonda dans un bar de Gramercy. Une fois avec le portier de l'immeuble de Pieter. Ce sont toujours des hommes qui ont introduit la chose, des hommes qui en avaient sur eux ou savaient où s'en procurer. Elle a fumé des cigarettes avec d'autres femmes dans les toilettes, dans des caravanes d'acteur et des loges en coulisses toute sa vie, mais jamais une femme n'a sorti un joint de son sac et proposé de le partager avec elle. Cela paraîtrait trop tribal, pense Anja ; elle-même trouverait cela arrogant et, oui, un peu louche.

Elle approche la cigarette de son nez, espérant sentir la douce odeur de foin qui a imprégné l'appartement de la Via Firenze tout le temps qu'elle y séjournait, mais l'offrande de Trevor est sèche et insipide.

« On fait ça maintenant ? » demande-t-elle en l'approchant de la flamme d'une des bougies.

Sandrino hoche prudemment la tête. Elle emplit ses poumons de l'âcre fumée, la retient un moment, ferme les yeux, puis la relâche si doucement que son souffle agite à peine l'air.

« Putain, s'exclame Trevor. C'est une pro.

— Non, répond-elle en lui rendant le joint. Mais j'ai effectivement appris à être élégante dans cette pratique. »

Après qu'ils ont chacun aspiré deux bouffées, Sandrino place sa main dans la sienne et lui indique de prendre celle de Trevor. Ils tendent maladroitement le bras par-dessus la table pour fermer le cercle, en gardant l'enveloppe à l'intérieur de celui-ci et les bougies au niveau de leurs coudes. Dehors, les violons jouent une mélodie vive et enjouée, un sacre du printemps. Ça se prête à l'occasion, dit Sandrino :

à cet acte de communion, cette célébration, ces retrouvailles heureuses d'anciens amis.

Ils restent immobiles et silencieux un moment, écoutant la musique et les voix éparses qui leur parviennent du square. Lorsque Sandrino prend la parole, répétant une sorte de litanie italienne qu'Anja est incapable de traduire, il serre sa main dans la sienne comme s'ils étaient dans un avion en train de décoller. Elle a oublié le mélange de force et de douceur qu'il y a dans les mains d'un jeune homme, leur force une promesse pour l'avenir, leur douceur un écho du passé, qu'ils portent simultanément en eux jusqu'à ce que la douceur ne soit plus nécessaire. Même Trevor agrippe vigoureusement ses doigts alors que Sandrino continue de psalmodier. Il dit le nom de Tenn. Puis celui d'Anja. Il se présente, et présente Trevor, à la pièce vide.

Les murs sont couverts d'ombres vacillantes. Les bougies ont empli l'air d'un parfum de cannelle. Sandrino lui demande de dire à Tenn quelque chose que lui seul comprendrait. Un souvenir heureux. Cela le rassurera sur le fait qu'elle est bien celle qu'il présente, qu'il peut leur faire confiance, qu'ils l'ont appelé dans un esprit d'amitié, de respect, d'estime.

Elle secoue la tête.

« Je vous en prie, insiste-t-il. Ça peut être quelque chose de petit. Cherchez bien. »

Ses pensées retournent à la Via Firenze. Frank surveille l'effet que sa première bouffée de kif a sur elle. *Je ne t'avais jamais vue rire*, lui dit-il. *Vraiment rire. Tu étais si sérieuse avant. Ta place est ici à Rome, avec nous.*

« Les roses pâles, dit-elle à présent à Sandrino. Les roses pâles de Gandolfo.

— Bien, dit-il. Répétez-le encore une fois. »

Alors qu'elle s'exécute, il pose leurs mains sur l'enveloppe et ferme les yeux.

Anja fait de même. Cela lui fait du bien d'inclure Frank, d'entendre sa voix. Une extravagance. Tout cela est une extravagance.

« Maintenant, pensez aux derniers mots que vous a dits Tennessee Williams, ordonne Sandrino. Dites-les dans votre tête. »

Je pars dès que je peux.

« Bien, répète Sandrino. Vous vous débrouillez bien. »

Il lui tapote la main.

Dans la prochaine ville, Sandrino lui manquera. Sait-il que c'est à cause de lui qu'elle est restée ici si longtemps ? Lorsqu'il reviendra d'Italie, ce sera le mois de septembre, et elle sera partie.

« Maintenant, on attend, dit-il.

— Quoi ? demande Trevor.

— Une perturbation. »

Dehors, ils rejouent la sonate du printemps de Beethoven, l'œuvre par laquelle ils ont débuté la soirée. Sans le piano, elle a une tonalité mélancolique. Comme tout est immobile dans la pièce désormais, dans l'attente de la perturbation. Mais lorsque celle-ci ne vient pas, et toujours pas, et que la musique s'arrête, et que Sandrino bouge légèrement sur sa chaise, se racle la gorge et recommence à psalmodier, et que Trevor soupire, et que leurs mains moites commencent à glisser, Anja – elle ne peut s'en empêcher – se met à rire. Elle se mord la lèvre et serre plus fort les paupières pour retenir ses larmes. Trevor éclate de rire à son tour puis, au grand soulagement d'Anja, Sandrino se joint à eux.

Anja ouvre les yeux. Frank est là, debout à la fenêtre, le dos tourné, comme s'il attendait la pluie. Il ne dit rien, ou il n'a rien à dire. Ce n'est pas son genre d'être silencieux, de venir la voir et de ne pas lui faire le cadeau de son visage, de sa voix. Ce n'est pas son genre d'être fâché contre elle, mais elle perçoit sa colère dans la pièce. Elle ne dit pas à Sandrino ce qu'elle voit, même si elle sait que cela lui ferait plaisir. Elle bouge silencieusement les lèvres. Je suis désolée de t'avoir dérangé, dit-elle à Frank. Je suis désolée de ne pas être venue quand tu avais besoin de moi. J'avais peur. Tenn et moi nous ressemblions plus que tu n'en avais idée.

Elle cligne des yeux, et il disparaît. Que survivra-t-il de lui ?

Sandrino baisse la tête. Il a fait de son mieux, dit-il en haussant les épaules. Certaines personnes ne veulent pas être dérangées. Et même quand elles veulent bien, raisonne-t-il, il faut plus d'une tentative pour les atteindre, surtout si elles sont mortes depuis longtemps. Le fragment qui reste se disperse. Ou alors, rien n'a survécu.

« Juste parce qu'un homme est célèbre, que c'est une grande force dans le monde, dans l'histoire, ça ne veut pas dire qu'il a de meilleures chances de survivre. Une personne qui n'est rien extérieurement, je crois, a les mêmes chances que Tennessee Williams ou un roi... » Il relève les yeux pour regarder Anja. « Ou vous.

— C'est logique, répond-elle.

— Ah bon ? fait-il en riant de nouveau.

— Oui.

— Vous me croyez *pazzo*.

— Bien sûr que non.

— Moi si », intervient Trevor.

Ils éclatent tous encore une fois de rire.

« Je suis d'accord avec Sandrino, reprend Anja. La force réelle de la conscience d'une personne est inconnue et ne peut être mesurée. Ça ne me surprendrait pas qu'elle soit beaucoup plus forte ou beaucoup plus faible que ne l'imaginait la personne – celle qui n'est rien ou celle qui est quelque chose. Et que si elle est assez forte, elle soit capable, comme tu dis, de franchir le voile.

— *Grazie*, répond-il.

— Ça me fait penser aux étoiles. Quand j'étais petite, on m'avait enseigné que la plupart de celles qu'on voit dans le ciel sont mortes depuis longtemps, que leur lumière nous atteint seulement maintenant, que quand nous regardons le ciel la nuit, nous contemplons le passé. Ça me faisait peur, cette idée du ciel réduit à une vaste tombe sans fin. Toute cette mort qui revenait vers nous à tire-d'aile. Mais après, Pieter m'a appris que ce n'était pas exactement vrai. Seul un petit nombre des milliers d'étoiles que nous voyons à l'œil nu sont mortes. Leur lumière, cependant, est indistinguable de celle d'une étoile vivante. Elles brillent côte à côte. On ne fait pas la différence. »

Anja n'a aucun respect pour l'acte de se retourner vers le passé. C'est pour elle la marque de quelqu'un de faible, qui s'écoute trop. Le mot « commémoration » est pour elle maudit. Quand elle cherche le réconfort ou un peu de compagnie auprès des morts, elle pense non aux hommes eux-mêmes, les quatre qui ont formé la constellation de sa vie, mais aux étoiles. C'était là une idée bien trop romantique pour qu'elle l'avoue à Pieter. Peut-être aussi à Sandrino. Elle ose à peine se l'avouer à elle-même. Mais cela ne l'empêche pas de faire le raisonnement que si elle est capable d'observer les étoiles, ce n'est pas défier la logique que d'imaginer qu'elle aussi est observée, et que l'être qui l'observe peut voir qu'elle est, à chaque moment de sa vie, entourée. Que sa demeure n'est jamais vide.

« Peut-être qu'on peut arrêter les délires de *stoners* et passer à la pièce ? suggère Trevor. C'est pour ça qu'on est vraiment là, n'est-ce pas ?

— Anja ? »

Elle prend l'enveloppe des mains de Trevor. Elle atermoie comme elle peut. Frank n'est plus là, de nouveau. Plus aucun d'eux n'est là.

« Pour faire ça bien, dit-elle, nous allons avoir besoin d'un meilleur vin. »

9

Une éducation

Malgré toutes leurs discussions stratégiques et leurs manipulations à Portofino, Frank et Tenn n'avaient pas réfléchi très sérieusement au temps qu'Anja pourrait passer chez eux à Rome, ni à leurs obligations envers elle au-delà de quelques présentations. Pour sa part, elle s'était contentée de tendre sa petite valise blanche au vieux cousin de Luca et de s'installer à côté de lui dans le bateau pour Rapallo, puis à l'arrière de la Jaguar, puis dans la chambre d'amis de l'appartement de la Via Firenze. Et pendant tout cela, elle avait maintenu un silence à la fois anxieux et résolu, n'ouvrant la bouche que pour demander combien il restait de route et quand elle pourrait rencontrer leurs amis. Sur le sujet de sa mère, elle demeurait évasive. Tout ce qu'elle consentit à dire, devant l'insistance de Tenn, fut que Bitte avait établi un rapprochement avec signor Ricciardi, qui l'avait enfermée dans son ancienne chambre au-dessus de la cuisine, et qu'elle n'était probablement même pas au courant qu'Anja avait quitté Portofino. Frank trouvait son histoire plus qu'invraisemblable. Elle était plus susceptible d'avoir mis un somnifère dans la camomille de sa mère et de s'être enfuie à toutes jambes dans la Via del Fondaco que sa mère ne l'était de l'avoir laissée échapper à sa vue. Ils finiraient par apprendre la vérité tôt ou tard.

Lorsqu'ils présentèrent Anja comme « la fugueuse » à Paul et à Ahmed, elle n'ergota pas sur cette description. Ils fumèrent du kif dans leur salon, vautrés sur des coussins, et elle s'endormit immédiatement. Frank la porta à l'étage et, pour la deuxième fois déjà depuis qu'ils se connaissaient, la borda dans un lit qu'ils avaient mis à sa disposition. Il défit sa valise, autant pour fouiner que pour l'aider à se sentir chez elle. Elle avait apporté des robes en coton aux motifs floraux fanés, mais rien de blanc ; quelques bijoux en argent ; un guide Baedeker de Rome et du centre de l'Italie, en anglais, publié dans les années 1930 et lourdement annoté de ce qui devait être du suédois, à demi estompé ; une petite trousse à fermeture Éclair contenant cosmétiques et toniques ; des sous-vêtements, des bas et deux paires de chaussures ; et son passeport. Sur la photo de celui-ci, elle avait les cheveux coupés à la garçonne, une expression dure et hantée, les lèvres pincées sur un sourire lointain. Son lieu de naissance était Malmö, sa date de naissance le 2 juin 1936. Frank fit le calcul deux fois avec la même incrédulité : deux mois plus tôt, elle avait fêté ses dix-sept ans.

Son expérience des femmes avait amené Frank à supposer que la plupart avaient quelques années de plus que l'âge annoncé ; mais le fait qu'Anja en ait cinq de moins, et soit à peine plus qu'une enfant, le remplissait de peur. Soudain, le pêcheur fut dans la pièce à côté de lui, et les garçons de Testa del Lupo aussi ; soudain, il revit Anja sortant de l'eau à Paraggi, dans son maillot de bain transparent. Alors qu'il la regardait dormir, une poussée de tendresse, un puissant instinct de protection firent voler sa peur en fumée, et les hommes disparurent. Et c'est alors qu'il lui vint à l'esprit, tandis qu'il remettait rapidement et discrètement ses affaires dans sa valise pour ne pas révéler qu'il savait, que peut-être Tenn n'était pas si certain qu'Anja ferait une grande actrice, finalement. Peut-être se montrait-il si accommodant avec elle, si disposé à lui accorder un rôle dans le petit drame de leur vie, parce qu'elle donnait à Frank quelque chose à faire. Avec Anja pour projet, il aurait moins de temps, voire pas de temps du tout, à consacrer à Alvaro.

Le lendemain matin, ils l'emmenèrent faire les boutiques dans la Via Condotti. Les vêtements qu'elle avait apportés de Portofino n'étaient pas assez flatteurs pour une rencontre avec Luchino Visconti plus tard dans l'après-midi, et avec Anna Magnani aussi rapidement que possible après cela. En fait, Anja semblait avoir emporté ses tenues les moins élégantes, comme si elle s'attendait à auditionner pour des rôles de vachère ou de femme de ménage. Frank lui trouva une robe sans manches à pois noirs et blancs éclaboussés de roses roses, dont la vendeuse affirma qu'elle était inspirée d'un tableau de Renoir. Elle vieillissait un peu Anja, lui donnant au moins la vingtaine bien sonnée, surtout avec les cheveux relevés, comme le suggéra la vendeuse. Frank n'avait pas encore parlé du passeport à Tenn, et n'était pas sûr de le faire un jour. Savoir quelque chose qu'il ignorait faisait battre son cœur un peu plus vite.

Anja n'hésita pas une seconde à laisser Tenn payer pour ses robes. Jamais elle ne promit : *Un jour je te revaudrai tes nombreuses attentions.* Elle prit tout ce qu'ils lui offraient

– le lit dans leur appartement, le café matinal accompagné de *cornetti* que Frank était allé chercher à la boulangerie au coin de la rue, le kif d'Ahmed, dont il ne resterait bientôt plus rien – avec la joie toute simple de croire qu'elle le méritait. Frank était jaloux de cette capacité. Lui gardait en tête une liste sans fin de chaque sou que dépensait Tenn pour lui, de chaque facture concernant la maison de Key West dont le montant était prélevé sur un compte qu'il consultait rarement, de chaque chemise, cravate et bouton de manchette achetés pour des fêtes données sur trois continents. Il n'acceptait tout cela que parce qu'il avait la sincère intention de gagner un jour de quoi rembourser ces milliers de dollars de dépenses.

Pour sa visite sur le tournage de *Senso*, qui ce jour-là bloquait le Vicolo del Cedro du Trastevere, Anja portait une robe droite toute simple, couleur de beurre. Tous trois observèrent les choses depuis le trottoir, craignant de déranger le grand Visconti, bien qu'il soit au courant de leur venue et ait accepté avec enthousiasme de jeter un coup d'œil à Anja. Il n'avait pas de rôle pour elle dans cette production déjà hypertrophiée, avait-il dit au téléphone, même un tout petit, il avait déjà des Autrichiens à ne plus savoir qu'en faire ; mais il y avait toujours le prochain film, quel qu'il soit, ou celui d'après. Alida Valli se révélait satisfaisante dans le rôle de Livia, mais Ingrid Bergman avait été son premier choix, et Alida n'était pas Ingrid. Bien que *baronessa* de naissance, Valli avait une beauté de bohémienne qui n'était pas vraiment adaptée à la prodigalité et à la décadence – « La débauche ! » – que Visconti recherchait pour *Senso*, et qu'il aurait pu obtenir de Bergman si elle lui avait donné une chance. Tenn avait écarté le téléphone de son oreille pour que Frank puisse entendre l'homme vitupérer. « C'est plus facile de trouver l'amour qu'une muse ! » s'était exclamé Visconti, avant de se mettre à crier sur quelqu'un d'autre dans la pièce, d'oublier complètement sa conversation avec Tenn et de raccrocher.

Il était assis dans un fauteuil pliant au milieu de la ruelle, en train d'aboyer des instructions à Valli et à un groupe d'acteurs anonymes en uniforme. Le personnage de Valli, la comtesse Livia Serpieri, avait trahi son amant autrichien, le lieutenant Franz Mahler, ce qui avait valu à ce dernier d'être passé par les armes, et elle errait désormais dans les rues de Vérone, accablée de remords et de chagrin. Les soldats italiens étaient là pour la harceler et la persécuter, ajoutant ainsi un avilissement mérité à sa terrible déchéance.

C'était une représentation plutôt simple de la dissolution dans une ancienne rue pavée, mais rien n'était simple avec Visconti. Alida ne pouvait-elle pas tituber un peu plus violemment ? « Livia Serpieri n'est plus humaine ! lui lança Visconti dans son italien furieux. Elle est devenue animale ! Elle est un cœur arraché de ses propres mains, agité de soubresauts comme un poisson hors de l'eau ! » Et donc Valli, avec son épais manteau noir et son voile emmêlé, chancela, tomba, se releva, puis chancela et tomba de nouveau, se traînant sur les pavés rugueux. Ses lèvres tremblaient comme si elle mourait de froid, mais son visage luisait de sueur dans la chaleur moite de cet après-midi d'août. Une vieille femme se précipita avec une bombe de laque et une poignée de disques de coton pour lui tamponner les joues et le front, retouchant également les hommes. Visconti s'avança pour ajuster les chemises et les képis des soldats avant de s'attaquer aux cheveux de Valli, qu'il décoiffa et ébouriffa jusqu'à obtenir le dépenaillement qu'il recherchait. Il la prit par les épaules et lui chuchota quelque chose à l'oreille. Puis il se rassit, croisa ses longues jambes, mit ses lunettes et entreprit de feuilleter un livre de poche en attendant que les acteurs reprennent leurs marques et que les chevaux coopèrent avec les soldats qu'ils transportaient. Le temps qu'ils se soient tous remis en place et que la scène puisse être tournée de nouveau, la lumière n'était plus bonne. L'heure de la sieste était tout juste passée, et les ombres changeaient de seconde en seconde.

Il devint bientôt évident que, second choix ou satisfaisante, bohémienne ou *baronessa*, Alida Valli fascinait Anja Blomgren. En observant celle-ci de près, Frank vit qu'elle suivait chaque cillement d'angoisse sur le visage de l'actrice, chaque pas délibérément chancelant qu'elle faisait, chaque torsion de son buste alors qu'elle se débattait dans les bras des soldats brutaux.

« Elle est merveilleuse », fit Anja, les yeux écarquillés, et ses lèvres restèrent entrouvertes, les mots lui échappant dans les trois langues qu'elle connaissait.

Pour la première fois, Frank la vit pour ce qu'elle était vraiment sous toutes ces carapaces qu'elle avait appris à présenter au monde : une adolescente, une enfant rougissant à la découverte d'un plaisir pur et nouveau. Dans cette lumière, elle était au summum de sa beauté, telle une novice sanctifiée par sa vocation.

« Valli a effectivement une certaine énergie fugitive, répondit Tenn. Même si je dois admettre qu'elle ne vaut pas Bergman.

— La prochaine Bergman pourrait être toi, dit Frank à Anja.

— Pas la prochaine Garbo ? demanda Tenn.

— Ce qu'elle fait, c'est... » commença Anja.

Là encore, sa bouche refusa de se fermer, mais cette fois elle ne trouva même pas le mot.

« Merveilleux ?

— Merveilleux ! »

Tenn éclata de rire.

« À Portofino, on a pas mal parlé de ton éducation, dit-il. Es-tu prête pour le travail acharné que cela demande d'être quelqu'un d'autre professionnellement ?

— Vas-y doucement avec elle, intervint Frank. C'est le premier jour d'école. »

Anja ne faisait pas attention à leurs papotages. Se mordant les ongles, elle se penchait aussi loin qu'elle le pouvait pour regarder Valli et Visconti à travers les ombres dures entre deux projecteurs. Le jour était en train de décliner rapidement. Valli secoua la tête en voyant les hommes refermer le cercle autour d'elle. Puis elle tomba de nouveau à terre pour ramper comme un chat. Elle se démena, se frappa l'estomac de ses poings et leva la tête vers le ciel, dévoilant sa gorge nue comme si elle suppliait que l'un d'eux la lui coupe. Un soldat l'attrapa par les cheveux, elle lâcha un cri guttural, et Anja sursauta.

Visconti claqua dans ses mains, une fois, en un geste de triomphe. Fini ! La foule tout autour applaudit aussi et ils crurent, un moment, que le tournage était terminé pour la journée, jusqu'à ce que Visconti dise que non. Valli avait fait sa part – « *Brava!* » lança-t-il en lui envoyant un baiser – mais pas les soldats. Il avait besoin d'expressions plus menaçantes sur leurs visages.

Le réalisateur se rassit dans son fauteuil, mais il faisait trop sombre désormais pour qu'il puisse lire son livre. Il croisa les bras et les jambes. En apercevant Tenn, il fit signe au trio d'approcher d'un geste du menton.

« Vous êtes la protégée ? » demanda-t-il à Anja en se levant avec un sourire charmant lorsqu'ils la lui présentèrent.

C'était un homme grand, aux épaules larges et imposantes, avec une mâchoire volontaire et les cheveux lissés en arrière. Né comte, il était plus riche qu'aucun d'eux ne pouvait espérer l'être, et avait donc tout son temps pour conformer ses films à la vision exacte qu'il en avait.

« Je ne suis rien pour l'instant », répondit Anja. Elle ne le regardait toujours pas, les yeux encore rivés sur son actrice principale, en train de reboutonner rapidement le manteau qu'elle avait arraché quelques instants plus tôt. « Et je ne pourrais jamais faire *ça*.

— *Ça*, répondit Visconti avec fierté, c'est ma création. Attendez donc que l'*Italia* voie comment j'ai débauché son innocente idole ! Tout le pays va détester ce film. » Il se tourna vers Tenn. « Mais ils adoreront les mots, bien sûr. Et les couleurs ! Vous ai-je dit ce que je faisais avec les couleurs ? C'est le premier...

— Dans combien de films est-ce qu'elle a joué ? l'interrompit Anja. Je veux tous les voir. »

Désarçonné, Visconti la regarda et haussa les épaules.

« Trente-six, quelque chose comme ça, répondit-il. Après *Senso*, elle dira peut-être non plus souvent. »

Tout en prononçant ces mots, il posa la main sur la joue

d'Anja et la regarda de plus près. Il lui fit tourner la tête d'un côté puis de l'autre, pour mieux la voir à la lumière. Elle réagit à peine à son toucher, bien que sa grande main lui recouvre presque entièrement le côté droit du visage, du menton jusqu'à l'œil et à l'oreille. Elle se dressa sur la pointe des pieds pour essayer de voir, par-dessus son épaule, Valli en train de flatter l'encolure d'un des chevaux. Visconti recula alors d'un pas pour la jauger des pieds à la tête, debout devant lui avec pour toile de fond la rue animée. Il avait une expression troublée.

« C'est la première fois qu'elle se trouve en présence d'une vraie actrice au travail, dit Frank en guise d'explication.

— J'ai vu des actrices sur scène en Suède, le reprit-elle. Je les ai trouvées ennuyeuses.

— Strindberg vous ennuie ? demanda Visconti, incrédule. Vous êtes encore plus jeune que vous n'en avez l'air.

— Je ne sais pas si c'était Strindberg, répondit-elle. Nous avons d'autres pièces que *Mademoiselle Julie* dans nos théâtres. Et je n'ai jamais dit que je n'étais pas jeune.

— Pouvons-nous au moins nous mettre d'accord sur le fait que *La Danse de mort* est l'un des trois plus grands drames modernes ? » intervint vivement Tenn.

Mais le mal était fait.

« Elle est creuse », dit plus tard Visconti à Frank, lorsque ce dernier l'attira à l'écart. Anja et Tenn étaient à peine hors de portée de voix. « Je n'ai ni le temps ni l'envie de la "remplir". Je ne crois même pas qu'une chose pareille soit faisable. Chez les actrices vraiment spéciales, vous voyez la richesse immédiatement, quel que soit l'âge auquel elles viennent vers vous. Je l'ai vue chez des fillettes portant encore des nattes ! La richesse déborde d'elles ! » Il leva les mains et secoua la tête. « Prenez Valli. Ce n'est pas une des plus grandes, mais la richesse est là. Anna Magnani. Rita Hayworth. Ces femmes, le "trop" qu'il y a en elles, m'électrifient. Je suis désolé, je ne vois pas de "trop" chez votre petite Suédoise.

— Vous savez cela après seulement une minute de conversation ? s'étonna Frank. Il n'y a pas moyen de faire un bout d'essai ?

— *Boh* », fut la réponse ; cette exaspérante expression italienne qui signifiait : « Comment voulez-vous que je sache ? »

Invariablement, elle venait de la bouche de quelqu'un – le père de Frank, Alvaro, le guichetier aux bureaux d'AmExCo – dont c'était justement le métier de savoir.

« Demandez à Tenn ce qu'il pense des femmes qui ont été choisies pour jouer dans ses pièces, il vous le dira : parfois au début elles ne semblent pas convenir, mais après, elles apprennent son texte, elles l'*absorbent*, et ses mots les transforment, les rendent plus grandes qu'avant. Plus riches, peut-être, comme vous dites.

— Ce n'est pas l'expérience que j'ai eue, répliqua Visconti. Certains acteurs, vous pouvez les mettre sous n'importe quelle lumière, ils ne brilleront pas. »

Son attention était déjà ailleurs. Il y avait un homme en train de faire des cercles à vélo au milieu du plateau, venant perturber les chevaux et forcer l'équipe à se disperser.

« *Vai via!* cria-t-il à l'intrus en agitant les poings, avant de murmurer à Frank : L'idiot du village. »

En retournant vers son fauteuil, il lança à Tenn :

« Bientôt, je verrai les pages de mon script américain, oui ?

— Je prépare de la magie pour vous, *maestro* ! » répondit Tenn.

S'ils voulaient vraiment prendre en main l'éducation d'Anja, Frank et Tenn allaient devoir commencer par les bases, et notamment la bonne façon de flatter un grand réalisateur. On l'écoutait pérorer sur ses couleurs. On n'accordait pas toute son attention à l'actrice principale dont on savait qu'il la jugeait de seconde zone. On le complimentait d'avoir si bien réussi à faire pleurer cette pierre particulière, puis on montrait une pitié à peine contenue envers la pierre elle-même. On espérait tout haut qu'elle retrouverait du travail, peut-être dans un film de moindre ampleur, plus dans ses cordes. On regardait le réalisateur dans les yeux, et quand il acceptait le compliment et la pitié, on détournait le regard. On ne voulait pas parler avec tant d'audace.

Tenn prit rapidement congé de Visconti avant qu'il puisse poser d'autres questions sur le script en souffrance. Puis ils passèrent en plein milieu de son plateau pour permettre à Anja de prendre enfin les mains d'Alida Valli dans les siennes et de lui dire ce qu'elle pensait de son merveilleux travail tout en plongeant un regard adorateur dans ses yeux de reine tzigane.

« Il ne m'a pas impressionnée », déclara Anja alors qu'ils s'en allaient. C'était l'heure du dîner, et ils se frayaient un chemin dans les rues étroites et tordues du Trastevere. « Tu veux vraiment que ce tyran filme tes mots, Tennessee ?

— La tyrannie n'est pas la pire qualité qu'on puisse trouver chez un artiste, répondit-il. Son contraire, oui. »

Elle réfléchit un moment.

« Est-ce encore là une de mes leçons ? demanda-t-elle. Avec comment flirter et donner au patron l'impression d'être roi ? »

Le ton était taquin, mais Frank sentit le froid qu'il recelait.

« Est-il possible que tu ne t'intéresses pas – romantiquement, j'entends – aux hommes ? lui demanda Tenn. Tu n'as pas besoin de le cacher si c'est le cas. C'est tout à fait la mode. »

Elle éclata de rire.

« Parce que je trouve l'actrice principale transcendante et son réalisateur impérieux à en vomir ?

— Oui. Parce que – pardonne-moi de le dire – c'est une pâle copie de Garbo et lui est notoirement, indéniablement, magnétique. Alors, l'idée vient juste de m'effleurer que tu as peut-être des penchants saphiques, lesquels pourraient fausser tes perceptions, qui autrement sont plus aiguisées que celles de n'importe quelle fille de vingt-deux ans que j'aie rencontrée.

— On devrait commencer à dire aux gens qu'elle en a vingt-cinq, songea Frank tout haut.

— Cela pourrait jouer en ta faveur, tu sais, continua Tenn. À l'instant même où nous parlons, une grande tradition est en train de se former : Marlene Dietrich, Tallulah Bankhead et, eh bien, qui suis-je pour savoir ou avoir envie de savoir quelles femmes font quoi entre elles et pour quelles raisons ? »

Anja, qui répondait rarement à une question aussitôt qu'on la lui avait posée, réfléchit à celle-ci plus longtemps encore qu'à son habitude.

« Mes penchants ne concernent que moi », finit-elle par

répondre, ce qui voulait dire à la fois tout et rien, et mit fin à la discussion sur le sujet.

De toute façon, après être restés des heures à attendre que Visconti veuille bien leur faire signe, ils avaient tous trois trop faim, trop chaud et trop envie d'un verre pour avoir les idées claires sur quoi que ce soit.

Ils ne connaissaient pas bien le dédale des rues du Trastevere, quasiment désert en ce mois de vacances et plus sombre que n'importe quel autre quartier de Rome, à l'exception des explosions de lumière qui les accueillaient au détour d'une rue, où ils découvraient un minuscule restaurant plein à craquer. Ils s'arrêtèrent devant la fenêtre d'un de ces établissements, l'un des rares à être ouverts à cette époque de l'année, quelque part dans la Via dei Genovesi, et regardèrent avec convoitise les prolétaires bedonnants en train d'enfoncer des fourchetées de carbonara luisantes entre leurs lèvres graisseuses et de les faire passer avec des gorgées de vin doux.

« C'est assez pour te redonner l'amour de la vie, dit rêveusement Frank.

— Je ne savais pas que tu l'avais perdu, fit Tenn.

— Finir vieux et rond comme ces hommes, c'est beau, n'est-ce pas ? »

Tenn et Anja échangèrent un coup d'œil et éclatèrent de rire.

« On ferait mieux de lui trouver quelque chose à manger. »

Être romantique, c'était se laisser séduire aussi facilement par un beau garçon que par une salle entière de maçons aux joues flasques se passant des cruches de chianti bon marché.

Frank baratina le maître d'hôtel pour avoir une table et, le temps que leur entrée de *prosciutto* et de melon soit posée devant eux à côté de leur propre litre de vin enveloppé de paille, il avait transformé l'épisode entier avec Visconti en une brève leçon pour lui-même. Il fallait qu'il se fie à l'instinct de Tenn, et au sien, plutôt qu'à celui d'un réalisateur agité et d'une jeune fille éblouie. Visconti avait simplement passé une mauvaise journée ; Anja était une naïve. Il porta un toast « à l'éducation d'Anja Blomgren », « au succès de *Senso* et de *Batailles d'anges* » et – c'est là qu'il hésita, parce qu'il n'arrivait pas à trouver un souhait pour lui-même, pas un du moins auquel il pouvait donner voix – « à Truman Capote pour nous avoir réunis ».

« Et au Petit Cheval », ajouta Tenn. Il se pencha par-dessus la table pour l'embrasser, à pleine bouche, et les rustres derrière eux éclatèrent de rire comme si c'était une bouffonnerie d'homme aviné. « Qu'il devienne gros et vieux... mais pas tout de suite !

— Au Petit Cheval ! » répéta Anja.

C'est seulement lorsque l'effet capiteux du vin commença à se faire sentir que le poids du souhait inexprimable de Frank s'abattit sur lui. Il écouta Anja, intarissable, son assiette d'artichauts frits oubliée, se remémorer avec ravissement la puissance de l'interprétation excessive de Valli, et se demanda, de nouveau, si Tenn avait repensé une seule fois à la requête qu'il lui avait exprimée dans le jardin du Splendido. Frank n'avait pas de scrupules à insister lourdement quand il le fallait, mais son amour-propre l'empêchait de relancer Tenn à propos de *Senso*. Il avait fait savoir ce qu'il désirait, c'était désormais à Tenn d'y accéder.

« Il y a encore quelques jours, fit-il remarquer, tu disais

que le métier d'actrice était infantile. Tu te rappelles ? Notre conversation à Portofino ?

— Oui, répliqua Anja. Ne suis-je pas une enfant ?

— Donc tu crois maintenant qu'il est digne de toi ? Que tu es faite pour ça ?

— Oh, comment veux-tu que je le sache ? Une chose est sûre, je m'en désintéresserai un jour. Demain, probablement. Mais en attendant, je suis disposée à essayer. J'aime ce qu'elle a fait, la façon dont elle s'est roulée par terre dans la rue comme une folle. C'est très italien. Je suppose que je suis italienne dans mes aspirations, si ce n'est mes penchants. »

Le lendemain matin, Frank appela Anna.

« Voici le programme, dit-il. Il est temps pour toi de rencontrer notre fugueuse. »

Il ne lui raconta pas ce qui s'était passé avec Visconti la veille, car il ne voulait pas influencer sa première impression d'Anja. Il suggéra qu'ils se retrouvent pour manger une pizza dans un restaurant près de la Piazza Navona, rien que tous les quatre, à vingt heures.

« J'ai une meilleure idée », répondit Anna.

Il y avait un cinéaste qu'elle évitait depuis un moment, quelqu'un qui essayait de la convaincre de jouer dans son nouveau projet. C'était un jeune Danois, bel homme apparemment, avec de hautes ambitions mais un seul film à son actif. Frank avait-il entendu parler de *Miroir* ? Non, répondit-il. Personne d'autre non plus, et pourtant *Miroir* avait été porté aux nues par les Français, ce qui était la raison principale d'Anna pour vouloir le décourager.

« Il me semble qu'il serait mieux assorti à votre petite

Garbo, fit-elle. À moins que je ne craque pour lui moi-même. Oh, Frankie *bello*, que dirais-tu que nous allions tous dîner *insieme*, et que nous en fassions une petite compétition ?

— Anja ne peut pas rivaliser avec toi, protesta-t-il. Elle n'a jamais joué un seul jour de sa vie !

— *Meglio così*, répliqua-t-elle. Je préfère les jeux où je suis sûre de gagner.

— Nous espérions que tu allais l'aider, si tu pouvais, pas l'intimider.

— L'un ne va pas sans l'autre.

— Sa mère pense aussi qu'elle a besoin de s'endurcir. Mais à mon avis, elle est déjà trop dure.

— *Basta!* La bande-annonce a assez duré. Je veux voir le film de mes propres yeux. Je vais dire à ce Martin Hovland de nous retrouver à vingt et une heures trente à l'Osteria al Fontanone. Excellent poisson. Le propriétaire est un ancien amant, don Umberto. C'est dans le quartier d'Ostie, mais ça vaut le trajet. Il y a un bus mais ne le prenez pas, il ne passe jamais. Hovland paiera la note. D'après mon expérience, les *auteurs** qui se plaignent d'être pauvres sont toujours ceux qui ont de l'argent. *Ciao bello Frankuccio*. Avec moi, tu verras toujours mieux qu'une pizzeria de la Piazza Navona. Venez à vingt heures trente, d'accord ? Il nous faut du temps ensemble avant que le Danois ne gâche la soirée. *Bah!* »

Pour deux femmes dont le prénom ne différait que d'une consonne, Anna et Anja étaient aussi dissemblables que le New Jersey et Jupiter. Ce fut quelque chose que de faire avec elles le tour de la cour plantée du Fontanone : Anna avec sa claudication due à la polio, son rire de poitrine et ces cernes permanents, aussi sombres que des meurtrissures, sous les yeux ; Anja avec son air mutin, sa robe sage à roses pâles, la peau de son visage tirée par les épingles qui retenaient ses cheveux attachés. Un bœuf et un pluvier s'efforçant de trouver une langue commune. Italienne de naissance, Anna pouvait baragouiner en anglais mais n'était pas à l'aise quand elle le faisait ; Anja, suédoise de naissance, parlait un italien approximatif et un anglais trop soutenu, à l'accentuation exagérée, qu'elle avait appris d'un très distingué tuteur britannique. Elles n'arrêtaient pas de se tourner vers Frank pour qu'il les aide. Il connaissait assez d'italien et d'anglais pour traduire, mais il gardait ses distances pour que les deux femmes puissent forger une amitié indépendante de celle qu'elles avaient avec Tenn et lui.

Cela ne marchait pas.

« Est-ce une devinette ? » demanda Anna à Anja, qui feignit de ne pas comprendre la question, ou bien prenait son éternité caractéristique pour y répondre. Anna leva les yeux au ciel d'un air exaspéré. À Frank, elle dit en italien : « Je lui ai posé une question simple : “Où as-tu grandi ?” Et elle me répond : “Un volcan.” Qu'est-ce que ça veut dire ? Est-ce qu'elle se moque de moi ?

— Elle a peut-être dit “Malmö” ?

— Non, pas “Malmö”. Mes oreilles fonctionnent bien. Un *volcan*.

— C'était une métaphore, expliqua Anja à Frank lorsque Anna s'écarta pour aller donner le bras à Tenn. Je suis désolée, je ne fais pas bonne impression sur ton amie. Quand je suis nerveuse, je fais trop d'efforts pour paraître intelligente. Elle est très intimidante. Elle était en train de me décrire un de ses films – je crois que c'était d'un film qu'elle parlait, mais c'était peut-être une anecdote de son enfance ? – et je me suis rappelé que lorsque j'étais petite fille, mon père m'a offert un livre sur les volcans, un livre très scientifique avec une partie sur l'histoire de Pompéi et du Krakatoa. J'avais l'habitude de feindre qu'il y avait un gros volcan enfoui sous notre ville, et que sa bouche était juste sous notre maison, et que je pouvais contrôler le moment où il exploserait et réduirait tout le monde en cendres à part mon père et moi. C'était plus un espoir qu'une rêverie. Quand ma mère ou l'un de mes professeurs me mettait en colère – généralement ma mère –, je m'immobilisais, je fermais les yeux et je me concentrais pour essayer de les faire exploser. Cela les rendait fous, de me voir si calme, avec un petit sourire sur les lèvres. J'imaginais qu'un big bang était sur le point d'avoir lieu et qu'ils allaient tous se retrouver projetés dans le ciel. C'était cela que j'essayais de raconter à Anna pour expliquer à quoi ressemblait ma vie à la maison, mais quand je suis nerveuse, les bons mots ne viennent pas, et ce n'est pas quelqu'un de patient.

— Tu n'as pas l'air nerveuse du tout.

— Je ne le suis jamais avec toi. Et avec les autres, je fais semblant. » Elle dit cela avec le même petit sourire qu'il avait vu sur son passeport, empreint cette fois d'une légère tristesse. « Tu ne fais pas semblant, toi ?

— Non, répondit Frank. Je suis heureux. Je suis dans un beau restaurant. Mes amis sont avec moi. Nous avons un projet. Pourquoi ne pas être heureux ? »

Ils lui mettaient trop de pression, songea-t-il, sans raison valable autre que leur impatience et son propre ennui implacable et inextinguible. Avait-il donc si désespérément besoin d'un but dans sa vie qu'il s'était transformé en pygmalion, concoctant un avenir improbable pour cette jeune fille et la lançant sur une voie qui la dissociait de sa propre mère ? Que savait-il, réellement, des véritables talents et désirs d'Anja, ou du caractère de Bitte, en dehors de ce qu'Anja elle-même, une enfant de dix-sept ans, lui avait fait croire ?

C'était cela qu'il était passé chez elle lui dire, le matin de leur dernier jour à Portofino : que son cynisme, tant qu'elle le cultiverait, ne ferait que la laisser solitaire, suffisante et mesquine. Il avait voulu se présenter à elle comme un exemple d'une vie exempte de la gangrène du cynisme, lui rappeler qu'il avait beau avoir connu les horreurs de la guerre, la honte de la différence sexuelle, la déception de l'échec sous toutes ses formes, il faisait encore confiance à tous ceux qu'il rencontrait, et leur accordait encore librement son cœur, son corps et son âme. Cela le laissait peut-être éparpillé, ou désœuvré, ou vulnérable, mais au moins il n'était pas amer. Il était passé chez elle dans la Via del Fondaco pour s'assurer qu'elle savait qu'il était heureux, et que le bonheur était ce qu'il voulait pour elle aussi.

L'ex-amant d'Anna, don Umberto, apparut et leur expliqua qu'ils avaient deux options de placement pour le dîner : une longue table dans le jardin, où il faisait plus chaud mais où l'air était plus parfumé et la vue plus panoramique, ou bien une table ronde à l'étage de la villa du seizième siècle, où il faisait plus frais mais où il y avait un peu de bruit.

« Nous voulons les deux, répondit Anna. Nous allons prendre des *antipasti* – et des bons, pas les cubes de mortadelle que tu avais coupés la semaine dernière – dans le jardin, près de la fontaine où il fait frais. Puis nous serons cinq à dîner à vingt et une heures trente à la table au fond dans le coin, sous la fenêtre ronde. Je t'ai déjà expliqué tout ça hier.

— *Certo, signora*, répondit Umberto. Je voulais juste être absolument sûr. » La pointe de ses boucles brunes était collée à ses tempes par la sueur. Il mit une main au creux du dos d'Anna. « Maintenant, laissez-moi vous emmener rencontrer les poissons. »

Il les fit sortir de la cour par une arche envahie d'hibiscus rouges. Le jardin était un dédale d'étroits chemins de pierre bordés de fougères, de roseaux et d'un arc-en-ciel de fleurs aux couleurs éclatantes importées d'Afrique et du Moyen-Orient. D'épais cactus jaillissaient de lits de petits cailloux blancs, fleurissant au milieu de la menace des épines. Des lianes pendaient des arbres comme dans une jungle, formant une sorte de rideau qu'ils durent écarter pour atteindre la clairière au centre de laquelle, entre deux robustes palmiers, se dressait une auge surélevée remplie de copeaux de glace sur lesquels reposaient en rangs ordonnés des dizaines de poissons entiers. Alors qu'ils faisaient cercle autour de l'étal, Umberto entreprit de leur présenter chaque poisson avec tendresse, comme si c'étaient des membres de sa famille.

« Voici mon beau *sugarello*, on ne peut le pêcher qu'en été ; et là, c'est l'élégant *branzino*, il aime le citron et un peu de romarin frais... »

Le temps qu'ils aient fini le tour, Frank avait envie de tous les manger. Comment choisir, quand chacun avait sa délicieuse histoire et la même paire d'yeux à la fois dolents et stoïques ? Finalement, s'adressant au turbot solitaire qui se distinguait des autres par sa forme circulaire et sa couleur brun clair, décrit comme gras, plat et grognon, friand d'orange et de menthe, il dit :

« Toi, là, *rombo chiodato*, tu es pour moi », et Umberto le souleva pour l'emporter vivement à la cuisine.

Ce n'était pas sans rappeler la Villa Borghèse avec ses *ragazzi* qui s'offraient aux regards, assis sur les murets, balançant les jambes dans le vide en attendant d'être consommés.

Les serveurs arrivèrent avec des plateaux de spritz et de bons *antipasti* : beignets de fleurs de courgette fourrés aux anchois et à la ricotta, variétés exotiques de champignons braisés au vin blanc, foie de veau et caviar sur petites tranches de pain grillé. Frank portait un costume en lin et un nœud papillon à rayures, Tenn une chemise à col ouvert et un mouchoir en soie que Frank avait fait orner d'un monogramme dans une boutique de Monti. Le jardin était en train de se remplir d'autres clients – qui n'étaient pas aussi élégamment vêtus, ne mangeaient pas tout à fait aussi bien – et, comme toujours, Frank remarqua les regards curieux et admiratifs, les murmures ravis que suscitait l'identification d'Anna ou de Tenn. Autant savourer les plaisirs de la proximité, songea-t-il : la chaleur qui lui montait aux joues alors que l'inconnue à la table voisine scrutait ses yeux et ses pommettes pour essayer de le reconnaître, la possibilité qu'elle le prenne pour quelqu'un de célèbre et en soit émoustillée. S'il ne pouvait pas être la fontaine, il pouvait au moins profiter de sa bruine.

Martin Hovland arriva vêtu d'un short et d'une chemise froissée aux manches retroussées. Il ne s'était pas mis sur son trente et un pour impressionner Anna Magnani ou qui que ce soit d'autre au Fontanone, ce qui bien sûr lui valut immédiatement la curiosité et la jalousie des clients à l'affût dont tous les yeux se rivèrent sur lui, cet homme pâle au visage rond qui s'était approché à grands pas du quatuor glamour pour s'asseoir en leur compagnie sans rien demander.

Il ne connaissait pas ce restaurant, expliqua-t-il en guise d'excuse pour sa tenue, et il avait cru qu'il aurait seulement le plaisir de boire un verre de vin avec signora Magnani avant qu'elle prenne l'avion pour son prochain engagement. Il ne s'était pas attendu à un dîner, ou à la présence du grand Tennessee Williams. Frank l'apprécia immédiatement, tant pour la surprise de son exubérance d'enfant que pour ses traits de chérubin et son bégaiement attachant. Il avait pensé que Hovland serait comme Anja, grave, austère et soupçonneux, mais le réalisateur se montra au lieu de sa déférence charmante, même à l'égard de Frank, auquel il sembla sincèrement s'intéresser. Était-il « du métier », lui aussi ? La famille qu'il avait en Sicile était-elle composée de fermiers, et que pensait-elle des réformes agraires envisagées par le gouvernement italien ? Ne trouvait-il pas triste, comme lui, que le cinéma, à la différence du théâtre, ne laisse pas de place à l'improvisation ou à la réimagination, qu'un film reste toujours le même, visionnage après visionnage, et ne soit jamais rien d'autre ? Son *Miroir* n'était pas une œuvre « vivante », disait-il ; il avait cessé de vivre le jour où il avait été achevé. Ce n'était plus désormais qu'un cadavre.

« Il survit dans l'effet qu'il a sur le spectateur, suggéra Frank.

— Oui, d'accord, répliqua Hovland. C'est ce que je suis

censé voir comme une compensation. Une consolation. Mais je ne suis pas un homme généreux. Je me fiche de ce que le spectateur ressent ou ne ressent pas. Que son cœur se brise ou qu'il reste de marbre, qu'est-ce que ça peut me faire ? La seule chose qui m'importe, c'est comment mes idées se traduisent sur le celluloïd. La façon dont elles, et mes mots, mes caméras et mes indications aux acteurs, s'assemblent.

— Et si personne ne regarde votre film d'idées ? demanda Anna, s'invitant brusquement dans leur conversation.

— Ce serait un rêve merveilleux, répondit Hovland en adoptant lui aussi l'italien. Lâcher le film dans la nature, me soumettre aux interviews de journalistes, aux critiques, aux érudits, tout cela est un mal nécessaire pour que quelqu'un me finance le suivant. » Il secoua la tête. « Croyez-moi, un jour, si j'ai assez d'argent de côté, je ne ferai des films que pour moi.

— Est-ce que vous jouerez dedans aussi, alors ? plaisanta Tenn. Aucun acteur de ma connaissance ne voudrait s'y coller, quel que soit le prix que vous le paieriez.

— Oui, je vous en prie ! ajouta Anna, riant elle aussi. Prenez tout mon travail et remisez-le au placard ! »

Hovland rit à son tour. Il parlait du même ton exubérant, sans la moindre trace de la rage et du ressentiment de Visconti, qu'ils discutent du temps qu'il faisait ou d'une recette de gâteau.

« Si votre travail n'est pas sa propre récompense, répliqua-t-il, voir votre film sur un million d'écrans ne vous satisfera pas. Il ferait aussi bien de rester dans ce placard, à passer en boucle pour vos robes et vos chaussures. »

Le temps avait passé : il était près de vingt-deux heures,

ils avaient bu une autre tournée de spritz et don Umberto les avait conduits à l'intérieur de la villa, à la table ronde près de la fenêtre du fond, où Anna prit les choses en main. Elle fit asseoir Anja et Frank de part et d'autre de Hovland, Tenn en face de lui, et s'installa elle-même à côté de ce dernier, aussi loin que possible du Danois, sur lequel elle avait immédiatement fait une croix. En matière de rapprochement entre acteurs et réalisateurs, apparemment, l'instinct jouait un rôle primordial.

Bien que Frank ait expliqué à Hovland qu'Anja était au tout début de son éducation d'actrice, qu'elle avait grandi à moins de cinquante kilomètres de Copenhague, à Malmö, et qu'elle s'était rendue orpheline pour une carrière dans le cinéma ou le théâtre, Hovland était tellement absorbé par Anna et les hommes qu'il prêtait à peine attention à la jeune fille. Elle aussi était distraite. Alors que Hovland parlait – à Anna de l'autre côté de la table, en haussant la voix, de la richesse des plats en France, où il avait été obligé de passer bien trop de temps dans les hôtels – elle n'arrêtait pas de regarder du côté de la cuisine, bien qu'elle évite visiblement de tourner la tête dans cette direction.

« Qu'est-ce qu'il y a ? » articula silencieusement Frank.

Anja était devenue livide.

« Rien », répondit-elle.

Elle se couvrit les épaules de son châle, bien qu'il fasse plus chaud dans la villa qu'à l'extérieur, et adressa à Hovland, qui ne lui parlait toujours pas, un sourire mince et anxieux.

Frank se laissa aller contre son dossier pour jeter un coup d'œil vers la cuisine. Deux garçons à la peau brune, des Italiens du Sud ou des Africains, d'une maigreur squelettique dans leur T-shirt blanc taché et leur pantalon de travail, étaient mollement adossés au mur. L'un tenait un balai ; l'autre avait un chiffon sur l'épaule. Lorsque Umberto leur aboya quelque chose en passant, le plus grand des deux glissa le balai entre ses jambes et mima brièvement une masturbation en le regardant s'éloigner. Puis il se mit à balayer distraitement le carrelage en céramique pendant que son compagnon passait le chiffon sur les carreaux de la porte-fenêtre qui séparait la cuisine de l'arrière-salle. Et pendant tout ce temps, ils n'arrêtèrent pas de se tordre le cou pour observer Anja, unique objet de leur attention. Elle rajusta son châle, porta un verre de vin à ses lèvres, et lorsqu'elle détourna les yeux, ils tirèrent la langue, haletant comme des chiens, en la regardant. Il était irrationnel de penser qu'ils appartenaient à la tribu de Testa del Lupo, à des centaines de kilomètres de là, mais alors que Frank les étudiait, et qu'Anja le regardait les étudier, c'est ce que les garçons devinrent, leur bouche entrouverte remplie de dents blanches aiguisées comme des lances, leur corps d'oiseau maculé non pas d'entrailles de poisson mais de boue, de sueur et de salive.

« Ne t'inquiète pas », chuchota Frank à Anja. Son premier réflexe avait été de tendre le bras vers elle par-dessus la table pour la rassurer, mais il essayait de ne pas faire de scène. « Ignore-les. Tu es en sécurité ici. »

Mais à la place, elle se rapprocha de Hovland, pour s'écarter un peu plus de la cuisine. Le Danois était à présent en train de dire à Anna, en haussant encore la voix pour se faire entendre par-dessus le brouhaha, qu'il ne tournerait plus jamais à Copenhague ou à Bruxelles, qu'il était bien décidé pour Rome. Le rôle qu'il écrivait pour son prochain film nécessitait une actrice italienne sans inhibitions, quelqu'un qui n'avait pas peur de crier, de jouer le loup.

« Ah, encore un loup, fit Anna. Quel concept original.

— Ils ne peuvent pas te faire de mal, répéta Frank à Anja, à voix basse.

— Je n'ai pas peur, répondit-elle, les bras croisés sur sa poitrine avec mauvaise humeur.

— Tu sais que ce n'est pas eux, n'est-ce pas ? C'est impossible.

— De quoi est-ce que vous papotez, tous les deux ? demanda Hovland, interrompant sa conversation avec Anna. Est-ce que notre jeune demoiselle a le béguin pour quelqu'un ? » Il jeta un coup d'œil aux garçons. Le balayeur lui fit un clin d'œil, gloussa de concert avec le laveur de carreaux puis poussa ce dernier vers la lourde porte en bois qui menait au jardin. Hovland posa la main sur l'épaule d'Anja. « Vous êtes trop raffinée pour les commis de cuisine.

— Ce sont des enfants ! s'exclama-t-elle.

— Vous ne devez pas être beaucoup plus vieille, fit-il remarquer.

— J'ai vingt-deux ans », répliqua-t-elle en se redressant sur sa chaise.

Hovland l'observa en plissant les yeux, puis réfléchit un moment.

« Futée, finit-il par dire en prenant son verre pour boire. Je garderai votre secret, promis.

— Je ne comprends pas, lui répondit-elle.

— Ces garçons ne faisaient que te regarder, c'est tout, dit Frank. Tu ne peux pas leur en vouloir.

— Ils doivent avoir reconnu Anna, intervint Tenn.

— Non, répondit vivement Anja. C'est moi qui les ai reconnus, eux.

— *Che cosa ha detto?* demanda Anna.

— Vous connaissez ces deux garçons ? s'étonna Hovland.

— Oui, répondit Anja. Ils sont venus ici me dévorer. » Son visage avait repris ses couleurs. « Je les ai déjà vus par le passé. Toute ma vie, je les ai vus. »

Elle serra son châle autour de ses épaules en baissant la tête.

« De quoi est-ce qu'elle parle ? demanda Hovland.

— À ton avis, Frank, est-ce que je devrais leur raconter ?

— Non, je ne crois pas.

— Ce n'est pas une belle histoire, ajouta Tenn.

— On a assez de belles histoires comme ça, fit Hovland.

— C'est une histoire *affreuse* », répliqua Anja. Elle tremblait à présent, ou au moins faisait semblant. La démarcation entre sa réalité et le rôle qu'elle jouait n'était jamais nette. Elle ne le serait jamais. « Personne ne va y croire, mais elle est entièrement vraie. C'est le monde dans lequel je vis.

— *E dai!* s'exclama Anna en jetant sa serviette sur son assiette à moitié pleine encore de pâtes. Allez, crachez donc le morceau ! Avant que le poisson n'arrive. »

Les garçons suivaient Anja depuis que sa mère, Maja, l'avait emmenée en vacances en Turquie, expliqua-t-elle. Ils avaient couru à côté de la voiture qui les amenait à l'hôtel. Ils les avaient attendues sur le seuil des maisons avec des éventails et des bonbons. Ils s'étaient cachés derrière les pins sur la plage de Patara pour les espionner alors qu'elles étaient innocemment étendues sur le sable.

Brièvement – elle pouvait l'admettre à présent – sa mère et elle avaient savouré l'attention des garçons. Mais elles ne s'étaient pas attendues à ce qu'ils les suivent dans leur randonnée jusqu'aux ruines, à ce qu'ils s'amassent en si grand nombre, à ce qu'il puisse y avoir tant de ces vampires, dix au début, dont les visages ne cessaient de changer, puis de plus en plus, semblables à des rapaces affamés fondant sur elles depuis leur nid dans les pins. Sa mère n'aurait pas dû les laisser rester si tard ; elles n'auraient pas dû tomber amoureuses de la lumière sur les colonnes antiques, du bruit des vagues qui s'écrasaient au loin mais semblaient le faire à leurs pieds ; elles auraient dû remarquer qu'il n'y avait plus qu'elles, que les ombres avaient envahi les lieux. Ils lui avaient sucé le sang, s'exclama Anja avec des larmes de terreur, et là, elle laissa son regard s'attarder sur le visage effaré de Hovland. Puis, gardant la tête immobile comme une statue, elle les regarda tour à tour dans les yeux, comme si elle les mettait au défi de ne pas la croire.

Sans le groupe d'Américains qui était tombé sur eux – des soldats dans la marine en permission de week-end, avaient-elles appris plus tard dans le petit hôpital crasseux de Kaş, mais pour Anja et sa mère, ils avaient été envoyés par Dieu lui-même, comme des anges – elle serait encore là-bas, affirma-t-elle, laissée pour morte le nez dans la poussière, gémissante, avec des bouts de chair en moins.

« Et Maja ? Ta chère mère ? demanda Frank. Qu'est-il advenu d'elle ?

— Elle pourrait aussi bien être morte, répondit Anja d'un ton détaché. Enfermée dans un asile en banlieue de Zurich.

— Extraordinaire, fit Hovland.

— Oui et non », répliqua Anja. Ses larmes avaient séché, et son sang-froid revenu amenait avec lui une sorte de défi. Même Anna, qui n'avait pas compris tous les mots ni leur sens, qui l'avait regardée à contrecœur, partagée entre la jalousie et l'admiration, pouvait voir l'effet que son récit, et surtout sa façon de le faire, avait sur leurs compagnons, et sur Hovland en particulier. Le poisson qu'ils avaient choisi avec tant de soin était encore intact dans leurs assiettes. « Comme je l'ai dit, c'est mon quotidien. Jusqu'à ce que ça cesse d'être une métaphore, je ne m'étais pas rendu compte de ce que je vivais en tant que fille, de ce que vivent toutes les filles, entourées de garçons tellement affamés qu'ils vous dévoreraient vivante à la première occasion. Alors je suis reconnaissante d'être maintenant une femme – ne l'êtes-vous pas aussi, Anna ? –, d'être plus âgée, de me diriger vers l'invisibilité.

— Vous êtes loin d'être invisible, répondit Hovland.

— Oh », fit Anja en rougissant, avec une minauderie que Frank ne lui avait encore jamais vue. Avec une dextérité d'experte, elle souleva l'arrête dorsale translucide de son *branzino* et la déposa au bord de son assiette. « Je vais devoir attendre quelques années, alors. »

Il s'avérait qu'elle n'avait aucun besoin de leur éducation.

Ce fut Tenn qui, bien plus tard, décrivit l'épisode comme « le soir où Anja Bloom fleurit », et c'est par ce nom qu'ils en vinrent à y faire référence : elle avait interprété son premier rôle à la table sous la fenêtre ronde de l'Osteria al Fontanone. Elle avait joué sa propre version des atroces événements survenus à Testa del Lupo comme si elle en avait mémorisé le récit en vers écrits de sa main, des statues en ruine, étranglées par les mauvaises herbes, à l'obscurité pourpre rapidement tombée sur la falaise, aux dents acérées et brûlantes des garçons s'enfonçant dans sa cuisse. Était-ce une surprise qu'elle se soit attribué le rôle de la demoiselle en détresse, faisant de courageux soldats américains les héros et de sa mère le chien ?

Ce fut Hovland, complètement sous son charme, qui la ramena à l'appartement à la fin de la soirée, dans la Peugeot de location qu'il avait pilotée depuis Paris juste dans l'espoir de boire un verre avec Anna Magnani. Anna elle-même resta au Fontanone avec don Umberto.

« Je ne me rappelle plus pourquoi nous avons rompu, expliqua-t-elle en haussant les épaules alors qu'ils prenaient congé d'elle dans le jardin. Peut-être ce soir, ça me reviendra. »

Deux ans plus tard, elle tenait le rôle principal dans *La Rose tatouée* – son premier film hollywoodien, réalisé par Daniel Mann sur un script de Tennessee Williams et Hal Kanter – et remportait un Oscar. La même année, Martin Hovland écrivait et réalisait *Clémence*, qui marqua les débuts d'Anja Bloom dans un rôle secondaire. Tous deux avaient vécu ensemble et retirés du monde près de Palerme, dans le village montagnard d'Erice, site du temple antique de Vénus, où une grande partie de *Clémence* avait été filmée. Le film fit un four même en France. Il fallut un peu de temps à Hovland pour obtenir le financement du suivant, *Angle*, mais une fois ses producteurs trouvés, il en offrit le rôle principal à Anja.

Cette nuit-là au Fontanone, puis à l'arrière de la Peugeot de Hovland et enfin plus tard dans l'appartement, avec Anja qui dormait dans la chambre voisine et Paul et Ahmed qui cuvaient leur vin un peu plus loin dans le couloir – comme une grande et heureuse famille –, Tenn se montra aussi tendre avec Frank qu'il avait pu l'être par le passé. C'était comme s'ils étaient revenus à l'été 1949, lorsque leur amour était tout neuf, que la guerre commençait enfin à n'être plus qu'un souvenir, et que Rome était la ville sainte qu'ils pillaient ensemble pour la première fois. Peut-être que la culpabilité d'avoir ignoré la demande de Frank d'un rôle dans *Senso* avait rattrapé Tenn à présent qu'Anja semblait, aussi soudainement qu'elle était arrivée, être en chemin. Peut-être que discuter de l'adaptation cinématographique de *La Rose tatouée* avec Anna l'avait ramené à l'amour qu'il avait déversé pour Frank dans le personnage d'Alvaro Mangiacavallo.

Tenn appelait ça le chant des rossignols, ce que deux hommes faisaient ensemble. Quand c'était bon, comme ça le fut ce soir-là, comme ça l'avait été si souvent, il disait, avec une affection et une gratitude enfantines : « Les rossignols ont bien chanté. » Tenn était le maître incontesté des mots, mais quand les rossignols chantaient, Frank était son égal. Tant qu'il avait son corps, dans toute sa gloire frankesque, il pouvait dire à Tenn exactement ce qu'il ressentait pour lui. Il n'avait pas son aisance ou celle d'Anja avec les mots, avec la poésie, avec l'imagination. La seule langue qu'il parlait couramment était celle du corps. Qu'il était cruel, alors, que celui-ci lui fasse défaut si jeune.

Lorsque ça avait commencé, plus de cinq ans auparavant, aux alentours de l'été 1956, époque de la création de *Doux oiseau de jeunesse*, il avait caché les signes à Tenn : les gouttelettes de sang dans sa toux, le manque de force dans ses bras et ses jambes, les poignards qui se plantaient dans ses poumons à chaque inspiration. À une présentation de la pièce à Miami, Frank avait été pris d'étourdissements, s'était rendu aux toilettes et avait perdu connaissance ; lorsqu'il était retourné au studio, Tenn avait été furieux qu'il ait sauté le filage. Le Dr Jacobson lui avait récemment rempli les mains d'ordonnances pour de nouveaux cachets qui lui donnaient des idées plus folles que d'habitude. Ils l'avaient convaincu que Frank était sur le point de le quitter ; avaient alimenté la paranoïa qui lui faisait croire que Frank avait un autre amant, peut-être un de ses rivaux au théâtre, et qu'il s'était mis à fréquenter des gens dangereux. « Tu es un toxico ! » lançait-il rageusement à Frank lorsque celui-ci rentrait d'une des promenades nocturnes agitées qu'il faisait quand il avait besoin d'air. Aucune des peurs de Tenn n'était ancrée dans la réalité. À cette époque, Frank était déjà trop fatigué pour vouloir d'un autre homme davantage qu'une douce étreinte, chose que Tenn, shooté au cocktail de barbituriques et d'amphétamines du Dr Feelgood, qui le faisait alterner entre crises de rage et délires, était de moins en moins enclin à lui donner.

Après cet épouvantable été 1956, ils vécurent essentiellement séparés, coincés aux États-Unis et loin de l'Italie, Frank dans la maison de Duncan Street à Key West, Tenn dans l'appartement de la Soixante-Cinquième Rue à New York. Dans les jours qui précédaient un des retours de Tenn en Floride, Frank essayait de dormir autant qu'il le pouvait pour accroître ses forces. Il mettait sa pâleur et sa posture voûtée sur le compte d'un ulcère qui se faisait sentir ou d'une grippe estivale. Sa maigreur, sur celui des antibiotiques de cheval que le médecin du coin lui avait prescrits, ou du régime cent pour cent liquide recommandé par certains garçons du club. Il évitait de manger en sa présence, craignant les vagues de nausée qui survenaient après chaque repas. Il portait des chemises larges et sombres pour couvrir ses bras qui s'atrophiaient et d'amples pantalons en lin pour cacher les allumettes qu'il avait désormais à la place des jambes. Lorsque les rossignols chantaient, ce qu'ils ne faisaient presque plus avant d'arrêter bientôt complètement, Frank veillait à ce que ce soit des soirs où Tenn avait bu beaucoup et longuement, pour que le lendemain matin, il ne se rappelle pas l'effet que cela faisait de se presser contre un sac d'os malades. Si Tenn avait seulement su la douleur que son poids causait à Frank, les efforts que celui-ci devait faire pour respirer pendant qu'il s'activait, il n'aurait pas laissé les oiseaux chanter du tout.

Les brèves disparitions de Frank au cours de ces années, sa réticence à faire l'amour quand Tenn n'avait pas bu, sa fatigue constante, ses étourdissements et les piètres explications qu'il donnait à sa perte de poids, son insistance à vouloir rester à Key West quand Tenn voyageait, tout cela ne fit que renforcer les soupçons de ce dernier concernant drogues et liaisons. Pour se venger de la trahison imaginaire de Frank, il quittait la maison de Duncan Street sans prévenir et revenait au milieu de la nuit avec un nouveau garçon, réveillait Frank juste pour l'exhiber, puis se le tapait dans la pièce voisine, toutes portes et fenêtres ouvertes, afin que leurs grognements et leurs cris étranglés lui servent de leçon.

Il devint rapidement nécessaire pour Frank de vivre complètement ailleurs.

Il s'acheta un bungalow dans Bakers Lane, à dix minutes

en voiture de Duncan Street. Les deux maisons étaient séparées par dix longues rues, un cimetière public et quatorze ans de codes, de tempêtes, de bateaux, de tunnels et de rossignols. Frank appréhendait chaque trajet sur ce terrain miné, le moindre retour à la demeure qu'ils avaient partagée pendant dix ans, et qui devint aussi le lieu de sa première rencontre avec Freddy Nicklaus, le poète blond que Tenn avait surnommé Angel, l'homme qui avait pris sa place.

À la fin des années 1950, Frank Merlo ne reconnaissait plus sa vie. La plupart des soirs, il restait chez lui avec un livre et un paquet de cigarettes, laissant la porte d'entrée ouverte au cas où des amis passeraient. Sa télévision, un cadeau de Tenn, restait allumée en permanence, avec le son baissé au minimum. Gigi était son principal compagnon. Il écrivait à Anja des lettres remplies de joyeux mensonges, et elle répondait avec des cartes postales de villes dont il n'avait jamais entendu parler. Lorsqu'elle passa par Miami début 1961, il déclina son invitation à la retrouver à son hôtel, de peur qu'elle ne décèle dans son corps ce que ni lui ni Tenn n'osaient y voir. Les soirs où il était en forme, il choisissait une boîte de nuit parmi les nombreuses options en plein essor de Duval Street et s'y rendait tout seul en voiture. Il avait encore un talent pour tournoyer, virevolter et se trémousser. Il était encore capable de danser un lindy hop ou deux. Il rentrait chez lui en titubant juste avant l'aube, de l'espoir plein les jambes.

Les choses continuèrent ainsi aussi longtemps qu'elles le purent. Vous pouvez cacher un truc aux yeux du monde ou aux vôtres – une jolie ou une vilaine histoire, un fait, un crime, un désir – mais tôt ou tard arrive un moment où vous êtes assis à la terrasse du Magnolia Café avec votre ami Dan, ces mecs, Mark et Brian, qui le connaissent vous ne savez d'où, et tout un tas d'autres gens du coin dont vous avez oublié le nom, en train de prendre de petites bouchées de pain moelleux que vous faites passer avec votre deuxième margarita de l'après-midi et d'essayer de montrer à Dan, avec vos deux mains, la taille du lézard que vous avez chassé de votre salon la veille au soir, lorsqu'à la place, vous commencez à vous étouffer, et il vous demande si ça va, et vous vous détournez pour vomir tellement de sang qu'il coule à travers les lattes pour aller former une flaque sur le sable blanc en dessous. Alors Dan vous emmène à l'hôpital et attend avec vous dans la pièce sans air, et vous tient la main pendant qu'un vieil homme vous montre les taches blanches sur la radio et vous gronde pour avoir mis *si longtemps*, avoir attendu d'être *dans cet état*, mais vous ne pouvez pas détacher les yeux des taches, que vous n'avez pas pu voir avant et que pourtant vous avez l'impression de reconnaître, comme si vous les aviez vues en rêve ; elles ne vous choquent pas ; vous avez toujours su que ces formes spectrales étaient là, attroupées autour de votre cœur.

Les médecins promirent à Frank qu'une opération rapide mais sérieuse permettrait d'éliminer toutes les taches d'un seul coup. Une fois cela fait, il pourrait retrouver un poids correct. Six mois au maximum, cela prendrait. Il était encore assez jeune, à quarante ans à peine, l'avait rassuré le chirurgien ; il avait plein de temps devant lui pour se rétablir ; qu'il voie ça comme un « avertissement ». Alors Frank se jura d'arrêter de fumer. De vivre sainement. De nager deux fois par jour. Puis, quand ce régime aurait refait de lui le Cheval, lorsqu'il tiendrait de nouveau sur ses pieds, il se vengerait à son tour de Tenn pour l'avoir traité de façon aussi barbare ces dernières années, alors que la mort frappait à sa porte. L'opération au Memorial Hospital allait mettre ce plan en branle. Il réserva aussitôt un vol de nuit pour New York.

Lorsque Tenn eut vent de la scène qui avait eu lieu au café, du terrible diagnostic reçu et de l'avion pris – non de la bouche de Frank, mais de celle de Dan, de Marion Vaccaro et de Dieu savait combien de tantes qui l'avaient appelé pour lui faire part de leur tristesse et de leur confusion –, il se précipita au chevet de Frank à Manhattan, comme s'il était déterminé à déjouer ses projets de vengeance. Ce fut son visage que Frank vit en premier en se réveillant après son opération le lendemain. Tous les soirs, pendant les heures de visite, Tenn était là dans le fauteuil à côté de lui, à griffonner dans son carnet, à écrire des cartes postales achetées à la boutique, à raconter des potins, à évoquer des souvenirs communs, comme si l'hôpital était juste un de leurs hôtels, et cette affaire une autre de leurs aventures, comme au bon vieux temps.

Cela mettait Frank en rage. La soudaine transformation de Tenn en Florence Nightingale, la gymnastique à laquelle il se livrait pour éviter de prononcer le nom d'Angel en sa présence, cet acte de contrition de dernière minute. Leurs amis passaient avec des fleurs, les traits tirés, et serraient Tenn dans leurs bras comme s'il était le garde-malade dévoué depuis le début, comme s'il ne s'était pas volontairement mis des œillères pour ne pas voir Frankie dépérir sous son nez, implorant désespérément son attention.

« Sors de ma chambre, lui dit-il dans les jours qui suivirent cette première opération. Laisse-moi tranquille, une bonne fois pour toutes. Va voir ton Angel.

— Ne dis pas n'importe quoi, Frankie », répondit Tenn. Son poids au bord du lit était une insulte, chacun de ses mots tendres un doigt dans son œil. « Je viendrai te voir chaque jour que tu seras là.

— Je n'ai pas besoin de toi, j'ai dit ! » cria Frank le lendemain, le surlendemain, et à chaque entrée de Tenn dans la pièce.

Les sondes avaient rendu sa voix à la fois mince et éraillée. Il s'agitait faiblement dans son lit.

L'opération avait été un succès, déclara le chirurgien. Les taches avaient disparu. Il avait accompli une sorte de miracle. Frank avait de nouveau une vie devant lui. Tenn retourna à son poète et Frank prit l'avion pour rentrer à Bakers Lane tout seul.

Il reprit des forces. Il fit des projets pour aller voir Anja à Copenhague, Marrakech, où qu'elle soit. Puis, de là, il filerait dans une nouvelle ville tout seul. Ou alors il regagnerait directement Rome, engraisserait dans le Trastevere, retrouverait Alvaro et passerait ses journées à flemmarder sur la Piazza degli Zingari. Tenn avait accepté de lui verser un salaire à perpétuité, et bien sûr il avait toujours ses dix pour cent des droits d'exploitation de *La Rose tatouée*, de *La Chatte sur un toit brûlant* et de *Camino Real*, qui continueraient de s'accumuler. L'argent ne durerait pas éternellement, mais cela donnait à Frank d'autant plus de raisons de passer à l'action. C'était le début des années 1960, et il avait l'opportunité de commencer une nouvelle vie.

Un an était passé depuis. Pas de Maroc, pas de Rome, pas d'Anja, et plus que la peau sur les os. La seule fois qu'il avait quitté Key West après cette première opération, ç'avait été pour retourner au service de cobalthérapie du Memorial Hospital, où le chirurgien lui avait dit – et cette fois, il ne mentait pas – qu'il resterait jusqu'à la fin.

10

Mise en scène

En ce soir de Memorial Day, l'unique exemplaire d'*Appelons ça de la joie* est posé devant eux sur la table basse du salon d'Anja, entre ce pompeux paquet de chips orange, format familial, et deux bouteilles de margaux. Ils sont assis côte à côte sur le canapé, Anja entre les deux garçons. Il a été décidé, après quelques discussions, que Trevor lirait les répliques de Tenn, Sandrino celles de Frank et du Jeune Client, et Anja le rôle de Gisele Larson, ainsi que la préface de l'auteur et les didascalies.

Premier jet pour Anja Bloom
New York, novembre 1982

APPELONS ÇA DE LA JOIE

(Une pièce en deux parties)
de
Tennessee Williams
pour F.M. et A.B.

Personnages

Tennessee Williams, un dramaturge
Gisele Larson, son amie de longue date, patronne du Gisele's Bar à Key West
Un jeune client du bar/Mark
Frank Merlo/Angelo

La scène est divisée en deux pièces de taille égale, sans cloison, pour que les acteurs passent aisément de l'une à l'autre. Côté jardin, la chambre plongée dans l'ombre d'un modeste bungalow à Key West : un lit double aux draps blancs défaits avec un oreiller solitaire et fripé ; une table de chevet couverte de livres et de flacons de comprimés ; un fauteuil à bascule ; une lanterne japonaise à pampilles de verre ; et une haute commode dont les tiroirs presque tous entrouverts débordent de vêtements rangés n'importe comment. Côté cour, un bar dépouillé par comparaison, mal éclairé, avec un jukebox prêt à l'emploi sous un poster d'homme dévêtu, une piste de danse vide, une pendule au mur qui fonctionne et indique neuf heures, et des portes de saloon qui donnent sur les coulisses. Du côté de la chambre, la porte d'une salle de bains à côté du lit fournit une sortie symétrique côté jardin. Le comptoir en bois, assez long pour six tabourets, se dresse de trois quarts face au public, comme le lit. Un grand tapis rectangulaire – tout sauf oriental – couvre le milieu de l'avant-scène, servant à la fois de décoration et de pont entre les deux pièces. Cet aménagement laisse un espace négatif délibérément flagrant au centre de l'arrière-scène, où le simple mur blanc de la chambre rencontre les lambris sombres du bar. À cette intersection, chose incroyable, pousse un énorme rosier en fleurs. Celles-ci doivent être rouges. Il serait certes plus pratique qu'elles soient en soie, mais idéalement, le parfum de vraies roses se répandra dans tout le théâtre.

Les spectateurs devraient considérer cette production, en particulier le personnage de Tennessee Williams, comme un correctif à la lâcheté dont a fait preuve l'auteur en se cachant derrière le personnage d'August, le dramaturge et le premier rôle dans *Brume et clarté*, l'année dernière. Cette pièce doit également être considérée comme un acte de pénitence. Ici, Frank Merlo n'est pas un souvenir bref et opportun poussé cruellement sur la scène alors qu'il est en proie à une violente agonie, tout cela pour être renvoyé ensuite dans l'obscurité. Aux yeux de Tennessee et de Gisele, Frank est aussi vital et chevalin que l'homme qui a inspiré le personnage d'Alvaro Mangiacavallo dans *La Rose tatouée*. Si certains dialogues, noms, genres et lieux ont été modifiés, chaque mot de ces quelques pages est vrai.

SCÈNE 1

(Le lever du rideau s'accompagne d'un discret brouhaha de voix masculines en coulisses, comme dans un bar bondé. TENNESSEE, soixante-dix ans à peine passés mais d'aspect plus âgé, hagard, la barbe grise, costaud pour ne pas dire corpulent, est assis au comptoir en train de boire un whisky avec des glaçons. GISELE est occupée à passer un chiffon sur le comptoir. Elle a une spectaculaire crinière de cheveux blonds ou blancs et porte un corsage brillant, lamé argent ou à sequins brillants, par-dessus un jean haute couture. Bien qu'elle ait l'air d'une « dure à cuire », il y a chez elle une élégance discrète qui contraste avec la saleté de son établissement.

Pendant toute leur conversation, Gisele s'occupe de clients invisibles pour le public, hochant la tête, mimant les gestes de prendre leur argent puis de leur servir un verre, leur adressant sourires et clins d'œil tout en écoutant Tennessee et en lui répondant.)

TENNESSEE

Celui-là ne s'est même pas donné la peine d'attendre la nuit. Il s'est tiré en plein milieu de l'après-midi, à la vue de tous. Emportant mes médicaments pour le cœur, mes bonnes bouteilles et tout l'argent liquide que je n'avais pas eu le bon sens de mettre sous clef.

GISELE

Jim, tu as dit qu'il s'appelait ?

TENN

Julian. « Appelez-moi Julie. » Bête comme une oie, mais pas cher. Et comme la plupart des choses au rabais, il m'a coûté une fortune. Et le pire, c'est qu'il était à mourir d'ennui au lit.

GISELE

Il ne te manquera pas, alors. Ne t'inquiète pas, il y en aura bientôt un autre pour prendre sa place. Il y en a toujours un.

TENN

Je suis sûr qu'il me manquera quand mon cœur lâchera ! Tu crois que ces médecins de ville s'inquiètent que je n'aie rien pour soigner ma tension, rien pour trouver le sommeil, rien pour me réveiller ? Comme un criminel de haut vol, qu'ils me traitent. Tu aurais dû me voir, à moitié fou, tout seul à la maison, sans personne pour prendre soin de moi, les doigts tremblants sur mes clefs. Julie me massait les épaules pendant que je travaillais, ça, ça va me manquer, et ce n'était pas un mauvais cuisinier quand il voulait bien faire l'effort. Je n'arrêtais pas d'entendre la porte d'entrée s'ouvrir, de le voir derrière la fenêtre avec son petit visage blême, comme revenu avec une bande de malfrats me voler le reste de mes biens matériels. Comment est-ce que je peux savoir ce qui est une hallucination et ce qui n'en est pas une ? J'ai besoin de mes médocs. Je ne peux même pas conduire quand je suis dans cet état. Alors je suis venu ici à pied pour te voir, mais tu étais introuvable.

GISELE

Personne ne t'a dit que j'étais partie rendre visite à mon frère ?

TENN

Si, Rafe. Je vous ai écrit une carte postale à tous les deux.

GISELE

On ne l'a pas reçue.

TENN

Peut-être que je ne l'ai pas postée. Mais je l'ai écrite. San Francisco, California, 94114. Quand est-ce que notre Teddy nous revient ?

GISELE

Il a besoin de retrouver ses forces et de reprendre du poids. Les médecins ne veulent pas l'autoriser à ressortir tant qu'ils n'ont pas trouvé la cause de son état.

TENN

Encore des médecins ! Tu as remarqué qu'ils ne guérissent plus les gens ? Leur savoir-faire réside désormais dans le soulagement. Les palliatifs. J'ai été malade toute ma vie et aucun médecin n'a jamais rien fait pour moi à part me donner de quoi planer. Tu devrais le ramener chez toi. Qu'importe qu'il soit maigre ? Est-ce pour ça que tu m'as invité ici ?

GISELE

Je voulais juste vérifier que ça allait. Ça fait un moment que je ne t'ai pas vu. Rafe m'a raconté pour Julie. Il m'a dit que tu étais mal, plus mal qu'il ne t'avait jamais vu. Que les démons étaient revenus. Il voulait que je te donne ceci.

(Elle sort de sa poche un sachet de comprimés.)

Il m'a dit que ça devrait t'aider à passer le cap.

TENN

Oh, béni soit-il, cet homme merveilleux !

(Il ouvre maladroitement le sachet, les mains tremblantes, et avale deux comprimés avec une gorgée de whisky.)

Il sera là ce soir, pour les nuitards ?

GISELE

Comme toujours. Mais écoute, Tenn : tu veux bien rester avec moi jusque-là ? Me tenir compagnie ? Tu peux faire ça ? Ta voix est un réconfort pour moi.

TENN

Bien sûr.

GISELE

Voir Teddy dans cet état, ça m'a fait penser aux bons moments qu'on avait passés ensemble ici. Tous les trois, avec Frankie. Ces jours-là sont derrière nous, Tenn. Les soirs où je ne te vois pas, quand tu es loin, j'ai l'impression d'être la seule femme encore vivante au monde. Les garçons qui viennent ici se ressemblent tous : même moustache, même chemise blanche échancrée avec les poils du torse qui dépassent. Ils sont de plus en plus jeunes et leur pantalon de plus en plus serré.

(Elle rit.)

Je n'arrive pas à les différencier.

(Une chanson disco se met à passer. Elle fait un geste en direction du jukebox.)

Prends ces deux-là. Des habitués. Bière brune pour l'un, scotch pur pour l'autre. Ne me demande pas lequel a pris quoi. Soit ma vue commence à baisser, soit ce sont des jumeaux.

TENN

Peut-être qu'ils ont le même père.

GISELE

(En riant :)

On verra à la fin de la nuit.

TENN

(Il marque un temps. Remue son whisky avec les doigts.)

Qu'est-ce qu'il a, Teddy, d'après eux, le cancer gay ?

GISELE

Ils ne sont pas sûrs. Ou ils refusent de se prononcer. À moins que ce ne soit lui qui ne veut pas m'avouer la vérité. Mais on dirait... (Elle s'interrompt.) On espère qu'il a été épargné. Il te le dira peut-être, à toi. Tu vas lui réécrire ?

TENN

Je vais lui écrire une longue lettre. Mieux encore, je mettrai ladite lettre à la poste. Je paierai le voyage de retour du jeune Teddy et lui trouverai la meilleure équipe de soins qui soit.

GISELE

Ce n'est pas nécessaire.

TENN

Cet endroit ne peut pas vous rapporter grand-chose.

GISELE

Je me débrouille. C'est pas les homosexuels assoiffés qui manquent, Déesse merci.

(Elle le ressert.)

C'est la maison qui offre.

TENN

(Il lève son verre à sa santé.)

Qui a besoin de la Déesse quand j'ai Son archange !

(Il descend de son tabouret, se penche par-dessus le bar et l'embrasse sur les lèvres. Puis, au lieu de se rasseoir, il reste debout, à se balancer au rythme de la musique disco.)

GISELE

Les amphètes font déjà leur effet ?

TENN

(Il adresse le monologue suivant à Gisele, même lorsqu'elle sort brièvement de la pièce par les portes battantes avant de revenir, sans jamais cesser d'écouter d'une oreille ses divagations nourries par l'alcool et les amphétamines. De temps en temps, elle reremplit son verre ou hoche la tête.
Pendant ce temps, le JEUNE CLIENT entre et sort du bar par les mêmes portes, s'approchant du jukebox, dansant, mimant une conversation avec Gisele. À chaque fois qu'il entre, il tient une boisson différente dans un verre différent. Il correspond exactement à la description de Gisele : moustache, chemise blanche à col ouvert, pantalon moulant. Il ne regarde pas en direction de Tenn avant de devenir MARK plus tard dans la scène. Il est essentiel que ce soit le même acteur qui joue toutes les versions de cet homme.)

Key West est le seul endroit où je me sens chez moi. Le seul endroit qui me donne la paix et la tranquillité dont j'ai besoin. Avec l'aide adéquate, je peux travailler, nager et dormir sans le moindre dérangement. Il n'y a que sur cette curieuse petite île que je supporte l'hiver ou la période des fêtes. T'ai-je dit que je vais m'installer à Bangkok le mois prochain ? Tu trouves cela étrange, mais laisse-moi te dire une chose : dans l'Est, ils révèrent les hommes de lettres, les

hommes dont on étudie les œuvres dans les universités américaines. Si je meurs là-bas, je veux qu'on ramène mes cendres ici et qu'on les disperse dans le golfe du Mexique, aussi près que possible de là où Hart Crane s'est jeté à l'eau.
Quand Julie m'a dévalisé, j'ai appelé tous les garçons que je connais par ici. Je les ai suppliés de m'aider. Je suis venu m'asseoir sur ce tabouret même pour te demander conseil. Je savais que tu étais partie. J'espérais que tu reviendrais rapidement, que tu ramènerais Teddy, que tu aurais de bonnes nouvelles à me donner. Rafe a dû te dire que je m'étais mis à pleurer. Je n'en ai pas honte. Je n'ai jamais eu honte de montrer mes émotions. Mark était là – tu connais Mark, le blond qui chante des chansons d'amour tristes à l'Orchard...

(Gisele hoche la tête.)

J'ai vu ses grands yeux bleus se noyer de pitié pour moi. Alors je suis allé le voir.

(Il se relève et s'approche du Jeune Client, qui se tient près du jukebox.)

Et j'ai pris l'ombrelle qu'il avait dans son daïquiri pour la coincer derrière son oreille.

« Je te fais de la peine, c'est ça ? » lui ai-je demandé. Il y a eu de la *peur* dans son regard.

LE JEUNE CLIENT/MARK

(Craintivement :)

Bien sûr que non, Mr. Williams.

TENN

Puis il a vu que je le taquinais et il m'a pris la main pour l'embrasser.

LE JEUNE CLIENT/MARK

(Lui embrasse la main.)

TENN

(À Mark :)

Vous me léchez tous les bottes, toi et les autres garçons. Je peux faire de vous une star d'un claquement de doigts. Veux-tu être une star, mon beau ?

LE JEUNE CLIENT/MARK

Ça me plairait bien, oui.

TENN

Alors chante-moi quelque chose de spécial plus tard.

LE JEUNE CLIENT/MARK

Tout ce que vous voudrez, Mr. Williams.

TENN

(À Gisele :)

C'est une traînée, bien sûr, mais adorable dans le genre. À la fin de la soirée, il a fait ce que je lui avais demandé, il m'a chanté la sérénade, juste là. On était les derniers dans le bar…

LE JEUNE CLIENT/MARK

(Chante l'intégralité de « What'll I Do », d'Irving Berlin, avec accompagnement.)

TENN

(Avec émotion, l'applaudit alors qu'il sort lentement.)

Mark a eu la gentillesse de me ramener chez moi en voiture…

LE JEUNE CLIENT

(Rentre à nouveau, muni d'une boisson différente, pour indiquer qu'il n'est plus Mark.)

TENN

… et le lendemain soir, il avait disparu lui aussi, parti chanter ses chansons d'amour dans un obscur piano-bar d'Islamorada. Il en a noté le nom et l'adresse pour moi avant de s'en aller.

(Au Jeune Client :)

Ne sais-tu pas que je peux t'obtenir des engagements à La Nouvelle-Orléans ou à New York ?

(Le jeune client secoue la tête, sort.)

GISELE

Tu es trop gentil avec ces garçons, Tenn. Ils en profitent.

TENN

(Sans vraiment l'écouter :)

Les critiques disent que mes pièces sont mélancoliques. Que je persiste à couvrir le même territoire. Mais je vais te dire une chose, je n'ai jamais rien écrit d'aussi mélancolique que le mélodrame que tu es aux premières loges pour regarder, celui du vieil homme dans un bar disco. Il n'y a pas de territoire plus déprimant que ça.

(Il se lève.)

Tu crois que j'ai mis ce costume et ce chapeau, que je me suis couvert de la tête aux pieds, pour avoir l'air distingué ? C'est pour cacher la couperose, les taches de vieillesse, les nœuds de veines bleu-noir sur mes jambes. Regarde mes mains : elles sont aussi noueuses que des racines de palétuvier. As-tu des gants que je pourrais t'emprunter ? Une cagoule ? Non, il est essentiel qu'ils sachent qui je suis. Qu'ils reconnaissent mon visage, mon accent caractéristique, traînant et imbibé de miel.

(Il éclate d'un rire amer.)

Si je suis trop bon avec ces garçons, Gisele, ce n'est pas pour eux. Ce n'est pas par charité. Leurs caresses, aussi brèves et hypocrites soient-elles, sont la seule chose capable de chasser les démons. Pareil soulagement, l'espace d'un instant, est aussi délicieux que l'amour. Voici qui vient dans ce bar soir après soir : des garçons avides de jouer le rôle d'exorcistes. Les plus gentils attendent que le sexe soit fini avant de prendre mon argent.

GISELE

Rafe m'a prévenue qu'il n'arrivait pas à te faire arrêter de parler comme ça. Il a essayé, pourtant, n'est-ce pas ? Tu lui racontais des histoires à propos de Frank.

TENN

Ça aussi, je m'en suis déchargé sur lui, hein ? Je ne me souviens pas. Oh, les diables bleus sont vraiment revenus me faire payer. Je n'arrive pas à m'en débarrasser tout seul. C'est à Frankie que j'en reviens, de plus en plus souvent. Le même putain de territoire. Si je savais comment en sortir, ne crois-tu pas que je le ferais ? Tout le monde ne le ferait-il pas ?

FRANK

(Il entre, s'arrête devant le jukebox, non loin du Jeune Client, à côté du rosier. Il porte un jean serré et un T-shirt blanc, a les cheveux lissés en arrière à la mode des années 1950. Il garde la tête baissée mais relève les yeux de temps en temps pour regarder d'un air entendu Tenn, qui ne l'a pas encore remarqué.)

TENN

Je me rappelle avoir entendu Rafe dire qu'il avait quelque chose pour me remonter le moral. Comme il est gentil de m'avoir trouvé de quoi tenir. Comme vous êtes gentils, tous les deux. J'aimerais mériter pareille gentillesse.

(Il remarque Frank et le dévisage longuement, subjugué.)

Qui est cet homme ?

GISELE

(Après un rapide coup d'œil :)

Hmm, c'en est un que je n'ai jamais vu encore.

TENN

Tu ne vois pas ce que je vois ?

GISELE

Qu'est-ce que tu vois ?

TENN

C'est son portrait craché !

GISELE

À qui, Tenn ?

TENN

À Frankie !

GISELE

(Regardant plus attentivement le nouveau venu :)

Eh bien, maintenant que tu le dis...

FRANK

(Soutenant le regard de Tenn, il passe les doigts dans ses cheveux avec un sourire faussement timide, aguicheur, séducteur.)

TENN

(Il fait un pas vers lui, comme en transe, et le regarde des pieds à la tête, toujours sous le choc.)

GISELE

Ça va, Tenn ? Laisse-moi aller te chercher un verre d'eau. Mieux encore, laisse-moi trouver quelqu'un pour te ramener chez toi. Je ne te retiens pas plus longtemps en otage. Je me sens un peu mieux. Teddy ne voudrait pas que je broie du noir à cause de lui.

(Elle sort.)

FRANK

(Il s'approche de Tenn, les mains dans les poches, s'arrête devant lui, à portée de main.)

Bonsoir, Tenn.

TENN

(Il regarde derrière et autour de lui, d'un air coupable.)

Frankie ?

(Avec tendresse, émerveillement :)

Qu'est-ce que tu fais là ?

FRANK

Je voulais te revoir. Tu m'as manqué.

TENN

(Prenant l'homme par les épaules, autant pour rester debout que pour vérifier en le touchant qu'il ne s'agit pas d'une hallucination, il lui caresse les bras, lui pince les muscles. Lui prend le visage entre ses paumes comme un prêtre.)

Mais comment est-ce possible ?

FRANK

J'ai été là toute la soirée, à attendre, à espérer que tu me reconnaisses. Je ne savais pas si tu le ferais, il s'est passé tant d'années. Tu avais beaucoup de choses à dire là-bas au comptoir, Tenn. Beaucoup de larmes à verser sur ton sort.

TENN

Je ne comprends pas.

(Il se frotte les yeux.)

Qu'est-ce qu'il y avait dans ces comprimés ? Où est Rafe ?

FRANK

J'ai plutôt bonne mine, tu ne trouves pas ?

(Il tourne sur lui-même pour montrer son corps.)

TENN

Tu as l'air... Tu es guéri.

FRANK

(Avec un clin d'œil :)

Fort comme un cheval.

TENN

(Impulsivement, pris d'émotion, Tenn le prend dans ses bras. Il l'étreint de toutes ses forces, et ils oscillent tous les deux. Il lui dépose des baisers sur le sommet de la tête, sur les oreilles, sur les lèvres. Ils se laissent aller contre le jukebox avec passion. Gisele entre, les voit, secoue la tête d'un air perplexe et vaque à ses tâches.)

FRANK

Est-ce que tu peux me ramener à la maison maintenant ? Celle où on vivait avant ? Elle m'a tellement manqué.

TENN

Je t'emmènerai où tu voudras, Frankie.

FRANK

Alors ramène-moi à la maison.

(Frank l'attrape par le devant de sa ceinture et l'attire, sans cesser de l'embrasser passionnément, en direction de la chambre. Lorsqu'ils passent côté jardin, les lumières s'y allument, y compris la lampe de chevet. Tenn jette sa veste par terre, et ils tombent ensemble sur le lit. Frank s'y étend de tout son long, son T-shirt retroussé révélant des abdominaux d'acier. Pendant ce temps, et jusqu'à la fin de la Scène 1, Gisele continue de travailler au comptoir, et le Jeune Client continue d'entrer et de sortir avec des verres différents, de mimer des conversations avec elle, de faire marcher le jukebox, etc.)

TENN

Tu es resté jeune.

FRANK

Parce que je ne t'ai jamais quitté. J'étais avec toi chaque jour. Tu ne pouvais pas me voir jusqu'à aujourd'hui, c'est tout.

(Il enlève ses chaussures à coups de pied et défait lentement le bouton de son jean.)

TENN

Redresse-toi, Frankie. Je veux voir ton visage.

Frank

Mais ce n'est pas mon meilleur atout.

(Avec un rire, il se met sur le ventre et, à la façon d'un strip-tease, commence à baisser son jean sur ses fesses à l'aide de ses pouces. Tenn l'arrête avant qu'on voie le moindre bout de peau. Le poussant d'un geste enjoué à se retourner, il s'étend à côté de lui, la tête appuyée sur un coude.)

TENN

Allez, quoi, Frankie. Parle-moi.

FRANK

Je préfère t'entendre parler, toi.

TENN

Mais j'ai trop parlé déjà, c'est toi qui l'as dit.

FRANK

(Il se mordille l'ongle du pouce droit, jette la rognure par terre d'une chiquenaude.)

À quoi bon parler, de toute façon ? Je n'ai pas beaucoup de temps. J'aimerais en avoir plus. J'aimerais pouvoir rester avec toi pour toujours.

TENN

(Parcourant le corps de Frank du regard, il effleure du doigt une cicatrice qui part de sa hanche pour traverser l'abdomen.)

Quand est-ce qu'ils t'ont ouvert ?

FRANK

(Après une pause :)

Tu ne te rappelles pas ?

TENN

(Recouvrant la cicatrice de la paume de sa main :)

Je n'ai pas été là quand tu avais besoin de moi. Je ne t'ai pas fait confiance. Je t'ai traité comme un tapineur et un voleur. Mais j'en ai été bien puni, Frankie, par une vie entière de souffrance, par l'échec successif de chacune de mes pièces. Sans toi, j'erre sans but, maudit comme...

FRANK

Ne dis pas ça, Tenn.

TENN

Est-ce que tu me pardonnes ?

FRANK

(Sans hésitation :)

Bien sûr que je te pardonne.

(Il prend la main de Tenn, tendrement, et la serre dans la sienne.)

TENN

La Rose tatouée est la seule chose que j'ai écrite qui ait eu quoi que ce soit à dire sur l'amour.

FRANK

(Avec un rire :)

Là, tu dis vraiment n'importe quoi.

TENN

(D'un ton implorant :)

Est-ce que tu me détestais, Frankie ? Sur la fin ? Je ne te jetterais pas la pierre si c'était le cas.

FRANK

Je ne t'ai jamais détesté.

TENN

Comment est-ce que je peux te croire ?

FRANK

Crois-moi. Ce n'est pas grave. C'est du passé.

(Il retire son T-shirt par-dessus sa tête et éteint la lampe. La chambre et le bar sont désormais plongés dans la même lumière tamisée.)

Tu vois ? Du passé. Tu n'as plus à t'en soucier.

TENN

Combien de temps est-ce que tu as ?

FRANK

Jusqu'au matin. Encore quelques heures. Assez pour tout ce qu'on a à faire.

(Il déboutonne la chemise de Tenn mais la laisse sur ses épaules.)

TENN

Tu n'arrives même pas à me regarder. Je suis si vieux et laid maintenant.

FRANK

(En faisant courir sa main sur la poitrine dénudée de Tenn :)

Tu es aussi beau que le jour où nous nous sommes rencontrés.

(Il se redresse pour l'embrasser sur les lèvres.)

Le plus beau jour de ma vie, tu sais. Tu te rappelles ce que je portais ?

TENN

Tu veux bien me dire que tu m'aimes ?

FRANK

(Sans hésitation :)

Je t'aime. Je parie que tu ne te rappelles même pas où je t'ai vu pour la première fois.

TENN

Tu veux bien me dire : « Je t'aime, Tenn » ?

FRANK

(Avec un rire :)

Il y a quelqu'un d'autre ici à qui je suis susceptible de parler d'après toi ?

TENN

Dis-le, c'est tout, s'il te plaît, Frankie. Exactement comme ça.

FRANK

(En prenant le visage de Tenn entre ses mains :)

Je t'aime, Tenn.

(Il le lâche et demande tendrement :)

C'est mieux ?

(Le rideau commence à tomber. Gisele arrête d'essuyer le comptoir pour pouvoir les regarder et les écouter.)

TENN

Continue à le dire, c'est tout. Tu veux bien faire ça pour moi ? Continuer à dire ces mots, exactement comme tu viens de le faire ? Je ne te demanderai rien d'autre. Tu as déjà tant fait.

GISELE

(Appuie sur un interrupteur derrière le comptoir. NOIR.)

SCÈNE 2

(Le lendemain. La pendule du bar indique deux heures. Toute la scène est baignée de lumière. Le rideau s'ouvre sur Gisele assise derrière le comptoir, les cheveux relevés et maintenus avec des épingles, vêtue d'un chemisier plus sobre. Elle boit une tasse de café en tournant les pages d'un journal déplié sur le comptoir, tandis que le Jeune Client passe la serpillière. Tenn est seul dans son lit, endormi, en maillot de corps blanc. Un drap lui couvre le torse. Le bruit, en coulisses, d'une chasse d'eau qu'on tire et d'un robinet qu'on ouvre le réveille. Il se redresse en s'appuyant sur ses paumes et regarde autour de lui d'un air dérouté. La porte à côté du lit s'ouvre et Frank apparaît, les cheveux ébouriffés, le gominage défait, vêtu seulement d'un boxer et visiblement pressé. À son oreille gauche se trouve un petit diamant qu'il ne portait pas dans la Scène 1.)

FRANK

(Souriant à Tenn tout en traversant la pièce :)

Tu es réveillé.

TENN

(Le regarde d'un air interrogateur.)

FRANK

(Parcourant la chambre du regard, il trouve son jean jeté en travers du fauteuil à bascule et l'enfile par-dessus son boxer. Il ramasse son T-shirt par terre et le revêt également.)

Chaussures !

(Il met les poings sur ses hanches, d'un air vaguement maniéré.)

Si j'étais mes sandales en cuir neuves, où est-ce que je me cacherais ?

(Il s'accroupit et les repère sous le lit. Il s'assied à côté de Tenn pour les chausser. Puis il lui tapote la cuisse avec gentillesse mais condescendance.)

Je suis prêt à partir. Mais je peux revenir dans quelques jours si tu veux.

TENN

Mais qui êtes-vous, bon sang ?

FRANK

Tu ne te rappelles pas ? Je suis Frankie !

TENN

Enlève ce truc de ton oreille.

FRANK

Oh, merde.

(Il s'exécute.)

Désolé, mon pote. Frank n'aurait jamais porté de boucle d'oreille, n'est-ce pas ? Trop viril pour ça. Personne n'aurait deviné que c'était une tapette, on m'a dit – et surtout pas passive !

TENN

(Se lève d'un bond pour l'attraper à la gorge. Il essaie de le pousser contre le mur, mais le jeune homme est trop solide. Il donne à Tenn un coup de coude dans l'estomac pour l'empêcher de l'étrangler. Le souffle coupé, Tenn retombe sur le lit en haletant.)

FRANK

Relax, mon pote ! C'est quoi, ton problème ?

(Il recule d'un pas, les bras tendus devant lui de façon défensive.)

TENN

Dégage de chez moi ! Et ne prétends pas être Frankie.

FRANK

Mais je le suis ! Je l'étais ! Ne me dis pas que tu ne l'as pas ressenti. Je sais que si. Tu es bien obligé de l'admettre. Même moi, je l'ai ressenti.

(Il éclate de rire.)

Magique, pas vrai ?

(Tenn le dévisage avec une stupeur horrifiée. Frank prend une inspiration et continue d'une voix plus douce, en baissant les bras :)

Je te jure, mon pote, je ne cherchais pas à te faire du mal. Je t'en donne ma parole. Et, écoute, là, il faut que j'aille chez ma sœur à Lauderdale. Mais je peux revenir la semaine prochaine si tu veux. Le trajet ne me dérange pas. On peut recommencer tout ça depuis le début. Sans boucle d'oreille, promis. Je referai mon mec viril pour toi.

TENN

Qu'est-ce que tu attends de moi ? De l'argent ?

FRANK

Non, monsieur ! Pas besoin.

TENN

Je ne comprends pas. Tu es drogué ? Où sont mes cachets ?

FRANK

Je ne prends rien. J'ai une vie saine.

TENN

Quel genre de monstre es-tu ? Je suis un vieil homme. Je suis malade. Tu aurais pu me tuer. Pourquoi est-ce que tu as fait ça ?

(D'un ton triste, déchirant :)

Pourquoi est-ce que tu ne m'as pas simplement tué ?

FRANK

(Il le dévisage longuement, avec une expression de pitié non dénuée d'empathie. Les poings de nouveau sur les hanches, il secoue la tête.)

Tennessee Williams !

(Il quitte la chambre au petit trot, et traverse le bar pour sortir par les portes battantes.)

TENN

(Se relevant avec difficulté pour aller s'arrêter à la frontière des deux pièces, il lance de nouveau :)

Pourquoi est-ce que tu m'as fait ça ? Dis-moi !

FRANK

(Depuis les coulisses :)

Demande à Gisele !

(En entendant son nom, Gisele lève la tête un moment avant de se remettre à sa lecture. Tenn – déconcerté, agité – remet à la hâte ses vêtements de la veille, qui traînent en tas par terre à côté du lit. Il attrape les flacons de comprimés sur sa table de chevet, les secoue et les ouvre. Ils sont tous vides. Il les jette au sol. Il sort les cachets de Rafe de la poche de son pantalon et les avale à sec avant de se précipiter dans le bar. En voyant Gisele au comptoir, il s'arrête.)

GISELE

(D'un ton malicieux :)

Tu as eu mon cadeau.

TENN

Un arnaqueur ? C'est ce que tu appelles un cadeau ?

GISELE

Ce n'est pas un arnaqueur. C'est un ami de Rafe qui vient de Miami. Il s'appelle Angelo. Il est venu ici pour la première fois il y a quelques semaines. Tu étais à New York, je crois, ou peut-être Chicago. Je te surveille de près, Tenn. Depuis Frank, et depuis que Teddy est parti, j'essaie de te tendre la main. De t'aider. Mais je n'ai plus ce genre de pouvoir. Quand j'ai vu cet homme, Angelo, j'ai dû y regarder à deux fois. J'ai d'abord pensé, oh, voilà le Petit Cheval, il est venu danser. Aussi simplement que ça, comme si on était revenus en 1955. Je ne pouvais pas détacher les yeux de lui. Mets-lui les vêtements de Frank, ai-je pensé, gomine-lui les cheveux, et ce sera son portrait craché. Je leur ai montré des photos de Frank, à lui et à Rafe. J'ai tellement de photos de nous quatre – qu'est-ce que je vais en faire ? J'ai parlé au gamin toute la nuit. C'est un danseur qui veut devenir acteur, exactement comme Frank. Il a cet air rêveur dès qu'il parle de films, comme Frank. Il a la même gentillesse, la même *intuition*. Il est complètement différent de Frank quand il ouvre la bouche, mais quand il reste là sans parler ? J'en avais le souffle coupé.

TENN

Alors tu t'es dit que ce serait une bonne idée de me le prostituer ?

GISELE

Je voulais te donner un peu de joie. Est-ce que ça a marché ?

TENN

(Il tourne un regard rêveur vers le lit.)

Oui. Et non. Je savais et je ne savais pas. Mais même quand je savais, ça n'avait pas d'importance. J'étais de retour dans les bras de Frankie.

(Il marque un temps.)

Est-ce qu'on peut appeler ça de la joie ?

GISELE

Oui, je crois. Un écrivain peut vivre d'illusions. Elles peuvent suffire. Je suis peut-être un écrivain, moi aussi.

TENN

Il m'a dit qu'il m'aimait. Il me l'a dit, aussi naturellement que ça. Comme si c'était facile pour lui. « Je t'aime, Tenn. » C'est là que j'ai su avec certitude que ce n'était pas Frank. Elle est là, ton illusion : dans les mots, pas dans le corps.

GISELE

Je ne comprends pas.

TENN

Tu ne comprends pas parce que tu ne sais pas qu'en quinze ans de vie commune, Frankie Merlo ne m'a pas une seule fois dit ces mots. Ce n'est pas qu'il les gardait pour lui. Ce n'était pas de l'avarice de sa part. Il aurait pu les dire quand il voulait. « Je t'aime, Tenn. » Comme ç'aurait été facile ! Son cœur était largement assez grand pour de l'amour. Il disait à tout le monde qu'il l'aimait, tout le monde sauf moi. Parce qu'il était incapable de mentir. Frankie était beaucoup de choses, mais pas un menteur.

GISELE

C'est donc ça que tu crois depuis tout ce temps ? Que Frank ne t'aimait pas ? Tu le crois encore ?

TENN

(D'un ton rêveur, distrait :)

Tu m'as peut-être aidé, finalement, Gisele. Tu m'as donné l'idée d'une pièce encore plus mélancolique que l'histoire du vieil homme au bar. Celle-ci a pour vedette le même homme. Il me ressemble même un peu. C'était autrefois un grand nom dans certains milieux. Ce que personne ne sait, c'est qu'il a vécu toute sa vie sans avoir jamais été aimé par un autre être humain. Pas par sa mère, certainement pas par son père, et par aucun de ses amants. Ils se sont tous servis de lui d'une façon ou d'une autre. Tu crois que je vais réussir à retrouver une place à Broadway avec celle-là ? Quel titre dois-je lui donner, tu penses ?

GISELE

Frank a dû te le dire un millier de fois. Tu étais incapable de l'entendre, c'est tout.

TENN

Il y a des femmes qui se sont ouvert les veines par amour de toi. Tu as Rafe. Tu as ton frère. Combien de temps Teddy va tenir, d'après toi ? Qu'est-ce que tu fais ici avec moi, avec ces tantes, quand tu devrais être avec lui ? Je n'ai jamais eu personne. Seulement des illusions. Tu viens gentiment de me le rappeler.

(Il se dirige vers la porte.)

Je vais trouver à Teddy le meilleur médecin du pays. On s'occupera bien de lui. Il sera traité comme un prince. Puis je partirai à Bangkok et, je te le promets, je ne reviendrai pas.

RIDEAU

« Waouh », fait Trevor après avoir lu la dernière réplique de la pièce. Il se laisse aller contre le dossier du canapé, sans lâcher la page qu'il a dans la main. « C'est encore pire que ce que vous nous aviez dit. »

Un battement douloureux dans les tempes a remplacé l'agréable sensation cotonneuse du chanvre dans la tête d'Anja. À la fin de la scène 1, elle s'est excusée pour aller prendre trois aspirines avec un grand verre d'eau et se regarder dans le miroir de la salle de bains. Elle a légèrement retouché son maquillage, appliqué un peu de crème lissante sous ses yeux et attaché ses cheveux au cas où la nausée qu'elle ressent s'accentuerait. Lorsqu'elle est revenue, elle a trouvé les garçons en train de s'embrasser passionnément au bout du canapé, Sandrino avec la main sur la nuque de Trevor pour écraser ses lèvres sur les siennes encore plus fort.

« Adeptes de la méthode Stanislavski ? » a-t-elle plaisanté.

L'ambiance s'est assombrie à présent que le square est vide et silencieux, à l'exception du chuchotis de la fontaine.

« Pendant toute la pièce, j'ai attendu de ressentir quelque chose, poursuit Trevor. Dans les premières pages, ça a failli venir, et puis j'ai compris que ça continuait comme ça jusqu'à la fin et après, j'avais juste envie que le mec la ferme une bonne fois pour toutes. C'est tellement complaisant, du début à la fin. »

Il quête des yeux l'approbation d'Anja, mais tout ce qu'elle est disposée à lui offrir à cet instant est un regard vide.

« Il écrit sur la couverture : "premier jet", fait remarquer Sandrino. Il l'aurait amélioré.

— Imaginez quelqu'un qui verrait cette pièce dans cinquante ans, continue Trevor. D'ici là, plus personne ne connaîtra le nom de Tennessee Williams. Pour être remarquable, une œuvre de littérature doit être intemporelle. On n'a pas besoin d'une leçon d'histoire pour comprendre Blanche DuBois ou Maggie la Chatte. Elles *existent*, point. Tout ce qu'on a besoin de savoir à leur sujet est dans le script. »

Il croise les bras avec humeur, l'air malheureux, comme s'il s'agissait là d'un affront personnel.

« Pourquoi t'attendais-tu à autre chose, demande Anja, alors que je t'avais dit l'avoir déjà lue ? »

Il la regarde d'un air penaud.

« Je pensais que vous nous cachiez un truc...

— Alors que je lui avais dit que vous ne feriez pas une chose pareille, intervient Sandrino.

— J'en serais capable, réplique Anja. Mais pas dans ce cas.

— Bon, d'accord, admet Trevor. J'avais ce rêve qu'on allait monter ensemble cette pièce inédite et totalement géniale. »

Enfin, songe Anja, il avoue ce qu'elle avait deviné depuis le début.

« Je ne dis pas que j'avais l'intention de jouer dedans ou quoi que ce soit, continue-t-il, mais avec Sandro, on aurait pu vous servir de chauffeur, être comme vos secrétaires. Et tous ces gens seraient venus la voir, et auraient pleuré à la fin. Et lorsque vous auriez remporté un Tony pour l'avoir produite ou mise en scène ou même pour avoir joué dedans ou quelque chose comme ça, vous nous auriez mentionnés dans votre discours de remerciements. Je sais que c'est idiot, mais c'est ce que j'avais imaginé.

— C'est très puéril de ta part, remarque Anja.

— Que voulez-vous que je vous dise ? Je suis un enfant.

— Mais je suis curieuse. Pourquoi cela ne te suffit-il pas que sur ces feuilles de papier, en train de se désintégrer sous nos yeux, se trouvent les mots d'un auteur que tu prétends vénérer, des mots que seuls toi et trois autres personnes au monde ont eu le privilège de lire ? Des mots qui pourraient très bien constituer la dernière pièce que Tennessee Williams a jamais écrite ? Pourquoi as-tu besoin de davantage que ce privilège ? Ma curiosité est sincère.

— Je ne sais pas, répond-il. Je veux dire, bien sûr, c'est énorme, et je suis super reconnaissant d'avoir eu ce privilège, vraiment, mais…

— Mais il est plus important pour toi qu'Anja Bloom cite ton nom aux Tony Awards.

— Non, ce n'est pas ça. Vous êtes un peu injuste. » Il retourne à son vin bon marché, lui laissant ce qui reste de la deuxième bouteille de margaux. « La question est : une pièce est-elle encore une pièce si elle n'est pas jouée ? Si seulement quatre personnes l'ont lue, et que trois d'entre elles se trouvent à cet instant dans cet appartement ? Ne croyez-vous pas que Tennessee Williams voudrait voir cette pièce montée, quels que soient ses défauts ? OK, d'accord, peut-être pas montée, mais au moins remise à un biographe, depuis le temps ? Le fait que vous la gardiez pour vous, que vous vouliez la *détruire*, ça semble… » Il s'interrompt, hausse les épaules, boit une gorgée de vin. « Enfin bref, je dis ça comme ça.

— Ça quoi ? le relance-t-elle. Dis-moi ce que tu penses de mon attitude.

— S'il te plaît, ne fais pas ça, dit Sandrino à Trevor. Nous sommes les invités de mon amie.

— Non, Sandrino, insiste Anja. J'aimerais savoir.

— Ça semble *égoïste*, répond Trevor. Genre, *vraiment* égoïste. Je veux dire, je suis cent pour cent d'accord que la pièce n'est pas bonne. Vous aviez totalement raison sur ce coup-là. Et je suis déçu, non seulement parce qu'elle ne remportera aucun Tony, mais parce que, je ne sais pas, je voulais croire que Tennessee Williams avait écrit cette œuvre d'art absolument phénoménale juste avant de mourir, qu'il avait laissé au monde ce dernier cadeau incroyable et que, parce que vous le connaissiez personnellement et aviez ce vécu avec lui, vous étiez trop aveugle pour en voir la véritable valeur. Mais qu'avec Sandro, on arrivait à point nommé pour vous ouvrir les yeux. OK, donc ça ne s'est pas passé comme ça. Mais je m'en remets déjà. Je fais le deuil de cette petite rêverie ici, à l'instant même. » Il lui sourit. « Mais je crois que ce que j'essaie de dire, c'est que ce n'est pas parce que cette pièce est un peu pourrie qu'il faut l'enfermer dans un placard. Et ce n'est certainement pas une bonne raison pour la détruire. Vous dites toujours que vous aimez argumenter, alors dites-moi, en quoi n'est-ce pas égoïste ? »

Sandrino essaie de répondre pour elle, mais Anja l'arrête.

« Parce que je voulais le protéger, dit-elle.

— De quoi, de l'embarras ? »

Elle hoche la tête.

« Il a écrit des pièces assez mauvaises dans sa vie, surtout dans les années 1970. Celle-ci est à peine pire, finalement, que les piécettes que j'ai vues à Provincetown l'automne dernier. Avez-vous vraiment VU *Brume et clarté* ? Ce n'est pas une partie de plaisir.

— Je ne parle pas de Tenn, répond-elle, mais de Frank.

— Je ne comprends pas.

— Frank l'aimait, qu'il l'ait dit tout haut ou non. Je les ai vus ensemble de près. J'ai habité dans leur petit appartement. Je connaissais le cœur de Frank. Personne ne devrait être amené à croire le contraire. Lorsque j'ai lu cette pièce pour la première fois, j'ai imaginé ce qui se passerait si elle était montée. Je ne voulais pas que les gens commencent à fouiller dans la vie de Frank, à écrire des articles sur lui, à déranger sa famille dans son chagrin, à imprimer sa photo à côté des mauvaises critiques. Il ne méritait pas cela. Il ne le mérite toujours pas. Moins le monde prête attention à Frank de cette façon, mieux ce sera. Qu'on le laisse reposer en paix.

— Oui, eh bien, c'est un peu tard pour ça, réplique Trevor, l'air perplexe. Vous ne l'avez jamais googlé ? Ce n'est pas comme si Frank Merlo était un grand secret.

— J'en suis consciente », répond Anja. La migraine lui bat les tempes. « J'ai lu les livres.

— Alors quelle part de lui essayez-vous de protéger ? »

D'un grand geste du bras, elle éparpille les maudites pages par terre.

« Bordel ! » s'exclame-t-elle. La soudaineté de sa réaction, la violence de sa colère, le mot même la prennent par surprise. « Je voulais que Tenn réussisse son portrait. Qu'il le ramène à la vie exactement comme il avait été. C'était sa dernière chance ! Lorsque j'ai reçu la pièce à New York, vingt ans après la mort de Frank, j'espérais y trouver l'homme que j'avais connu : sa bonté, son amour. C'était comme l'amour d'un enfant, suffocant, infini. Voyez-vous cela dans ces pages ?

— À mes yeux, au moins, on dirait qu'il a essayé ? tente Sandrino.

— Non, réplique Anja. Il n'a pas essayé. Ce qu'on voit dans ces pages, c'est le sosie de Frank, avec sa boucle d'oreille et sa cicatrice. Le symbole de Frank, avec ses roses qui embaument. Le souvenir de Frank, brouillé par la culpabilité de Tenn, et sa nostalgie, et son désir. Mais surtout sa culpabilité. Au lieu du vrai Frank, on a – tu as raison, Trevor – le vrai Tennessee, un vieil homme qui parle encore et toujours de lui-même, qui nous supplie de le prendre en pitié, qui se trouve des excuses. Mais on ne ressent rien. On veut juste – comment est-ce que tu as formulé ça ? – qu'il la ferme une bonne fois pour toutes. » Elle ramasse les pages et les remet brutalement dans l'enveloppe. « Lorsque j'ai lu cette chose il y a trente ans, ça m'a rendue furieuse. Maintenant, je me rappelle pourquoi.

— Alors, qu'est-ce que vous allez en faire ?

— Ce qu'on a dit », répond-elle. Elle gagne la cuisine et se met à ouvrir et à fermer chaque tiroir. « Puis-je t'emprunter ton briquet ?

— Il est mort, répond Trevor.

— Quel dommage. »

Elle se tourne vers la cuisinière et allume un des brûleurs. Les flammes jaillissent avec une détonation sourde avant de se calmer. Dans la salle de bains de la chambre d'amis se trouve une poubelle en métal.

« Est-ce qu'on peut juste en discuter cinq minutes de plus ? implore Trevor. Vous voulez bien au moins me laisser essayer de vous convaincre, maintenant que je l'ai lue, de contacter ses archivistes ? Vous n'avez pas vraiment de raison de refuser, d'après ce que j'ai entendu. Je parie qu'ils n'essaieront même pas d'en faire quelque chose. Ils sauront à peine qu'ils l'ont dans leurs cartons.

— Alors ça n'a pas d'importance s'ils ne la reçoivent jamais.

— Mais... intervient Sandrino en agitant les bras comme le font les Italiens pour générer des mots. Mais... c'est un morceau d'histoire que vous tuez. L'effacer – *pouf !* – comme s'il n'avait jamais existé... Vous vous sentez... autorisée... pour ça ?

— Il a raison, enchérit Trevor. Ce n'est pas parce que Tenn vous l'a donnée qu'elle vous appartient.

— Il ne me l'a pas simplement "donnée", rétorque-t-elle. Il l'a écrite *pour* moi. Vous n'avez pas vu mon nom en haut de la page ? Mais même si ce n'était pas le cas, vous avez tous deux une éducation trop raffinée pour penser que l'art appartient à l'artiste. À moins que je ne vous aie surestimés ?

— Je crois quand même que vous avez une responsabilité, insiste Trevor.

— Envers qui ?

— Envers l'histoire ! répète Sandrino. Vous avez la responsabilité de donner à l'histoire tous les éléments de preuve qu'elle requiert. Je vois cette pièce comme une expérience scientifique. Elle a mal tourné, mais on devrait quand même en garder une trace. Si les drosophiles...

— Je vous assure, l'interrompt Anja, qu'il n'y a aucune femme correspondant à la description de Gisele dans tout Key West. Son personnage est une version de moi et – surtout – un véhicule pour moi. Un maigre véhicule, s'avère-t-il. À l'époque où il a écrit ceci, n'oubliez pas, mon nom attirait énormément de public. Tennessee espérait que j'allais tomber amoureuse du rôle de Gisele et vouloir le jouer, que les gens viendraient en masse pour me voir et que cela ressusciterait sa carrière trépassée.

— Ah, fait Trevor d'un ton suffisant. Mais le rôle était trop petit pour vous, alors vous avez rangé la pièce dans un tiroir.

— Bien sûr que non ! Je ne suis pas si vaniteuse. Si le rôle avait été bien écrit, je l'aurais pris, tout petit soit-il. »

Elle remarque l'autosatisfaction sur le visage de Trevor, le doute sur celui de Sandrino. Elle réfléchit un moment, tandis que le brûleur continue de crépiter, à la véracité de l'affirmation qu'elle vient de faire. Elle veut croire qu'elle dit la vérité, que son rejet de la pièce en 1983 était bien dû à son amour pour Frank et au peu de mérites du script lui-même, non à son propre ego. Était-elle si ambitieuse à l'époque ? L'est-elle toujours ? Les flammes turquoise ondulent comme des vagues. Elles la regardent, se demandant ce qu'elle va faire. Est-il possible qu'elle aussi ait espéré – espère encore – tirer du manuscrit une œuvre de génie, et son propre véhicule tout beau tout neuf ? A-t-elle conservé le script toutes ces années, omettant de le remettre aux archives ou à quelque jeune spécialiste de Williams plein de ferveur et de détermination, dans l'espoir d'en faire un jour son propre triomphe ?

Qui croit-elle duper, lui dit Sandrino : elle pourrait encore attirer les foules aujourd'hui si elle le voulait.

En fait, ajoute Trevor, elle attirerait le plus grand public de sa carrière, parce que personne, surtout pas les Américains, ne résiste à un come-back. Elle n'est pas Elizabeth Taylor, continue-t-il alors qu'elle éteint le brûleur (elle veut bien leur accorder cinq minutes) ; elle est elle-même, et unique. Il n'y a personne comme elle, et personne de plus qualifié pour mettre en perspective les dernières paroles de Tenn à propos de Frank, pour faire justice à son vieil ami.

Quelle histoire cela ferait, disent-ils (cette fois, ils s'y mettent à deux, les yeux écarquillés et pleins de rêve) : la grande Anja Bloom sort de son isolement pour produire, mettre en scène et jouer dans la dernière pièce perdue de Tennessee Williams. L'idée donne le frisson, n'est-ce pas ? Oui, assurent-ils. Certes, ce n'est pas *Un tramway*. Certes, Hovland n'est pas là pour la mettre en scène. Certes, elle a les défauts que nous savons. Mais les défauts font l'histoire.

« Je ne veux pas faire de "come-back", comme vous le dites, dans une histoire pleine de défauts, réplique Anja, le charme sous lequel ils tentent de la tenir se dissipant déjà. Je ne veux pas faire de come-back du tout. Ce que je veux – et ce depuis des années –, c'est quitter cet endroit. Plus rien ne m'y retient désormais.

— Si c'était vraiment le cas, réplique Trevor, vous seriez déjà partie. »

11
Arrangements

Jack Burns était la dernière personne par qui Frank se serait attendu à être dérangé à Rome. C'était le lendemain du dîner au Fontanone et ils étaient tous dans le salon de l'appartement de la Via Firenze – Frank, Tenn, Anna, Anja, Paul et Ahmed –, les poings sur les hanches, en train de décider de ce qu'ils allaient faire pour occuper leur journée. En tout autre mois d'août, ils seraient déjà allés se réfugier dans une *pensione* de Rimini mais, dans l'avenir immédiat, Tenn et Paul étaient retenus en otage par le script de *Senso*. Le lendemain, Anna devait partir en Sicile rendre visite à sa famille pour la Ferragosto, et Anja avait un rendez-vous – elle ne le qualifierait pas de « galant », mais qui savait où il pouvait mener ? – avec Hovland pour voir Saint-Pierre pour la première fois. C'était donc le dernier jour où ils étaient tous ensemble en ville.

Tenn soutenait que Paul et lui n'avaient pas assez avancé dans le script pour justifier de passer un après-midi entier à traîner dans Rome. Paul répliqua que même les terrassiers ne travaillaient pas le samedi ; et de toute façon, l'esprit n'était-il pas comme un champ, et en tant que tel, ne devait-il pas être laissé en jachère de temps en temps si on voulait pouvoir compter sur sa fertilité continue ?

Anna et Anja approuvèrent haut et fort, leur premier moment d'entente depuis qu'elles avaient fait connaissance la veille. Ahmed mentionna les bienfaits de s'étirer l'esprit avec du kif pendant ses jours de congé pour que, lorsqu'il reprenait sa forme, celle-ci ne soit plus tout à fait la même, mais un peu plus large sur un côté et plus longue sur l'autre. Joignant son rire au leur, Tenn répliqua que depuis le temps, l'esprit de Paul était largement assez assoupli et que quant à son champ fertile, il était ravi de le laisser aller en jachère, tant qu'il aurait d'abord produit une récolte comestible. De plus, continua-t-il – c'est vers ce moment-là que la sonnette annonçant l'arrivée de ce qui allait être le télégramme de Jack se fit entendre –, il n'appréciait pas que Paul compare leur labeur cérébral à celui du commun des ouvriers, ou leurs mots poétiques à des travaux d'excavation.

« Un déjeuner digne de ce nom est une raison suffisante pour faire une pause, intervint Anna. L'artiste et le terrassier, ni l'un ni l'autre ne peut se passer de manger ; sur ce point on est d'accord, n'est-ce pas ?

— Un déjeuner suivi d'une sieste, je suppose, répliqua Tenn.

— *Certo*, répondit-elle. Très raisonnable. Dans ce pays, le travail est pour le matin et le soir. La journée est faite pour manger et dormir, et la nuit, pour l'amour.

— *Brava*, signora Magnani ! » fit Paul.

Frank lut le télégramme et le passa à Tenn.

SERIEUSEMENT MALADE PROBABLEMENT FOUTU BESOIN DE VOUS LV-2324 IMMÉDIATEMENT – JACK B

« C'est si ordonné, à vous entendre, fit Anja. Ce n'est pas l'impression que donne Rome quand on est dans la rue.

— Parce que vous êtes allée dans la rue ? » répliqua Anna. Elle sortit un tube de rouge à lèvres et l'appliqua tout en parlant. « Je n'ai pas dit "ordonné". Je ne suis pas obsédée par l'ordre. J'ai dit "raisonnable". Nous autres Italiens, on nous accuse d'excès, mais la réalité est que nous sommes la seule culture à avoir parfait l'art de la modération.

— La basilique Saint-Pierre, vas-tu d'ailleurs constater, est un excellent exemple de modération italienne », dit Tenn à Anja.

Frank gagna le vestibule pour passer un coup de téléphone à Livourne. Il s'attendait à entendre la voix de Sandro, tremblante et larmoyante de panique, mais ce fut Jack lui-même qui répondit, après une sonnerie.

« Je ne comptais déjà plus sur vous », chuchota-t-il. C'était Burns tout craché, un accueil pareil. « Quand est-ce que vous pouvez être là ?

— Tu te sens mieux ? demanda Frank. Tu n'as pas l'air d'aller si mal.

— Les frissons sont pratiquement passés, répondit Jack, bien que Frank puisse les entendre dans sa voix. Je ne vois plus double. Mais il y a encore quelque chose qui cloche. Ce n'est pas du delirium tremens. Ni une maladie vénérienne ; j'ai assez l'expérience des deux pour le savoir.

Et ce n'est pas une simple fièvre. Je ne suis pas du genre parano. Vous voulez bien venir ? On a une chambre d'amis.

— Qu'est-ce qu'en dit Sandro ?

— Que je devrais dormir, éviter le soleil et arrêter de boire. Toujours la même rengaine. J'ai passé toute la journée d'hier au lit, et ça n'a rien changé. Il ne sait pas que je vous ai envoyé un télégramme. Il est allé se baigner et je suis sorti en douce. Vous avez l'adresse. Il aime les surprises. Il t'adore, et il apprécie assez Tenn. S'il te plaît, dis-moi que vous allez venir, Frank. Dès aujourd'hui.

— Est-ce que tu peux me passer Sandro ?

— Il est dans le jardin. Il est furieux contre moi. Il me tient enfermé comme un criminel. Attends. » Il y eut comme un raffut de valise dégringolant un escalier. « Écoute, je sais que je ne suis pas facile à vivre. Vous pensez que je suis un con. Je ne peux rien changer à ça. Mais je te dis que j'ai besoin que vous veniez, que je suis au plus mal. Pourquoi est-ce que tu ne me crois pas ? »

Le désespoir dans sa voix cadrait avec son télégramme, mais pas avec l'homme qu'ils avaient rencontré une semaine plus tôt à Portofino, l'homme qui n'avait pas un mot dans son vocabulaire pour dire le besoin ou l'autocritique, et qui semblait toujours se détourner de vous même quand il vous regardait dans les yeux.

« Je suis sûr que tu n'es pas aussi malade que tu le crois, c'est tout, répondit Frank. C'est la fièvre qui parle. Une fois, j'en ai eu une si terrible que j'ai vu des lapins voler dans la pièce. Tu devrais écouter *Il Dottore*. S'il te dit de rester au lit et d'arrêter de boire, peut-être que...

— Ce n'est pas un vrai médecin.

— Et nous, on l'est ? Écoute : il doit bien y avoir un

hôpital dans le coin. Va demander un deuxième avis si ça peut te rassurer.

— Il a déjà appelé un autre médecin. » Jack baissa de nouveau la voix. « Il était là hier, un charlatan de la base navale à côté. Il m'a posé un tas de questions idiotes, m'a dit que c'était la chaleur, a répété mot pour mot ce qu'avait dit Sandro. Ils sont de mèche ! »

Une explosion de rires parvint à Frank du salon. Il entendit un tintement de verres et le cliquetis des stores qu'on remontait. L'embrasure de la porte se remplit de lumière.

« Si tu me laisses parler à Sandro, il y a de bonnes chances que Tenn et moi puissions venir te voir très bientôt, dit-il, sentant l'impatience le gagner. Il ne sera pas fâché. Je te le promets. Tu n'as pas les idées claires à cet instant, mais lui, si.

— Je ne vois pas de lapins volants, répliqua Jack. Je te le dis, ce n'est pas juste de la fièvre. Ils mijotent quelque chose ! » Les frissons dans sa voix s'étaient accentués. « Pars aujourd'hui, s'il te plaît. Pas demain. Viens voir par toi-même. Sandro t'adore. Je t'ai donné l'adresse ?

— Oui.

— Notre jardin est à dix pas de la mer. Par temps clair, on distingue l'île d'Elbe.

— L'exil est plus beau de loin, c'est sûr, répondit Frank, espérant lui arracher un rire.

— Il revient », dit Jack, et il raccrocha.

Frank resta un moment debout dans la lumière de l'après-midi, partagé entre son inimitié pour Jack et l'instinct qui le poussait toujours à voler au secours d'autrui – Sandro, dans ce cas précis. Il lui devait plus qu'à Jack, bien sûr, pour les avoir soignés à Portofino. À Jack, il ne devait rien du tout. Est-ce que celui-ci manigançait quelque chose ? Se pouvait-il qu'il soit devenu vraiment fou et ait fait du mal à Sandro, et était-ce pour cela qu'il n'était pas en mesure de lui passer le téléphone ? Marina di Cecina était à trois heures de voiture – quatre au maximum – de là par un samedi d'août.

« Nous tenons un compromis, annonça Tenn lorsque Frank revint dans le salon. Anna va nous faire à manger pendant que Paul et moi avançons dans le script. Ahmed et toi allez fumer un peu de kif à côté, et Anja va apprendre auprès du chef Magnani à préparer une *amatriciana*. Tout le monde y gagne.

— Ce n'est pas un si bon plan pour Anna, fit remarquer Frank. Tu me surprends. »

Il s'approcha d'elle par-derrière et passa les bras autour de sa poitrine. Elle posa la tête sur son épaule et l'embrassa plusieurs fois sur la joue.

« Je ne fais pas ça par charité », expliqua-t-elle. Elle tendit le bras comme si elle leur jetait un sort. « Je vous rends tous redevables envers moi. Pour le reste de la journée et jusqu'à cette nuit, une fois que Tenn et Paul auront avancé dans leur travail, on fait ce que dit Anna, on va où va Anna, on dort quand Anna dit qu'on peut dormir. Ça va être le déjeuner le plus cher de votre vie. » Se dégageant de l'étreinte de Frank, elle attrapa la main de Paul et les entraîna, Tenn et lui, à travers la pièce en direction du bureau de Tenn. « Maintenant, au travail ! »

Frank les suivit. Il raconta à Tenn sa conversation avec Jack.

« C'est un plus grand hystérique encore qu'on ne le

croyait, fut la réponse de Tenn, presque teintée d'une admiration réticente. Ou alors, il s'ennuie, c'est tout. Tu n'envisages quand même pas sérieusement d'y aller, si ? De faire tout ce chemin pour te prêter à ses névroses ?

— Pour faire la même chose qu'ici, tu veux dire ? Au moins je verrai du pays, répliqua Frank d'un ton malicieux.

— Comment peut-on être à la fois aussi beau et aussi cruel ? » fit Tenn. Il se pencha pour l'embrasser et le regarda dans les yeux. « Heureusement pour moi, tu n'en penses pas un mot.

— Non, reconnut Frank alors que Tenn rassemblait ses pages sur son bureau. Mais ça m'a fait réfléchir. »

Il regarda Tenn planter un crayon entre ses lèvres et s'installer derrière sa machine à écrire.

« À quoi, mon chou ?

— Au fait que je m'ennuie ici. À Rome. Sans rien à faire.

— Je ne peux pas t'empêcher de sauver tous les écrivains en détresse, si cela te donne un but dans la vie. »

Tenn dit cela d'un ton distrait, tout en introduisant une feuille blanche dans sa machine à écrire. Derrière eux, sur le canapé, Paul griffonnait dans son carnet, en feignant de ne pas les écouter.

La vraie cruauté entre amants était ainsi : accidentelle, nonchalante, en présence d'autrui. L'aveu d'ennui de Frank, le congédiement instinctif de Tenn, tous deux moins blessants par leur exactitude que par leur désinvolture. Deux hommes pouvaient s'habituer à vivre avec cette sorte de cruauté tant qu'il y avait assez de tendresse entre eux pour l'émousser, que les rossignols chantaient et qu'ils cassaient assez de vases. Si Jack disait la vérité,

Frank n'avait pas d'objections à jouer les garde-malades pour lui et Sandro pendant quelques jours.

Dans la cuisine, Anna était juchée sur le marchepied, avec ses talons, en train de sortir des pots des placards.

« Je pourrais signer un autographe dans la poussière qu'il y a là ! » déclara-t-elle avant d'indiquer à Anja de les laver.

Frank ferma la porte sur la scène en train de prendre forme.

« J'aurais cru que tu préférerais rester ici avec nous, lui dit Tenn. Pour ce soir au moins, avant qu'on perde les filles. Anna va t'en vouloir.

— C'est peut-être vrai, répondit Frank. Tu n'as pas entendu Jack au téléphone. Tu n'aurais pas reconnu sa voix. Sandro est peut-être un monstre, pour ce qu'on en sait. Il y a une semaine encore, on ne les connaissait pas. S'il arrivait quelque chose, je ne me le pardonnerais jamais.

— On dirait que ta décision est déjà prise », conclut Tenn. Il tendit la page qu'il avait achevé de taper à Paul et se laissa aller contre son dossier, les bras croisés d'un air pensif. « Ça ne me dérange pas, Frankie. Le mystère est venu te chercher, et maintenant tu dois le résoudre. Je n'aurai pas besoin de la voiture. Mais emmène Mr. Moon, veux-tu ? Pour le laisser courir sur la plage.

— J'ai eu la même idée.

— Ne défais pas ta valise, les interrompit Paul. Visconti n'attend personne. »

Frank sentit une onde de chaleur lui traverser le corps. Il tourna les yeux vers Tenn, qui ne lui offrit que sa nuque penchée.

« Pourquoi est-ce que je dois m'inquiéter de Visconti ?

— Il ne t'en a pas parlé ? s'étonna Paul.

— De quoi ? »

Tenn était toujours concentré sur la page qu'il était en train de taper. Sans tourner la tête, il dit :

« C'est du grand réalisateur que ça dépend, pas de moi. Il faut encore qu'il donne son accord. » Lorsqu'il releva enfin les yeux pour regarder Frank, le crayon aux lèvres et les boucles tout ébouriffées par Anna, une joie espiègle s'affichait sur son visage. « Je ne voulais pas te donner de faux espoirs, mon chou.

— Donc... tu as vraiment inclus un rôle pour moi dans le script ? Un vrai ? Tu as trouvé un moyen ? » S'il posait assez de versions de la question, il aurait peut-être la réponse qu'il espérait. Il fit un pas vers Tenn, prêt à lui sauter au cou, mais se domina. « Avec tout ce qui s'est passé avec Anja, je croyais que tu avais oublié.

— Ce n'est pas *Hamlet*, intervint Paul. C'est juste un...

— Je ne veux pas le savoir ! l'interrompit Frank, les mains en l'air, en s'efforçant sans succès de contenir le sourire qui lui fendait incontrôlablement le visage. Ne me donnez pas un seul détail tant qu'on n'a pas reçu confirmation de Visconti.

— Ce n'est pas un homme facile à satisfaire, fit remarquer Paul. Visconti, je veux dire.

— Paul a raison, confirma Tenn.

— Je vais laisser le télégramme dans l'entrée, dit Frank en ne les écoutant que d'une oreille. Il y a le numéro de Jack dessus. Si Visconti veut de moi, vous m'appelez là-bas, et je sauterai dans la voiture pour revenir en quatrième vitesse. Même si Jack est en train de rendre le dernier souffle, je viendrai.

— S'il te plaît, Frankie, implora Tenn. Essaie de ne pas trop y penser. Si je ne t'en ai pas parlé, c'est pour une bonne raison. Ton cœur – il se brise si facilement.

— Ce cœur-là ? » Il se frappa la poitrine comme un gorille. « Ce cœur-là est plus fort que tu ne le crois ! » Ouvrant la fenêtre, il se mit à chanter Puccini à tue-tête : « *Un bel dì, vedremo / Levarsi un fil di fumo / Sull'estremo confin del mare*... Prenez-ça, les sopranes !

— Heureusement pour toi, le rôle ne demande pas que tu chantes », fit Paul.

Frank se pencha pour lui donner une chiquenaude vengeresse sur les fesses, si vivement que Paul en lâcha son carnet et son stylo. Puis il s'assit à côté de lui sur le canapé et resta un moment à les regarder travailler : la nuque de Tenn qui dansait au rythme des mots qu'il tapait, les paupières papillonnantes de Paul qui essayait de ne pas s'endormir. Il se laissa aller à s'imaginer vêtu de la veste bleue d'un soldat du Risorgimento, en train d'en boucler le ceinturon doré. Il se tenait la tête haute à côté de ses frères d'armes et faisait appel à son sens patriotique. Il devint ensuite un paysan affamé, le maillot de corps déchiré au niveau des coutures, la poitrine maculée de terre. Puis un cocher, puis un idiot en colère, à vélo, dans un interlude comique ; puis le frère d'Alida Valli revenu à cheval pour la sauver.

Était-il capable d'attendre une seconde de plus l'appel de Visconti ?

Était-il capable d'apprendre à monter à cheval ?

« En toutes autres circonstances, t'entendre haleter ainsi m'exciterait, fit Tenn en pivotant dans son fauteuil et en remontant ses lunettes sur l'arête de son nez. Mais dans le cas présent, c'est déconcentrant. Pourquoi ne vas-tu pas voir Ahmed avant de partir ? Tu conduis mieux quand tu planes un peu. »

Pour les quelques jours, tout au plus, que Frank comptait rester à Livourne, il n'avait besoin que de son maillot de bain, d'une paire de chemises en lin, d'un pantalon pour le soir et des mocassins qu'il portait déjà aux pieds. Sur sa table de chevet, il prit le livre qu'il lisait sur la Révolution française et le fourra dans sa valise avec sa trousse de rasage, un flacon à moitié vide de Vitalis et des biscuits pour Mr. Moon. Sur un coup de tête, il glissa un paquet de cartes à jouer italiennes dans la poche avant.

« Qu'est-ce que c'est que ces bêtises ? » demanda Anna en le voyant apporter la valise dans l'entrée.

Il lui expliqua, et elle répondit que bien sûr, si quelqu'un était malade, il fallait qu'il se rende à son chevet, *immédiatement*, dès qu'il aurait déjeuné du moins, de pâtes et de pain de la veille, et fait une sieste après pour ne pas s'endormir au volant, et aussi seulement après la dernière soirée à Rome de sa meilleure amie Anna qui l'aimait tant et avait besoin de lui, probablement plus que ce Jack Burns qui d'après ce qu'elle avait entendu n'était pas quelqu'un de très bien de toute façon.

Bien sûr, répondit-il, il n'allait pas rater la première *amatriciana* d'Anja. Mais après cela, pendant qu'ils faisaient la sieste, il se rendrait à Livourne, et avec un peu de chance, serait de retour dans les deux prochains jours pour finir les restes.

« Anna m'a donné son secret », déclara Anja.

Elle avait l'air aussi à l'aise dans son tablier couvert de sauce que Frank l'aurait été dans une robe de soirée. Ses cheveux étaient tirés en arrière comme le soir où il l'avait rencontrée, mais la chaleur, la vapeur et la sueur sur ses tempes les faisaient frisotter.

« Laisse-moi deviner, répliqua Frank. *L'amour*. C'est ce que toutes les femmes italiennes disent – ma mère, ma *zia* – lorsqu'on leur demande ce qui rend leur sauce si bonne : l'amour. »

Les deux femmes se regardèrent et éclatèrent de rire, enfin alliées.

« Pas exactement, répondit Anna. On vous dit que c'est l'amour parce qu'on sait que c'est ce que vous voulez entendre.

— Mais en vérité, c'est la *colère* », ajouta Anja.

Après quelques détours inutiles dus à une mauvaise lecture de la carte, Frank finit par trouver le bungalow dans la Via Baldissera, une rue pavée qui se terminait dans le sable de la mer de Ligurie. S'il avait continué d'avancer, il aurait percuté un bateau de pêche échoué et plusieurs familles éparpillées sur la plage avec de jeunes enfants, en train de regarder le soleil se coucher depuis leurs chaises et leurs couvertures.

Il gara la Jaguar dans la poussière à côté d'un modeste *villino* entouré d'un balcon, et s'approcha de la porte d'entrée avec sa valise et un bouquet de fleurs. Il frappa, n'eut pas de réponse, frappa plus fort. La porte, qui n'était pas fermée à clef, donnait directement sur un salon qui semblait plus à l'abandon que vide : un canapé en cuir blanc, des cendriers, magazines et livres sur une table basse, une serviette mouillée sur le dossier d'une chaise en bois. Il entra. L'air était lourd et confiné. Mr. Moon ressortit dans un hurlement, l'invitant à le suivre.

Il emprunta un chemin de dalles dépareillées qui longeait l'autre côté de la maison. En arrivant dans le jardin, il trouva Jack coiffé de ce qui semblait être un chapeau de femme à large bord, accroupi parmi les fleurs à arracher des mauvaises herbes, en aussi bonne santé, et rose, et perturbé, que lorsqu'ils l'avaient quitté à Portofino. Sur le côté, sous une pergola, Sandro était assis dans un fauteuil pliant en train de lire le *Corriere della Sera*.

Le bouquet qu'il tenait à la main lui parut soudain ridicule, non seulement à cause de l'explosion de fleurs aux couleurs vives dont Jack s'occupait déjà, mais aussi parce que ce dernier allait manifestement trop bien pour les mériter. L'auteur américain à la carrière moribonde était habillé pour une promenade estivale de fin de journée : pantalon en lin brun clair qui lui arrivait un peu trop haut au-dessus de la cheville, chemise bleue aux manches retroussées, foulard à carreaux autour du cou ; et rien de tout cela ne parvenait à cacher le seul signe visible de maladie, qui était que son corps tout entier était devenu rouge écrevisse.

Si je file à la première heure demain matin, songea Frank, je pourrai voir Anna avant qu'elle ne parte pour la Sicile.

« C'est ce que tu appelles être sur son lit de mort ? » demanda-t-il.

Sandro leva les yeux, jeta son journal sur la table et se précipita vers lui, les bras écartés, avec une expression d'heureuse surprise presque caricaturale. Lui aussi avait passé trop de temps au soleil, mais cela n'avait fait que le rendre un peu plus brun encore. Il étreignit Frank de toutes ses forces avant de lui plaquer un baiser sur les lèvres en lui tenant le visage entre ses mains.

« Tu es comme du pain tombé du ciel, lui dit-il, et nous mourons de faim ! »

Jack se redressa dans un craquement d'articulations, s'appuyant pour ne pas perdre l'équilibre à l'énorme palmier qui leur offrait son ombre à tous. Il y avait un verre à whisky par terre derrière l'arbre, à moitié caché par une feuille.

Avec agitation, Sandro expliqua que Villino Brunella appartenait à sa famille, qui vivait à quelques kilomètres de là. Jack et lui avaient choisi l'endroit pour faire des économies, au détriment de leur propre *pensione* privée à Ischia, ce qui s'était révélé une très bonne idée après les dépenses imprévues de Portofino, mais aussi parce qu'ils pouvaient y rester aussi longtemps qu'ils le voulaient et que Sandro, ayant grandi non loin de là, connaissait bien la région. Auparavant, Villino Brunella était occupée par les domestiques, mais désormais c'étaient eux les domestiques, plaisanta-t-il, eux les parents pauvres en quête d'un abri contre la férocité du soleil d'août.

« Regarde ce qu'il a fait à mon Jack, ajouta-t-il. C'est pour ça que nous nous cachons là sous les arbres et les vignes.

— Tu n'es pas fâché que Jack m'ait invité ? demanda Frank.

— Pourquoi fâché ? Maintenant on peut célébrer qu'il se sent mieux. On a eu une grosse petite frayeur. »

Jack s'approcha lentement de Frank en s'essuyant les mains sur son pantalon, et lui en tendit une à serrer. Elle était à la fois brûlante et baignée d'une sueur froide.

« C'est vraiment sympa d'être venu, dit-il.

— Il n'a pas l'air en pleine forme ? » demanda Sandro. Il s'était agenouillé pour caresser Mr. Moon sous le menton, d'un geste expert qui plongea le chien dans une stupeur béate. « Si tu avais vu cet homme il y a deux nuits, tu aurais crié comme j'ai crié, si fort que le voisin a été réveillé. Mais chaque jour il va un petit peu mieux, et cet après-midi il a réussi à s'occuper des mauvaises herbes après un long repos. La peau rouge brûlée, c'est moins bien, mais je lui dis qu'il a le teint florissant d'un Indien et que je suis le cow-boy. Et maintenant tu es là, un autre cow-boy pour jouer au western avec nous. Je t'offre à boire ? Est-ce que tu veux regarder le coucher du soleil ? Combien de temps tu peux rester ? Où est Tenn ? La deuxième chambre est préparée pour Marika, mais elle dort chez ma mère avec Lucky pour que Jack puisse se reposer. Personne ne vient ici, seulement ma mère. Elle dort par-dessus les couvertures mais sinon le lit n'a pas été utilisé.

— Je veux bien quelque chose à boire, répondit Frank. Mais je ne vais pas rester longtemps. Juste pour dîner. Tu ne devineras jamais qui m'attend à Rome.

— Je vais te préparer à boire et après tu me diras tout sur tes amis célèbres, répliqua Sandro en regagnant la maison d'un pas dansant, Mr. Moon sur les talons. Mais il y a une chose fausse dans ce que tu dis : tu vas rester dormir, et pas de discussion. Ça m'est égal si c'est Marlon Brando lui-même qui t'attend. »

Dès qu'il fut hors de portée de voix, Frank demanda à Jack, avec un énervement à peine contenu :

« Qu'est-ce que tu manigances ? Ce n'est pas vraiment

là la situation que tu m'as décrite. Tu m'as fait faire tout ce chemin pour un mauvais coup de soleil ?

— Demande-lui de te citer une chose qu'il a apprise dans ce journal, riposta Jack d'un air de défi. Je te garantis qu'il en sera incapable. Il a passé la journée à m'épier par-dessus sa page, à attendre que je m'effondre. À *espérer* que je m'effondre.

— Il était en train de lire quand je suis arrivé, répliqua Frank en se rapprochant de lui. Il n'avait même pas remarqué ma présence avant que j'ouvre la bouche. »

Il appuya la main gauche sur la nuque de Jack et la droite sur son front, comme sa mère le faisait quand il était petit. Il ressentit une chaleur égale sur les deux paumes, mais il n'aurait su dire si elle était due au coup de soleil ou à de la fièvre. Il avait encore cette bosse sur la tempe droite suite à l'incident de Testa del Lupo.

« Je suis en train de brûler vif, n'est-ce pas ? demanda Jack, les yeux rougis et larmoyants. Il met un truc dans mon bouillon. Ça a un goût de craie. Ce qu'il a fait avant n'a pas marché alors il tente autre chose. Ne bois pas ce qu'il va t'apporter, Frank. Renverse ton verre et j'irai t'en resservir un moi-même.

— Tu me pardonneras si je trouve que tu dis n'importe quoi.

— Alors regarde, au moins regarde, tu verras qu'il me tient à l'œil en permanence. Je suis trop faible pour aller bien loin à pied. Son cousin a pris la voiture. Ramène-moi à Rome avec toi ce soir, quand il se sera endormi. Emmène-moi dans un vrai hôpital. Si j'arrivais à trouver ses cachets, je le droguerais moi-même. Tu n'as pas de comprimés Tenn sur toi ?

— Jack, l'arrêta Frank en fronçant les sourcils.

— Tu ne me crois pas !

— Est-ce ton verre qui est caché là-bas derrière l'arbre ?

— Et quand bien même ? Tu veux que je fasse un delirium tremens par-dessus le marché ? »

Le délire de Jack avait forcément une explication logique, et c'était peut-être qu'associer un vilain coup de soleil à du whisky était une mauvaise idée.

« C'est la seule chose qui me calme », ajouta-t-il. D'un pas traînant, il se dirigea vers le fauteuil que Sandro venait de libérer. « Regarde comment il m'observe », répéta-t-il, haletant, aussi paniqué qu'un homme tenu en joue ; puis, lorsque Sandro ressortit muni d'un plateau de boissons, il essuya les larmes qui lui mouillaient les yeux et se redressa.

« J'ai apporté quelque chose pour chacun de nous, annonça Sandro. Campari-soda pour Frankie, Dubonnet pour moi et de l'eau minérale pour le patient. »

Frank tendit la main pour prendre le verre destiné à Jack.

« Ça ne te dérange pas ? demanda-t-il à Sandro. Je meurs de soif après ce trajet. »

Sans montrer la moindre contrariété, Sandro répondit :

« Bien sûr que non ! »

Puis il se tourna vers Jack et, avec un tendre « Je vais t'en chercher un autre, *amore* », il retourna dans la maison.

« Tout ce qu'il me sert n'est pas empoisonné, grommela Jack en voyant la tête que faisait Frank. Il ne tentera rien maintenant que tu es là. Tu es mon bouclier.

— Tu vas continuer à reprendre des forces, alors, répondit Frank. Et après tu pourras t'en aller par tes propres moyens.

— Je suis sérieux », insista Jack.

Lorsque Sandro fut revenu avec un verre d'eau pour Jack, auquel celui-ci ne toucha pas, tous trois s'assirent à la table et savourèrent le rafraîchissement miséricordieux du coucher de soleil. La lumière qui passait entre les feuillages leur mouchetait le visage ; Sandro était illuminé un instant puis plongé le suivant dans une ombre sinistre qui lui cachait la moitié de la figure. La table était ronde, en fer forgé, peinte en blanc et entourée de quatre larges fauteuils au style tarabiscoté. Le quatrième était un peu à l'écart, tourné vers l'ouest, piqueté de rouille et inconsolablement inoccupé par Tenn. Frank n'avait toujours pas réussi à se fabriquer une cuirasse contre la douleur soudaine qui lui pinçait le cœur dans les moments comme ça, où il ressentait moins son absence comme un mal à prendre en patience que comme une violente affliction.

Lorsque Jack s'avachit, Sandro lui proposa un oreiller. Lorsqu'il baissa ses manches et les boutonna, il lui offrit une couverture. Lorsqu'il refusa de toucher au fromage et au salami qu'il avait apportés, il lui suggéra un bol de bouillon. Frank voyait là un niveau de sollicitude approprié, ni insuffisant ni excessif, et pourtant à chaque fois, Jack écarquillait les yeux en le regardant comme pour dire :

« Tu me crois, maintenant ? »

L'histoire de la fuite d'Anja de Portofino, et de son audition impromptue avec Martin Hovland, ne les surprit pas le moins du monde. Dès le début, lui dirent-ils, ils s'étaient attendus à ce qu'elle s'attache à Tenn, et se serve de Frank pour se rapprocher de lui.

« C'est une parasite, dit Jack. Mal élevée et sans scrupule. Elle va vous dévorer tous les deux puis passer au prochain homme capable de la rapprocher un peu plus des grands théâtres de Broadway.

— C'est juste une enfant, la défendit Frank. Et je suis fou d'elle. Elle est plus maligne que nous tous.

— Je l'adore ! déclara Sandro.

— Elle ne s'intéresse pas au théâtre, continua Frank. C'est le cinéma qui la fascine. La capacité de Tenn à la pistonner dans ce domaine est limitée.

— Et c'est pour ça qu'elle s'est déjà tournée vers ce réalisateur, répliqua Jack. Ça lui a pris quoi, deux jours ? Elle vous tient sous son charme mais, crois-moi, j'en ai rencontré des centaines comme elle aux États-Unis, quand j'étais encore un grand ponte. À frotter leur chatte contre ma jambe comme si elles pouvaient me faire changer de bord. Si tu veux mon avis, toutes les femmes sont des parasites, quand on y réfléchit. Elles y sont obligées pour assurer leur propre survie. Sans homme, jusqu'où peuvent-elles aller ?

— Ta vie avec Tennessee est très glamour, dit Sandro, changeant de sujet. Jack et moi, on préfère le calme de la campagne. » Il fit un câlin à Mr. Moon. « J'apprends que je fais mieux la conversation avec les animaux qu'avec les gens.

— Pourquoi tu t'es débarrassé de Lucky, alors ? lança sèchement Jack.

— Lucky est chez ma mère avec Marika, expliqua Sandro à Frank. Ils lui tiennent meilleure compagnie que nous. Trois fois par jour, il y a Marika, elle vient ici en voiture nous préparer un repas, et nous emmenons – disons, j'emmène – Lucky à se promener sur la plage. Je voudrais qu'il reste ici tout le temps mais ce n'est pas un chien très calme. Toute la nuit, il aboie après les oiseaux. On ne peut pas accepter ça. Jack a besoin de se reposer. Lorsqu'il aura fini, je ramènerai Lucky et nous le pourchasserons ensemble sur le sable.

— Ça a du sens, répondit Frank. Ça ne te semble pas raisonnable, Jack ? »

L'intéressé se contenta de regarder sa montre.

« Marika est en retard.

— Tu as faim ? demanda Sandro avec espoir.

— Non.

— Je lui ai accordé sa soirée. J'ai acheté du poisson à faire cuire au gril, et nous avons plein de fruits et légumes. » À l'adresse de Frank, il ajouta en secouant la tête : « Pour le patient, je suis désolé de le dire, mais c'est eau et bouillon toute la semaine.

— Pas étonnant que je sois si faible ! » s'exclama Jack. Brusquement, il se pencha pour attraper le verre de Frank et réussit à en boire une grosse gorgée avant que Sandro ne le lui arrache des doigts. « Je ne supporte plus cette situation ! Je suis prisonnier ! D'abord il bannit le chien, et maintenant la cuisinière ! »

Cette fois, ce fut Sandro qui chercha le regard de Frank, sauf que ses yeux à lui brillaient de supplication.

« Il faut que tu le persuades de m'écouter, dit-il en joignant les mains comme pour prier. Je suis au bout du rouleau. Il va mieux – depuis jeudi, il va *beaucoup* mieux – mais je continue à m'inquiéter jour et nuit.

— Que s'est-il passé jeudi ? »

Jack se réinstalla dans son fauteuil, léchant les gouttes de Campari qui avaient éclaboussé ses lèvres. Puis tout son corps fut soudain parcouru de frissons.

« Je crève de froid, déclara-t-il en se levant. Je rentre. »

Sur le chemin, il attrapa le verre caché derrière l'arbre et le projeta contre le mur de pierre qui séparait Villino Brunella de sa voisine à l'est.

« Je vais faire pareil, dit Frank à Sandro.

— Non, le retint celui-ci. Je t'en prie, reste ici. Profite de la brise. Je vais le mettre au lit. »

Il assura à Frank qu'il ne pouvait rien faire de plus ce soir, que c'était comme ça que les choses étaient entre eux, plus ou moins, pas seulement depuis jeudi mais depuis que cette lettre de l'éditeur new-yorkais au sujet de son livre était arrivée.

« Il va vraiment se remettre ?

— Oui », répondit Sandro. Puis, au lieu de suivre Jack à l'intérieur, il resta avec Frank dans le jardin. Il avait soudain l'air épuisé. « Hier, j'ai fait venir le médecin de la base navale pour qu'il me confirme ce que déjà je savais. Coup de chaleur. C'est sérieux, mais pas impossible à guérir si tu fais ce que tu es censé faire, si tu me laisses te donner un bain glacé, si tu bois l'eau que je te sers toute la journée, si tu restes assis pendant que je t'évente. Il ne fait rien de tout ça. Il est hors du pire danger maintenant, mais il est trop têtu pour me croire. Il entretient les symptômes, juste pour me contrarier.

— Tu es sûr que c'est seulement un coup de chaleur ? demanda Frank. Cette bosse qu'il a sur la tête – il se tapota la tempe – n'y est pour rien ? Elle n'a même pas désenflé un peu depuis la semaine dernière. »

Sandro rejeta l'idée.

« Je vois beaucoup de bosses comme ça. Parfois, elles durent un an. Tôt ou tard, elles finissent par disparaître.

Non. C'est de ma faute. Je voulais aller faire un tour avec le bateau, emmener Jack sur le voilier de mon père. Frimer, peut-être. Lui prouver quelque chose – quoi, je ne sais pas. Être romantique. Je voulais tellement un peu de joie pour lui. À cause de son livre. Parce que c'est un homme qui souffre. C'était jeudi. Tu te rappelles jeudi le temps qu'il faisait ? Le soleil ici, c'était horrible. Trente-huit, trente-neuf degrés, pas de nuages, du vent, mais tout à coup il n'y a plus de vent, et on est très au large. J'aurais dû réfléchir. Je n'aurais pas dû prendre le risque. Je suis habitué au bateau en mer haute, mais pas lui. La réverbération est comme une torche sur sa peau. Je l'ai ramené aussi vite que je peux, mais ce n'est pas suffisant. Pour lui, je ne fais jamais rien assez vite, tu comprends. Quand on est arrivés sur le quai, il s'est effondré et il a failli tomber tête en avant dans l'eau. J'ai eu très peur. Il était confus, il divaguait comme un fou. J'ai mis mes doigts sur sa langue pour qu'il ne l'avale pas. Mes larmes sont tombées de mon visage, de mon visage sur le sien. Il était déshydraté. Après que je l'ai stabilisé avec l'aide des gens sur la plage – ça a pris des heures, Frankie, j'ai dû le porter jusqu'à un café pour avoir de l'ombre – je lui ai dit que c'étaient mes larmes et ma main dans sa bouche qui l'avaient sauvé, et il m'a répondu : “La prochaine fois, laisse-moi mourir.” Entendre une chose pareille des lèvres de l'homme que tu aimes ! C'est comme un couteau dans la gorge.

— Et maintenant il s'imagine que tu essaies de le tuer, dit Frank d'un ton neutre. Et j'ai failli le croire. »

Puis, il ne put s'en empêcher, il céda à l'hilarité. Son rire retentit à travers le jardin, jusqu'aux fenêtres de la maison où Jack vaquait bruyamment, par-dessus les cyprès.

Sandro ne riait pas.

« Je sais, avoua-t-il. J'ai entendu ce qu'il racontait quand tu as appelé. » Il lui jeta un regard penaud. « Je suis désolé.

— Tu veux dire que vous vous y êtes mis à deux pour m'attirer ici ? Pourquoi ne pas m'avoir juste invité ? Pourquoi ces subterfuges ? » Il se leva. Ses clefs étaient encore dans sa poche. « Quel genre de personnes êtes-vous ?

— Je ne savais pas pour le télégramme, se défendit Sandro, les mains levées en signe de reddition. Je te jure. Je suis allé me baigner, et Jack en a profité pour te l'envoyer en secret. Mais je dois admettre, quand je l'ai entendu au téléphone avec toi, que je me suis dit, il est malin d'appeler Frank. Frank est l'homme à appeler pour les urgences. Il fallait te rappeler immédiatement pour te dire qu'il n'y avait pas d'urgence. Mais je ne l'ai pas fait. C'est pour ça que je suis désolé. Mais j'étais au bout du rouleau. Et maintenant que tu es là, tu peux lui parler comme je t'ai demandé de le faire à Portofino. Tu peux lui redonner confiance, lui raconter comment c'est pour Tennessee Williams quand les éditeurs ne veulent pas de ses grandes pièces, quand il y a plus de sifflets que d'applaudissements dans le public. Ça l'inspirera. Il se sentira moins seul. Il ne me croit pas quand j'essaie de le réconforter. Il me traite de simplet. Il me dit que je ne saurais pas faire une différence entre un livre et une myrtille.

— Il est cruel avec toi.

— C'est un homme qui souffre, répéta Sandro. Dans sa tête, dans son corps, que de la douleur. Il est trop sensible. Il n'a pas toujours été comme ça. J'aimerais remonter dans le temps pour t'emmener à *Firenze*, que tu le voies le soir où je l'ai rencontré. Et dans les semaines, les mois qui ont suivi. C'est ça qui me fait peur, Frankie : si tu ne l'aides pas, je vais perdre cet homme à jamais.

— On dirait qu'il a envie d'être perdu. »

Sandro se passa la main sur le visage.

« C'est ce que je crois aussi », répondit-il. Il ne s'était pas rasé ce matin-là, ni peut-être non plus la veille ; son menton était couvert d'un chaume gris. Il regarda de nouveau Frank avec ces grands yeux suppliants. « Mais il ne devrait pas obtenir ce qu'il veut. Pas si c'est dangereux pour lui. C'est pour cela que nous gardons tout près nos amis et nos amants, non ? Pour nous protéger de nous-mêmes ? »

Jack dormit la plus grande partie de la journée suivante, un dimanche, pendant que Frank et Sandro se relayaient pour surveiller qu'il respirait. Frank découvrit rapidement qu'il n'y avait pas grand-chose à faire à Marina di Cecina à part somnoler, lire, courir après Mr. Moon, marchander pour le meilleur poisson, aller au bord de l'eau et en revenir, regarder la poitrine de son ami se soulever et s'abaisser, tout cela en attendant que le téléphone sonne et que Visconti lui change la vie.

Jack avait la respiration courte. Il se réveillait fréquemment en sursaut mais restait dans un état de stupeur. Plus d'une fois, il appela sa mère. En dépit de la chaleur, il n'y avait pas de sueur sur son visage ou ses draps. Ils maintenaient les stores fermés pour tenir l'horrible lumière à distance. Sur les instructions de Sandro, Frank le forçait à boire de grands verres d'eau à petites gorgées. Il refusait d'avaler quoi que ce soit que Sandro posait devant lui. Dans un des verres, ce dernier avait dissous ce qu'il avait décrit comme un léger sédatif, en disant : « Ce dont il a le plus besoin, c'est de sommeil. » Frank n'avait pas soulevé d'objections.

Villino Brunella avait peut-être été construite pour loger le personnel de maison, mais elle avait son bout de plage privé. Le sable gris-noir et rocailleux était volcanique, d'après Marika, et datait de l'éruption du Cala Rossa, dix millions d'années plus tôt. La cuisinière était arrivée en début d'après-midi et, enveloppant Sandro d'un regard chaleureux, avait rempli les placards de provisions, réarrangé les fleurs qu'avait apportées Frank en y ajoutant quelques autres coupées dans le jardin, et ramassé les éclats de verre sur le patio.

« *Dov'è* Lucky ? lui demanda Frank, depuis le seuil.

— Je l'amènerai ce soir quand signor Burns sera réveillé, répondit-elle gaiement en italien. Le petit *mostro* lui remonte le moral.

— Il aura un ami, dit Frank, entendant par là Mr. Moon, qui n'avait pas lâché Sandro d'une semelle depuis leur arrivée.

— Il en a bien besoin, répondit-elle. Il se sent très seul.

— Le chien ? »

Elle réfléchit un moment. Ses mains, plus noueuses qu'elles n'auraient dû l'être chez une femme de son âge, se crispèrent sur le manche de son balai.

« Tous », répondit-elle enfin avant de se remettre à balayer.

Lorsque Frank vint voir comment allait Jack plus tard dans l'après-midi, il fut surpris de le trouver assis à son bureau. Il était en train d'écrire ce qui ressemblait à une lettre mais aurait aussi pu être un manuscrit.

« Tu es debout ! s'exclama Frank, réconforté par la vision familière d'un homme à son bureau, penché sur ses pages.

— Si l'on peut dire », répondit Jack. Il écrivait avec lenteur et délibération, en rayant des mots de temps en temps, et Frank attendit qu'il fasse une pause. « Écoute », dit-il en posant son stylo. Il se tourna vers Frank, en gardant la tête et les épaules courbées comme une gargouille. « Je te suis vraiment reconnaissant d'être venu ici veiller sur moi. C'est sacrément chic de ta part. La grande classe.

— Que veux-tu ? répliqua Frank en s'approchant pour essayer de jeter un coup d'œil aux pages, espérant pour leur bien à tous qu'elles soient les premières d'un nouveau manuscrit. J'ai un faible pour les demoiselles en détresse. »

Jack éclata de rire, un son si rare que Frank n'était pas totalement sûr qu'il ne se soit pas simplement raclé la gorge.

« J'ai été un peu schizo ces derniers jours. Mais j'ai de nouveau la tête bien sur les épaules. » Il appuya le talon de sa main gauche sous son menton, celui de sa main droite contre sa tempe, et fit le geste de revisser sa tête. Au lieu de le rassurer, ce brusque enjouement déconcerta Frank. « Mais tu vas rester une journée de plus, n'est-ce pas, pour t'assurer que je suis tiré d'affaire ?

— Je ne crois pas être nécessaire », répondit Frank. La chambre sombre était moite et sentait le renfermé. « Tu veux un peu d'air ? Je vais éviter qu'il entre trop de lumière.

— Je suis d'attaque », lui assura Jack. Mais lorsque la brise s'engouffra dans la pièce, fraîche et pure, avec la lumière du soleil couchant, il frissonna et attrapa une des nombreuses couvertures sur son lit. « Salé », dit-il en lapant l'air. Puis il se laissa retomber dans son fauteuil, manquant de peu de s'asseoir dans le vide. « Bon sang, qu'est-ce que j'ai soif. »

Il y avait un verre d'eau trouble sur sa table de chevet. Il avait dormi toute la journée sans prendre le comprimé réduit en poudre que Sandro y avait dissous. Frank faillit le lui tendre quand même, puis se ravisa et dit :

« Il y a une mouche qui s'est noyée dedans. Laisse-moi aller t'en chercher un autre.

— Tu ferais aussi bien d'apporter la cruche entière, répondit Jack en reprenant son stylo. Et dis-*lui* de me laisser tranquille un moment, tu veux bien ? »

Frank trouva Sandro sur la plage, en train de somnoler dans un fauteuil, torse nu, un paquet de cigarettes, un magazine et Mr. Moon à ses pieds. La nouvelle que Jack allait mieux amena une expression de soulagement sur son visage. Puisqu'il avait déjà dormi tellement de temps sans avoir pris le sédatif, demanda Frank, était-il nécessaire de le lui redonner ? Sandro réfléchit un moment. À son avis, finit-il par répondre, un homme encore groggy et frissonnant avait bien besoin d'une nuit supplémentaire, au moins, probablement même deux, pour se rétablir complètement. Mais d'ici à mercredi, assura-t-il, il serait remis sur pied. En attendant, il n'était pas sage de se précipiter.

En retournant dans la chambre de Jack, Frank le trouva de nouveau au lit, emmailloté dans les couvertures comme une momie, respirant profondément et dormant à poings fermés. Les pages et le stylo avaient disparu du bureau. Il déposa le verre contenant le cachet en poudre et une cruche d'eau fraîche sur la table de chevet, laissa la fenêtre à peine entrouverte et referma la porte derrière lui d'un geste résolu.

Sandro arriva peu après avec Mr. Moon, et plus tard ils prirent ensemble un dîner léger sur le patio : encore du poisson grillé, un plat de *busiate* roulées à la main par Marika, du pain acheté à la boulangerie au coin de la rue. Leur attention était fixée sur la maison, à l'affût du moindre mouvement de Jack. À cause des nuages qui embrumaient le ciel, le coucher du soleil n'en était pas vraiment un mais plutôt une baisse de luminosité perceptible par intermittence : pas d'embrasement de couleurs dans l'agonie de ce jour, pas de splendeur née de son inéluctable mort. C'était, pour les vacanciers de Marina di Cecina comme pour l'homme attendant une bonne nouvelle qui pouvait arriver de Rome à tout moment mais ne l'avait toujours pas fait, une journée qui ne valait pas vraiment le prix payé.

Lorsque enfin la nuit fut tombée, Frank et Sandro s'enfermèrent dans la cuisine, mirent un trait d'anisette dans leur expresso et allumèrent le transistor, à bas volume. À la suggestion de Frank, ils jouèrent à la *briscola*, pour de l'argent, avec le paquet de cartes qu'il avait apporté de Rome. La chance fut du côté de Sandro toute la soirée. Il remporta la première partie de vingt points, et la suivante de dix-huit. Frank poussa la pile de lires vers lui avec une exaspération feinte.

Il ne savait pas si c'étaient les cartes, l'anisette ou l'amélioration de l'état de Jack, mais le poids qui avait pesé sur les épaules de Sandro semblait avoir disparu. Peut-être planait-il juste au-dessus de lui, entre le sommet de sa tête et le plafond, prêt à retomber sur lui à tout moment, mais pour l'instant, l'Italien était assis bien droit sur sa chaise, tapait du pied en écoutant Nilla Pizzi, qui chantait trop lentement pour cela, et parlait de l'avenir comme s'il était plein de promesses. Il n'avait que trente et un ans, déclara-t-il. Son père avait vécu jusqu'à l'âge de quatre-vingt-seize ans, en parfaite santé. Jack serait l'ami de toute sa vie. Ses enfants et ses petits-enfants liraient *On meurt toujours seul* – tous les livres de Jack, se reprit-il – dans l'anglais original. Tous les ans au mois d'août, ils voyageraient tous les deux aussi loin que le leur permettrait leur argent, dans quelque endroit exotique où ils n'auraient de comptes à rendre à personne : Lisbonne, Le Caire, Beyrouth. Le reste de l'année, il se satisferait de la compagnie de ses animaux, et Jack aurait sa machine à écrire.

Lorsque Frank lui demanda à quels enfants il faisait référence, il répondit d'un ton détaché : « Aux miens. » Il espérait qu'au moins un de ses fils, s'il avait la chance d'avoir des fils, reprendrait son cabinet de vétérinaire, mais sinon, ils pourraient faire autre chose, n'importe quoi, qui requière une éducation. Il voulait que même ses filles apprennent l'anglais, qui allait être la clef du monde pour la génération à venir. Il dit tout cela en continuant de récolter des points à la *briscola*, récupérant des as et des trois à tour de bras. En remarquant la perplexité sur le visage de Frank, il dit : « Il y a toujours une femme dans l'histoire, non ? »

La sienne vivait non loin de là, expliqua-t-il, à San Vincenzo. C'était une institutrice, la sœur cadette de son *compare* Nunzio, qu'il connaissait depuis qu'il portait des culottes courtes. Elle s'appelait Floria. C'était elle qui lui avait enseigné l'importance de l'anglais, elle qui lui donnait des leçons de grammaire lorsqu'il lui rendait visite. Il avait du mal à trouver du temps pour elle, mais il se débrouillait. Il ne parlait jamais d'elle en présence de Jack, mais celui-ci était au courant de son existence et savait que, tôt ou tard, peut-être quand ils seraient mariés ou que le premier enfant serait né, elle exigerait davantage de Sandro que ce qu'elle demandait pour l'instant, depuis trois ans que les deux hommes se connaissaient. Au-delà de ça, affirmait-il, Jack et lui auraient leurs mois d'août, et peut-être plus. Parce que s'il voulait faire ces voyages avec son ami, le célèbre auteur américain, de quel droit irait-elle se plaindre ?

Ce n'était pas la première fois que Frank entendait parler d'arrangements de la sorte, mais celui-ci n'était pas si simple à visualiser. Pourquoi Sandro n'en avait-il pas fait mention jusqu'à cet instant ? Pourquoi Jack n'en avait-il jamais parlé du tout ? Combien de vies une personne pouvait-elle mener simultanément, et comment faisait-on pour éviter qu'elles ne se télescopent ? Plongé dans ces réflexions, il perdit le fil du jeu. Sandro continua d'amasser sa fortune en jacassant aimablement : la chance allait finir par tourner, il allait faire beau le lendemain, une autre nuit de sommeil paisible au son des vagues s'annonçait. Les pensées de Frank glissèrent vers Jane Bowles, épouse de Paul, dont il avait pratiquement oublié l'existence dans le brouillard de kif qui entourait Ahmed et la ribambelle d'autres Ahmed qui avaient précédé celui-ci. Au moins, Jane se baladait de son côté et avait des liaisons avec d'autres femmes ; il doutait qu'il en aille de même pour cette Floria, et qu'elle ait une vie bien aventureuse en dehors des conjugaisons qu'elle apprenait aux enfants dans une école à classe unique de San Vincenzo.

« Quand est-ce que tu la revois ? demanda Frank.

— Floria ? » Il haussa les épaules. « Le mois prochain, je ne sais pas quand tout à fait. Après avoir ramené Jack à *Firenze*. Elle aime que je vienne le dimanche. Je passe beaucoup d'heures dans le train.

— Tous ces allers et retours me fatigueraient.

— Non, je ne crois pas. Pas toi. Pas nous. Nous ne sommes pas du genre qui fatigue. Les changements de dernière minute, les entre-deux, le ceci-cela, ça nous donne vie. Tu ne peux pas me dire que tu ne sais pas de quoi je parle.

— Je ne suis pas sûr, pourtant. »

Sandro se pencha vers lui, serrant ses cartes contre sa poitrine.

« Du fait que certains hommes choisissent de vivre enchaînés alors qu'ils pourraient être libres. »

Frank réfléchit.

« Tu ne penses pas que tout ce que tu as fait, c'est ajouter une autre chaîne ?

— Jack, tu veux dire ?

— L'un ou l'autre. Tu ne te libères de l'un que pour t'attacher à l'autre. »

Frank avait failli se retrouver dans cette situation avec Alvaro. Le temps et l'attention que Tenn attendait de Frank, Alvaro en était arrivé à les attendre aussi. Pire : de son côté, Frank en était venu à exiger des choses tout aussi précieuses d'Alvaro – sa disponibilité immédiate, sa bonne humeur à toute épreuve, sa soumission complète – et lorsque le jeune homme ne pouvait pas ou ne voulait pas les lui donner, Frank se sentait abandonné. Ce contrat ressemblait trop aux négociations et obligations de l'amour.

Il valait mieux éviter d'en passer plus d'un, même tacite. Il valait mieux se rappeler les garçons pour leurs coudes lisses et leurs cicatrices, plutôt que pour leur cœur.

Il commença à expliquer cela à Sandro, à peu près en ces termes, mais avant qu'il ait terminé, ils entendirent Jack s'agiter dans sa chambre. Il apparut sur le seuil de la cuisine quelques secondes plus tard, pieds nus, encore emmailloté dans sa couverture, en se protégeant les yeux de la lumière. Il était vingt-deux heures passées. Il avait dormi, avec quelques intermittences, presque vingt-quatre heures d'affilée, avec ou sans les cachets de Sandro.

« Je meurs de faim, annonça-t-il.

— Excellent ! » fit Sandro.

Il se leva et, sans lui laisser une chance de résister, l'attrapa par les épaules pour l'embrasser sur les lèvres.

Jack le repoussa, comme instinctivement.

« Mon coup de soleil ! » protesta-t-il en se frottant les épaules.

Il s'assit à la place de Sandro et se servit une dose d'anisette dans sa tasse vide.

« Bois-la à petites gorgées, lui dit *Il Dottore*. Pas la tasse d'un coup.

— Je vais te faire des pâtes, déclara Frank. J'ai encore faim moi-même. C'est l'air marin. Toi aussi, Sandro ?

— Pour des pâtes ? Toujours. »

Ils avaient plein de tomates et de légumes frais, mais Frank voulait faire pour Jack le plat que sa mère lui préparait quand il sortait d'une fièvre : des pâtes longues avec du beurre, de l'huile d'olive, du fromage et une bonne dose de poivron rouge. Le beurre, par ailleurs inutile, était là pour apaiser l'âme, et le poivron pour tuer les microbes. Pendant qu'il faisait bouillir de l'eau, râpait le bloc de *parmigiano* et découvrait les *linguine* séchés que Marika leur avait laissés, Jack et Sandro s'adonnèrent à une partie muette de *scopa*. Que ce soit l'intention de Sandro ou non, Jack remporta presque tous les plis. Il arbora un sourire suffisant en ramassant un quatre de bâtons et un trois de coupes avec son *settebello*.

« Il faut croire que les choses se présentent mieux pour moi », fit-il.

Il avait le front frais. Lorsqu'il laissa tomber sa couverture, il ne frissonna pas. Il dévora deux bols de pâtes (réussies à la perfection, avec juste assez de piquant dans la sauce, laquelle accrochait parfaitement à chaque bouchée de *linguine* qu'ils portaient à leurs lèvres luisantes de beurre) et continua de gagner à la *scopa* même après que Frank se fut joint à eux. Il raconta une plaisanterie douteuse à propos d'un marine, qui le fit éclater du rire semblable à un chapelet de grognements qui était le sien ; il la tenait d'un officier dans sa compagnie, un doux géant du nom d'Abernathy, qu'il avait perdu de vue et aurait aimé revoir.

Si Frank avait rencontré ce Jack Burns pour la première fois ce soir-là, il aurait eu du mal à imaginer qu'il puisse être autre chose qu'un aimable frère d'armes qui avait dû s'endormir sur la plage. Il alla même jusqu'à leur servir un trait d'anisette et à proposer un toast à « mes deux excellentes bonnes d'enfants, qui m'ont sauvé de la mort ». Il se sentait régénéré, déclara-t-il. « Je suis sorti de ma chrysalide », ajouta-t-il d'un ton triomphant en leur indiquant la couverture sur le sol de la cuisine. Et pourtant, quand Frank se tourna vers Sandro, s'attendant à lui trouver une expression soulagée, il vit que le poids était retombé sur ses épaules.

Lorsque Frank se réveilla le lendemain matin, il était près de midi et il portait ses vêtements de la veille, sans avoir le moindre souvenir de quand ou comment il avait gagné son lit. Il se fit un expresso, mangea un *cornetto* qui avait été laissé pour lui sur le plan de travail et sortit avec son chien. Sur la plage, il tomba immédiatement sur Sandro et Jack, qui venaient juste de regagner l'ombre des parasols après une promenade. Le temps était lourd, sans une trace de vent, avec des nuages qui une fois encore les protégeaient – ou au moins tentaient de le faire – d'un soleil violent.

« Tu as l'air en pleine forme », dit Frank à Jack.

Celui-ci portait un chapeau à large bord et, par-dessus son maillot de bain, une chemise à manches longues imprimée de motifs géométriques tapageurs.

« Je te vole ton nom, déclara-t-il en bombant la poitrine. C'est moi le Cheval, maintenant.

— Je n'arrête pas de lui dire de ne pas forcer, dit Sandro. Mais une chose ne change pas : il ignore toujours mes conseils.

— Tenn ne tolérera pas que tu sois le Cheval, dit Frank. Et moi non plus. Et si on t'appelait plutôt... – il se rappela la couverture – ... le Papillon ? »

Jack se renfrogna.

« Suis-je donc si fragile ?

— Oui, dit Sandro. Ce nom te va parfaitement. Cheveux blonds, yeux bleus, dents blanches, peau rouge. Et cette chemise ! Une explosion de couleurs !

— Autant me traiter de fiotte.

— Serait-ce la première fois ? le taquina Frank, et Jack, avec bonne humeur, fit voler du sable dans sa direction d'un coup de pied, s'attirant un aboiement réprobateur de Mr. Moon.

— Appelez-moi comme vous voulez », dit-il. Il jeta son chapeau par terre et déboutonna sa chemise. « Moi, je vais nager.

— Est-ce prudent ?

— Certainement pas », répliqua Jack.

Mais avant qu'ils aient pu le retenir, il enleva sa chemise et se précipita vers les vagues.

Sandro et Frank s'élancèrent après lui mais ne parvinrent pas à le rattraper. Ils restèrent au bord de l'eau, à jouer les surveillants de baignade pendant que Mr. Moon pataugeait comme un fou à côté d'eux. Jack fit quelques mètres en courant, là où l'eau était encore peu profonde et translucide, puis plongea dans une vague qui approchait. Il réapparut à la surface quelques instants plus tard, ballotté par la houle, pour reprendre son souffle. Puis il partit en dos crawlé vers le nord. Juste au moment où ils allaient le perdre de vue, il se retourna et repartit en direction du sud. Il fit cet aller-retour un certain nombre de fois, toujours sur le point de disparaître avant de faire demi-tour. L'eau était glacée. Mais le choc thermique valait le coup, rien que pour la vue que Frank avait découverte la veille : le contraste entre le bleu-vert tropical des vastes hauts-fonds et le sable noir millénaire, avec les couleurs pastel de la ville paisible derrière.

Pendant tout ce temps, Sandro ne cessa de crier et de faire des signes à Jack pour qu'il revienne. Lorsque enfin, au bout de vingt minutes, celui-ci entreprit de regagner le rivage, il courut chercher une grande serviette dans la maison, et la déploya devant lui comme un matador. Jack s'y laissa draper avec un large sourire, en frissonnant.

Mais ces frissons, naturels, disparurent rapidement. Ils restèrent plusieurs heures sous les parasols. La plage était assez près de la maison pour qu'ils entendent le téléphone s'il sonnait. Mais il ne le fit pas. Frank sortit ses jumelles pour que Jack puisse lui indiquer où se trouvait l'île d'Elbe.

Bien que le peu qu'il en discernait se résume à une tache verte et floue, Frank passa un certain temps à en contempler les sommets, en imaginant la terreur d'un exil solitaire sur une île, même une île magnifique comme celle-ci, au milieu de la mer Tyrrhénienne, et qui, d'après Jack, faisait presque deux cent cinquante kilomètres carrés de superficie. Même s'il se rappelait vaguement que Napoléon avait eu des armées avec lui, il imaginait le grand homme en train d'errer seul dans ces montagnes en uniforme maculé de boue, de chercher de quoi manger comme un Neandertal, de pleurer sans réserve et de devenir fou, alors que ses années de gloire s'enfonçaient de plus en plus profondément dans sa mémoire. Dans l'esprit de Frank, Napoléon était toujours là-bas, à piétiner lourdement dans ses bottes noires ; s'il gardait ses jumelles fixées assez longtemps sur l'île, il le verrait peut-être émerger d'une grotte.

Il voulait parler davantage de Napoléon, mais Jack n'arrêtait pas de ramener la conversation sur Shelley, le poète, dont le voilier avait fait naufrage sur cette même côte, une centaine de kilomètres plus au nord, entre Marina di Cecina et Portofino, un mois avant ses trente ans. Frank avoua qu'il ne connaissait rien de Shelley, qu'il n'avait plus d'appétit pour la poésie après s'être goinfré de romans, de pièces de théâtre, de livres d'histoire et d'opéras, et qu'il ne s'était d'ailleurs découvert un goût pour ces derniers qu'à son retour de la guerre, à une époque où tout ce qu'il recherchait était la beauté.

« Je suppose que cette époque n'est pas encore révolue pour moi, remarqua-t-il.

— Et pourquoi le faudrait-il ? » répliqua Sandro.

De son côté, Jack s'intéressait peu à la beauté mais avait toujours adoré, du plus loin qu'il se souvienne, tous les genres de livres et toutes les sortes d'écrivains, pour peu qu'ils soient à peu près bons. Il avait rafraîchi ses connaissances sur Shelley dans les jours qui avaient précédé leur arrivée à cet endroit parce que, à la différence de Keats, le poète ne lui avait pas laissé un souvenir impérissable, à lui non plus. Il n'adorait toujours pas Shelley comme il adorait Keats – « Comme tout adolescent homosexuel adore Keats », précisa-t-il – mais il avait appris à l'apprécier. D'ailleurs, le soir du jour où il était arrivé à Villino Brunella, il avait récité un des poèmes de Shelley, « La Nuit », seul au crépuscule sur la plage déserte, afin d'invoquer son esprit. Il voulait quelque chose de ce dernier, expliqua-t-il, mais il ne savait pas exactement quoi. Sa permission, peut-être. Sa protection. Sa bénédiction, au moins. Nous sommes deux écrivains échoués ici sur le même rivage, s'était-il dit, autant essayer de faire connaissance.

« Je ne savais pas ça, dit Sandro.

— Est-ce que tu dois tout savoir ? répliqua Jack.

— Tu ne donnes pas l'impression d'être du genre mystique, s'étonna Frank.

— Parce que je ne suis pas un sentimental. Et pourtant vous me traitez de papillon. » Il sourit. « Vous voulez savoir ce que ce papillon préférait faire en Afrique, pendant la guerre ? Ce n'était pas contempler les couchers de soleil orange au-dessus des arbres à fièvre. C'était regarder les mecs qui avaient choppé la diarrhée parce qu'ils étaient trop flemmards pour ébouillanter leur gamelle passer en courant devant sa tente, en baissant frénétiquement leur pantalon. Pour moi, c'était le summum de la comédie.

— C'est pour cela que tu t'es rétabli ! s'exclama Sandro avec dans la voix une stupeur mêlée d'admiration. Parce que le poète mort, tu l'as prié, comme on prie les saints pour obtenir leur intercession.

— Je choisis de croire que ce sont le whisky, le Campari et l'anisette qui m'ont sauvé, répliqua Jack. Mais juste au cas où... »

Il se leva et sortit de sous le parasol. Leur seule compagnie était celle des adolescents maussades et des familles qui se trouvaient à plusieurs mètres de là sur la plage publique. Jack se tourna vers le nord, planta les pieds dans le sable, tendit les bras et se mit à réciter :

La Mort viendra quand tu seras morte,
bientôt, trop tôt !
Le sommeil viendra quand tu auras fui.
Ni de l'un ni de l'autre je ne voudrais réclamer le bienfait
Que je te demande, Nuit bien-aimée ;
Que ton vol soit rapide ! Accours,
Viens bientôt, bientôt[1] *!*

1. Extrait du poème « To Night » de Percy Bysshe Shelley, dans la traduction de Félix Rabbe, publiée dans les *Œuvres poétiques complètes de Shelley*, tome III (1885).

« Bravo ! s'exclama Sandro alors que Jack saluait. Qu'est-ce que ça veut dire ?

— Ne me demande pas », répondit Frank.

Jack les regarda en secouant la tête.

« C'est la dernière strophe du poème. Il décrit le refuge de l'obscurité, plus spécifiquement du sommeil, un refuge que le jour, la lumière ne pourront jamais te donner. Le poème parle de l'envie qu'il fasse toujours nuit, parce que c'est seulement la nuit qu'on peut être complètement caché. Et du fait que la mort est la nuit par excellence, mais qu'on n'en veut pas encore tout de suite. On veut quelque chose qui s'en rapproche beaucoup, mais qui ne soit pas si permanent.

— On dirait que Shelley avait des secrets, fit Frank.

— Donc j'avais raison, dit Sandro. C'est le destin qui t'a fait lire ce poème avant que tu aies besoin de sommeil. Les saints n'auraient pas pu faire mieux. »

Plus tard, après le déjeuner et juste avant qu'ils se réfugient tous dans le sommeil, alors que Sandro était dans le jardin, Frank suivit Jack dans sa chambre.

« Lorsque je suis entré dans ta chambre hier, qu'est-ce que tu étais en train d'écrire ? lui demanda-t-il. Tu peux me dire si ça ne me regarde pas.

— Ça ne te regarde pas », répondit-il, sa bonne humeur disparaissant soudain, aussi rapidement qu'elle était venue. Il ôta sa chemise – il avait des cloques sur les épaules que Frank n'avait pas remarquées avant – et se mit au lit. « J'ai dit à Marika de nous faire des steaks ce soir. J'en ai ras le bol de tout ce poisson. Tu veux bien baisser les stores ?

— Je repars à Rome demain matin », dit Frank, prenant la décision au moment même où il formait les mots.

Une onde de soulagement le traversa. « J'espère que je t'ai été utile.

— Pas comme il voudrait que tu le sois », répliqua Jack, le visage détourné, à moitié enfoui dans son oreiller. Avec son ricanement maussade, il ajouta : « Il croit qu'un discours d'encouragement peut ressusciter les morts. Je te le dis, je ne supporte plus sa vue. L'idée même de lui. » Il resserra la couverture autour de ses épaules. « Écoute, je pensais ce que je t'ai dit hier. C'est sympa de ta part d'être venu. Fraternel. Je ne l'oublierai pas. »

Frank appela Tenn pour le prévenir qu'il rentrait, mais personne ne répondit. Il fit la sieste puis joua avec les chiens sur la plage avant le dîner, du bœuf rôti accompagné de fleurs de courgette et de haricots verts frais à la sauce tomate. Tous trois firent une brève *passeggiata* dans la Viale della Vittoria, saluant de la tête les hommes qu'ils croisaient. Puis, les mains poissées de glace, ils refirent une partie de *scopa*, puis de *briscola*, à la table de la cuisine. Sandro supplia Frank de rester une nuit de plus, les épaules si lourdes désormais qu'elles en étaient voûtées. Il y avait de la musique sur la *piazza* le mardi, dit-il ; les jeunes allaient sortir pour en profiter ; Mr. Moon et Lucky commençaient juste à faire connaissance. Frank refusa. Il songea : je vais à Rome pour être un soldat, pour me faire beau comme Napoléon, pour combattre le sommeil par la nage, pour tenter quelque chose de nouveau. Il évita de rester seul avec Sandro. Il avait fait plus que sa part pour lui. Pour eux deux. À onze heures et demie du soir, ils étaient chacun dans son lit.

Frank fut réveillé au milieu de la nuit par les hurlements des chiens. Il entendit une porte claquer et quelqu'un crier dans la pièce voisine, qui était la chambre de Jack. Quelques secondes plus tard, sa propre porte s'ouvrit à la volée. Sandro.

Ils se précipitèrent au chevet de Jack, désorientés par les chiens qui sautaient sur le seuil et au pied du lit. Il essaya de parler, mais tout ce qui sortit de sa bouche fut un souffle rauque. Il ne trouvait pas assez d'air pour former un mot. Il y avait de la panique dans son regard. Les muscles de sa paupière droite ne semblaient plus fonctionner. Ses draps étaient trempés de sueur.

« Qu'est-ce qui se passe ? demanda Frank.

— Je ne sais pas ! s'exclama Sandro. Je suis venu voir comment il allait. Je l'ai trouvé comme ça. Pire que la première nuit. Il ne réagit pas.

— Il faut qu'on l'emmène à l'hôpital.

— J'ai appelé le Dr Vassalo.

— Jack dit que c'est un charlatan.

— Ce n'est pas un charlatan ! »

Jack ferma les yeux. Lorsqu'ils lui touchèrent le bras pour le sortir de sa torpeur, ils le trouvèrent aussi dur qu'un billot de bois.

« Je l'emmène à l'hôpital », déclara Frank.

Ils l'enveloppèrent dans un drap sec et une couverture. Ses jambes étaient aussi raides que ses bras. Ils le soulevèrent du lit et le hissèrent sur l'épaule de Sandro, qui le porta jusqu'à la voiture de Frank de l'autre côté de la rue. Ils l'allongèrent sur la banquette arrière. Les chiens les poursuivirent alors qu'ils s'éloignaient rapidement dans la Via Baldissera. Les jambes de Jack tremblaient violemment, heurtant le dos du siège de Frank. Sandro ne connaissait pas le chemin de l'hôpital. Ils furent obligés de s'arrêter dans la Viale Galliano pour demander à un vieil homme. Il leur indiqua la direction opposée.

« Tu as grandi dans cette putain de ville, gronda Frank en faisant brutalement demi-tour. Et tu n'y connais foutre rien !

— Je suis désolé, je suis désolé », gémit Sandro. Il se retourna sur son siège pour se mettre à genoux et surveiller Jack pendant que Frank continuait de conduire, agrippant d'une main l'appuie-tête et de l'autre le poignet du malade. « Son *impulso* est très rapide », dit-il.

Enfin, Frank repéra la croix sur le toit du petit hôpital. Il se gara devant, entre deux ambulances, et deux religieuses apparurent. Elles les aidèrent à porter Jack à l'intérieur. Ses bras et ses jambes étaient des poids morts. Son corps, rouge, cloqué et empestant la sueur, était devenu très lourd.

Une infirmière s'éloigna dans un long couloir en poussant Jack sur un brancard. Quelqu'un utilisa le terme *coma*. C'était le même mot en italien et en anglais. On leur posa tout un tas de questions tandis qu'ils attendaient qu'un médecin sorte du couloir. Sandro se présenta comme le généraliste de Jack, un bon ami de la famille. L'identité de Frank importait peu ; il resta en retrait, à écouter. Il n'y avait personne d'autre dans la salle d'attente. Les infirmières semblaient contentes d'avoir quelqu'un à qui parler.

Le médecin sortit et déclara que Jack était déshydraté mais ne courait pas de danger immédiat. Le soleil l'avait empoisonné mais ne le tuerait pas. Ils étaient en train de le saturer de fluides. Ils avaient un moyen d'apaiser sa respiration. Ils allaient garder un œil sur lui, surveiller sa tension et son oxygène, et ils étaient sûrs qu'il allait se réveiller d'une minute à l'autre. Jack était un citoyen américain, répondit Sandro, et important. Le médecin répliqua que toutes les personnes qui entraient dans l'hôpital étaient importantes, quel que soit leur pays d'origine. Mais ils allaient quand même appeler le consulat américain à Florence pour l'informer de la situation.

« Veux-tu que je voie si Tenn peut faire quelque chose ? demanda Frank.

— Comme quoi ? »

Frank ne trouva rien à répondre.

Sandro répéta ce qu'avait dit le médecin – « Il va se réveiller d'une minute à l'autre » – et donc ils attendirent. Une heure, puis deux au pied du lit de Jack n'amenèrent aucun changement. La journée s'écoula lentement. Des infirmières entrèrent et sortirent de la chambre, agitant le mot *coma* aussi nonchalamment qu'elles employaient son nom.

Frank retourna à la maison chercher des vêtements propres pour Jack et trouver Mr. Moon. Marika était dans la cuisine en train de hacher des oignons. Lorsqu'il lui raconta, dans le meilleur italien qu'il put, ce qui s'était passé, elle poussa un cri, s'appuya sur le plan de travail pour ne pas tomber, puis réattela à sa tâche.

« Cet homme n'est pas en bonne santé, dit-elle. Il devrait repartir en Amérique et laisser le pauvre signor Nencini tranquille. » Elle se tourna vers lui en levant son couteau. « Vous savez, c'est à cause de lui que *signor* est comme il est... » Elle secoua la tête. « Avant qu'il fasse son apparition...

— Où sont les chiens ? » l'interrompit-il.

Elle ne les avait pas vus. En arrivant, elle avait trouvé la porte d'entrée grande ouverte pour les mouches.

Frank alla chercher dans le placard de Jack un pantalon, une chemise à manches longues et un caleçon propre, les plia soigneusement et les posa sur le bureau pour penser à les prendre en repartant. Il régnait une odeur rance dans la chambre. Il ouvrit les fenêtres et arracha les draps du lit.

« Lavez ça, dit-il d'un ton bourru à Marika en les jetant par terre dans la cuisine alors qu'il se rendait dans le jardin. Personne n'a téléphoné ? » demanda-t-il depuis le seuil.

Elle répondit que personne ne téléphonait jamais.

C'est alors qu'il vit le sang sur les dalles.

« Qu'est-ce qui s'est passé ici ? » lui lança-t-il.

Elle sortit en s'essuyant les mains sur son tablier.

« C'est signor Burns qui a fait ça ? demanda-t-elle.

— Non, répondit Frank. Il ne saignait pas. Nous ne sommes même pas sortis par cette porte. »

Ils suivirent les traces sanglantes jusque sur le côté de la maison, où elles s'arrêtaient au milieu des mauvaises herbes. Ils repartirent en sens inverse, remontant la piste jusqu'à l'intérieur de la maison et à travers la cuisine. Il y avait de discrètes traînées dans le coin derrière la table, que Marika avait réussi à ne pas remarquer. Ainsi que de petites taches dans le couloir et sur la carpette au pied du lit de Jack. Quand on cherche du sang, on en voit partout. Enfin, leur pistage les amena sur le pas de la porte d'entrée, et ils regardèrent de part et d'autre de la rue. Et là, dans la cohue de vélos, de scooters et de mères chargées de paniers de pique-nique, ce fut Marika qui repéra, un peu plus loin dans la rue en tournant le dos à la plage, les deux silhouettes animales – l'une noire, l'autre brune – qui se pourchassaient autour d'un palmier. Frank se précipita.

Lucky était en train de disputer à Mr. Moon le petit oiseau blanc qu'il avait dans la gueule. C'était de sa patte arrière droite, sur laquelle il évitait de s'appuyer alors qu'il fondait en boitillant sur Mr. Moon, que le sang avait coulé. Sous les yeux impuissants de Frank et Marika, il continua à lui tourner autour en geignant, en grondant et en lui donnant des coups de tête. Enfin, il réussit à lui arracher d'entre les dents la moitié de l'oiseau desséché, et les deux chiens se retirèrent chacun de son côté de l'arbre, laissant derrière eux un tapis de plumes blanches et d'entrailles d'oiseau.

« *Che schifo* », fit Marika en fronçant le nez.

Frank lui indiqua la patte de Lucky.

« Le verre à whisky de Jack, dit-il. Vous n'avez pas retrouvé tous les morceaux.

— *O Dio!* s'exclama-t-elle. Même le chien, il le fait souffrir ! »

Elle ramena Lucky à la maison dans ses bras, tandis que Mr. Moon trottait à côté de Frank en remuant triomphalement la queue. Le morceau de verre était toujours enfoncé profondément dans le coussinet de l'animal. Il se débattait en glapissant dès que Marika ou Frank essayait d'y toucher. Ils avaient besoin de Sandro.

Il était deux heures passées lorsque Frank revint à l'hôpital avec les vêtements de Jack, une paire de chaussures et des socquettes, les *Poems and Lyrics* de Percy Bysshe Shelley, qu'il avait repérés sur sa table de chevet, et quatre *panini* enveloppés dans du papier paraffiné. Marika avait insisté pour préparer ces sandwichs au *prosciutto* et au fromage avec plein de tomates et de poivrons, comme Sandro les aimait. Elle ne quitterait pas la maison, lui avait-elle dit, tant qu'ils ne seraient pas revenus ; elle allait nettoyer tout le sang, aérer les pièces et rester avec Lucky jusqu'à ce qu'il se calme. Elle s'inquiétait plus pour le chien que pour signor Burns parce que, d'après elle, « *L'erba cattiva non muore mai* ».

Ses paroles avaient vaguement réconforté Frank. *Les mauvaises herbes ne meurent jamais.* Elle avait raison, elles repoussaient toujours, plus drues et vigoureuses qu'avant. C'était ce à quoi il pensait, animé d'un vague espoir, tandis qu'encore une fois, il surveillait la respiration oppressée de Jack. Son état n'avait pas évolué au cours des dernières heures. Le médecin ne parlait plus avec la même assurance. Plusieurs fois, il utilisa les mots *colpo apoplettico*, que Frank dut demander à Sandro de traduire.

« Attaque d'apoplexie », répondit ce dernier.

Il allait et venait dans l'espace étroit entre le lit de Jack et le mur aveugle, les mains sur la tête. En l'absence de Frank, il avait appelé un neurologue à Volterra, ami de sa famille et expert dans ce domaine. Volterra n'était qu'à une heure de là en voiture. Il aurait dû l'appeler trois jours plus tôt, gémit-il, au lieu de ce charlatan de Vassallo.

« Tu m'as dit que Vassallo n'était pas un charlatan, dit Frank.

— Ce n'en est pas un ! » répondit Sandro en s'empourprant. Puis il se mit à pleurer. « J'ai tout fait de travers. »

Frank essaya de le persuader qu'il avait fait du mieux qu'il avait pu, mais alors qu'il cherchait ces mots de réconfort, il commença à douter de leur véracité. Il songea à l'eau trouble dans le verre, au tour de voilier que Sandro avait tenu à faire malgré le temps, à son incapacité à trouver l'hôpital. À Floria. À la bosse sur la tempe de Jack. Si Tenn avait été dans l'état de ce dernier, Frank l'aurait rattrapé avant qu'il ne se jette dans la mer la veille. Il aurait plongé après lui. Il ne l'aurait jamais perdu de vue. Il se rappela la peur dans la voix de Jack lorsqu'il l'avait appelé à Rome trois jours plus tôt, et la haine qu'il avait exprimée si naturellement à l'égard de l'homme qui se tenait à cet instant à côté de son lit. Qu'avait réellement fait Sandro dans sa chambre au milieu de la nuit ? Était-il possible de connaître vraiment une personne ?

« Tu crois que je devrais écrire à sa mère ? demanda Sandro. C'est la seule personne qui compte pour lui. »

Ils décidèrent qu'il valait mieux attendre le diagnostic de l'expert, que le temps que Mrs. Burns reçoive le télégramme à Andover, l'état de Jack se serait grandement amélioré et qu'elle se serait inquiétée pour rien. Ce serait à Jack de lui écrire, comme il le faisait régulièrement, et de lui décrire, en ses propres termes, l'éprouvante expérience de ces derniers jours et sa guérison miraculeuse.

Qui sait, dit Frank à Sandro, cet épisode trouvera peut-être sa place dans le prochain livre de Jack. Pour passer le temps, il lui parla du costume jaune pâle du baron de Charlus dans *Camino Real*, que Frank avait repéré sur un vieux dandy qui descendait Hudson Street en minaudant, et montré à Tenn. Et le corps d'Alvaro Mangiacavallo dans *La Rose tatouée* ? C'était le corps de petit cheval de Frank, muscle pour muscle, jusqu'à l'énorme tête et aux larges épaules. Quant à ce prénom, Alvaro ? C'était celui de l'amant de Frank plusieurs étés plus tôt ; oui, Sandro savait déjà cela, mais ç'avait aussi été de la part de Tenn un geste de permission, de compréhension, de pardon.

À tout cela, Sandro répondit, avec un défaitisme pudique, qu'il n'avait encore jamais vu une seule trace de lui-même dans les mots que Jack avait publiés.

Ils mangèrent leurs *panini* dans un silence préoccupé, le jus des tomates dégoulinant sur leurs genoux, chaque toc de l'horloge murale à la demi-heure semblable à l'annonce d'une mauvaise nouvelle. Puis, juste après cinq heures, Jack bougea. C'était son premier geste depuis qu'ils l'avaient amené. Ils se levèrent et appelèrent le médecin, l'infirmière, quelqu'un. Sandro lui prit la main et la serra en répétant son nom comme une litanie, pour le rappeler à lui. Jack ne réagit pas. Son visage était pâle, son coup de soleil brusquement invisible. Il projeta les jambes en avant. Bascula la tête en arrière, contre l'oreiller. Ouvrit soudain les yeux, comme s'il se réveillait en sursaut d'un cauchemar, mais ne sembla pas voir Sandro et Frank, bien qu'ils soient tous deux à quelques centimètres de son visage, en train de lui assurer que tout allait bien. Tout cela arriva au même terrible moment. Il rejeta de nouveau la tête en arrière, et une écume d'un jaune grisâtre, épaisse comme de la morve, coula d'entre ses lèvres. Frank retint un cri. Sandro plongea la main dans la bouche de Jack pour l'empêcher d'avaler sa langue. Le médecin arriva en courant et les écarta tous deux de son chemin.

Cela aurait-il changé quelque chose que le neurologue de Volterra arrive avant les syncopes ? Personne ne pouvait le dire. Et si Jack n'était pas allé nager la veille, s'il n'avait pas bu tellement d'alcool au cours des dernières années, s'il n'avait pas passé cette heure supplémentaire au soleil ?

Personne ne pouvait le dire. Et si ce garçon anonyme à Testa del Lupo ne l'avait pas violemment frappé à la tempe avec ce caillou ? Si Jack n'avait jamais mis les pieds en Afrique, ou abandonné son pays natal, ou choisi d'inonder son cerveau de mots pour gagner sa vie ? Personne ne pouvait le dire, mais cela n'empêcha pas Sandro de continuer à demander. Au médecin, au neurologue lorsqu'il arriva enfin, à Frank ; comme si leurs réponses pouvaient changer quelque chose au résultat, qui était que l'homme qu'il aimait, John Horne Burns, venait de mourir à trente-six ans. Que lui, Sandro, n'avait pas réussi à le maintenir en vie.

Frank croyait au destin ; il croyait que chaque moment d'une vie était comme une pièce de puzzle, et que la mort était la dernière à être posée. Vous pouviez bouger les pièces, essayer de les assembler différemment, mais tôt ou tard, en fonction de votre chance, elles s'emboîtaient exactement comme elles étaient censées le faire depuis le moment où vous les aviez renversées sur la table, que l'image qu'elles formaient en fin de compte vous plaise ou non. Peut-être était-ce pour cela que Frank était passé, comme porté par le courant, des marines à la scène et aux plateaux de tournage, des femmes aux hommes, d'un homme à un autre, d'une vie de chauffeur de camion à celle de repasseur des chemises du plus grand dramaturge du vingtième siècle. Et peut-être était-ce pour cela qu'à cet instant, il n'avait pas de larmes à verser pour Jack Burns. Le puzzle de sa vie venait d'être achevé – il était mort à trente-six ans, en auteur fini et en ivrogne – et dans cet achèvement, il y avait une forme de soulagement.

Une fois que l'hôpital eut informé le consulat américain, qu'ils eurent envoyé un télégramme aux parents de

Jack, que les dispositions eurent été prises pour que le corps de Jack soit examiné à Livourne puis, après les procédures appropriées, renvoyé chez lui dans le Massachusetts, Sandro n'eut plus aucun rôle à jouer. Il n'avait officiellement aucun droit sur Jack. Son nom n'apparaîtrait jamais à côté du sien hormis dans des lettres personnelles ou au dos de photographies. La famille et l'État prirent le relais. Sandro cessa de poser des questions aux médecins, et à Frank. L'écho de ses pas s'éloigna dans les couloirs de l'hôpital. Il ne dit pas un mot des quinze minutes qu'il leur fallut pour regagner le bungalow. Entre-temps, la nuit était tombée. La *piazza* résonnait de cuivres, de cymbales et de rythmes syncopés de jazz.

Dans le coin de la cuisine, sur le dur sol de céramique, Marika maintint Lucky pendant que Sandro retirait le morceau de verre de sa patte. Il versa un antiseptique sur la plaie et la banda, puis Lucky s'en fut rejoindre Mr. Moon dans l'autre pièce en trottinant, sans encore poser la patte arrière par terre, mais pour le reste en pleine forme. Ils partiraient de Marina di Cecina au matin, déclara Sandro. Il avait ordonné à Marika de nettoyer la cuisine et d'emporter les restes de nourriture chez sa mère dès que son cousin lui aurait rendu la voiture. En attendant, chaque mètre carré de sol devait être lessivé, chaque mur et chaque surface récurés, chaque drap, serviette et fenêtre lavés. Cela lui était égal si elle y passait la nuit. Ils quitteraient cet endroit comme s'ils n'y avaient jamais mis les pieds, et il ne reviendrait jamais. Marika s'attela à la tâche sans une plainte.

Frank ne supportait pas l'idée de passer une autre nuit dans cette maison maudite. Sa valise était déjà prête, depuis la veille au soir. Il traîna Mr. Moon jusqu'à sa voiture et l'y enferma, sur le siège passager. Il laissa les vêtements, les chaussures et le recueil de poèmes de Jack sur sa table de chevet.

Il trouva Sandro assis à la table au fond du jardin, les yeux fixés sur l'eau. Le clair de lune était à peine assez fort pour guider les pas de Frank jusqu'à lui sur les dalles inégales. Il était sincèrement désolé pour lui, déclara-t-il. Il n'avait vraiment pas eu de chance. Debout à côté de lui, la main sur son épaule, il fut pris d'une envie simultanée de le serrer dans ses bras et de l'assommer. Avant que l'un ou l'autre de ces instincts ne l'emporte, il promit de lui écrire pour lui donner leur nouvelle adresse lorsque Tenn et lui auraient quitté le pays.

Sandro hocha la tête.

Frank avait besoin d'une dernière chose à dire, d'un moyen de couper à travers les ténèbres. Il se décida pour : « Jack était un grand écrivain », choisissant délibérément ce mot – grand – qui était venu si aisément aux lèvres de Sandro pour lui présenter son amant le soir où ils s'étaient rencontrés à Portofino.

« Il survivra éternellement dans ses livres », ajouta-t-il.

Dans sa tête, cela mettait un terme à leur brève association de façon inoffensive et charitable.

« C'était juste un grand enfant », répliqua Sandro. Il haussa les épaules pour déloger sa main. « Tu sais comment il appelait ce truc entre ses jambes qu'il ne me laissait jamais toucher ? Sa *quéquette*. Comme un petit garçon. On n'était qu'une blague à ses yeux, lui et moi. Pour un homme, il avait tout dans la cervelle et rien dans le corps. S'occuper du chien était plus facile. » Il se leva. « L'idée qui m'est venue pendant que j'étais assis là, à voir à quelle vitesse tu allais m'abandonner, à écouter cette musique qui ne s'arrêtera jamais, c'est que maintenant Jack est exactement là où il voulait être. Et il est heureux dans cet endroit de m'accuser de tout ce qui lui est arrivé de mal. »

Il n'attendit pas que Frank soit parti. Le temps que celui-ci fasse demi-tour avec la voiture, il avait disparu.

Les routes sortant de Livourne étaient vides. Mr. Moon, couché en boule sur le siège à côté de Frank, s'était mis à ronfler. Les montagnes plongées dans la nuit étaient éclairées par les hôtels avec piscine et terrasse. Frank prenait les virages en épingle à toute vitesse, en maudissant ces kilomètres de lacets ralentisseurs qui s'étalaient comme un châtiment entre lui et Tenn. Tant qu'il n'aurait pas décrit à ce dernier l'horrible scène – leur nouvel ami, de cinq ans plus jeune que Tenn, de six ans à peine plus vieux que Frank, en train de se convulser, sous ses yeux effarés, sur un lit étroit aux ressorts grinçants alors que les vaisseaux sanguins explosaient dans son cerveau – la réalité de celle-ci ne le toucherait pas.

Aux abords de Rome, il ressentit un élan d'affection protectrice pour les prostituées qui attendaient sur les parkings en bord de route devant les dancings et les stations essence. Leur absence de honte, leurs transactions à la vue de tous offraient un changement bienvenu après les subterfuges clandestins du bungalow à Marina di Cecina. Si Frank s'arrêtait et payait une des filles les plus douces pour son temps précieux – comme il l'avait fait par deux fois l'été précédent lorsque l'envie, à moins que ce ne soit l'ennui, l'en avait pris – elle serait ravie de le lui accorder ;

puis, environ une heure plus tard, ils repartiraient chacun de son côté, leur dette mutuelle proprement acquittée. Pas de visite dominicale dans l'école où elle travaillait. Pas de promesse de séjour estival en Égypte. Son humeur s'améliora brusquement. C'était l'honnêteté de Rome, des grandes villes en général, qui y attirait Frank. La plage, la campagne, les montagnes, les banlieues pavillonnaires du New Jersey, c'étaient là des terres fertiles, propices aux secrets et aux mystères, aux commérages et aux trahisons mesquines. Mais le sol de la ville était trop rocailleux pour tout ça. Tu pouvais tout t'y permettre. Et de toute façon, tu avais des billets d'opéra pour le soir même. Des répliques de film à réviser. Certains des gars au bar te connaissaient par un autre nom.

L'appartement était vide. Quelqu'un avait laissé des lampes allumées, le lit d'Anja était fait, mais pas celui de Tenn (le leur). Frank alla coller l'oreille à la porte de Paul et Ahmed, au bout du couloir, et n'entendit que le silence. Il descendit au Tre Scalini, et le barman aux cheveux ondulés, Sergio, lui dit qu'il n'avait pas vu Tenn de tout le week-end. Il fit la tournée des bars du Monti, puis celle des établissements secrets dans les ruelles étroites près du Colisée, dotés d'arrière-salles mal éclairées et de fausses portes donnant sur des escaliers menant à la cave ; tous étaient fermés ou en train de fermer.

Tenn n'était nulle part, et pourtant partout. Alors qu'il revenait à l'appartement, chaque homme que croisait Frank prit les traits et les mensurations de Tenn : sa moustache en V inversé un peu trop fournie au goût de Frank, ses joues rondes, sa façon de s'appuyer légèrement plus sur la jambe gauche, son grand geste du bras droit alors qu'il sortait un mouchoir de la poche de son blazer. Frank se précipitait vers lui mais, en se rapprochant, il voyait l'individu se transformer en quelqu'un qui ne ressemblait pas du tout à Tenn, à l'homme que Frank connaissait le mieux au monde, dont il avait tellement envie de voir le visage, dans les bras duquel il avait de plus en plus désespérément hâte de se blottir. Pas de moustache sur ce mec dans la Via Serpenti, par exemple. Des yeux enfoncés, le nez crochu. Tout ce qu'il offrit à Frank fut une concupiscence qui manquait d'enthousiasme et un dernier regard par-dessus son épaule lorsqu'il traversa au croisement suivant.

Avant de se coucher dans leur lit vide, Frank le refit soigneusement, bordant les coins des draps et baissant le couvre-lit matelassé dont il n'aurait pas besoin par cette nuit tropicale. Il laissa la lampe allumée dans le salon et scotcha un mot au mur pour ne pas faire peur à Tenn s'il rentrait avant le matin. Il resta éveillé un long moment, luttant contre le sommeil parce que – il pouvait l'admettre désormais – il était effrayé. C'était une peur qu'il ne connaissait pas, sans forme ni direction. Elle avait grandi dans sa poitrine et s'était durcie dans sa gorge, comme s'il avait avalé un petit animal et que celui-ci avait essayé de remonter le long de son œsophage, pour se retrouver bloqué au niveau de sa trachée et empêcher l'air d'arriver jusqu'à ses poumons. Il avait l'impression de comprendre, pour la première fois depuis toutes ces années qu'ils se fréquentaient, l'angoisse de la mort que Tenn affirmait ressentir chaque jour, cette certitude irrationnelle qu'elle l'avait dans le collimateur et arrivait à toute vitesse.

Il se redressa pour s'adosser à la tête de lit, le T-shirt trempé de sueur, portant sur lui les mauvaises odeurs de la plage, de l'hôpital, du trajet en voiture et des rues malsaines de Rome. Les muscles et les os semblaient avoir disparu de ses jambes, les laissant creuses et fourmillantes. Il envisagea de retourner en périphérie de la ville pour passer la nuit dans un hôtel avec une des filles. Ou de réveiller Paul et Ahmed, mais son amour-propre ne l'autorisait pas à demander leur aide, et par ailleurs, que leur dirait-il ? Les diables bleus ont enfin décidé de s'en prendre à moi ? Un homme que je connaissais à peine est mort sous mes yeux, et maintenant je n'arrive pas à dormir ? C'était là toute l'histoire, et en même temps ce n'en était pas la moitié. Si seulement cette ombre sur le seuil était celle de Tenn traversant la pièce pour venir se jeter sur lui et le protéger de son corps. Si seulement ce cliquetis lointain était celui de sa clef dans la serrure. Alors oui, Frank se sentirait en sécurité.

Il ouvrit le tiroir supérieur de la commode de Tenn et fouilla dans ses flacons de comprimés jusqu'à ce qu'il trouve les barbituriques. Si les pilules roses pouvaient chasser les diables bleus de Tenn, elles feraient peut-être la même chose pour lui. Il en avala une puis, parce qu'elle n'avait pas d'effet immédiat, une seconde. Il resta là un moment, à se regarder dans le miroir, en attendant qu'elles agissent. Le chat sauvage dans sa gorge ne bougea pas. Il ne se sentait pas le courage de regagner son lit, où la terreur s'était emparée de lui. Puis soudain, le sol se déroba sous ses pieds et se mit à pencher vers la fenêtre. Il se laissa glisser jusqu'à celle-ci. S'agrippant au cadre pour ne pas perdre l'équilibre, il scruta les rues désertes en contrebas, les jardins-terrasses à la végétation ondoyante, le dôme silencieux de l'Opéra. Deux chats remontèrent en courant la Via Firenze. Un troisième sortit en trombe d'une ruelle et les dépassa avec un miaulement strident. La dernière chose qu'il se rappelait de cette nuit-là était d'avoir pensé : *À cette heure-là, Rome est un terrain de jeu pour chats.*

Le lendemain matin, en le trouvant étendu de tout son long sur le dur carrelage de pierre, Tenn se laissa tomber à genoux, le prit dans ses bras et le réveilla de ses baisers. Puis il lui glissa une amphétamine dans la bouche pour le sortir du brouillard des barbituriques. Comme il était heureux de voir Frank, déclara-t-il, et comme ç'avait dû être horrible de regarder le pauvre gars mourir. Mais tout allait s'arranger, maintenant qu'ils étaient réunis. Les rossignols chantèrent joliment ce matin-là, comme pour bannir la mort elle-même, parce que quel que soit l'état dans lequel il se trouvait, quelle que soit la violence des tempêtes qu'ils avaient traversées, le retour du Petit Cheval apportait toujours de la joie à Tenn. Chaque homme avait au moins un merveilleux talent, une raison d'être qui lui était unique. Celle de Frank était d'apporter la joie. Pourquoi avait-il passé son temps, à Marina di Cecina, à regarder des fauteuils vides en rêvant d'y voir apparaître Tenn, si ce n'était pour pouvoir lui offrir de la joie ?

Et pourtant, Frank était désormais convaincu, après avoir passé près d'une décennie à y réfléchir, que ce matin à Rome avait été la première heure de leur longue et fatidique fin. La vue de Frank évanoui sur le pavé après avoir « mis à sac » son tiroir de comprimés avait fait naître en Tenn le germe d'une réponse, si erronée et paranoïaque soit-elle, à la question de pourquoi, dans les mois et les années qui avaient immédiatement suivi, Frank était devenu maussade et froid, et avait commencé à boire et à fumer comme jamais auparavant ; pourquoi il était resté à Key West ; et pourquoi il semblait plus maigre, plus silencieux, à la dérive. Cela lui avait donné toutes les raisons dont il avait besoin pour surveiller Frank de plus près, pour observer ses humeurs ; et parce qu'il se reconnaissait dans ces humeurs, il s'en écartait avec dégoût. Tenn était toujours à l'affût du moindre problème, que ce soit dans son propre corps – sa digestion, son cœur, son taux de globules blancs – ou dans la façon dont les gens autour de lui, ses amis, sa famille et ses amants, se traitaient les uns les autres ; la façon dont ils s'aimaient avec colère, se disputaient avec tendresse et utilisaient la ruse pour réduire en soumission l'âme de l'autre. Il y avait toujours quelque chose qui n'allait pas. Quelque chose qui s'apprêtait à aller de travers. Une chose qui semblait bonne ne pouvait pas être *entièrement* bonne. Le tunnel dans lequel vivait Tenn était encombré de calamités, de maux et de chagrins reliés ensemble par les lumières colorées de la poésie. Pour la lumière, la comédie et la musique, pour les joies simples et fugaces du désir et du rire, il s'était toujours tourné vers Frank. Et quand celui-ci ne fut plus en mesure de les lui donner, il le repoussa.

Le soir où Jack Burns était mort avait également fourni une réponse à Frank, celle qu'il recherchait depuis longtemps, celle à laquelle toutes ses heures d'introspection avaient été consacrées. Elle lui était venue juste avant qu'il quitte Villino Brunella, alors qu'il se tenait à côté de Sandro dans le jardin, la main sur son épaule en une piètre tentative de réconfort, juste avant que l'intéressé ne s'y dérobe amèrement d'un haussement d'épaules. Comme la plupart des réponses qu'on a mis du temps à trouver, celle-ci s'était imposée. Elle l'avait suivi sur les étroites routes de montagne qui sortaient de Livourne, devant les bouches entrouvertes des *puttane* et jusque dans l'appartement où il s'était précipité dans l'espoir de surprendre Tenn. De là, elle l'avait suivi à Baker Lane, puis au service des cancéreux au Memorial Hospital. Frank s'était trompé au sujet de la joie. Ce n'était que partiellement, au mieux, une raison de vivre. Frank Merlo n'était pas sur terre pour apporter de la joie au grand Tennessee Williams.

Il était là pour le maintenir en vie.

12

Lui

Le théâtre Fredrik A. Blomgren a été inauguré à Malmö il y a quinze ans aujourd'hui, le 18 décembre, jour anniversaire de sa mort. Bien qu'Anja n'ait pas pour habitude d'être à l'affût de ce genre de jalon, elle ne peut ignorer la date sur son billet d'avion pour Provincetown. Elle a dû remarquer, lorsque son agent de voyages a organisé son déplacement, que ça tombait ce jour-là – en fait, c'est probablement la raison pour laquelle elle a accepté d'y aller – mais l'importance symbolique de la date ne l'a pas marquée avant que la femme au contrôle de sécurité lui rende son billet.

Elle passe le vol à désavouer l'aspect familier de la vue qui s'offre à elle de son minuscule hublot. Elle n'a jamais contemplé la côte suédoise du ciel, mais cela ressemble sûrement à ces maisons couvertes de neige et à ces ports glacés encerclés de chalutiers. Si Anja était du genre sentimental, elle scruterait les villes gelées à la recherche de l'atrium de verre illuminé du théâtre Blomgren, qui, à l'instant même, à six mille kilomètres de là au nord-est, célèbre comme tous les ans l'anniversaire de sa création.

À la place, elle baisse le store. Elle sort son exemplaire de *Brume et clarté* que, malgré la minceur du volume, elle peine à relire. Son marque-page est un morceau de papier portant le nom, l'adresse et le numéro de téléphone d'un théâtre différent, si l'on peut dire, beaucoup plus intimiste que la salle dédiée à son père, où on l'amènera à son arrivée à Provincetown.

C'est elle qui a signé les énormes chèques qui ont financé la construction du FAB – nom sous lequel le théâtre Blomgren en est venu à être connu –, l'embauche de son personnel et ses cinq premières saisons délibérément éclectiques d'opéras, de musique folklorique scandinave, de comédies satiriques, de farces françaises et de programmes éducatifs pour enfants. Rien que des spectacles que son père aimait, ou aurait aimé. Pas de Strindberg, de Shakespeare, de ballets ou de récitals de piano, qui, d'après les souvenirs d'Anja, n'ont jamais été sa tasse de thé. Le directeur lui envoie scrupuleusement, chaque semestre, des rapports comprenant budgets vérifiés, clichés sur papier glacé de spectacles récents, témoignages de mécènes, lettres de responsables locaux écrites à la main et projets de productions à venir. Anja participe à distance aux réunions administratives, autrefois menées par téléphone et maintenant sur Skype pour que le directeur puisse lui faire faire virtuellement le tour du propriétaire et soumettre à son admiration les extensions, les rénovations, les visages heureux des petites filles et petits garçons en train d'apprendre à chanter.

La réaction réjouie d'Anja à ces derniers est purement destinée au directeur. À la vue des adolescents dans les ateliers pédagogiques, en réalité, Anja doit détourner le regard. Non, répond-elle poliment, elle ne souhaite pas parler à Lina – *Un prodige s'il en est ! Elle nous fait tous penser à vous !* – pour accepter sa gratitude. Elle préférerait revenir à ce qui les occupe. Avec l'aide de la Ville et d'autres donateurs privés, le FAB a atteint un bon seuil de viabilité financière et, lorsque Anja mourra, sa dotation explosera. Lina aura une place sur sa grande scène aussi longtemps qu'il lui plaira.

« C'est un honneur », déclare Keith en l'accueillant au terminal. Il lui tend un bouquet de tulipes roses hivernales. « Je peux vous serrer dans mes bras ? » ajoute-t-il en passant ses impressionnants biceps autour d'elle sans attendre sa réponse, écrasant les fleurs entre eux et lui picotant la tempe de son crâne rasé. « Nous sommes à dix minutes au maximum en voiture. À moins que vous ne préfériez passer à votre hôtel avant ?

— Je ne reste pas dormir.

— Oh, c'est vrai, pardon. Vous n'êtes pas là en vacances ! »

Sa petite sacoche contient seulement les deux pièces, un carnet, une bouteille à moitié vide d'eau citronnée et le bonnet et les gants rouges qu'elle a achetés à la fin de l'hiver précédent. Elle les met en sortant, tandis que Keith la conduit à sa voiture.

« Je n'arrive pas à croire que vous ne soyez jamais venue à P-town ! est-il en train de dire. C'est un endroit absolument magique, surtout en hiver. Totalement calme. Pas un touriste. Seuls les vraies gens restent toute l'année : les artistes, les poètes, les pêcheurs portugais. C'est la seule véritable communauté que j'aie jamais connue. » À travers le pare-brise, il lui indique la haute tour qui domine le paysage. « Vous voyez ce monument ? Ce tas de briques guide les marginaux jusqu'ici depuis cent ans. Et cette lumière ! Si nous avons le temps, je vous conduirai à Herring Cove pour le coucher du soleil. Vous ne pouvez pas repartir d'ici sans avoir vu la lumière. »

La route est cahoteuse et vide, entourée de dunes battues par le vent et de broussailles sauvages étincelantes de givre, rétrécie de part et d'autre par la neige. Ils ont déjà fait la moitié du chemin lorsqu'ils croisent leur première voiture et, lorsqu'ils le font, le vieil homme au volant salue Keith de la main et dévisage curieusement Anja.

« Ne vous inquiétez pas, dit-il. Personne ne sait que vous êtes là. C'est une torture, croyez-moi, de tenir ma langue, mais si je fous... si je fiche ça en l'air, je ne me le pardonnerai jamais.

— Vous pouvez dire “fous”, réplique-t-elle. Je ne suis pas une nonne.

— Bien sûr que non. Je suis désolé. Merde, j'ai déjà merdé. »

Elle éclate de rire.

« Toute la journée, je n'ai pas arrêté de me dire : “Sois professionnel, Keith, *sois professionnel*, c'est tout.” Mais toute cette affaire est tellement intense. Pas juste la pièce, mais aussi le fait que vous la mettiez en scène, et à l'A-House, parmi tous les endroits que vous auriez pu choisir. Vous ne nous menez pas en bateau, hein ? Vous croyez vraiment que ça va se faire ?

— Oui, même si je pense que c'est une erreur. »

Elle n'a pas du tout choisi l'endroit au hasard, explique-t-elle. C'est sur la terrasse de l'Atlantic House que Tennessee Williams et Frank Merlo se sont vus pour la première fois, à la fin des années 1940. Une aventure d'un soir qui a duré quinze ans – ou seize, ou quatorze, selon qui la raconte. Selon ce qu'on entend par « durer ».

Keith déclare connaître ce morceau d'histoire, à la fois par ce qu'il en a lu dans les *Mémoires*, qu'il a « engloutis » l'année de leur parution, et par ce que lui ont raconté ses nouveaux amis Sandro et Trevor. Après de nombreux échanges de mails et coups de téléphone, ils sont arrivés sur le pas de sa porte trois mois plus tôt, le lendemain du jour où Anja a reçu de l'université du Sud la permission de produire *Appelons-ça de la joie*.

Ils s'engagent dans ce que Keith appelle la grand-rue, qui consiste en une accumulation de boutiques de souvenirs, de bars, de théâtres et de restaurants. Bien que la plupart soient fermés pour la basse saison, couronnes de Noël, guirlandes lumineuses et nœuds rouges décorent portes et fenêtres. Un arrangement d'énormes paquets-cadeaux enveloppés de papier aux couleurs de l'arc-en-ciel occupe la place principale.

« Frank aimait cet endroit, dit Anja. Ce qu'il n'aimait pas, par contre, je me rappelle, c'est qu'il n'y ait pas d'opéra. Il voulait revenir ici un jour, mais il n'a jamais réussi à le faire. À ma connaissance.

— Je peux demander autour de moi, suggère Keith. Les vieilles folles de cette ville connaissent tous les potins. Ce sont des archives ambulantes, en fait.

— Comme moi.

— Non, ce n'est pas ce que je voulais dire ! Je suis désolé ! » Il gare la voiture au bord d'une congère et se tourne vers elle. « Sincèrement, vous ne faites même pas si vieille, surtout de près. Oh mon Dieu, là aussi ça craint comme formulation. Je suis plus doué que ça pour parler, d'ordinaire.

— Essayez de vous détendre, je vous en prie, réplique-t-elle. Vous me rendez nerveuse, et je ne suis pas quelqu'un de nerveux.

— Je suis vraiment désolé », répète-t-il.

Ils continuent à pied, tournant au coin de la rue pour descendre une ruelle étroite et là, sur sa gauche, elle découvre la terrasse couverte aux colonnes blanches, de quinze mètres de large tout au plus, à côté de l'enseigne indiquant l'Atlantic House Bar. Elle la contemple un moment avant de monter les deux marches qui permettent d'y accéder, en s'agrippant à une colonne pour ne pas tomber. Sans cette petite terrasse, Anja Blomgren existerait, mais pas Anja Bloom. Si les regards de Tennessee et de Frank ne s'étaient jamais croisés au-dessus de ces lattes de bois branlantes – était-ce ici ? Là-bas ? –, ils n'auraient pas traversé l'Italie ensemble, ils ne l'auraient pas emmenée à Testa del Lupo et elle ne se serait pas enfuie avec eux, cherchant leur protection ; et si rien de tout cela n'était arrivé, qui serait-elle ?

« Une question que je me suis toujours posée, dit Keith en épluchant son trousseau de clefs à la recherche de celle qui ouvre la porte d'entrée. Si ça ne vous dérange pas que je vous la pose...

— Pourquoi est-ce que j'ai arrêté de faire des films ? l'interrompt-elle.

— Non, répond-il avec un sourire. Enfin, *si*, mais j'ai l'impression que tout le monde sait ça. Si par quelque miracle je devenais la muse de quelqu'un, surtout d'un grand réalisateur comme Martin Hovland, je ne jouerais plus jamais pour personne d'autre non plus. Heureusement, je ne fais plus que des costumes, maintenant. »

Il pousse la porte et allume la lumière, révélant une salle de bar exiguë et sans fenêtre, aux plafonds bas et aux murs tapissés de lattes de bois et décorés de filets, bouées, gouvernails et autres ornements nautiques. Elle la traverse, testant les lignes de vue.

« Il fait un froid de canard, je sais, dit Keith. À cette époque de l'année, on n'ouvre que le week-end. Et ne faites pas attention à l'odeur de bière rance ; elle s'en va quand les agents de ménage viennent. »

Bien que l'espace soit plus large que ne le suggère l'extérieur, elle doute qu'il puisse « aisément » accueillir deux cents spectateurs, comme l'a affirmé la nouvelle propriétaire, Sally.

« Ça devrait compter pour la moitié de la scène, dit-elle en montrant du doigt le grand comptoir et le rang de tabourets qui occupent la portion gauche de la pièce principale. Et l'autre moitié serait construite à côté. C'est la seule configuration possible.

— Je suis sûr que ça va marcher. Sally m'a dit : “Donne à Anja Bloom tout ce qu'elle veut. Dis-lui qu'on est prêts à abattre des murs si c'est le prix à payer. Fais juste en sorte que ça se fasse.” Si sa sœur n'avait pas décidé de mourir cette semaine, elle serait ici à ma place. Et je vais vous dire un truc, elle a envisagé de sécher l'enterrement. »

Après des années de lutte, Sally a récemment réussi à acheter l'Atlantic House et jure de lui rendre sa gloire d'antan, lorsqu'elle accueillait des gens comme Ella Fitzgerald ou Billie Holiday, et attirait une autre clientèle qu'hommes torse nu et enterrements de vie de jeune fille. Quelle meilleure manière d'inaugurer cette nouvelle ère, a-t-elle écrit dans sa lettre, qu'avec ce trésor retrouvé, cette pièce incroyablement originale et révolutionnaire écrite par le plus grand dramaturge américain du vingtième siècle, interprétée et mise en scène par une de ses meilleures actrices ?

« L'espace est loin d'être idéal », dit Anja. Elle remarque le vitrail kitsch dans le coin opposé de la pièce. Lève la main pour la faire courir sur la grosse rame en bois inexplicablement pendue au plafond. « Mais il a une importance symbolique, c'est sûr.

— Oh, ça, il en déborde », répond Keith. Il lui fait passer une autre porte pour lui montrer une photo encadrée d'un jeune Tennessee marchant nu sur la plage. « On n'a pas accroché ça là juste parce que vous veniez voir la salle. Elle a toujours été là, depuis le premier jour où je suis venu ici. C'est comme si depuis tout ce temps, il vous attendait. N'importe qui peut monter une pièce dans un vrai théâtre. Cet endroit requiert de l'*imagination*. »

Le FAB peut accueillir deux cent quatre-vingt-dix-neuf spectateurs, lui dit-elle, sur dix-huit rangs de luxueux fauteuils fixes. Son avant-scène en cèdre fait douze mètres de profondeur sur onze de largeur, et s'accompagne d'un rideau de velours rouge classique, d'une table de mixage dernier cri et de loges pour les deux sexes. L'Atlantic House pourrait tenir entière dans une seule de ses ailes.

« Oh, fait-il, désemparé. Est-ce que vous essayez de choisir entre votre théâtre à vous et ici ? Parce que c'est comme comparer des choux et des carottes.

— Non », répond-elle. Puis : « Je ne crois pas. » Et enfin, d'un ton catégorique : « Non. Mais j'y pense, oui. Le FAB a aussi une portée symbolique. D'un genre différent.

C'est moi qui l'ai fait construire mais – ça va vous sembler étrange – je ne l'ai jamais vu de mes propres yeux. » Elle s'approche du comptoir, avec ses tireuses. « Est-ce qu'elles fonctionnent ? Je rêve d'une bière.

— Vous êtes ici chez vous », fait Keith.

Il passe derrière le comptoir et remplit deux verres de la pression la plus sombre qu'ils aient, un pour elle puis un pour lui.

« Vous alliez me demander quelque chose », lui rappelle-t-elle.

La bière est agréablement tiède, fortifiante. La mousse lui chatouille les lèvres. Lorsqu'elle se retourne pour examiner la pièce de ce qui serait la place de Tenn dans le bar de Gisele, son tabouret grince. Elle voit le public assis coude à coude sur des chaises pliantes, une expression avide et confiante sur le visage. L'air embaume de l'odeur des roses. Est-elle devenue sentimentale ? Ce n'est pas un endroit pour monter la dernière pièce oubliée de Tennessee Williams, même avec ses défauts. Ce n'est pas un endroit pour assurer le retour d'Anja Bloom à la scène. Pire que tout, ce n'est pas un endroit pour ramener Frank à la vie, Frank qui aimait les plaisirs raffinés, Frank aux rêves grandioses. L'idée est trop romantique, c'est l'influence corruptrice de Sandrino, de Trevor. Il faut qu'elle résiste. Qu'elle revienne à la raison. Elle va le faire. Il n'est pas trop tard.

« Oh, dit Keith. Oubliez ma question. Elle n'est probablement pas appropriée.

— Vous voulez savoir si je suis heureuse, avance-t-elle.

— Ah, ah ! réplique-t-il malicieusement. Encore raté. Qui croit au bonheur après quarante ans ? Non. Je me tape peut-être des stars, mais les choix de vie des célébrités ne m'intéressent pas, en fait. La vérité, et elle est franchement embarrassante, est que je suis un cinéaste refoulé. J'ai même un diplôme de Chapman, non que ça m'ait apporté grand-chose. Tout ce que je fais est complètement nul. Enfin bref, Hovland – c'était un génie, aucun doute. Mais ce que je me demandais, c'est si vous aviez jamais eu envie de travailler avec quelqu'un de différent. Juste une fois. Son œuvre est tellement antiréaliste, tellement coupée de l'histoire, presque *hostile* à celle-ci, à croire que ce serait carrément un crime qu'elle ait la moindre corrélation culturelle, que vous ayez le moindre dialogue qui ne soit pas allégorique. Mais quelle était l'allégorie ? »

Elle se redresse sur son tabouret.

Il lève les mains en signe de reddition, pour appuyer son affirmation :

« Je dis cela en tant que grand fan de Hovland. Vraiment ! J'ai toute la collection Criterion. Je vous ai vue mourir d'une mort atroce dans chacun de ses films. J'avais cette prof à Chapman – j'espère que vous ne m'en voudrez pas de répéter cela – qui les traitait de *snuff movies*. Elle disait que soit Hovland était un horrible misogyne, soit vous aviez des pulsions de mort, ou les deux.

— Si c'est ce que vous avez appris à l'université, réplique Anja, je ne suis pas surprise que vos films soient nuls.

— Ouille, fait-il. Merde, je méritais ça. » Il se ressert une bière. « S'il vous plaît, ne dites pas à Sally que je vous ai importunée comme ça. Feignez de ne pas avoir été énervée.

— Vous ne m'importunez pas.

— Dans ce cas, hé, entre vous, moi et le poêle à bois : avez-vous ou non eu envie de tromper Martin Hovland avec un autre réalisateur ?

— Je lui étais loyale.

— Mais... ? »

Elle réfléchit un moment.

« Je me suis décidée très jeune pour la loyauté au détriment du reste. Au détriment des goûts, des préférences, des opinions politiques. Au détriment de ce qui, d'après tous mes managers, était le mieux pour ma carrière ou mon "image", deux choses dont je me suis toujours contrefichée.

— Au détriment de l'art ?

— Si ça devait en arriver là, oui. Mais ça n'a pas été le cas.

— Toute cette loyauté, juste parce que c'est Hovland qui vous a découverte ? »

Elle le regarde. *Les choix de vie des célébrités ne m'intéressent pas*, a-t-il dit. Il entendait les ragots. Les spéculations freudiennes. Les taxinomies. Elle le croit. Alors elle répond : « Oui. »

« Non » est tout aussi vrai.

Et ceci aussi, qui restera à jamais inexprimé :

Il venait la voir le matin, quand sa mère dormait. Bitte était une insomniaque, un terme qu'Anja n'apprendrait que plus tard, chez sa tante à Vienne, quand elle serait obligée de partager un lit avec elle. Les premières années de sa vie, c'était son visage à lui qu'Anja voyait en se réveillant : gentil, serein et merveilleusement flétri. Lorsqu'il souriait, elle aimait suivre des doigts les rides qui rayonnaient comme des nervures de feuille au coin de ses yeux. Certaines allaient se perdre dans son épaisse barbe rousse, d'autres montaient se fondre dans celles de son front, d'autres encore couraient se réfugier derrière ses lobes d'oreilles. Son père. Fredrik. *Pappa*. Chaque matin, ils passaient leur brève heure ensemble assis à la table de la cuisine, face à face, à moitié endormis, à inventer des histoires au sujet des créatures qui se cachaient dans les bois derrière leur maison, et des potions, sorts et tours de magie qu'Anja pouvait employer pour les vaincre sur le chemin de l'école. Lorsqu'il n'y avait pas classe, ou qu'il la retenait pour lui tenir compagnie, ils se repliaient dans le coin le plus éloigné de la maison, où il lui apprenait des chansons sur sa guitare, lui faisait écouter ses disques d'opéras allemands et italiens, ou sautait sur les meubles en jouant le rôle du Géant de Skalunda, du menaçant Varulv ou du troll qui louchait dans les piécettes qu'ils inventaient. Le grincement bruyant des marches de l'escalier sous les pieds de Bitte était le signal qui les faisait arrêter. Il se précipitait pour lui dire bonjour, puis lui préparer son petit déjeuner de café et pain grillé tartiné de beurre fondu et de confiture de mûres, avant de disparaître à nouveau pour la laisser tranquille. Il travaillait de nuit, effectuant des livraisons. Plus tard, il prit un deuxième boulot, dans un entrepôt. Il n'y avait jamais assez d'argent. S'il dormait, c'était l'après-midi, quand Anja était à l'école, ou, lui avait-il dit, allongé sur la banquette avant de son petit camion, avec le chauffage allumé, le temps d'une halte. Pendant ce temps, Bitte prenait le train pour aller à Stockholm ou Copenhague faire des stages auprès de photographes, de peintres, de sculpteurs. Elle cherchait son moyen d'expression. Cette recherche demandait du temps et de l'espace. Elle louait un studio au-dessus d'un magasin de meubles en ville, où elle gardait son onéreux matériel et ses pièces à moitié achevées, et où, de temps en temps, elle amenait Anja pour lui servir de modèle quand elle s'entraînait à dessiner. Une fois, un homme d'un certain âge avait peint le portrait d'Anja pendant que sa mère se tenait accroupie derrière lui, la main sur sa cuisse pour garder l'équilibre, afin d'observer de près comment il maniait son pinceau. Le portrait avait pris deux semaines. L'ennui avait été une torture. Mais Anja s'était habituée à être scrutée. Elle était devenue une statue. D'autres hommes étaient venus la peindre, l'habiller, la sculpter. Ils lui avaient fait adopter des positions grecques. La main de Bitte était arrivée plus haut sur leur cuisse. Au fil du temps, les rides s'étaient accentuées sur le visage de son père, sa barbe avait perdu sa douceur et sa couleur, ses yeux leur sérénité. *Il est devenu nécessaire de continuer sans lui*, avait dit Bitte à Anja. Il ne leur était d'aucune utilité. Le fait qu'elles l'aiment – et elles l'aimaient – n'entrait pas en ligne de compte. Bitte l'avait épousé par amour, et cet amour n'avait pas diminué ; il s'était simplement révélé follement insuffisant. *Mes parents avaient raison*, avait-elle ajouté. Elle sauvait Anja d'un homme piètre. Mère et fille avaient donc commencé à faire leurs préparatifs secrets, et pendant ce temps *Pappa* avait continué, sans se douter de rien, à conduire son petit camion, à remplir et vider des cartons à l'entrepôt ; à faire fondre le beurre pour ses toasts et à les tartiner de confiture de mûres – comme une servante, avait dit Bitte –, à venir voir Anja le matin avec son visage plissé comme une feuille, et à écouter avec elle des émissions humoristiques à la radio. Et puis une nuit, alors qu'il faisait ses livraisons, sa mère et elle avaient pris un taxi pour gagner le bateau. Elles reviendraient le voir, avait promis Bitte, mais pas avant bien des années. Dans l'intervalle, il était important de ne pas lui écrire.

Cela ne ferait que rouvrir ses blessures, encore et encore, avait affirmé Bitte, et ce serait cruel. La seule longue lettre qu'elle avait écrite pour lui expliquer la situation, et qu'elle avait fait signer à Anja de sa propre main, serait suffisante. Ses mots ne le surprendraient pas. C'était un homme qui n'avait rien d'extraordinaire, avait-elle rappelé à Anja, mais il n'était pas stupide, ni aveugle. Dès le début de leur mariage, il avait eu conscience qu'il ne pourrait pas la – les – garder pour toujours. C'était pour cela qu'il s'était transformé en servante, en clown, en troll empoté. Pour fournir un service. Pour se rendre nécessaire. Pour gagner du temps. Bitte lui était reconnaissante ; elle s'était montrée aussi loyale qu'on pouvait l'attendre de sa part ; mais la gratitude et la loyauté étaient des raisons moins suffisantes encore que l'amour pour rester plantée dans un sol rocailleux. *N'oublie jamais ça.* Elles retourneraient le voir un jour, avait de nouveau promis Bitte, en essuyant les larmes d'Anja, lorsqu'elles avaient quitté Malmö pour Paris, et une fois encore lorsqu'elles avaient quitté Paris pour Vienne ; mais le temps qu'elles quittent Vienne pour Portofino, il était allé garer son camion sur la plage de Ribersborg et s'était laissé mourir de froid à l'intérieur.

« Et après sa mort ? insiste Keith. Même alors, vous ne vous êtes pas donné la permission de jouer pour quelqu'un d'autre ?

— J'avais toute la permission qu'il me fallait pour faire tout ce que je voulais, répond Anja. Mais je n'étais pas d'humeur. J'étais en deuil. Je le suis toujours. »

Keith pousse une autre porte pour lui montrer, juste pour le plaisir, la vaste terrasse à l'arrière, dont le toit est couvert de presque trente centimètres de neige intacte. Des torches tiki et des parasols rayés laissés à l'abandon dépassent des congères. Sally l'appelle sur son portable pour savoir où en est la visite du site. Ils vont faire payer les billets une fortune, leur annonce-t-elle en mode haut-parleur, et tout l'argent ira dans les caisses du festival de théâtre annuel en l'honneur de Tennessee Williams. Quels que soient les aménagements ou restaurations requis pour l'Atlantic House, ils seront terminés à temps pour le festival en septembre prochain. Elle n'a pas sauvé cette masure historique pour assurer sa retraite, déclare-t-elle. Elle est là pour faire de l'aménagement urbain créatif. Dans un effort conjoint avec le festival, le centre de retraite pour artistes et la Maison de Norman Mailer, elle va remettre les arts littéraires au premier plan de l'identité de Provincetown, et elle est ravie d'avoir la légendaire Anja Bloom pour partenaire, maître à penser et co-investisseuse dans cette renaissance artistique.

Keith tient sur sa paume, comme un plateau de biscuits, le téléphone d'où sortent ces aboiements. Anja détache les yeux de l'appareil pour chercher son regard d'un air impuissant.

« Tu es une force de la nature, ma belle ! » lance-t-il, s'adressant à sa paume.

La pièce n'est déjà plus une vague perspective mais quelque chose d'acquis, et l'envie de faire plaisir à Sandrino (pas à Trevor) a laissé place à la nécessité de participer au renouveau culturel d'une ville dont elle n'a pas encore vu le visage de près. Anja n'a pas pour habitude de se décider à la va-vite en matière d'art. Quand elle travaillait avec Hovland, elle le faisait attendre des mois avant de lui donner ses retours sur ses scénarios et séquenciers, car elle avait besoin de tout ce temps pour s'immerger dans le monde qu'il avait conçu, pour l'interroger et s'y soumettre, afin – quand elle reviendrait vers lui – d'en maîtriser parfaitement la langue et les couleurs et d'avoir les outils nécessaires pour en peaufiner les rythmes et les contours. La seule fois où elle a agi instinctivement au lieu de privilégier un long processus d'immersion et de négociation, c'est pour le FAB. L'idée lui en était venue en rêve, et le temps qu'elle ressorte de celui-ci, elle avait fait construire un théâtre à *Pappa*.

« Son vrai nom est Attila, d'ailleurs, dit Keith en raccrochant. Mais sérieusement, cette femme s'est donné une mission, et rien ne l'en détournera. Vous n'auriez pas pu apparaître à meilleur moment.

— C'est quoi l'“aménagement urbain créatif” ?

— C'est du jargon d'assoce à but non lucratif. Sally revient tout juste de Chicago, où elle avait la responsabilité d'un grand musée. Je suis son contact sur le terrain. Mon boulot est d'acquiescer, d'aller chercher et de veiller à ce qu'elle ne marche pas dans une merde de chien. Les nouveaux riches par ici la traitent comme une étrangère et une opportuniste, mais la vérité, c'est que sa famille a vécu ici pendant des dizaines d'années. Heureusement que c'est une gouine avérée, portugaise par-dessus le marché, et que l'argent ne l'intéresse pas, sinon on ne l'aurait rien laissée accomplir ici, elle a été partie trop longtemps ; presque toute sa vie. Provincetown dégueule peut-être paillettes et GHB, mais l'endroit a une âme, et elle aussi. » Il baisse la voix, continuant dans un murmure : « Ce que j'ai hâte de voir, c'est la tête des mecs quand ils vont se pointer cet été et découvrir que le plus gros club d'Homotown est désormais le centre culturel du patelin. »

Anja a besoin d'une heure de solitude, lui dit-elle. En descendant la grand-rue, le visage caché dans l'ombre d'une capuche, elle jette un coup d'œil à l'intérieur des maisons, des boutiques, des restaurants vides. Elle s'attend à des dioramas poussiéreux, à des décors abandonnés en plein tournage, mais partout où elle regarde, elle voit des signes de vie. Elle est en train d'admirer une grande huile dans la vitrine d'une galerie d'art plongée dans l'obscurité – trois garçons torse nu, la tête penchée, le dos tendu, en train de ramener leurs filets de pêche vers le rivage sous une lune couleur citron – lorsqu'un homme traverse brusquement la pièce derrière le tableau en enfilant un pull. Au coin d'une étroite ruelle transversale, elle regarde dans un café en sous-sol des ouvriers du bâtiment courbés sur le papier paraffiné enveloppant leur déjeuner. L'un d'eux sent son regard et lève les yeux puis son sandwich entamé à sa santé. Alors qu'elle passe devant une boutique de bijoux artisanaux, les stores remontent, les lumières s'allument et une jeune femme aux cheveux tressés retourne la pancarte pour indiquer que c'est ouvert.

Anja entre pour se réchauffer et feint d'envisager l'achat d'un collier fait de pièces d'étain martelées comme cadeau de Noël pour une nièce qu'elle n'a pas. Vous avez à peu près le même âge, dit-elle à la jeune femme derrière le comptoir ; sa nièce vit avec elle depuis plusieurs mois, mais elle vient enfin de décider de reprendre ses études. À New York. Anja souhaite lui donner une amulette, si l'on peut dire, quelque chose pour la protéger des créatures qui se cachent dans les ruelles. La jeune femme rit. Elle suggère une bombe au poivre à la place. Elle n'est pas une fille de la ville, dit-elle ; elle est née au cap Cod et n'a toujours pas trouvé de raison valable d'en partir. Ses tresses sont aussi serrées que la corde que tirent les garçons dans le tableau, qu'ils continueront de tirer pour l'éternité, leurs filets débordant de poissons, sans jamais pouvoir s'arrêter et se reposer sous la lune de citron. Elle tient le collier contre sa poitrine pour qu'Anja puisse l'imaginer au cou de sa nièce. Le style n'est pas de son goût, personnellement, dit Anja, mais sa nièce est du genre fantaisiste, et les pièces sont censées porter chance, alors oui, elle va le prendre.

La ville ne peut pas voir le visage d'Anja, mais elle peut voir le sien. C'est celui de la fille qui ressemble à la nièce qu'Anja n'aura jamais. Ses joues sont rondes et brûlées par le soleil, son front semblable à un haut rempart battu par les vagues. Ses yeux sont baissés, non de honte mais par un réflexe de défense ; qu'elle laisse quelqu'un la regarder dans les yeux et il y plongera sans sa permission. La fille au comptoir enveloppe le collier de pacotille dans du papier de soie doux et parfumé à la lavande. Elle tend à Anja un prospectus pour un groupe d'action politique qu'elle anime le mardi soir à l'étage de la boutique. Par la fenêtre, elle la regarde descendre les trois marches glissantes. Personne ne croirait Anja si elle disait que cette ville a un visage de fille. Regardez les efforts qu'elle fait, songe-t-elle, pour se convaincre elle-même de sa masculinité : le poing aux articulations enflées que forme son littoral, son monument haut et chauve, la rue où elle marche semblable à une longue gorge s'étouffant sur un mugissement.

Elle retrouve Keith à l'Atlantic House à l'heure convenue. Il l'emmène à Herring Cove voir le coucher du soleil avant de la ramener à l'aéroport. Ils restent assis côte à côte à l'avant de sa voiture, face à la plage. Elle a conscience de l'arrivée d'autres véhicules à côté d'eux sur le parking, du ronronnement de leurs moteurs, des bras qui entourent des épaules, des haleines qui embuent les vitres, mais elle ne peut détacher les yeux du ciel en feu, de la mer d'ardoise plate. Elle en a vu d'autres ; elle n'a jamais rien vu de tel.

De nos jours, il n'y a rien de plus simple que de voler au milieu des nuages, de traverser les océans profonds, de parcourir d'énormes distances. Le monde est une petite mare, les continents des nénuphars, et les femmes comme elle folâtrent de l'un à l'autre comme des grenouilles. Ce n'est pas comme avant, à l'époque où il n'y avait pas d'argent et qu'elle était obligée de compter sur la largesse d'obscures tantes et de vagues inconnus, où elle était redevable à quelqu'un d'autre qu'elle-même. Comme elle s'est sentie lourde pendant toutes ces années après leur fuite de Malmö, alors qu'elle était traînée de gare en gare, et présentée entre chaque arrivée et chaque départ comme on sort un bijou en argent de son écrin de velours. Lorsque sa tante de Vienne lui a révélé ce qu'avait caché sa mère – que son père était mort d'amour pour elles, d'une mort de vagabond, sans avoir la moindre idée du remords qui torturait Anja – elle a commencé à comprendre la force inhérente au déracinement. Nul endroit n'avait de droits sur elle. Et elle s'est libérée de sa dernière obligation, la laissant endormie dans le lit qu'elles partageaient dans l'appartement de Portofino. Elle est descendue sur le quai avec une valise et a contemplé le port, aussi fixement qu'elle regarde maintenant le coucher de soleil. Au lieu de craindre la fuite, elle s'est mise à la désirer. Et c'est alors que, de façon prévisible, ses hommes ont commencé à apparaître, ces fragments de *Pappa* qui lui ont chacun offert sa version d'un foyer, jusqu'à ce qu'un par un ils l'abandonnent, tout comme elle l'a abandonné.

Était-il nécessaire pour ses hommes de lui demander, comme ils l'ont tous fait, pourquoi elle n'est jamais retournée à Malmö ? Sa détermination à ne pas le faire, qui n'a fait que se durcir au fil des ans, n'était-elle pas en soi un signe qu'il valait mieux s'abstenir de le lui demander ? Étrange que ses hommes aient été les plus enclins à lui poser des questions de télévision. Tu ne veux pas voir ton théâtre de tes propres yeux ? Cet émouvant monument à ton père ? Cette énorme scène ? Cet atrium éclairé par la lune ? Les enfants qui chantent ? La fosse d'orchestre ? Les coulisses ? Les sopranes ? Les décors recherchés ? Ce lourd rideau ? Ces studios ? Ces corbeilles ? Ces beaux ouvreurs ? Les passerelles au-dessus de la scène ? L'entrée ? Cette marquise ? Le nom de ton père – FREDRIK ALMAR BLOMGREN – en lettres lumineuses ? Comment peux-tu dire que tu ne le mérites pas ? Comment peux-tu sérieusement dire que tu n'es pas digne – toi, la grande Anja Bloom ! – d'en passer le seuil ?

13

Gabriele Rossini

Plusieurs semaines plus tard – le mois de septembre était arrivé – Visconti n'avait toujours pas appelé et Frank concocta une autre visite sur le tournage de *Senso*, qui se poursuivait dans le nord du pays, à Vicence. Dans l'intervalle, Visconti avait refusé toutes les scènes de Paul et chargé Tenn de leur révision. Le film s'inspirait du court roman de Camillo Boito, mais ce n'était pas pour rester fidèle au texte original que le réalisateur avait besoin de Tennessee Williams. C'était pour qu'il fasse gonfler le cœur des spectateurs, qu'il insuffle au dialogue la passion qu'il y avait dans la musique poignante composée pour le film, et qu'il rende le drame romantique au centre de ce dernier aussi bouleversant que la guerre en toile de fond. Frank était trop superstitieux pour demander à Tenn ce que son rôle allait peut-être devenir compte tenu de ce développement prometteur.

Ils avaient reçu une autre lettre de Truman, qui venait d'arriver à Venise sur le yacht d'Arturo López, ce qui faisait d'une visite à Vicence toute proche au même moment non seulement une bonne idée, mais quelque chose qui était voulu par le destin. Aucun d'eux n'était impatient de revoir Truman, mais la promesse des ragots qu'il allait avoir rapportés de Portofino était trop tentante. Frank avança l'argument que Tenn pourrait travailler sur ses révisions à l'hôtel, pendant qu'Anja admirerait Alida Valli et que Frank traînerait sur le plateau dans l'espoir d'attirer l'attention de Visconti.

Tenn accepta immédiatement. Il cherchait justement une excuse pour fuir Rome à nouveau, à présent qu'Anna était en Sicile et que Paul et Ahmed étaient repartis. Il venait d'envoyer les trois actes de *La Descente d'Orphée* au dactylo, et passait la majeure partie de ses journées à rôder dans l'appartement, rongé de honte et de regret. Il parlait du brouillon de sa nouvelle œuvre comme si c'était sa propre merde étalée sur du papier, une merde qui ne pourrait jamais être transformée en or, qui allait couler sa carrière, laquelle, persistait-il à dire, était morte avec *Un tramway*, sans espoir de résurrection. Il souffrait de crises physiques d'asphyxie – il appelait ça sa « faim d'air » – et Frank ne pouvait rien faire pour le nourrir ou le calmer. Les fins de saison faisaient toujours revenir les diables bleus. Il avait enfoncé des chiffons dans les fentes entre les carreaux des fenêtres pour bloquer le son des répétitions à l'Opéra ; *il teatro* avait cédé la place aux flûtes, et leur mélodie entraînante s'était installée de façon permanente dans sa tête. Aussi fut-il ravi de laisser Frank passer quelques appels à Vicence pour trouver un hôtel correct puis, pendant qu'il y était – pourquoi pas ? – réserver l'Excelsior à Venise pour le week-end suivant.

Lorsqu'ils arrivèrent à l'hôtel séculaire de Vicence, un message attendait Tenn. Il regarda Frank, plia le morceau de papier en deux et le glissa dans la poche de son blazer.

« Truman, dit-il en levant les yeux au ciel. Il veut qu'on le retrouve pour dîner, mais ce soir, je veux qu'on dîne *à deux**. »

Dans leur chambre au dernier étage, une fois sa machine à écrire mise en place et Anja installée à l'autre bout du couloir, il entraîna Frank par la main sur le balcon. Celui-ci donnait sur un petit patio clos de grands cyprès et, un peu plus loin, sur le cadran bleu ciel de l'horloge d'un haut campanile de brique.

« Qu'est-ce qu'il y a ? » demanda Frank.

Tenn sortit le morceau de papier de sa poche et le lut à voix haute. Le message n'était pas de Truman, mais de Visconti. Il voulait que Frank se présente sur le plateau à la première heure le lendemain, prêt pour sa scène sur le chemin avec Alida et les lavandières. Avec quelques révisions de dernière minute par Tenn, la complication s'intégrait désormais parfaitement à l'intrigue et au rythme de *Senso*.

Il serra la lettre contre sa poitrine tandis que Frank s'approchait pour l'embrasser.

« Je suis tellement soulagé, avoua-t-il. Ça s'est joué à pas grand-chose. » Visconti avait eu un autre acteur en vue pour le rôle, expliqua-t-il, quelqu'un qui avait déjà quelques films à son actif, mais Frank possédait la *sprezzatura*, la nonchalance, qu'il recherchait. « Il s'est rappelé ton magnétisme, ta passion sur le tournage dans le Trastevere. Il a besoin qu'Alida ressente la tentation et le danger. »

Frank but ses paroles. Magnétisme. Passion. *Sprezzatura*. Tentation. Danger. Il se laissa tomber contre Tenn, le plaquant contre la balustrade alors que le soleil se couchait derrière la tour et que les badauds dans le patio, levant des yeux battus vers eux, leur lançaient des injures. Lorsque

Anja frappa à leur porte peu après, ils s'immobilisèrent sur le lit grinçant, muets, jusqu'à ce que le bruit de ses pas s'éloigne dans le couloir.

Plusieurs heures plus tard, Frank partit à sa recherche. Il avait longuement travaillé ses répliques avec Tenn – seize lignes à eux deux – mais il voulait continuer la répétition, avec Anja comme partenaire d'entraînement. Elle n'ouvrit pas sa porte. L'aubergiste ne l'avait pas vue sortir. Il fit toute la Contrà Cavour dans les deux sens, regardant à l'intérieur de chaque boutique et de chaque bar ; où qu'il se tourne, le clocher se dressait comme un guide, une promesse, une réprimande. Les rues miroitaient. Avait-il plu ? Enfin, il trouva Anja assise seule derrière la vitre d'une trattoria déserte. Il resta un moment sous un lampadaire à la regarder. Elle était en train de déchiqueter un morceau de pain sans le manger. Assise le dos bien droit contre son dossier, elle avait les yeux fixés sur le vide du mur en face d'elle. Si Frank ne l'avait pas connue, il l'aurait prise pour une enfant qui s'ennuyait en attendant que son père ait fini de payer l'addition, et sirotait des gorgées discrètes du verre de vin qu'il avait laissé sur la table.

Frank avait besoin de la distraction qu'elle représentait. De ses propos rassurants. C'était la dernière nuit de sa vie telle qu'il la connaissait, et elle seule comprenait ce que cela faisait de voir l'avenir s'ouvrir devant soi de la façon exacte qu'on avait planifiée et crainte à la fois. Et si Visconti se moquait de lui ? Et si, au contraire, il lui découvrait un grand talent ? Et si l'avalanche de films consécutive l'éloignait de Tenn ? Comment Frank pourrait-il veiller sur lui s'il allait vivre sa vie de son côté ?

Anja se tourna vers lui. Elle devait avoir senti son regard

lourd de questions. Lorsqu'elle le reconnut, immobile en pleine lumière, les mains enfoncées dans les poches, son visage se fendit d'un sourire de petite fille et elle lui fit signe d'entrer.

Frank n'avait rien mangé depuis qu'ils avaient quitté Rome. La trattoria était sur le point de fermer, mais ils lui préparèrent une assiette de pâtes et lui apportèrent une carafe de vin rouge sombre. Tandis qu'il mangeait, buvait et se laissait apaiser par le vin et la compagnie d'Anja, celle-ci lut la scène que Tenn venait de réécrire à la hâte pour lui et Alida Valli.

« Ce n'est pas grand-chose », dit-il, soudain embarrassé par la minceur du rôle, écrit sur deux pages de papier pelure si délicates et fragiles qu'elles pouvaient s'envoler par la fenêtre sur un souffle de vent.

Et pourtant, ces quelques lignes contenaient plus de mots que Frank Merlo n'en avait jamais prononcé devant une caméra.

Anja posa les pages à côté d'elle. Puis son visage s'assombrit, devint agité, comme si elle venait de recevoir une très mauvaise nouvelle. Elle joignit les mains sur la table.

« Anja ? »

Elle le regarda.

« *Qu'y a-t-il ?* » demanda-t-elle sèchement. Elle se leva, renversant sa chaise, et indiqua, au fond du restaurant, le serveur en train de nettoyer les tables. « *Ne voyez-vous pas qu'il y a le feu ?*

— Oh, mon Dieu, s'exclama Frank. On fait ça tout de suite, d'accord. » Il s'essuya la bouche. « Donne-moi une seconde. » Il jeta sa serviette par terre et se leva à son tour. S'adressant à la comtesse Livia Serpieri, il dit : « *Votre ami, dans la grange, il est en danger.* » Il dit ces mots d'une façon aussi menaçante que possible, comme Tenn le lui avait prescrit, avec une très légère note de tendresse dans le mot « ami ».

Un éclair de panique traversa le visage d'Anja – de Livia. Puis, masquant sa peur sous une confusion pleine de défi, elle répondit :

« *Je ne sais pas à qui vous pouvez bien faire allusion,* signor. *Je n'ai pas d'amis ici. Que des domestiques.*

— *Je pensais que vous voudriez peut-être savoir où le petit froussard s'est réfugié* », répondit Frank avec une nonchalance étudiée.

Tenn avait donné un nom à son personnage : Gabriele Rossini. C'était dans la peau de celui-ci qu'il essayait de se mettre.

« *Que voulez-vous de moi ?* » demanda Livia entre ses dents, chuchotant pour ne pas être entendue des lavandières.

Le serveur interrompit sa tâche pour observer cette étrange interaction. Il s'immobilisa, le poing sur la hanche, les yeux fixés sur leur petit numéro. Frank pouvait le voir du coin de l'œil, et même ce public d'une personne, la tête penchée d'un air perplexe, l'électrisait. Le déconcentrait. Comment cela se passerait-il le lendemain, lorsque Visconti allumerait la caméra ? Et s'il pleuvait ? Et si la lumière ne convenait pas ?

« Tu as déjà tout mémorisé ? s'étonna-t-il. Ça ne t'a pris que deux minutes ?

— Mémorisé quoi ? répliqua Anja, refusant de sortir de son rôle. Êtes-vous fou, jeune homme ? » Elle serra de nouveau les dents. « Vous avez parlé d'un froussard dans la grange, et je vous demande, *signor* : *Que voulez-vous de moi ?* »

Et Frank ne put s'en empêcher – ces narines gonflées qu'elle faisait, son improvisation maladroite, le serveur qui appelait le cuisinier pour qu'il vienne les regarder : il éclata de rire. Livia durcit le regard, pleine de courroux. Elle repoussa la table. Ce n'était pas le moment de faire l'andouille. Elle avait besoin qu'il soit sérieux.

Frank se couvrit le visage de ses mains pour retrouver son sang-froid. Lorsqu'il les écarta, il fit de son mieux pour regarder Livia Serpieri avec la lascivité que requérait le moment. Il était temps pour Gabriele Rossini d'exploiter la légèreté des mœurs de la comtesse, de la remettre à sa place. Mais là encore, son corps se tordit de rire, et cette fois Anja se joignit à lui.

« Frank ! » protesta-t-elle en jetant les bras au ciel en un geste assez italien, semblable à celui qu'aurait fait Alida Valli s'ils étaient sur le plateau, et non derrière la vitre d'une trattoria déserte par une nuit pluvieuse à Vicence.

Elle ne pouvait pas s'arrêter de sourire. Il était irrésistible, lui dit-elle. Cette expression qu'il avait, comme un petit garçon qui a mangé trop de chocolat. C'était trop amusant pour qu'elle arrive à voir en lui quelqu'un d'autre.

« Ce n'est pas de ta faute, dit-elle. Mais bon, on est ici pour répéter, ou pour rigoler ?

— Je veux répéter, répondit-il.

— C'est bien. »

Plus tôt, avec Tenn, Frank avait été crispé, angoissé, essoufflé. Il n'avait pas arrêté d'oublier son texte. Il avait eu besoin d'avoir les pages devant lui alors qu'ils manœuvraient autour des lits jumeaux dans leur chambre d'hôtel. Les mots s'étaient bousculés et embrouillés dans sa tête ; ils n'avaient pas réussi à sortir de sa bouche. Avec Anja, ils lui venaient plus aisément, mais ils eurent beau jouer la scène des dizaines de fois, il ne parvint jamais à se retenir de rire, même après que le serveur se fut désintéressé d'eux et eut repris sa tâche.

« Cela veut-il dire que je suis prêt, tu crois ? demanda Frank avec espoir.

— Non », répondit Anja.

Il ne l'avait toujours pas convaincue qu'il était Gabriele. Il n'aurait pas dû avoir besoin de costume.

« Mais ça va aider, n'est-ce pas ?

— Peut-être. »

Le serveur commença à passer de table en table pour éteindre les bougies. Frank et Anja sortirent dans la Contrà Cavour. Elle lui prit le bras pour regagner l'hôtel. Arrivée devant, au milieu de la rue déserte, elle s'arrêta et se tourna vers lui.

« *Qu'y a-t-il ?* » recommença-t-elle.

Cette fois, il était préparé.

À la fin, elle s'exclama « Bravo ! » et l'applaudit, faisant s'envoler une nuée de pigeons.

Il salua.

« Essaie cette astuce, lui dit-elle. Lorsque tu diras ces répliques à Alida demain – tout à l'heure – imagine que c'est à moi que tu parles. Imagine que tu es dans cette rue, et qu'il n'y a personne autour à part moi et les oiseaux.

— *Grazie, maestra* », dit-il en s'inclinant de nouveau.

Dans le couloir, à la porte de sa chambre, il l'embrassa sur les deux joues pour lui souhaiter bonne nuit et se détourna, mais elle s'attarda un moment et il crut qu'elle allait recommencer le dialogue, une dernière fois. Mais elle resta là, la tête penchée et les mains jointes derrière le dos, sans bouger ni parler, comme une fille qu'il aurait emmenée au cinéma et galamment raccompagnée jusque sur le perron de ses parents, mais qui en attendait désormais davantage.

« Quelque chose ne va pas ? lui demanda-t-il.

— Bien sûr que non, répondit-elle, rompant presque immédiatement le charme. Quitter ta compagnie est juste... c'est toujours difficile. »

Et sur ces mots, elle s'en alla.

À quatre heures du matin, Tenn sortit sur le balcon, où Frank était assis dans un fauteuil, éveillé.

« Oh, Frankie, dit-il en frissonnant, les bras croisés sur sa poitrine. Tu n'as pas dormi du tout ? »

Il resta assis à côté de lui, en peignoir, la main sur sa cuisse nue, tandis que le ciel s'éclaircissait. Il faisait frais, mais Frank avait été trop paresseux et trop agité pour aller chercher une couverture dans la chambre. Il grimpa sur les genoux de Tenn et se blottit contre lui, le laissant le couvrir des pans soyeux de son peignoir. Le fauteuil grinça et ploya sous leur poids.

« On devient trop vieux et trop gros pour ce genre de chose », dit Tenn, en le serrant plus fort contre lui alors que le ciel virait au rose flamant.

Au bout d'un moment, il mena Frank par la main jusqu'à son lit. Il voulait travailler un peu. Frank s'allongea sous les couvertures pour le regarder, assis à son bureau, et c'est alors seulement, au son familier et apaisant de ses doigts sur les touches, qu'il réussit à trouver le sommeil pour quelques heures.

C'était une belle et chaude journée. Prenant la voiture, Frank, Tenn et Anja firent les trente kilomètres qui les séparaient de la Villa Godi, ce gigantesque *palazzo* de style palladien où Visconti avait rassemblé son équipe. Le réalisateur les salua mollement de la main alors qu'ils traversaient la vaste pelouse. Ils attendirent dans une des cours, en buvant du café gardé au chaud dans de petits thermos métalliques. Frank, debout à la table des viennoiseries, s'empiffrait nerveusement, un œil à l'affût des mouvements des cameramans, l'autre fixé sur sa propre jambe agitée de tremblements. Où était Alida ? Farley serait-il là aussi ? Les *cornetti* pleins de beurre avaient laissé ses lèvres graisseuses. Il n'y avait pas de serviettes. Il s'essuya la bouche sur sa manche. Il révisa une fois de plus son texte dans sa tête. Visconti cria quelque chose à un cameraman. En guise de spots, ils avaient disposé de grands abat-jour métalliques sur des poteaux mobiles. L'endroit grouillait de soldats en uniforme qui tournaient en rond, se grattant l'entrejambe et réattachant sans cesse la jugulaire de leur casque. Tenn alluma une cigarette. Frank en fuma trois. Quand allait-on lui faire passer son costume ? Anja lui pinça le flanc, et il sursauta.

Truman arriva, vêtu d'un pull blanc trop large qui engloutissait sa minuscule stature et d'un foulard à pois noué autour de son cou à la façon d'un jabot. Quelle tantouze, songea Frank. Il se redressa et carra les épaules. Aujourd'hui, il était le séducteur impudent et fruste d'une comtesse. Il fit rapidement et gauchement la bise à Capote, manquant faire tomber ses épaisses lunettes. Puis tous quatre s'assirent sur des chaises en osier au pied d'une colonne de pierre, en attendant qu'on leur dise quelque chose.

« L'ennui du plateau de cinéma », déclara Truman en roulant ses manches jusqu'au poignet. Il sirotait de l'eau glacée avec une longue paille, en tenant son verre à deux mains. Bien qu'elle soit assise juste à sa droite, il n'avait pas encore adressé la parole à Anja. « Des heures de poireautage pour cinq minutes d'action.

— Comme quand tu dragues à la Villa Borghèse », fit Tenn.

Truman avait les cheveux plus clairs qu'un mois plus tôt seulement à Portofino, ce qu'il attribua aux longues journées d'août qu'il avait passées sur les ponts baignés de soleil du yacht de López. Il semblait incapable de parler d'autre chose que de son périple autour de la péninsule italienne à bord de la *Gaviota*, qui employait un équipage de vingt-six personnes, « huit de plus que Visconti n'en a aujourd'hui ». Il se tourna vers Anja. « C'est dommage que votre mère soit retournée auprès de signor Ricciardi. Un homosexuel milliardaire n'a jamais trop de femmes pour donner le change.

— Comment se porte-t-elle ? demanda Anja avec une froideur étudiée.

— Elle se porte bien, répliqua Truman en gonflant les joues. Les Italiens aiment leurs femmes bien en chair et leurs maîtresses plus encore.

— À quelle catégorie appartient-elle ?

— Elle voulait vous inviter au mariage, mais vous n'aviez pas laissé d'adresse de réexpédition. »

Il salua de la main Alida Valli, qui venait d'apparaître sur une des terrasses, mais Anja ne sembla pas la remarquer.

« Ça a été une petite cérémonie, continua Truman, organisée à la va-vite, même si on peut supposer sans trop s'avancer qu'il n'y avait pas de raison indécente à cela. » Il éclata de rire. « Ricciardi était veuf, comme vous vous le rappelez sûrement après avoir passé des mois sous son toit luxueux. Sa première épouse était une *baronessa* du Nord. Lombarde, il me semble. On dit que votre mère lui ressemble par son visage, sinon par sa fortune. C'est presque noble, dans un sens, la façon dont il a équilibré les choses en épousant une sans-le-sou cette fois.

— Et la magnanimité dont il a fait preuve en pardonnant à Bitte l'incident du loup de mer, ajouta Tenn. Ce veuf a le cœur soit très fort, soit très faible.

— Dans un cas comme dans l'autre, ma mère a gagné », répliqua Anja.

Truman leva son verre vide à sa santé.

« D'après ce que je peux constater, vous sortez toutes les deux victorieuses. Tenn m'a dit que vous aviez commencé à traîner avec un fringant auteur danois. Ce doit être un vrai de vrai, sinon j'aurais sûrement entendu parler de lui. Mais ne vous inquiétez pas : l'obscurité est un mal vite guéri par la médiocrité. Y a-t-il du vin ?

— Il est dix heures du matin », fit remarquer Tenn. Devant le regard vide de Truman, il se hâta d'ajouter : « L'heure du martini, bien sûr ! », ce qui lui gagna le rire dont il avait bien besoin.

Frank avait appris très vite comment ne pas se retrouver sur la touche face au feu croisé de boutades dans le cercle de Tenn – il n'était jamais trop tôt pour boire, jamais trop tard pour un dernier verre – mais aujourd'hui, son cœur, sa tête et ses yeux étaient ailleurs. Il regarda Visconti traîner une chaise sur l'herbe, à l'ombre d'un arbre, et s'asseoir avec le script sur les genoux. Il le regarda griffonner en marge des pages, secouer la tête, grimacer et barrer ce qui semblait être des lignes entières de dialogue. Il regarda Truman se lever pour s'approcher du réalisateur, attrapant lui aussi une chaise sur son chemin, et la planter à côté de la sienne. Il regarda Visconti se dérider à la vue du petit homme, puis se plier de rire, puis, après quelques minutes, le chasser de la main comme pour dire : assez rigolé, j'ai du travail.

Malgré tout ce temps passé à attendre et à observer, depuis le jour où Paul lui avait dit qu'un rôle avait été écrit pour lui dans le film jusqu'à cet instant, lorsque enfin il arriva, son moment le prit par surprise. Entre-temps, l'après-midi avait commencé et ils avaient déjà fait deux fois le tour de la cour pour admirer les statues, les fontaines et les jardins en terrasses. Ils s'ennuyaient et ils avaient faim, et Frank fumait une autre cigarette en racontant à Truman ce qu'il était finalement advenu de Jack Burns et d'*Il Dottore*. Truman avait appris la nouvelle dans les journaux, bien sûr – la mort de l'auteur américain John Horne Burns avait brièvement été le sujet de toutes les conversations à bord de la *Gaviota* lorsqu'elle contournait la côte sicilienne – mais il n'avait pas eu idée que Frank se trouvait du côté de Marina di Cecina à ce moment-là, et encore moins qu'il était au chevet de Jack lorsque celui-ci s'était convulsé en écumant.

« J'ai dit à tout le monde sur le yacht qu'il avait été assassiné, déclara-t-il. Et de tous ceux qui l'avaient rencontré, personne n'a montré la moindre surprise.

— Sandro ne l'a pas assassiné, répondit Frank. Il l'a tué, en revanche.

— Il y a une différence ? » demanda la voix de Visconti.

Il les salua chaleureusement tour à tour, et garda même la main d'Anja un peu plus longtemps dans la sienne pour lui dire qu'il était content de la voir là, à Vicence. Frank allait bientôt devoir passer au maquillage, mais avant il était temps pour eux de se joindre à lui pour déjeuner. Il avait utilisé la matinée pour tourner des plans de situation de la vue offerte des marches du *palazzo*, mais à présent que Farley était arrivé, et que les chevaux s'étaient calmés, il était prêt à filmer la nouvelle scène que Tennessee avait ajoutée.

La cour s'était brusquement remplie de dizaines de membres de l'équipe et d'acteurs, en costumes ou non, assis tous ensemble autour des tables. Les viennoiseries avaient été remplacées par de grands saladiers de pâtes et des plats de poisson frit, d'olives et de fromage, au milieu desquels se dressaient des bouteilles d'eau et de vin, ainsi que des vases remplis de bouquets de fleurs sauvages expertement composés. La table de Visconti, la seule à être recouverte d'une nappe en lin, était dressée à l'ombre, à côté de ses piles de livres et de papiers.

« Vous étiez en train de parler d'assassinat et de meurtre, dit-il à Frank. Pas le genre de sujet auquel je m'attendais de la part d'un jeune homme au visage aussi angélique.

— La galanterie innée de Frankie le rend particulièrement qualifié pour détecter la duplicité chez autrui, même dans son expression la plus subtile, répondit Tenn. Il est convaincu que John Horne Burns n'est pas mort empoisonné par quelque mixture mélangée à son whisky par le docteur, mais – quel était ton diagnostic, Frankie ? – de *négligence malveillante*.

— À Portofino, Sandro était la patience et la bienveillance incarnées, remarqua Truman. Je suppose que ça aurait dû éveiller nos soupçons à tous.

— J'ai tout vu de mes propres yeux à Livourne, dit Frank en se servant un verre de vin.

— Raconte-nous », lui suggéra Anja, percevant quelques secondes avant lui l'attention que lui prêtait Visconti.

Il avait fait signe à Frank de s'asseoir à côté de lui, après tout. Sa chaise était légèrement tournée vers sa jambe droite, toujours agitée de tremblements. Anja avait eu son moment, au Fontanone, pour impressionner son réalisateur en narrant une histoire ; c'était là le sien. Et son histoire à lui n'avait pas besoin qu'il y ajoute des vampires pour l'enjoliver ou en masquer la part de vérité ; il pouvait tout raconter tel que ça s'était passé. Mais sans son incitation, il aurait peut-être raté son occasion.

Frank parla du jardin, de la piste ensanglantée laissée par les chiens, de Shelley, mais surtout, il parla de l'incompétence de Sandro : du charlatan de la base navale qu'il avait appelé trop tôt et du spécialiste de Volterra qu'il avait appelé trop tard, du verre au contenu trouble sur la table de chevet et des dîners imposés de bouillon et d'eau. Il parla de Floria. Sandro n'était pas un mauvais homme, dit-il, écartant les mains en un geste presque de supplication, comme s'il implorait la clémence du jury au nom du vétérinaire. Il ne le considérait même pas comme cruel. Il aurait été incapable de porter un coup fatal à son amant, mais il n'avait pas de scrupules à le perdre de vue quand il partait se baigner en mer. Il pouvait feindre d'ignorer si la bosse sur la tempe de son amant allait désenfler en vingt-quatre heures ou en un an, et en même temps s'attendre à le revoir l'été suivant au Caire, celui d'après à Beyrouth, et ainsi pendant des années. C'était cela qu'entendait Frank quand il disait qu'il avait tué sans assassiner, qu'il avait délibérément fermé les yeux sur la réalité, qu'il avait fait preuve de négligence malveillante. Sandro était arrogant, leur expliqua-t-il. Avaient-ils déjà rencontré un médecin qui ne le soit pas ? Il s'était convaincu que Jack voulait mourir, puis avait ignoré toutes les preuves du contraire afin que son souhait puisse être exaucé.

« J'ai trouvé Jack assis à son bureau en train d'écrire le jour où il est mort, dit Frank.

— Une lettre de suicide ? demanda Anja.

— Je ne crois pas. Il se sentait mieux. Il revenait à la vie. Sur le moment, j'ai pensé : tu n'écris pas une lettre à quelqu'un sans avoir l'intention d'être là pour recevoir la réponse. Mais maintenant... » À ces mots, il se leva, pour donner plus de poids à ce qu'il allait dire, pour tenir son public en haleine, pour exhiber sa poitrine moulée dans son T-shirt à l'attention de Visconti. « ... Maintenant, assis ici à la table de véritables artistes, je me demande, est-ce que tout ce que vous écrivez – vos pièces, vos romans, vos scripts (il regarda chaque homme tour à tour) – n'est pas juste une façon de vous projeter dans l'avenir, de revendiquer vos droits sur lui ? Vous imaginez que vous aurez demain pour les terminer. Vous imaginez qu'un public les lira ou les regardera.

— Frankie a raison, dit Tenn en l'admirant. On dit que les artistes ont soif d'immortalité. Moi je dis qu'on n'en a rien à foutre de la vie après la mort. C'est de celle-là qu'on veut davantage.

— Toujours davantage ! enchérit Truman.

— Le docteur – j'ai cru comprendre qu'il était d'une classe sociale inférieure à celle de l'Américain, dit Visconti.

— Oui, répondit Frank. Même l'appeler “docteur” est une exagération. C'est plus un vétérinaire de campagne doublé d'un rebouteux.

— Ah, ça explique tout », répliqua Visconti sans préciser sa pensée, et visiblement peu intéressé par une discussion sur l'immortalité. Il se leva et pressa les épaules de Frank. « Vous voyez *quella bionda là* ? dit-il en lui indiquant une jeune femme qui passait en portant un marchepied. C'est elle qui va s'occuper de votre maquillage et de votre costume. Je vais chercher les stars. Nous filmons dans une heure. »

La blonde lui fit enfiler un ample costume trois-pièces : un pantalon en laine marron, un veston bordeaux et une longue veste en velours côtelé de la même couleur, fermée par un seul bouton, en haut, sous une cravate noire desserrée. Une autre femme lui tendit un feutre mou brun clair à porter non sur sa tête, mais à la main, pour pouvoir le poser sur son cœur, comme s'il avait de la peine, pendant qu'il menacerait la comtesse. Elles – ces femmes de l'équipe de Visconti – s'occupaient de Frank avec la même diligence qu'elles témoignaient à Valli et aux soldats dans le Trastevere, s'affairant autour de lui pour arranger son col, lui poudrer les joues, et même lacer ses bottes noires. Elles firent un pas en arrière, le contemplèrent, reculèrent encore, puis se rapprochèrent de nouveau pour ajuster les poignets de ses manches et appliquer une substance semblable à de la colle sur ses sourcils. Debout les bras écartés à l'ombre de la tente, Frank – Gabriele Rossini, le marchand du village sur son trente et un – aurait voulu que ça ne s'arrête jamais, même s'il transpirait, plus de nervosité qu'à cause de l'épaisse étoffe.

Bientôt, cependant, il se retrouva poussé hors du refuge de la tente, sur le chemin longeant le muret où les lavandières se tenaient prêtes à étendre leur linge. Là, au soleil, Alida Valli l'attendait dans son jupon bleu et blanc, une ombrelle à la main et un châle noir sur les épaules.

« *Piacere* », dit-elle d'un ton distrait lorsque Visconti les présenta l'un à l'autre.

Le fait qu'ils se soient déjà rencontrés et aient même échangé quelques civilités dans le Trastevere n'avait pas d'importance ; pour qu'une star se souvienne de vous, il fallait que vous lui ayez été d'une quelconque utilité. Les yeux d'Alida n'étaient pas fixés sur son partenaire mais sur l'horizon, où des nuages de fumée noire avaient commencé à apparaître au-dessus du mur du jardin.

Visconti et un de ses assistants réalisateurs, Franco Zeffirelli, prirent place derrière la caméra, qui était posée sur l'herbe à côté du chemin. Visconti regarda le premier par l'objectif, puis laissa Zeffirelli y jeter un coup d'œil ; celui-ci hocha la tête et Visconti reprit sa place. L'appareil, monté sur un trépied, était aussi grand et large qu'un gorille, que Visconti donnait l'impression de consoler, un bras autour de sa taille et la tête sur son épaule. Il indiqua à Tenn, Anja et Truman de s'asseoir sur le muret à côté de lui avec le reste de l'équipe, hors du champ de sa caméra, où ils regardèrent Frank aller et venir nerveusement en attendant le signal qu'on allait commencer.

Fallait-il que Frank tourne les yeux vers Tenn, en train de croiser les jambes en évitant son regard ? Qu'il essaie de capter celui d'Anja, fixé sur Alida et le moindre de ses gracieux mouvements, le moindre tournoiement coquet de son ombrelle ? Fallait-il qu'il essaie de badiner avec Alida elle-même, ou bien la façon dont elle l'évitait relevait-elle d'un code qu'il ne comprenait pas, qui permettait peut-être d'entrer dans la scène pur de toute association ? Seul Truman eut le courage de soutenir le regard de Frank ; il lui fit signe de sa petite main et lui lança quelques mots que Frank ne put entendre car, juste à cet instant, Visconti aboya un ordre et les dames accoururent pour tamponner son visage et celui d'Alida, luisants de sueur, puis la caméra se mit à tourner.

Après toutes les angoisses de Frank, toutes ces heures de répétition et d'insomnie, comme il fut facile pour lui ce jour-là, sur le chemin gravillonné de la Villa Godi, de disparaître dans le personnage de Gabriele Rossini ! Cela lui vint aussi naturellement que s'il n'avait jamais lu les mots tapés par Tenn sur du papier pelure, que si toute sa vie, l'homme appelé Gabriele Rossini avait porté le costume d'un prolo italien du New Jersey appelé Frank Merlo. Les répliques sortirent de sa bouche avec la même aisance que lorsqu'il invitait une jeune femme à danser. Il n'eut pas besoin d'utiliser l'astuce d'Anja. Il contempla le visage affolé et implorant d'Alida Valli et garda la comtesse là, dans les cordes, l'espace d'un délicieux instant. Puis il laissa son regard se promener lentement, avidement, sur toute la longueur de son corps corseté et haletant, en disant :

« *Il ne peut pas rester ici éternellement,* signora.

— *Espèce de salaud !* s'exclama Livia. *Dites-moi ce que vous avez fait de lui !* »

Gabriele croisa les bras. L'incendie faisait rage au loin, derrière elle, alors qu'elle tentait de lui échapper. Le vent poussait les flammes vers la villa. Les draps étendus à sécher claquaient au gré des bourrasques. D'un instant à l'autre, croyait Livia, les soldats allaient découvrir son amant, Franz Mahler, dans la grange. Gabriele pouvait la sauver de la ruine, mais cela allait lui en coûter. Il lui disait quoi exactement. C'était un homme pauvre aux intentions mauvaises ; elle, une aristocrate qui s'était déjà avilie. Ils avaient chacun trouvé son égal.

« *Lorsque le grain prend feu...* » commença Gabriele, avant de marquer un temps.

Il approchait déjà de sa dernière réplique. Pour l'instant, Alida et lui avaient exécuté leur scène en une seule prise. En cours de route, il avait oublié qui le regardait ; il ne savait pas si les caméras continuaient seulement de tourner, si Visconti s'était endormi, si Tenn, Anja et Truman avaient sauté du mur. Rien de tout cela n'aurait d'importance. C'était cela que ça faisait de disparaître. Peut-être était-ce ce que ressentait Tenn lorsqu'il était dans son tunnel. Quelle que soit cette sensation, cette délicieuse ivresse, Frank en voulait plus. Beaucoup, beaucoup plus. Gabriele Rossini allait bientôt mourir dans cet incendie, et personne n'entendrait plus jamais parler de lui ; quant à Livia Serpieri, chanceuse pour une fois, mais pour la dernière dans *Senso*, elle serait épargnée. Mais à cet instant, ni lui ni elle ne savaient ce qui les attendait.

« *... il explose.* »

14

Mouvement brusque

La maison se dresse sur une haute crête herbeuse – le courtier immobilier n'emploie pas le terme de falaise, mais c'en est assurément une – et donne à l'ouest, sur l'océan. Du bord de la crête jusqu'à la plage privée en contrebas, il y a cinquante-sept marches. Lorsque le temps le permet, Anja fait le trajet, lentement, en s'agrippant à la rampe renforcée. Elle n'est pas pressée. La descente est plus difficile que la montée. À chaque pas, elle sent l'appel de la gravité, aussi profond et puissant que la marée. Si elle ne s'arrête pas à chaque palier, elle finira par dégringoler jusqu'aux rochers et se retrouver brisée et ensanglantée sur le sable, et ce n'est certainement pas comme ça que tout va se terminer. Arrivée en bas, elle enlève ses chaussures, tous ses vêtements, et se baigne. Depuis neuf mois qu'elle vit là, l'eau est restée invariablement glacée. Elle adore le frisson qui la traverse lorsqu'elle plonge dans les vagues. Un jour, ce sera le frisson qui arrête son cœur, et après elle flottera tout simplement jusqu'à ce que les requins la dévorent. Ce sera mieux comme ça.

La maison occupe trois cent soixante-dix mètres carrés

sur les quatre hectares de terrain boisé qui lui appartiennent désormais. Elle a absorbé tout le mobilier de l'appartement mais il reste encore de nombreux coins vides et des placards en rab. Le courtier a mis en avant la durabilité de la maison, ses espaces ouverts et son caractère innovant : les formes cubiques reliées entre elles par des passages couverts vitrés, les sols et les plafonds en béton, les poutres apparentes, les fenêtres donnant sur l'eau qui vont du sol au plafond, le toit plat conçu pour supporter jusqu'à deux mètres de neige. C'est lui qui a fait hésiter Anja, mais le courtier lui a expliqué les lois de physique qui lui permettent de supporter tout ce poids, et en quoi les toits pentus étaient une solution de paresse beaucoup trop répandue dans le coin, avec des plafonds mansardés où elle se cognerait constamment la tête. Anja a signé les papiers dès cette première visite, et emménagé avant la fin du mois. Sa seule déception concernant la maison est qu'elle est orientée vers l'ouest et non vers l'est, mais il n'y a pas de maisons sur la côte est de la péninsule. C'est une zone protégée. Si elle veut voir le soleil se lever à l'horizon opposé, il faut qu'elle prenne la voiture. Le week-end, un bus passe.

Il y a une petite ville où elle se rend rarement, même si cela lui plaît de la savoir là. De toute façon, tout est livrable de nos jours : provisions, livres, films, vêtements, l'Arabe qui fait craquer ses os et disparaître les nœuds dans les muscles de son dos et ses jambes. Lorsqu'il est nécessaire pour elle d'aller en ville, Ray, un homme qu'elle emploie à la journée, l'y emmène dans sa voiture hybride silencieuse. Il l'attend sur le parking devant le cabinet de son nouveau médecin, de son nouveau dentiste, devant son nouveau bureau de poste, le salon de son nouveau coloriste, qui, coïncidence, s'appelle également Ray. C'est le médecin qui lui a prescrit l'Arabe, qui lui a promis que les massages et la chiropraxie l'aideraient à moins souffrir quand elle marche. Pour l'instant, elle ne sent pas la différence. Il la prévient du danger que représentent toutes ces marches. Elle n'aurait jamais dû lui en parler. Elle tente le diable, lui dit-il. Le temps ici peut changer en un instant.

« Vous avez quelqu'un qui s'occupe de vous ? lui demande-t-il.

— Non. »

Il note pour elle le nom et le numéro d'une infirmière privée.

« Il vaut mieux ne pas passer par l'État, dit-il. Vous n'avez pas de famille du tout ?

— Non.

— Pas d'amis qui habitent dans le coin ?

— Non.

— Sûrement... »

Il s'interrompt.

« Sûrement quoi ?

— Pas... de fans dévoués ? »

Elle ne répond pas à cela.

Il lui donne le nom d'un service d'alerte. Tout ce que ça nécessite, dit-il gaiement, c'est qu'elle porte un collier discret qu'elle peut cacher sous son chemisier. Personne ne le verra. Le collier détecte les mouvements brusques et les chocs. Une fois alertés, les secours arrivent en quelques minutes, même dans des endroits aussi éloignés que chez elle.

« Vous devriez envisager d'y souscrire. »

Elle ne le fait pas.

Elle s'assied sur le patio pour regarder l'équipe d'hommes en train de tondre la pelouse et de tailler les arbres. Elle leur paie une somme importante tous les mois pour entretenir le terrain. Ils veillent sur elle. Les Ray et le facteur aussi. *Idem* pour son manager, son producteur et Sandrino, qui la contactent tous régulièrement sur Skype, bien qu'à des heures improbables. Ils se tordent le cou pour regarder par-dessus son épaule pendant qu'elle parle, dans l'espoir de la surprendre en train de faire quelque chose, de découvrir des indices. Ils savent où elle vit mais pas comment la trouver.

Elle veut des tulipes dans tous ces parterres, dit-elle à l'un des jardiniers. Qu'est-ce que le printemps sans tulipes ? Mais l'époque pour les planter est passée depuis longtemps, répond-il. L'été approche à grands pas. Ils planteront les bulbes à l'automne, lui promet-il, des rangs entiers, en alternant les couleurs, exactement comme elle l'a décrit.

Et des roses, dit-elle.

Bien sûr, répond-il ; l'automne est également la saison où on plante les roses. Il lui demande – comme tout le monde, tout le temps – si elle veut autre chose.

15

Hautes eaux

De Vicence, ils allèrent jusqu'à San Giuliano en voiture, mirent la Jaguar au garage et louèrent un *vaporetto* privé pour qu'il les amène directement à l'Excelsior. Frank et Tenn y avaient déjà séjourné deux ans plus tôt, en plein milieu d'une de leurs tempêtes estivales. Sous le ciel dégagé de leur relation actuelle, et sous l'arc-en-ciel du cadeau fait par Tenn de *Senso*, l'établissement paraissait encore plus grandiose. Par superstition, Frank demanda une suite dans l'aile sud, qui donnait sur la ville, parce que la fois précédente, ils avaient eu une vue de la plage depuis l'aile nord. Les rossignols s'étaient tus, alors. Cette année, si les choses se déroulaient comme le voulait Frank, ils allaient chanter toute la nuit et jusqu'au matin, aussi donna-t-il discrètement au réceptionniste cent mille lires pour inventer une crise qui obligea signora Blomgren à renoncer à sa chambre voisine de la leur pour s'installer de l'autre côté du bâtiment.

C'était un samedi de septembre, et la plage était bondée. Ils s'allongèrent tous trois côte à côte sur des chaises orange et se relayèrent pour aller nager et chercher des *granitas* au bar. Frank ne se rappelait pas avoir mieux dormi dans sa vie qu'il ne le fit sur cette chaise, sous le soleil qui lui peignait la peau de ses pinceaux fins et dorés. Ses bras fendaient l'eau avec puissance, ses poumons se remplissaient sans relâche d'air et d'énergie. Il aurait pu traverser l'Adriatique, attacher un Slave sur son dos, le ramener sur le rivage du Lido et avoir encore du souffle. Aussi loin que porte le regard (et ses yeux pouvaient voir jusqu'en Russie, en Californie), il était entouré de beaux corps bruns. « *Bravo, ragazzo* », lui avait dit Visconti, la veille seulement, avec une tape dans le dos. Frank sentait encore l'impact de sa main sur ses omoplates. Lorsque votre vie était un triomphe, celui-ci s'emparait de vous aussi entièrement et inflexiblement que la culpabilité, la honte ou la peur. C'était mieux comme ça.

La visite d'Anja à Vicence n'avait pas été couronnée du même succès que celle de Frank. Le soir du tournage de *Senso*, elle avait décliné l'offre de Truman de la ramener à Portofino et de l'héberger au-dessus du Delfino pour le reste du mois de septembre, le temps qu'elle se réconcilie avec sa mère. Elle n'avait pas plus réussi que la dernière fois à attirer l'attention d'Alida Valli, qui s'était retirée dans le Castello immédiatement après sa scène sur le chemin gravillonné avec Frank. Ce qu'elle voulait plus que tout, dit-elle à ce dernier, c'était se promener bras dessus bras dessous avec lui et Tenn dans les rues de Venise et donc, après le dîner, ils accédèrent à sa requête. Frank et Tenn étaient tous deux vêtus d'un costume en lin et d'une cravate de couleur vive, avec une veste sombre pour le premier et une beige pour le second, tandis qu'Anja portait sa robe à la Renoir de chez Gandolfo. Ils avaient tous trop mangé et avaient besoin de se dégourdir les jambes. Ils remontèrent paresseusement du débarcadère à la Piazza San Marco, où ils s'arrêtèrent un moment pour fumer et chercher sur leur carte rudimentaire le chemin à prendre pour atteindre le Palazzo Gritti, qui, si les souvenirs de Frank étaient bons, était doté d'une agréable terrasse couverte.

« Cette ville pesait lourdement sur mon âme il y a deux ans, déclara Tenn, mais je lui trouve une certaine délicatesse maintenant. » Il fit courir sa main sur la pierre lisse alors qu'ils s'engageaient dans une ruelle si étroite qu'ils y tenaient à peine à trois de front. « C'est cette qualité que j'aime le plus chez les gens et dans les villes, continua-t-il. La délicatesse. La légèreté. Je l'ai trouvée si rarement dans ma vie. »

Dans son nouveau corps, baigné de triomphe, Frank comprit qu'il parlait de Key West – leur chez-eux – et de lui, son foyer. Le moment était venu pour Frank d'avouer qu'il voyait les mêmes qualités chez Tenn, et qu'elles comptaient parmi les nombreuses raisons de son amour pour lui. Mais à cet instant, en arrivant dans une autre rue, ils tombèrent sur un groupe de touristes avinés qui cherchaient leur chemin en titubant et en criant, faisant monter l'écho de leurs voix vers les chauves-souris qui tournoyaient au-dessus d'eux, et l'occasion se perdit, comme tant d'autres avant elle.

La main d'Anja était petite et enfantine dans celle de Frank. Elle le laissait la tirer en avant pour lui montrer robes, fourrures et bijoux présentés dans les vitrines. Elle lui dit que dès qu'ils seraient de retour à Rome, elle s'installerait chez Hovland, près du Colisée. De là, il pourrait l'emmener à Erice, où elle resterait plusieurs mois, aussi longtemps qu'ils se supporteraient l'un l'autre. Après la Sicile, déclara-t-elle, son avenir était une page blanche.

« Mais je suis contente de vous quitter. Ce n'est pas que vous ne me manquerez pas, ou que je ne vous suis pas reconnaissante ! Je veux que Hovland me quitte aussi. Au bout d'un moment. J'ai besoin de savoir si je peux survivre seule, sans ma mère, sans l'argent de ma tante, sans hommes. » Elle préférait apprendre ça tant qu'elle était jeune, ajouta-t-elle. Elle ne voulait pas être une de ces femmes qui passent leur vie dans la peur constante de voir la glace sous leurs pieds céder brusquement. « Quelle tragédie ce serait de ne jamais oser me jeter à l'eau. De ne jamais savoir combien de temps je suis capable de survivre dans l'eau glacée. »

Ils renoncèrent à trouver le Palazzo Gritti. Sur le chemin du Harry's Bar, ils retombèrent sur la Piazza San Marco, mais cette fois elle était inondée et l'eau leur arrivait à la cheville. Un signe de chance, décida Frank. Deux ans plus tôt, l'*acqua alta* ne s'était pas répandue dans les rues de Venise. Les vents étaient restés calmes. Là, les drapeaux de la place claquaient follement au souffle du sirocco, et ils pataugeaient pieds nus dans le débordement chaud de l'Adriatique, leurs chaussures et leurs chaussettes à la main, le pantalon roulé jusqu'aux genoux, le bord de la robe d'Anja effleurant la surface de l'eau alors qu'elle la retenait pour empêcher les bourrasques de la soulever.

« Arrêtez de vous moquer de nous ! cria Frank, plié de rire, aux pigeons.

— Ils ne comprennent pas l'anglais, plaisanta Anja.

— *Vaffanculo, piccioni!* lança de nouveau Frank en agitant le poing. Sinon on vous bouffe au petit déjeuner ! »

Au Harry's Bar, ils s'essuyèrent les pieds avec des torchons et burent des *amari* pour se réchauffer et faciliter leur digestion. Une fois leur estomac apaisé, ils commandèrent des martinis. Très vite, il se fit très tard. Ils regardèrent l'Aga Khan sortir en chancelant, seul, dans la Calle Vallaresso. Le bar était rempli de jeunes gens en chemise de soie et chaîne dorée, aux cheveux lissés en arrière et miroitants comme Frank. Ils entendirent le barman dire à une vieille dame déçue, aux oreilles et au cou dégoulinants de diamants, qu'elle avait raté Truman Capote de quelques jours à peine.

« Ce bar est l'endroit où les bonnes et les mauvaises tantes de tout le continent viennent mourir, fit Tenn.

— C'est le paradis », répondit Frank.

La dernière fois qu'ils étaient venus là, ils s'étaient disputés dans les toilettes avant même d'avoir commandé leur premier verre. Ils avaient passé le reste de la soirée aux extrémités opposées de la pièce, à se regarder d'un œil noir, se mettant l'un l'autre au défi de faire le premier pas vers une réconciliation. C'était mieux comme ça.

« J'ai besoin de marcher encore un peu », dit Anja.

Ils repartirent donc, prenant le chemin des écoliers pour contourner la *piazza* et s'éloignant de la mer, bien qu'ils aient besoin d'emprunter le *vaporetto* pour regagner leur hôtel. Ils avaient trop bu pour penser à regarder le nom des rues, lire la carte ou s'inquiéter du fait qu'ils s'étaient perdus dès les premiers pas. À cette heure-là, les rues transversales étaient essentiellement désertes. Les cris d'enfants, le bruit des balayeuses motorisées : absents. Les femmes et les filles : absentes. Ils croisèrent des bandes de jeunes à scooter ; des gondoliers qui rangeaient leur barque pour la nuit ; un jeune homme seul, l'épaule appuyée contre la grille d'une devanture de magasin, la tête inclinée pour cacher son visage à la lumière. Ils trouvèrent son sosie dans la rue suivante, puis un autre dans la suivante ; à moins qu'ils ne soient en train de tourner en rond, auquel cas ils étaient revenus devant le premier, le beau jeune homme à l'épaule appuyée contre la grille d'une *pasticceria*, qui leva la tête exactement au même moment que Frank.

« Est-ce que tu connais notre jeu ? demanda Frank à Anja.

— Frankie, non, protesta Tenn.

— Ne fais pas ta prude, répliqua Frank d'un ton taquin. Allez, on y joue ! C'est l'heure parfaite pour ça.

— Quel jeu ? demanda Anja.

— Le jeu de la drague, expliqua Frank. Le gagnant est celui de nous deux qui lève le plus joli garçon.

— Ça suffit, Frankie, insista Tenn.

— C'est tout un art chez les tantes », continua Frank.

Il n'arrivait pas à s'exprimer sans manger ses mots, mais il était trop heureux, trop grisé, pour s'excuser de quoi que ce soit, et ils repartaient le lendemain de Venise. Et puis, c'était une nuit de célébration. Il allait être une star. *Ils* allaient être des stars, Anja Blomgren et Frank Merlo. Des étoiles du cinéma. Lui d'abord et elle après. Ils rejoindraient Tenn dans sa constellation et ensemble, tous trois illumineraient le monde.

« Tu parles notre langue, non ? demanda-t-il à la jeune femme.

— Je ne sais pas, répondit-elle. Peut-être que si tu

m'indiques la direction du *vaporetto*, je peux rentrer toute seule, et je vous verrai au petit déjeuner demain matin ?

— Tu t'imagines que je sais comment aller au *vaporetto* ? » répliqua Frank avec un rire. C'était tellement drôle, tout ça. « Il doit bien y avoir un bar ouvert quelque part.

— J'ai déjà trop bu. Toi aussi, peut-être ?

— Un bar pour demander le chemin du *vaporetto* », expliqua Frank.

Quel beau mot, songea-t-il : *vaporetto*. Comme une petite vapeur, comme un souffle. Un léger souffle qui allait les porter de l'autre côté du lagon, jusqu'à leur majestueux hôtel, leur majestueux lit, où Tenn, lui et quelque garçon incroyablement beau feraient l'amour au son des vagues qui s'écrasaient sur le rivage, le garçon avec sa chaîne en or, Tenn avec sa faim haletante, et Frank entre leurs corps cabrés, poussé dans l'abîme pour sa plus grande joie.

« Il faut aller tout droit, puis tourner à droite, déclara Tenn, les yeux sur la carte. Vers le campanile. »

Le jeu, la première fois qu'ils y avaient joué, avait été l'idée de Frank. Neuf fois sur dix, il gagnait haut la main. Alvaro. Mario. Pierre. Walid. Des noms donnés et oubliés dans le même instant. Frank était au summum de son charme lorsqu'il marchait dans la rue, sur la plage ou sur une jetée, ces endroits qui mettaient en valeur son physique de lutteur, sa mâchoire carrée, ses jambes galbées. Oh, comme les garçons admiraient ses yeux sombres, sa bouche sensuelle ! Tenn n'avait pas la même prestance. Lorsqu'ils draguaient ensemble, les garçons ne voyaient que Frank. Ce pouvoir le grandissait. Mais il n'en ressentait aucune culpabilité. Il savait que la dynamique changeait une fois qu'ils avaient ramené les garçons à l'appartement, à l'hôtel, à la maison : leur déception à la vue de ce que Frank avait entre les jambes, l'heureuse surprise de ce que Tenn avait entre les siennes. Une fois qu'ils avaient enlevé leurs vêtements, Frank était le premier à éteindre la lumière. Puis, c'étaient des tâtonnements dans le noir, des bras et des jambes anonymes, une mise en position fébrile et, enfin, cette douce pâmoison. La répartition du pouvoir entre eux s'équilibrait. C'était mieux comme ça.

« Là ! » s'exclama Anja.

Étant la seule à faire attention, elle avait repéré la première la rue qui ramenait à la Piazza San Marco.

Trop fatigués pour enlever leurs chaussures, retrousser leur pantalon ou chercher un moyen de contourner l'*acqua alta*, ils laissèrent l'eau leur submerger les pieds. À l'autre bout de la place, ils trouvèrent un homme disposé à les ramener à l'Excelsior sur son bateau privé. Il leur donna des serviettes pour se sécher les pieds et une couverture à mettre sur leurs jambes. Ils s'assirent sur la banquette en cuir, blottis les uns contre les autres pour se tenir chaud, Frank au milieu avec les bras passés autour de Tenn et d'Anja. Tenn s'endormit immédiatement. Anja frissonnait. Ses cheveux décoiffés par le vent fouettèrent le visage de Frank alors qu'ils traversaient le lagon à toute vitesse en direction du soleil levant. Comment allaient-ils remplir cette journée ? Et la suivante ?

« Le Ballet de New York se produit à l'Opéra, déclara Frank. Ça te dit que je nous prenne des billets quand on sera de retour à Rome ?

— Je n'ai jamais vu de ballet, répondit Anja.

— Eh bien, il est temps. Autrefois, je pensais que

c'était ennuyeux à mourir. Puis je me suis éduqué. Je n'avais pas les moyens de me payer des places, alors je baratinais les gens à l'accueil du City Center pour qu'ils me laissent assister aux répétitions. Lorsque j'ai vu de près de quoi ces mecs étaient capables, et que j'ai découvert que je pouvais bouger comme eux – et sans trop d'efforts, si tu veux que je te dise toute la vérité – je n'ai plus eu qu'une envie, continuer de le faire.

— Ton prochain rôle sera dans une comédie musicale, prédit-elle.

— Ce ne serait pas marrant, ça ?

— Tu sais chanter ?

— À toi de me dire », répliqua Frank.

Et, de sa plus belle imitation de Maria Callas, il se mit à chanter « Pace, pace, mio Dio » à tue-tête, jusqu'à ce qu'il en perde le souffle et qu'ils s'écroulent tous deux de rire. Leur passeur se retourna avec un regard noir.

Avec un grognement amusé, Tenn se serra encore davantage contre Frank.

« Frankie, dit-il. Tu fais peur aux poissons.

— Peut-être que chanter soprane n'est pas dans ton registre, ajouta Anja.

— J'ai déjà entendu ça quelque part, répliqua Frank. Mais donne-moi juste quelques leçons et tu verras. J'apprends vite. On les prendra ensemble à New York. À moins que tu n'aies naturellement une belle voix, par-dessus le marché ?

— Est-ce là ta façon d'essayer de me pousser à chanter pour toi ?

— Oui ? »

Elle fit courir son pouce et son index sur ses lèvres comme pour fermer un zip.

L'idée qu'ils ne se verraient jamais à New York, que c'étaient là les dernières nuits, et non les premières, qu'ils passaient ensemble, ne serait pas venue à l'esprit de Frank en cet instant. Ils se laissèrent aller contre le dossier de la banquette et se mirent à chuchoter comme des amoureux au dernier rang d'une salle de cinéma. Tenn dormait toujours, le crâne désormais posé sur les genoux de Frank, qui caressait ses boucles. Anja glissa le bout de la couverture sous sa tête pour en faire un oreiller. Elle voulait voir leur maison dans Duncan Street, dit-elle, et Frank répondit que oui, bien sûr, elle était la bienvenue chez eux quand elle le souhaiterait, pour une visite ou un séjour plus long, pour s'asseoir à l'ombre des bananiers et des pins d'Australie, mais qu'après avoir fait tout ce chemin pour arriver à Key West, ne devrait-elle pas poursuivre son périple et les accompagner dans tous les autres endroits légers et délicats qu'ils avaient fréquentés – La Nouvelle-Orléans, Provincetown, Londres – et n'était-il pas excitant d'imaginer dans quelles autres villes ils pourraient se retrouver, tous les trois, au fil des longues années de leur vie ?

Lorsqu'il lui dit que *Senso* serait probablement présenté en avant-première à la Mostra de Venise en septembre de l'année suivante, elle promit de revenir pour cette occasion d'où qu'elle soit dans le monde. Si ça se trouvait, elle serait encore à Erice avec Hovland, ou bien il n'y aurait plus de Hovland. Qui sait ? Elle serait peut-être déjà à Venise, employée comme vendeuse de cigarettes à la Fenice. Elle prendrait le train, le bateau, l'avion, ferait la route pieds nus s'il le fallait, n'importe quoi pour être dans le public le soir où Frank Merlo prononcerait ses premiers mots à l'écran.

Lorsqu'il lui expliqua que ces mots – « *Votre ami, dans la grange, il est en danger* » – seraient doublés en italien pour l'avant-première à Venise, et qu'il faudrait encore attendre quelques mois, au moins, avant que la version anglaise avec sa vraie voix sorte aux États-Unis, elle fit une moue boudeuse.

« Ça fait trop longtemps à attendre, protesta-t-elle.

— Ma première fan, fit-il.

— La deuxième, rectifia Tenn.

— J'aurais dû me douter que tu écoutais en douce, dit Frank.

— Comment veux-tu que je sache ce qui se passe vraiment, autrement ? répliqua Tenn, sans ouvrir les yeux. Une vendeuse de cigarettes ? Où est-ce que tu es allée dénicher cette idée ?

— Anna m'a dit que c'était comme ça que Lana Turner avait été découverte.

— Mais tu l'es déjà ! » s'exclama Frank.

Anja réfléchit un moment, les yeux fixés sur le ciel, devenu d'un rose sombre et duveteux. Avec chaque seconde qui passait, il y avait un peu moins d'étoiles dans le ciel.

« Anna m'a dit : "Ça prend plus d'un homme pour faire ta vie." »

Lorsqu'ils arrivèrent à l'Excelsior, les autres clients étaient en train de descendre les escaliers en peignoir de soie, pour prendre le petit déjeuner. Frank et Tenn dormirent jusqu'en début d'après-midi et, lorsqu'ils se réveillèrent, les rossignols chantèrent – pour eux et eux seuls – un air bref et parfait.

Ils retournèrent à Rome le lendemain. Anja prit sa valise, ses robes, le vase en verre de Murano qu'elle avait acheté avec son propre argent – tout ce qu'elle possédait – et les chargea dans la Peugeot de Hovland pour le trajet de deux kilomètres qui les séparait du Colisée. En cadeau d'adieu, Frank lui tendit deux billets pour aller au ballet le vendredi 18 septembre, moins de deux semaines plus tard ; leur première disponibilité. Hovland et elle étaient invités à venir à l'appartement vers dix-huit heures pour fumer ce qui restait de kif avec eux, puis tous quatre descendraient la Via Firenze jusqu'à l'Opéra.

« Mon premier ballet et ma première sortie en duo de couples », fit Anja.

Elle l'embrassa sur les deux joues, puis Tenn, avant de se tourner de nouveau vers Frank. Elle le prit par les épaules en levant les yeux d'un air gauche, comme si elle s'accrochait à lui pour ne pas tomber. L'espace d'un moment, un pied dans le vide au bord du trottoir, elle posa la tête sur sa poitrine. Puis elle monta dans la voiture, et celle-ci s'éloigna rapidement.

Le 18 au soir, Frank et Tenn attendirent en smoking jusqu'à sept heures. Frank fit les cent pas dans le couloir, maudissant l'appartement minable de Hovland, qu'il n'avait jamais vu, pour son absence de ligne de téléphone attitrée. La seule façon de les contacter était de se rendre là-bas en personne, mais le temps manquait et de toute manière, cela ne se faisait pas de poursuivre une personne à qui on avait fait un cadeau comme pour la forcer à l'accepter, comme si elle était redevable pour quelque chose qu'elle n'avait pas demandé.

À dix-neuf heures trente, ils se rendirent seuls à l'Opéra.

Pendant toute la représentation, Frank garda les yeux rivés sur les danseurs qu'il reconnaissait du City Center, espérant faire apparaître magiquement Anja afin de lui montrer la force de leurs jambes, la légèreté des filles qu'ils lançaient dans les airs et rattrapaient, la facilité trompeuse de tous ces sauts et ces pirouettes. Mais les places à côté de lui restèrent obstinément, incompréhensiblement vides. Le lendemain matin, il prit le taxi pour se rendre chez Hovland. La propriétaire l'informa que *signor* était parti depuis presque deux semaines et que, non, aucune femme n'avait jamais habité chez lui ; si ç'avait été le cas, elle aurait été au courant. L'appartement était déjà trop petit pour une personne, ajouta-t-elle.

Lorsque Frank apprit enfin ce qui était arrivé à Anja – le matin où elle avait quitté la Via Firenze, Hovland l'avait aussitôt conduite à Civitavecchia, où ils avaient pris le ferry pour Palerme, avant de trouver quelqu'un pour les emmener en voiture à Erice, dans les montagnes – il lui avait déjà pardonné. Il rejetait la faute sur son âge, son sexe, son cœur glacé. Il était encore sur son petit nuage de triomphe et invulnérable, tout temporaire cela soit-il, aux affronts et déceptions mineurs, dont cette disparition de la jeune femme, un tour de passe-passe qu'elle allait perfectionner au fil des ans. Une fois qu'on a abandonné sa mère, raisonna-t-il, on peut abandonner n'importe qui. Elle lui manquait, mais il pouvait savourer d'avance le plaisir de la revoir à l'avant-première à Venise – l'année allait passer en un clin d'œil – et, en attendant, il avait du travail.

Visconti harcelait Tenn de lettres, de télégrammes et de coups de téléphone de Vérone ou de Mantoue à des heures indues. Il s'était même pointé une fois à l'appartement de la Via Firenze, traînant derrière lui le pauvre Suso, auteur aux abois de la version italienne du script de *Senso*, comme si mettre un scénariste de plus dans la pièce allait arranger les choses. Il avait tourné d'autres scènes encore, dans tout le pays, mais le film refusait de prendre forme. Il avait tellement dépassé son budget que tous frais, tous délais supplémentaires ne voulaient plus rien dire. Frank lisait ses lettres à voix haute pour Tenn et écoutait leurs conversations, essayant de trouver un moyen pour Gabriele Rossini de sauver le film et de devenir un héros pour Visconti, mais ses idées, d'après Tenn, étaient soit trop coûteuses à exécuter, soit trop insignifiantes pour changer quelque chose.

Frank organisa de courts séjours à Naples et à Positano, où Tenn pouvait travailler en étant moins dérangé, et où Visconti ne pouvait pas mettre si facilement la main sur lui. Les jours s'écoulaient lentement. Tenn commençait à se lasser de l'histoire, avoua-t-il à Frank, et du perfectionnisme de Visconti. Il se mit à appeler *Senso* l'« *Autant en emporte le vent* du rital ». Il avait désespérément envie d'en être débarrassé, de pouvoir consacrer toute son énergie au brouillon de ce qui deviendrait *La Chatte sur un toit brûlant*, à *Batailles d'anges*, à n'importe quoi d'autre. Il était même fatigué de l'Italie. Le fiasco qu'était ce film ne pouvait plus être sauvé que par un changement de décor, déclara-t-il. C'est pourquoi, début octobre, ils prirent le bateau pour l'Espagne.

À Madrid, à Malaga, Tenn resta à l'hôtel à travailler à toute heure du jour et de la nuit, pendant que Frank sortait danser. Il racontait aux garçons qu'il rencontrait qu'il était acteur. Le nom du film tombait de ses lèvres comme une perle.

« C'est comme un *Autant en emporte le vent* à l'italienne, disait-il fièrement.

— Quelle excellente idée ! » répondaient-ils.

Lorsque l'hiver arriva, ils étaient de retour à Key West. Un jour, dans la boîte aux lettres de leur maison dans Duncan Street, ils trouvèrent une longue lettre de Visconti, postée à Ischia. Frank la lut avec Mr. Moon sur les genoux et Tenn debout à côté de lui, une main sur son épaule. Pour comprendre Livia Serpieri, expliquait Visconti, le spectateur n'avait pas besoin de plus de preuves de son dévergondage, de plus de présages de sa chute. Le film était déjà trop long. Pour ces raisons, la décision de supprimer la scène tournée à Vicence, et d'autres écrites par Tenn, avait été facile. Il assurait à ce dernier n'avoir pas touché au reste de ses magnifiques dialogues – surtout pas à la scène entre Livia, Franz et la prostituée de Vérone. Ces scènes étaient parmi les plus belles du film. Il ne mentionnait pas Frank, ni Gabriele. Il n'avait pas de regrets à faire transmettre à ce dernier ou à qui que ce soit d'autre. Lorsque Tenn eut quitté la pièce, Frank relut la lettre, mais il n'y vit de nouveau aucune trace de lui.

À l'avant-première mondiale de *Senso* près d'un an plus tard, le 2 septembre, Anja était à Londres avec Hovland, Tenn en route pour Taormine, et Frank à Venise, assis au milieu d'inconnus au dernier rang d'une salle bondée. Chaque siège était occupé par un spectateur pâmé d'admiration et les allées se remplirent de gentlemen restés debout tandis que Visconti arpentait la salle pour serrer la main à Rock Hudson, à Scott Brady et aux reporters qui lui demandaient son avis sur *Senso*, *Fenêtre sur cour*, la renaissance du cinéma italien et ses chances de remporter le Lion d'or. S'il vit Frank, il ne s'approcha pas de lui. Frank se renfonça dans son siège en ignorant les inconnus à sa droite et à sa gauche, la gorge sèche et le cœur battant. Anja l'avait exhorté à ne pas se rendre à la projection du tout. Sa place était à Taormine avec Tenn, avait-elle dit, ou en Angleterre avec elle, ou à Rome avec Anna ; n'importe où, mais pas à Venise.

Il lui avait promis qu'il ne se rendrait pas au festival, qu'il irait nager, écrirait et travaillerait le monologue issu de *Même le plus sage se trompe* d'Ostrovski qu'elle lui avait envoyé par courrier. Au lieu de quoi il avait réservé une chambre dans l'hôtel le plus miteux de Santa Croce, ainsi qu'un train en fin de journée pour y aller et un autre tôt le lendemain pour rentrer, et il était là dans la salle lorsque les lumières s'éteignirent, que la musique enfla, noyant ses pensées, et que le public éclatait en applaudissements. Le titre du film s'afficha à l'écran, et la foule applaudit. Les noms d'Alida Valli et de Farley Granger apparurent, et la foule applaudit. Celui de Tennessee suivit, et la foule applaudit ; et pour la première et la dernière fois, Frank se joignit à elle. Puis le film débuta, et ils se turent.

Lorsque la comtesse Livia Serpieri commença à descendre le chemin gravillonné en direction de l'incendie, les spectateurs ne virent pas un jeune marchand de campagne en costume trois-pièces l'appeler et l'attirer à l'écart. Ils n'entendirent pas leur conversation, ne la virent pas dégager son bras de son étreinte et s'enfuir. Frank chercha l'infime saccade dans le film marquant le moment où il avait été supprimé, la coupure prouvant qu'il avait autrefois fait partie de l'histoire. Mais il n'y en avait pas. La séquence ne comportait pas un accroc. Visconti était un perfectionniste, après tout. La comtesse passa en courant, sans rencontrer d'obstacle, devant les lavandières et les draps qui flottaient comme des fantômes, exactement comme ils l'avaient fait ce jour de septembre un an plus tôt. Comment les gens autour de lui pouvaient-ils savoir qu'un homme du nom de Gabriele Rossini se tenait caché derrière ce haut mur de pierre, à l'affût de son moindre mouvement, attendant le moment d'attaquer, s'ils ne pouvaient pas le voir ? Dans cette scène, désormais disparue à jamais, il avait envoûté Livia. Elle avait prononcé son nom avec peur, en crispant les mains sur son châle. Frank aurait aimé avoir quelqu'un à qui le dire.

16

Appelons ça de la joie

Quatre jours avant la répétition générale, Anja arrive à son hôtel à Provincetown. Son manager a choisi un établissement proche du branle-bas de l'Atlantic House, mais assez isolé et luxueux pour garantir sa tranquillité. Ils l'installent dans une chambre octogonale appelée la tour Marocaine, qu'ils ont remplie de carpettes, de statues et de tapisseries panafricaines. L'espace d'un moment, elle feint de croire qu'ils ont fait cela en hommage à sa scène de mort dans *Fugitive*, mais bien sûr, la chambre est disponible pour quiconque a les moyens de se la payer.

Sur le chemin de la tour Marocaine à l'Atlantic House, elle passe sous des bannières où s'étalent des photos de Tenn et elle prises dans les années soixante, leurs visages jeunes se souriant par-dessus les voitures qui passent. Les acteurs qui jouent les rôles de Tenn, Frank/Angelo et du Jeune Client/Mark n'ont pas eu droit à leur bannière. Ce sont des acteurs locaux – des « sans-nom », les appelle Keith – choisis pour ne pas détourner l'attention des véritables stars : Tennessee Williams en tant que dramaturge et sujet, Anja Bloom à la mise en scène et dans le rôle de Gisele Larson.

Sally l'attend sur le perron de la A-House. Elle s'est révélée aussi terrifiante que Keith l'avait décrite. Elle a fixé le prix des billets pour cette représentation absolument unique à mille dollars pièce, et les bénéfices de la vente iront pour moitié au festival de théâtre et pour moitié au futur centre culturel de l'Atlantic House, dont la construction doit débuter au printemps prochain. Pour rendre ces bénéfices « significamment transformatifs » pour ces deux associations à but non lucratif, Sally a convaincu Anja de financer tous les frais de production de la pièce, y compris les salaires des acteurs, des décorateurs et du producteur exécutif. Elle a fait en sorte que les billets ne soient disponibles que sur invitation personnelle. Une fois les paiements confirmés, elle a envoyé à Anja une liste accompagnée de brèves biographies des spectateurs et de notes sur leur potentiel de futurs donneurs. Elle qualifie la pièce d'« événement d'amorçage ». Les invités sont des défenseurs de diverses organisations dédiées aux arts et autres causes libérales, un président d'université et quelques hommes politiques, dont deux sénateurs de l'État du Massachusetts, passé et présent ; des promoteurs, des célébrités, des personnalités médiatiques et l'actrice d'origine suédoise Ann-Margret, dont Anja reçoit encore parfois le courrier d'admiration.

Sous les yeux de Sally, Keith et David, le président du festival, assis à l'autre bout de la piste de danse, Anja dirige la première lecture collective officielle. Derrière eux, la scène est à moitié construite : le lit, le jukebox, le somptueux rosier. Les acteurs ont eu des semaines pour mémoriser leur texte, mais c'est la première fois qu'ils se rencontrent en personne.

Anja ferme les yeux pour écouter leurs voix et leurs intonations, et griffonne des notes à l'aveugle sur un calepin. Elle garde les visages et les corps pour les répétitions suivantes. Juste au moment où Tenn commence son soliloque sur Bangkok, elle entend une porte s'ouvrir en grinçant, et Sandrino entre avec Trevor, l'air penaud. La lecture était prévue pour dix heures, et il est maintenant onze heures passées. Sandro lui envoie un baiser. Ils prennent place à côté des autres. Elle referme les yeux.

Elle n'a pas revu Sandrino depuis la nuit de leur séance de spiritisme. Elle a quitté la ville, et lui par la même occasion, sans préavis. Après n'avoir eu aucune nouvelle d'elle pendant des semaines, il est passé à son appartement et a découvert qu'il avait été vidé et vendu. Elle a fini par lui écrire une lettre. Désormais, ils restent en contact à la mode contemporaine. Il a le cœur brisé, lui dit-il, à chaque fois qu'il pense à la ville dépourvue de sa présence.

Le temps que Sandrino rentre d'Italie en septembre, Trevor avait commencé à fréquenter un directeur de publicité marié, de seize ans son aîné. Il attend désormais que celui-ci quitte sa femme pour qu'ils puissent démarrer une nouvelle vie quelque part. Sandrino se sent abandonné, dit-il à Anja sur Skype. Son visage offre un aspect sombre et grenu à l'écran ; il a besoin de plus de lampes. Il n'aime personne dans la ville autant que Trevor et elle, et il lui reste deux ans d'études à faire. Il se raccroche à l'espoir que Trevor retrouvera la raison. Dans sa tête, cette semaine dans la romantique Provincetown, et le début de la pièce qu'ils ont aidé, ensemble, à mettre au monde, représente sa dernière chance de ranimer la flamme.

Lorsque Mark commence à chanter « What'll I Do » à Tenn, Sandrino pose la tête sur l'épaule perfide de Trevor. Celui-ci la hausse pour le repousser et, à cet instant, Anja décide que la chanson ne va pas du tout et doit être changée. « Je trouve "What'll I Do" trop informative et *ad hoc* pour un homme qui pleure son amour perdu, vous n'êtes pas d'accord ? » demande-t-elle aux autres et oui, bien sûr, ils sont d'accord avec elle. Elle suggère à la place « Danny Boy », « l'une des chansons préférées de Tenn », et là encore ils hochent énergiquement la tête. Mark qualifie la décision de « trait de génie », ce qu'elle n'est pas ; au mieux, elle limite la casse. Les trois acteurs se comportent entre eux comme des étudiants libérés et aguicheurs, mais avec Anja, ils se montrent hésitants, timides, pleins de déférence. Elle espérait qu'au moins l'un d'eux élèverait une objection, qu'ils protégeraient plus farouchement que ça les mots et les intentions de Tennessee Williams, qu'ils prétendent idolâtrer. Mais pour l'instant, ils se plient à chacun de ses ajustements directoriaux, tout capricieux soient-ils, elle-même le reconnaît.

Sa tâche pour le reste de la journée consiste à travailler avec les deux autres acteurs principaux. À sa grande frustration, le mieux que Tenn a à lui proposer est une caricature de l'ivrogne du Sud à l'accent traînant. Il a basé son jeu sur des biographies riches en détails impudiques et des vidéos YouTube montrant Tennessee Williams au summum de sa dissolution. Il a fait l'erreur courante de confondre ce dernier et le Truman Capote borné et bredouillant de l'interview donnée dans « The Stanley Siegel

Show » ; à moins qu'il ne joue le personnage de Blanche DuBois dans toute son hystérie. Lorsqu'il choisit de persister dans cette interprétation malgré les corrections qu'essaie d'y apporter Anja, elle lui rappelle, commençant à percevoir sa résistance, qu'elle est la seule dans cette pièce à avoir connu le vrai Tennessee Williams. L'homme n'avait pas cette haine de lui-même, prêche-t-elle ; il aimait sa vie, son métier, ses hommes, sa célébrité, ses starlettes, ses voyages, son triomphe sur sa famille, son corps, son intelligence, son argent.

« Mais, avec tout mon respect, insiste l'acteur, l'homme que vous décrivez n'est pas le personnage qu'on a dans la pièce.

— Ne vous laissez pas berner, répond-elle. La dernière chose dont ce monde a besoin, c'est d'une autre caricature de Tennessee Williams. Le portrait qu'il a fait de l'homme au bar de Gisele est suffisamment caricatural. Ma tâche est de trouver les ombres qui en font le relief. La vôtre est de veiller à ce que le public les voie et les sente. »

Avec le jeune Angelo, elle adopte une approche différente. Bien qu'il ait le corps de lutteur de Frank, ses yeux sombres et même ses grandes dents, son Frank se distingue à peine de son Angelo, lequel se distingue à peine de sa propre personnalité. Lorsqu'elle lui demande, avec autant de patience qu'elle en est capable : « Est-ce que vous jouez vraiment, ne serait-ce qu'un peu ? », il fond en larmes.

À l'époque où elle a laissé Sally s'occuper de la distribution, elle essayait de prendre ses distances par rapport à la production. Sa seule stipulation a été qu'elle n'embauche pas Trevor pour jouer Mark, quand bien même il se révélerait extrêmement talentueux et fait pour le rôle. Maintenant, à la suggestion insistante de Sally, couplée aux exhortations fantasques de Sandrino, elle se retrouve de nouveau au centre de la pièce, et elle regrette de ne pas avoir au moins choisi ses acteurs elle-même. Néanmoins, elle continue de travailler en étroite collaboration avec ses trois hommes pendant le dîner, jusque tard dans la nuit et toute la journée du lendemain. Ils lui avouent être intimidés par elle et par cette chance de se faire un nom. Ils ont conscience que pas un des spectateurs n'aura payé cette somme pour les voir, eux. Après avoir remporté le rôle, Mark a fait des cauchemars où il oubliait ses répliques ; Tenn a augmenté la fréquence de ses rendez-vous avec son professeur d'art dramatique et son thérapeute ; Angelo a recommencé à fumer. Une fois qu'ils lui ont avoué ces angoisses, ils s'améliorent. L'ombre de Tenn apparaît par éclairs. Lorsqu'il dit « Peut-être qu'ils ont le même père » avec toute l'espièglerie du vrai Tenn, même Anja lâche un rire. Lorsque Frank lui dit tendrement : « Je ne t'ai jamais détesté », juste avant l'extinction des lumières annonçant la fin de la scène un, elle oublie brièvement que rien de tout cela n'est réel.

Parce que les nuits sont chaudes et qu'elle ne se lasse pas de l'air marin, et parce que les conducteurs sont des adolescents bulgares qui n'ont jamais entendu parler d'elle, elle prend des cyclopousses pour aller de l'hôtel au théâtre et inversement. Les rues sont bondées d'hommes qui marchent en bande, ou main dans la main, certains avec des enfants sur les épaules. Ils s'assoient sur les genoux les uns des autres devant la pizzeria, et se saluent en s'embrassant sur la bouche. Une troupe d'hommes torse nu en bottes à talon passent à vélo, leurs boas blancs assortis flottant derrière eux comme des ailes. Il n'y a pas que des jeunes : beaucoup de visages arborent les ravages du temps et une barbe grise. Ils ne sont pas tous beaux, fragiles, honteux ou menacés, mais la ville se replie quand même sur chacun d'eux comme pour le protéger.

Une journaliste du *Boston Globe* se présente à l'Atlantic House pour lui poser des questions auxquelles elle a déjà répondu pour le *New Yorker*, le *New York Times* et *Variety*. Pourquoi a-t-elle caché l'existence de la pièce pendant si longtemps ? Qu'est-ce que cela fait de retrouver la scène ? Peut-on s'attendre à un nouveau *Tramway* ? Au lieu de lui répondre, Anja lui raconte l'histoire du vrai Frank Merlo. Le camionneur qui adorait Maria Callas. Les quinze années de tendresse, d'hostilité, de compétition, d'adoration et de suspicion qu'il a vécues avec Tennessee Williams, et dont l'alchimie a contribué aux plus grandes œuvres du dramaturge : *La Chatte sur un toit brûlant*, oui oui, mais aussi *La Rose tatouée*, *La Nuit de l'iguane*, *La Descente d'Orphée*, *Camino Real*, *Doux oiseau de jeunesse* et *Soudain l'été dernier*. Toutes ces pièces ont vu le jour pendant les années Frankie ; rien d'intéressant n'est venu après sa mort. Elle demande à la journaliste – une enfant qui joue à la professionnelle avec sa carte de presse et une appli d'enregistrement vocal sur son téléphone – si elle peut citer une seule des pièces écrites par Williams après 1963. Elle en est incapable. L'histoire de Frank n'a pas encore été écrite, lui dit Anja, ce à quoi la jeune femme répond : « Y a-t-il un projet d'adapter *Appelons ça de la joie* au cinéma ? »

Anja la congédie. La répétition générale est sur le point de commencer, vingt-quatre heures exactement avant la vraie représentation. La pièce s'est remplie de roses. Keith l'aide à enfiler son costume de Gisele, jean et sequins d'argent. Il lui fait essayer trois perruques blondes de différentes longueurs avant de finalement se décider pour les cheveux naturels d'Anja, qu'il crêpe et asperge de laque tandis qu'elle signe une pile de programmes pour ses amis qui n'ont pas pu venir à cause du prix inabordable des billets. Les techniciens son et lumière font tomber la lampe de chevet en installant leurs câbles. À l'insistance d'Anja, les seules personnes autorisées à assister à la répétition sont Sally, Keith, Trevor et Sandrino.

Anja aurait aimé un vrai rideau de théâtre – de lourds pans de velours tombant du plafond, des embrasses à glands dorés, une poulie – mais alors que la pièce s'éternise dans une ambiance artificielle et forcée, il devient évident que le morceau d'étoffe cousu à la hâte que Keith tire en travers de la scène est le cadet de leurs problèmes. Tenn rechute dans la caricature. Angelo perd tout naturel.

Lorsque la fin arrive, miséricordieuse, même le technicien du son détourne les yeux d'Anja. Sandrino et Trevor s'éclipsent sans dire au revoir. Sally suggère un autre filage en costumes à la première heure le lendemain, avant que les agents de ménage, les traiteurs et les décorateurs arrivent pour transformer le bar.

« Appelez ça une matinée », dit-elle avec une gaieté forcée.

Les acteurs font entendre des grommellements.

Anja refuse. La seule différence entre la répétition de ce soir et une autre le lendemain matin, dit-elle à Sally, sera le soleil aux fenêtres.

Sally l'attire à l'écart. À mi-voix, elle demande :

« Que pouvons-nous faire ? »

Il leur faut une semaine de plus, un mois de plus, une autre salle, d'autres acteurs. Une autre pièce.

« Remboursez-les, répond Anja.

— Non, sérieusement.

— Je suis on ne peut plus sérieuse. Donnez-moi un chiffre – le montant des frais qui ne sont pas recouvrables – et je vous ferai un chèque. »

Sally réfléchit à sa proposition. Elle parcourt du regard les rangées de chaises vides et prend un moment pour décider de ce qu'elle va répondre. Peut-être pense-t-elle aux journalistes, aux donateurs, aux nappes blanches et aux amuse-bouche, à Ann-Margret.

« La nuit porte conseil, finit-elle par répondre. Qui sait, peut-être que le soleil matinal de Provincetown peut changer quelque chose, après tout.

— Il est plausible que je fasse une mauvaise chute d'ici là, réplique Anja. Je suis une vieille femme, vous savez.

— Espérons qu'il n'y ait pas besoin d'en arriver là.

— Mon offre tient toujours. »

Les trois acteurs traînent près de la porte. Pour des hommes qui sentent l'échec approcher, ils sont étrangement enjoués. Peut-être sont-ils aussi soulagés qu'Anja de savoir que tout ce calvaire sera bientôt terminé. Peut-être sauteront-ils de joie lorsque Sally les informera que la représentation est annulée parce qu'Anja est tombée dans les escaliers de la tour Marocaine.

Ils l'attendaient pour lui proposer d'aller boire un verre avant de se coucher.

« Pour marquer la veille du début historique de la pièce », dit Tenn.

C'est un vendredi soir à Provincetown, le premier de l'automne, la lune d'équinoxe. Il connaît un bar tranquille non loin de là, avec un patio extérieur, des braseros et des cocktails forts.

« Le Naufrage, il s'appelle, ajoute Mark en riant. Ça se prête bien à la situation, vous ne croyez pas ?

— Tais-toi, Twinkie, fait Tenn.

— Je vous retrouve là-bas », répond Anja.

Elle note l'adresse au dos d'un programme et le glisse dans la poche avant de son jean, qui est bien trop serré. Elle a hâte de pouvoir l'enlever. Elle a hâte de rentrer chez elle.

Sa loge consiste en un des cabinets de l'A-House, où Keith a réussi à caser un fauteuil club capitonné et un miroir supplémentaire à côté de l'urinoir. Les murs sont couverts de vieilles cartes postales et de photos d'hommes dénudant leur poitrine, écartant les jambes, présentant leurs fesses glabres. Ils la regardent lascivement alors qu'elle se démaquille et attache ses cheveux raidis. Ils l'invitent à des concours du plus beau corps dans les années soixante-dix et quatre-vingt, avec la promesse d'un prix en espèces. Elle perçoit leur désapprobation alors qu'elle enlève son jean et son haut brillant à paillettes pour enfiler un cardigan, une jupe beige unie et de robustes souliers. Elle se demande combien de ces hommes ont survécu à ces horribles décennies. Lorsque Sally rendra à cette pièce, à cet établissement, ce qu'elle appelle leur respectabilité, ils disparaîtront une deuxième fois.

Anja sort sur le perron, et découvre Sandrino seul dans le noir, tel un fantôme, appuyé à la balustrade. Il l'attend. Tous les autres sont déjà partis.

« Est-ce que je peux faire quelques pas avec vous ? lui demande-t-il.

— Bien sûr, répond-elle en lui prenant le bras. Tu peux me raccompagner à mon carrosse. Ces gamins travaillent extrêmement dur. Je leur laisse des pourboires exorbitants. T'ai-je dit que j'apprenais le bulgare ? *Dobar večer, priyatno mi e.* Bonsoir, ravie de vous rencontrer.

— Vous n'avez pas besoin d'un cyclopousse, répond-il. Le Naufrage est au coin de la rue. Vos jambes vous font de nouveau mal ?

— Je n'ai pas l'intention d'aller au bar, réplique-t-elle. C'est trop douloureux de leur faire face. Les pauvres garçons, ils font de leur mieux, mais ils se ridiculisent. Et ils me ridiculisent, moi. Et Tennessee ! S'il voyait ça...

— Vous croyez vraiment que c'est ce qui se passe ?

— Tu ne vas quand même pas me dire que tu n'es pas d'accord. Cette pièce est un désastre. Du début à la fin.

— Non, avec ça, je suis d'accord. Même moi, un stupide scientifique, je vois bien que ça ne "prend" pas.

— Merci. Je suis soulagée d'entendre les mots que personne d'autre n'a le courage de me dire. »

Ils se serrent l'un contre l'autre pour lutter contre le froid alors qu'ils descendent Commercial Street, qui ce soir grouille de touristes d'un week-end en promenade digestive. Ils regardent tous Sandrino, songeant sûrement que c'est vraiment un gentil garçon d'emmener sa grand-mère en virée. Elle porte un foulard de soie à fleurs sur la tête, noué sous le menton. Une des bannières claque au vent au-dessus d'eux.

Ils s'assoient sur un banc devant le bureau de poste

pour qu'elle puisse balayer la rue du regard à la recherche d'un Bulgare. *Zdravei*, se dit-elle. *Svoboden li si?*

« On discutait, avec Trevor », commence Sandrino. Il repousse ses cheveux derrière son oreille. « Pas de nous. "Nous", c'est terminé. Il est plus amoureux qu'il l'a jamais été, il m'a dit, en me fixant droit dans les yeux, comme si j'allais être content de l'apprendre. Je lui ai dit qu'il regarde trop des *Mad Men*, et il s'est mis en colère, son petit ami cadre est plus beau et plus profond que l'homme dans la série, d'après lui, mais ce n'est pas grave. On s'est réconciliés et puis on s'est encore fâchés, on fait ça cent fois par jour. Vous n'approuvez pas Trevor, je sais, vous ne l'avez jamais approuvé, alors ça ne vous fera pas de mal à vous ou à lui que je vous répète ce qu'il a dit ce soir à propos de la pièce, de quoi on a parlé après la répétition. Ce qu'il a dit, c'est que le problème ne vient pas des acteurs ou des mots de Tennessee Williams. Le problème – c'est Trevor qui l'a dit en premier – vient de vous. »

Anja éclate de rire. La mesquinerie des autres acteurs ne l'a jamais dérangée ou empêchée d'avancer. En fait, elle peut remercier Hovland, Tenn et Anna – et, oui, sa mère aussi – de l'avoir préparée à ce genre d'acte de guerre, et cuirassée en conséquence.

« Et qu'a dit Sandrino sur le sujet ? »

Il se tourne vers elle. La plupart des hommes de son âge ne la regarderaient pas dans les yeux, mais c'est ce qu'il fait.

« Ce que j'ai dit, c'est que la pièce a besoin de quelque chose de votre part, mais que vous ne le donnez pas.

— Et je suppose que Trevor et toi avez eu l'obligeance d'identifier ce "quelque chose" pour moi ? »

Sans lui laisser le temps de répondre, elle présente sa défense. Elle avance les heures qu'elle a passées avec les autres acteurs, les mois d'échanges de mails avec le producteur exécutif et le président du festival, la visite du site, la lecture et la relecture des dernières piécettes incompréhensibles de Tenn. Elle a tout donné, affirme-t-elle, mais alors même qu'elle dit ces mots, elle reconnaît leur hypocrisie.

« Mon père avait une expression, reprend Sandrino. Il me disait : “Si tu es sur la piste, tu devrais danser.” Je vous vois dans votre costume sur la scène, derrière le comptoir, en train de l'essuyer avec un torchon, j'entends Tenn vous appeler Gisele, je vous entends lui répondre, mais vous n'êtes pas Gisele, vous n'êtes même pas là. Je me demande, assis dans le public : où est partie Anja Bloom ? Vous avez donné votre temps à cette pièce, mais pas votre foi. Pas votre *respect*. »

C'est à cela que Sandrino veut qu'elle réfléchisse, Sandrino qui se fait le porte-parole de Trevor : au fait qu'elle n'a pas donné à *Appelons ça de la joie* ce que Hovland et elle se donnaient l'un à l'autre dans chacun de leurs films, ce que Tenn a tenté dans son texte, c'est-à-dire la volonté de parvenir à l'excellence. En matière d'art, qu'est-ce qui compte le plus, l'ambition ou le résultat de cette ambition ?

Elle n'a pas de réponse.

« Vous n'êtes pas les seuls à penser ça, Trevor et toi ? » devine-t-elle.

Là encore, il ne détourne pas les yeux.

« Personne n'a rien osé dire, reprend-elle. Ni les acteurs, ni Sally, ni Keith. Aucun cran, tous autant qu'ils sont.

— Vous êtes qui vous êtes, fait remarquer Sandrino

d'un ton neutre. La grande Anja Bloom ! Et la metteuse en scène !

— Tu es naïf, rétorque-t-elle, furieuse contre lui, contre eux tous, contre elle-même. Ils se sont passés de commentaires parce que c'est moi qui signe les chèques. »

Elle repense à sa dernière conversation avec Sally, juste après la répétition générale : mémorable, avec le recul, pour l'absence de toute parole rassurante de sa part, de toute admiration pour la dimension qu'Anja a donnée à la pièce. Quant aux acteurs, ils se sont peut-être extasiés sur ses décisions de « génie », mais ils ne l'ont pas une seule fois complimentée sur son jeu. Elle a attribué le problème à leur timidité et à leur inexpérience, au script complaisant de Tenn, au manque de répétitions. Pas un instant elle n'a pensé à se remettre en cause. Elle est embarrassée maintenant de son mépris pour le personnage de Gisele Larson, pour l'image que Tenn avait d'elle, pour le rôle qu'elle a joué dans sa vie. Elle n'a vu en Gisele qu'un simple ustensile, l'enduit entre les carreaux du carrelage. Était-elle davantage ?

« Hovland avait ses petites expressions, lui aussi, dit-elle à Sandrino. Lorsqu'il devinait que je n'étais pas à cent pour cent dans une scène, il arrêtait les caméras, agitait les bras et faisait une grosse grimace. "Quel triste jour, disait-il à tout le monde sur le plateau : le jour où l'ambivalence a tué Anja Bloom." Sa plus grande insulte était de traiter quelqu'un de "Hamlet". Il ne tolérait pas la moindre ambivalence de la part des personnages qu'il créait ou des acteurs qui les interprétaient. Ses personnages et ses acteurs étaient connus pour leur volonté, leur engagement et leur concentration à toute épreuve. » Elle secoue la tête. « Regarder un film de Hovland était comme regarder passer un train hors de contrôle.

— C'était un bon prof », dit Sandrino.

Anja peut se l'avouer désormais, même si elle n'ira pas jusqu'à le révéler au jeune homme : dans les années qui ont suivi la mort de Hovland, elle a tout simplement été trop lâche pour continuer sans lui. Elle avait peur de jouer seule. Elle a cultivé cette peur. C'était un sentiment facile à substituer au chagrin que lui inspirait sa perte. Pieter n'a pas essayé de la faire changer d'avis. Il avait enfin toute son attention pour lui, et il voulait qu'elle reste où elle était, qu'elle le choisisse, lui. Il voulait son esprit pour lui tout seul, et pour cela il avait besoin de son corps. Il voulait rentrer chez lui chaque soir et la trouver là, journaux et revues ouverts devant elle sur la table. Sa peur de jouer sans Hovland était comme un chien qui gardait sa porte, la retenant à l'intérieur et interdisant à tout le monde d'entrer, sauf à Pieter. Puis ce dernier est mort, et la peur s'est révélée insuffisante cette fois pour remplacer le chagrin qui la submergeait. Elle avait besoin de quelque chose de plus fort que la peur. L'orgueil. L'arrogance.

« On ne peut plus rien faire maintenant, dit-elle à Sandrino.

— On peut aller au bar, réplique-t-il. Vous pouvez payer un cocktail aux garçons. Ou on peut fumer un peu tous ensemble – ça ne peut pas faire de mal. Pour détendre l'atmosphère. Pour rire. On n'a pas assez ri. Et vous pouvez parler, tous les quatre, de Gisele. Angelo est un très bon acteur, on trouve. *Je* trouve. Il est meilleur que Tenn. Trevor est trop jaloux pour le reconnaître, mais c'est vrai. Chaque seconde de la pièce est une torture pour lui parce qu'il n'est pas sur la scène. » Il hausse les épaules. « Peut-être que je vais avoir une liaison avec Angelo, pour me venger.

— Tout le monde sera encore au bar ?

— Oui.

— Trevor aussi ?

— Non. Il est rentré dormir.

— Réveille-le. »

Il est huit heures du matin, le jour de la première d'*Appelons ça de la joie*, et la deuxième et dernière répétition générale, hâtivement organisée au Naufrage, vient de se terminer. Anja déverrouille la porte de l'A-House pour laisser entrer les agents d'entretien grincheux qui attendent sur le perron. Pendant la nuit, avec la coopération de Sandrino, de Trevor et du reste de l'équipe, elle a apporté à la production des modifications dont Sally ne sait rien encore. Elle les verra bien assez vite.

Encore à moitié ivre, et plus qu'un peu défoncé, Keith la ramène à son hôtel avant de regagner son appartement. Ils ont tous les deux besoin de se reposer un peu avant le rendez-vous de dix-sept heures pour coiffure et maquillage. En la voyant traverser le hall dans ses vêtements de la veille et les cheveux dénoués, le jeune homme à la réception lui adresse un clin d'œil conspirateur.

Allongée sur le dos sur le couvre-lit rose, incapable de dormir, elle ne peut s'empêcher d'imaginer les pires scénarios : répliques ratées, huées, bâillements. Elle prie pour qu'un incendie d'origine électrique ait la compassion de se déclarer. Pour se distraire de ces pensées, elle revient, inspirée par la tour Marocaine, sur le tournage de *Fugitive* à Marrakech en 1963. Elle se remémore la chaleur, la foule, ce vilain chameau qui crachait. Elle se voit juchée sur le dos de l'animal, sur la photo prise par Hovland, celle qu'elle a jointe à sa lettre à Frank, lettre qui lui est revenue de New York avec sa supplication griffonnée au verso : *Viens maintenant s'il te plaît, j'ai besoin de toi*. Les derniers mots qu'il lui a adressés.

Depuis qu'elle est arrivée ici, Frank ne cesse de venir à elle. Dans les rues de Provincetown, dans ses rêves, dans les airs d'opéra que passe Keith dans la boîte. Elle parcourt du regard la terrasse couverte de l'Atlantic House et le trouve adossé à la colonne de bois, en train d'attendre que Tenn le remarque.

Et pourquoi ne viendrait-il pas à elle ? C'est elle qui l'a fait sortir de l'ombre.

Il faut qu'elle dorme. Cela fait près de vingt-quatre heures qu'elle est éveillée. Les rides sur son visage sont affreuses. Elle n'est pas au-dessus d'une certaine vanité. Elle reste parfaitement immobile, pour ne pas déranger les oreillers que la femme de chambre a disposés si artistiquement. Elle compte les lattes de bois qui couvrent la coupole de la tour, les fils de la frange bordant l'abat-jour du plafonnier. Elle n'a pas eu autant de mal à calmer les battements de son cœur depuis qu'elle était petite, avec son père et sa mère dans la pièce à côté. L'empreinte de son corps sur le couvre-lit est déjà de trop. Comme elle se sent lourde à présent. Il est brusquement très important pour elle de garder la pièce dans un état impeccable, de ne laisser aucune trace. À la même heure demain, elle sera de retour chez elle.

C'est la pensée de sa nouvelle maison, de la lumière du soleil matinal sur sa baie vitrée, de la mer seulement cinquante-sept marches plus bas, qui lui donne enfin la sérénité dont elle a besoin pour s'endormir. Lorsqu'elle se réveille, il est déjà temps de regagner la ville.

En coulisses, Tenn fait les cent pas en tirant sur une cigarette électronique. Angelo est assis par terre dans un coin, les yeux fermés, les jambes croisées et la tête agitée de petits mouvements. Anja les laisse tranquilles. Elle reste un moment debout derrière le rideau, la main sur la maigre étoffe, à écouter le brouhaha de la foule qu'elle ne voit pas encore. Keith l'informe que toutes les places sont occupées. Il y a des gens debout sur trois rangs contre le mur du fond. Cent trente mille dollars, et ce n'est pas fini, annonce Sally. De quoi couvrir largement sa mise de fonds initiale, et c'est sans compter encore la vente aux enchères sous plis cachetés qu'elle a organisée à la dernière minute. De temps en temps, son rire forcé se fait entendre par-dessus le vacarme. Elle est furieuse contre Anja, mais celle-ci ne reviendra pas sur sa décision. C'est un bon entraînement pour votre avenir au contact d'artistes, lui dit-elle. Si vous les embauchez pour leur volonté et leur ambition, ne soyez pas surprise quand ils les exercent.

À l'heure prévue, soit dix minutes après les vingt heures annoncées, comme il est de bon ton, les plafonniers clignotent. Les spectateurs éclatent en applaudissements tout en se hâtant de regagner leur chaise. Puis le silence se fait. Révérencieux. Les seuls bruits audibles sont le grincement des chaises et le bruissement des ventilateurs au plafond. Comme Hovland le faisait le premier jour de tournage, Anja va d'acteur en acteur pour prendre leurs mains dans les siennes et les remercier de leur travail.

Avec sa perruque blonde et son haut à sequins scintillant,

retouché et habilement rembourré par Keith, Trevor est méconnaissable mais indubitablement Gisele Lemonade, la barmaid et propriétaire du légendaire Club Gisele à Key West. Il est pâle, même sous l'épaisse couche de fond de teint, le fard à joues rose et l'ombre à paupières bleue. Il est encore en train de relire son texte. Lorsqu'il lève les yeux vers Anja et cligne des paupières, ses cils battent comme des ailes de papillon. Avec l'aide des cocktails du Naufrage et d'une petite bouffée de l'herbe d'Angelo, ils ont réinventé Gisele ensemble. La femme d'âge moyen à l'« élégance discrète » est devenue une drag-queen impertinente, qui adore son frère et souffre de son absence, qui veut donner à Tenn un peu de joie, qui gagne sa vie grâce à l'illusion. Du retour d'Anja Bloom à la scène, elle est devenue le début de Trevor Halley sur les planches. C'est mieux comme ça.

« Si tu oublies une réplique, invente quelque chose, c'est tout, chuchote-t-elle à l'oreille du jeune homme. *De la jeune femme*. Personne ne s'en rendra compte. »

L'éclairage de la salle s'éteint et le projecteur s'allume, prêt à accueillir Anja dans sa lumière.

« Vous êtes sur le point de décevoir un tas de gens », fait Trevor.

Lorsqu'elle pousse le rideau pour s'avancer sur la scène, vêtue non comme la barmaid décrite dans le programme mais d'une simple robe de soie rose, avec un collier de pièces en étain et les cheveux relevés en un chignon souple, un micro sans fil à la main, les spectateurs se lèvent d'un bond. Ils ne s'attendaient pas à ce qu'elle les accueille.

Elle est là, essaie-t-elle de dire, pour expliquer. « Merci », articule-t-elle en saluant de la main, en s'inclinant humblement. Elle tend les mains devant elle pour calmer la foule, pour la faire asseoir et écouter ce qu'elle a à annoncer, mais personne n'obéit, tout le monde continue à applaudir. Ils brandissent au-dessus de leur tête leur téléphone. Elle salue de nouveau, bien qu'elle n'ait encore rien fait pour mériter leurs acclamations. La lumière est vive. Éblouissante. Elle ne voit presque rien dans le noir. Puis les lumières de la salle se remettent à clignoter, comme un stroboscope. La foule applaudit plus fort, en rythme, en sifflant et en tapant des pieds, jusqu'à ce que les lumières restent allumées, et qu'elle voie soudain tous leurs visages. Là-bas au dernier rang, sur la pointe des pieds, il y a Scott, qui a fait tout le chemin depuis New York. Côté cour, il y a une femme qui pourrait bien être Ann-Margret. Il y a le président de l'université, qu'elle a rencontré brièvement à la commémoration de Pieter. Et au troisième rang, en bord d'allée, il y a Sandrino, en costume, qui lui envoie des baisers à deux mains. La place vide à côté de lui est pour elle. Elle ne reconnaît pas les autres visages. Elle a été si longtemps absente. Elle a fait du monde un inconnu. Elle balaie chaque rang du regard, cherchant quelqu'un d'autre, mais il n'est plus là ; plus aucun d'eux n'est là.

Elle est au début d'une nouvelle ère. Elle a essayé la paresse, sans succès. Elle n'a montré aucune aptitude à la solitude. Peut-elle enfin admettre, maintenant, avec quelle avidité elle a mis le grappin sur Sandrino le jour où il est apparu, telle une Baba Yaga affamée ? Avec quel empressement elle a recherché son affection et son attention, encouragé – non, savouré – ses questions de télévision ? Avec quelle joie elle a tamponné son tapis pour enlever le sel marron que ses bottes y avaient laissé ? Il est le seul dans cette pièce à qui elle fasse assez confiance pour lui avoir donné son adresse. Même Scott lui envoie son courrier de New York dans une boîte postale en ville.

Qu'est-ce qui vient après l'arrogance ? Qu'est-ce qui suit l'orgueil ? Elle a acheté une maison au bord d'une falaise. Des cartons sous film plastique, de lait et de fruits, arrivent chaque semaine sur le pas de sa porte. Au printemps, il y aura des tulipes et des roses. La ville est à douze minutes en voiture, à travers des kilomètres de dunes et de bois protecteurs, dont quatre hectares lui appartiennent. Cela fait près d'un an qu'elle teste l'accueil de la ville et, pour l'instant, celle-ci la considère avec la même gentillesse, la même sensibilité de petite fille que lors de sa première visite. Les gens du coin et les touristes qui la reconnaissent dans le café en face du bureau de poste, chez le bijoutier à côté du salon de coiffure ou sur les marches devant celui-ci la laissent généralement tranquille. Ils la regardent avec la même curiosité terne qu'ils ont pour les hommes en bottes et boa qui passent devant eux à vélo. Elle n'est rien de spécial ici. Une marginale de plus.

Le début d'*Appelons ça de la joie* est la première pièce de théâtre à laquelle Anja assiste dans sa nouvelle ville. Tester un accueil requiert de l'attention, de la prudence. Elle ne s'est toujours pas présentée à un comité d'action politique ou à un des défilés ou festivals qu'il y a toutes les semaines en été, mais les Ray la tiennent informée des événements au cas où quelque chose lui ferait envie. Il n'y a toujours pas, à leur connaissance, d'opéra. Lorsque cette soirée sera enfin terminée, elle proposera à Sally de faire venir une troupe. Une soprane, au moins, pour chanter quelques morceaux choisis. Un autre « événement d'amorçage », si c'est comme ça qu'elle préfère voir les choses.

Si Sally ne coopère pas, Anja trouvera un autre théâtre. Avec une acoustique parfaite. Ou alors, elle fera construire l'opéra elle-même, et il sera majestueux.

Elle auditionne d'autres substituts au chagrin. L'amour ne s'est pas révélé suffisant. La gloire, l'argent ou la peur non plus. Même les trois à la fois. Mais un jour ou l'autre, quelque chose fonctionnera. Elle trouvera la bonne formule. Et sinon, si une telle formule n'existe pas, alors elle saura avec certitude ce qu'elle soupçonne mais préfère ignorer depuis longtemps : elle ne sera jamais plus proche du but que pendant ces auditions. En attendant, elle a le reste de sa vie à affronter.

Dans le lexique des stars, Anja Bloom est une *has been*. Les gens à ses pieds à cet instant contemplent une étoile morte. S'ils en ont conscience, ils ont la gentillesse de n'en rien laisser paraître. La plupart sont incapables de faire la différence. Ils veulent croire à la grandeur d'Anja Bloom autant qu'elle-même voulait y croire. Mais il est possible que sa grandeur ait disparu avec Hovland, que son talent d'actrice ait été purement conditionnel. Relationnel. Alchimique. Il est possible qu'elle soit morte depuis longtemps.

Ces possibilités ne l'effraient ni ne l'attristent pas autant qu'elle aurait pu l'imaginer. En fait, elle ressent ce soulagement qui vient souvent quand on voit ses choix disparaître. Peut-être que les spectateurs perçoivent son soulagement. Sa légèreté. Ils veulent bien qu'elle reste debout devant eux sur la scène, à ne rien faire d'autre que saluer et articuler ses remerciements. Mais ils refusent de la laisser leur dire qu'elle ne jouera pas ce soir, ni aucun autre soir. Elle n'a jamais été Elizabeth Taylor. Ils refusent de la laisser passer au discours qu'elle compose dans sa tête depuis 1982, son discours sur Tennessee Williams et ses quinze ans d'alchimie, de grandeur, avec Frank Merlo.

La dernière fois qu'elle a vu Tenn, leur dira-t-elle, il avait presque l'âge qu'elle a maintenant. C'était autant un *has been* qu'elle l'est devenue. Comme elle, il vivait avec la malédiction d'avoir fait partie des plus grands et le stress de croire qu'il pouvait encore y prétendre. Ils ne vont pas aimer entendre ça. Ils vont maugréer, c'est certain, la juger hautaine ou faussement modeste. Mais la différence entre nous, reprendra-t-elle, est que Tenn a continué de travailler. Sa lumière était morte, mais chaque jour, il s'efforçait de la raviver. Le tailleur de pierres, l'appelait Frank. Il se présentait chaque matin sur le chantier, tombait à genoux, et *travaillait*. Et après Frank, il a continué d'écrire pendant vingt ans de peur, de chagrin, de solitude et d'échec. Pièces, nouvelles, scripts, poèmes. Elle les a tous lus. Ce n'était pas un lâche. Il ne s'est pas caché comme elle l'a fait. *Appelons ça de la joie* n'est pas sa meilleure pièce. Ce n'est même pas une bonne pièce. Elle aurait voulu qu'elle soit meilleure. Mais Tenn l'a écrite pour Frank et, rien que pour cette raison, elle estime que l'œuvre mérite d'être donnée au monde.

Elle espère qu'ils l'apprécieront. Elle leur est reconnaissante de leurs dons généreux. Ils feront une différence dans cette ville qu'elle en est venue à aimer. Elle les prie de l'excuser si elle les a déçus. Cela fait déjà trop longtemps qu'elle parle. Les lumières vont s'éteindre, maintenant, et elle va prendre place à côté de son ami. Elle les reverra tous après la pièce. Elle est sûre qu'ils auront des questions.

17
Été indien

Lorsqu'il vint enfin le voir, sa peur envahit la chambre. Frank était en train de suffoquer sur son lit comme un poisson pris à l'hameçon. Il y avait quelque chose qui clochait avec sa bouteille d'oxygène. Miss Fig était censée venir la réparer. Au lieu de ça, Tenn était apparu. La vue de Frank en train de se convulser en respirant bruyamment l'arrêta net. Son ombre recouvrit les murs et le sol du seuil de la porte jusqu'au bord du lit.

« Va chercher l'infirmière, bon sang », haleta Frank, le souffle coupé par chacun de ses mots.

Il fit tomber les roses posées sur sa table de chevet. Glissa dans l'eau renversée en essayant de sauver le vase. L'ombre de Tenn disparut. Un aide-soignant vint ramasser les morceaux de verre.

De cette scène, Frank ne se rappelait que l'ombre. La façon dont elle s'était arrêtée juste avant de l'atteindre, puis avait reculé. Il était trop défoncé à la morphine pour se rappeler quoi que ce soit d'autre. Mais il avait su que l'ombre n'était pas la mort. Elle était trop effrayée, trop noire. Lorsque la mort viendrait, elle se présenterait sous une forme lumineuse, séductrice. « L'extase, lui avait promis le père Kelly. Regardez le visage de ces saints, avait-il ajouté en sortant un paquet de cartes de sa manche, comme un magicien. Voyez comment ils accueillent la mort : comme une amante. Ont-ils l'air effrayé à vos yeux ? » Il lui avait laissé les cartes, à côté du bouquet. Elles étaient désormais trempées.

En se réveillant, il trouva Tenn assis à côté de lui dans le fauteuil, ses doigts doux et potelés entrelacés avec les siens. En train de lui tenir la main pendant qu'il dormait. De lui raconter ce qui s'était passé quand il était entré dans sa chambre, du même ton qu'il aurait comméré après une nuit au Monster.

« Je suis ressorti dans le couloir en hurlant : "Il est en train de suffoquer comme un poisson pris à l'hameçon !" C'est ce qui les a fait se bouger, mon chou. Mes larmes et mes cris. Si tu veux qu'on fasse attention à toi dans un hôpital, il faut jouer les hystériques. Sinon, on t'ignore. Tu es trop fier pour ça, mais Dieu m'en soit témoin, je ne te laisserai pas mourir de fierté. »

Tenn pensait qu'il pouvait juste revenir de... Où était-il parti, déjà ? Ah oui, se rappela Frank : Abingdon, Virginie. *Le Train de l'aube*, Audrey Wood, Claire Luce. Qu'il pouvait juste revenir comme une fleur et que Frank lui pardonnerait immédiatement sa disparition ? Mais pourquoi n'aurait-il pas cru cela, en même temps ?

Frank respirait mieux avec la nouvelle bouteille d'oxygène. Mais lorsqu'il essaya de se redresser, il n'avait plus aucune force dans les bras. Il retomba sur le lit. Une bombe explosa au creux de ses reins, lui brisant les os. Il lâcha un cri. Miss Fig apparut avec une autre injection. Il serra le poing en voyant l'aiguille. Tenn posa la main sur la sienne, l'enveloppant dans son étreinte alors qu'il sombrait dans l'inconscience, tout en continuant de parler. « Tu as eu droit à un défilé aujourd'hui, mon cœur, disait-il. Tous ces visiteurs qui sont passés. Tu as vu toutes ces chaises ? Les gens s'arrachent le privilège de te voir. »

Lorsque Frank se réveilla de nouveau, la pièce était remplie d'hommes. Al, Dan, son oncle, le père Kelly, Tenn. Ils avaient même fait monter Sid l'Aveugle. Frank connaissait chaque visage. Il avait entendu leurs voix du fond de l'océan où il était en train de nager. Il leva la tête au-dessus des vagues pour regarder qui était venu le voir. *Ciao ciao ragazzi*, quoi de neuf ? Ils se parlaient par-dessus son lit. Ils ne semblaient pas savoir qu'il était étendu là, sous leur nez. Al avait les bras croisés sur sa poitrine musclée. Tenn se pencha pour tapoter l'épaule de Sid. Son oncle lisait le journal. Frank replongea dans les vagues. L'eau était chaude. Taormine. Wildwood en juillet. Son cerveau se désembruma. Lorsqu'il revint à la surface, il ne restait plus que Tenn.

Cette baignade lui avait fait du bien. Il se sentait reposé, revigoré. Il se redressa dans son lit sans provoquer d'explosions. Il transpirait pour la première fois depuis une semaine que Tenn était parti. Il repoussa les couvertures.

« Frankie ! » s'exclama Tenn en sursautant, surpris par son mouvement soudain. Il referma son livre. *Les Lettres de Vincent Van Gogh.* « Comment tu te sens ? »

Frank regarda autour de lui. Il suffirait de pas grand-chose pour installer un bureau dans cette pièce. Enlever quelques chaises, pousser le lit contre le mur. Il y avait largement la place.

« Ta machine à écrire doit te manquer, dit-il.

— Pas le moins du monde », répondit Tenn. Il se pencha en avant. « Tu as repris des couleurs.

— J'ai besoin de marcher », répondit Frank. Il enleva les tuyaux qui le reliaient à la bouteille d'oxygène. L'air de l'hôpital lui remplit les poumons, confiné mais doux. Ses pieds trouvèrent le sol. Tenn l'aida à se lever. « Emmène-moi dehors », dit Frankie.

Il avait assez de force dans les jambes pour sortir de la pièce. Il se dirigea vers le fauteuil près de la porte. Il n'eut même pas besoin de s'appuyer au mur.

« Attention, Frankie », dit Tenn en lui emboîtant le pas, prêt à le rattraper, si proche que son haleine lui caressait la nuque, la main sur l'os saillant de sa hanche.

Lentement, la pièce se remplit d'eau. Il n'était pas du tout à Taormine, mais au Memorial Hospital, et l'eau montait, elle lui arrivait aux coudes, et maintenant au cou. Tenn l'appela. Il tendit les bras de part et d'autre pour flotter, en l'écoutant répéter son nom. D'un battement de jambe, il partit en direction de la porte. Derrière celle-ci se trouvait la plage. Quelqu'un là-bas devait avoir une cigarette. Cela faisait du bien de se dégourdir les jambes, de s'étirer les bras. Mais il se fatigua vite. Il fallait qu'il se repose. Il essaya de s'asseoir dans le fauteuil, mais il avait de l'eau jusqu'aux lèvres et se releva d'un bond. Il fallait qu'il continue à nager, ou il allait se noyer. Il alla de chaise en chaise, puis jusqu'à son lit, puis de nouveau jusqu'au fauteuil. Puis jusqu'à la porte. À chaque fois qu'il testait sa capacité à se propulser, c'était un succès. Il pouvait aller jusqu'à la plage s'il battait plus vite des jambes, s'il ne s'épuisait pas.

Profitant de ce que Tenn regardait ailleurs, il s'élança vers la porte pour sortir dans le couloir. Mais il tomba aussitôt sur miss Fig, qui le ramena à l'intérieur et entreprit de le traîner vers le lit.

« Non, fit-il en luttant pour se dégager. Je vais me noyer si je ne bouge pas.

— Ça n'arrivera pas, comptez sur nous.

— Mais puisque je vous le dis, il faut que je reste en mouvement. » Il devenait un requin. Il avait des fourmis partout. « C'est l'été. Je veux être dehors.

— C'est le mois de septembre, mon joli, répliqua-t-elle. On appelle ça l'automne. Il fait même un peu frais aujourd'hui.

— Frank a raison, ce n'est pas encore l'automne, miss Newton, intervint Tenn. Il reste trois jours d'été, si je ne me trompe pas.

— Votre mère ne nous le pardonnerait jamais si nous vous laissions prendre froid, dit-elle à Frank.

— N'êtes-vous pas d'accord qu'il va beaucoup mieux que ce matin ? lui demanda Tenn. Où vous l'aviez abandonné seul pendant près d'une heure avec une bouteille d'oxygène qui ne fonctionnait pas ? Regardez-moi les roses qu'il a aux joues. J'aimerais l'emmener dehors, si ça ne vous dérange pas. Et même si ça vous dérange, il me semble que ceci est un hôpital, non une prison.

— Mr. Merlo est sous notre responsabilité et celle de sa famille, répondit fermement miss Fig, en ramassant les couvertures tombées par terre. Je ne peux pas autoriser cela.

— Ce n'est pas sa famille qui paie ses frais d'hospitalisation, répliqua Tenn.

— Je vais aller lui chercher des draps propres. Si vous souhaitez parler au Dr Fallon...

— Ce que j'aimerais, l'interrompit Tenn, c'est que vous nous apportiez un fauteuil roulant. Un de ceux qui sont électriques, pour qu'il puisse conduire. Conduire le calme. Ça le rend heureux. Est-ce qu'on peut lui accorder un peu de bonheur ? »

Elle fit comme si elle n'avait pas entendu.

« Faites ce que je dis, faites-le ! » hurla Tenn en trépignant. Il agrippa ses cheveux à pleines poignées et tira dessus en rugissant : « Immédiatement ! » Lorsqu'elle lui tourna le dos, il lança un clin d'œil à Frank et fit entendre un grondement rageur avant de taper du pied et de vociférer : « Vous m'avez compris, miss Newton ?! »

Frank attendit qu'elle soit sortie puis éclata de rire.

« Tu mérites un Tony », dit-il.

Tenn tapota sa poche de chemise, où il rangeait ses cigarettes.

« Couvre-toi, mon chou, dit-il. Elle avait raison, il fait frais. »

C'était le milieu de l'après-midi, et Frank faisait des cercles autour des sycomores de St. Catherine's Park. Tenn le regardait faire depuis un banc, les coudes sur les genoux et la tête entre les mains, le dos tourné à l'hôpital dont le soleil faisait briller les fenêtres. Il criait à Frank de ralentir, de faire attention aux dépressions dans l'asphalte, aux bouteilles cassées, à cette petite fille sur son tricycle. Mais il n'avait pas besoin de faire ça. Frank voyait chaque motte de gazon, chaque éclat de verre, chaque couette, chaque feuille qui tombait, chaque pigeon, chaque regard attristé.

Au moins les femmes le regardaient dans les yeux avant de détourner la tête. Un éclair de compassion, de sollicitude, de curiosité morbide. Les hommes se contentaient de consulter leur montre. Mais qu'est-ce que Frank en avait à faire ? Il aspirait goulûment chaque bouffée de cet air délicieux aux riches odeurs de terre, d'ordures, de gaz d'échappement et de crotte de chien. Qu'importait qu'il soit un peu pris de vertige à force de tourner autour des arbres ? La nausée, le risque de faire un malaise étaient un prix acceptable à payer pour pouvoir sentir ce froid au bout de son nez, cette inclinaison du fauteuil lorsqu'il prenait un virage. Si seulement ce tas de ferraille voulait bien avancer un peu plus vite. Si seulement il pouvait en pousser les roues avec ses propres bras musclés et sortir de la ville, faire un dernier tour dans le New Jersey pour dire au revoir à ses rivages, et continuer vers le sud jusqu'aux Keys.

À la place, dix minutes à manœuvrer le fauteuil électrique eurent presque raison de lui. Il se gara à côté de Tenn pour se reposer un peu. Tenn l'aida à s'asseoir sur le banc. Il glissa une jambe par-dessus la cuisse de Tenn, posa la tête sur son épaule et, ensemble, ils regardèrent passer les hommes, leur passe-temps préféré, le choix du poisson sur son lit de glace, le croisement du regard de la biche avant qu'elle ne s'enfuie dans les bois. Aucun de ces hommes ne les aurait touchés désormais, bien sûr. Ils restaient soigneusement à l'écart de la maladie qu'ils pouvaient deviner à cinq mètres de distance. Un vieux de cinquante-deux ans tenant un squelette sur ses genoux, mieux valait éviter de regarder dans leur direction, et accélérer le pas. Frank se serra plus fort contre Tenn et se couvrit la tête de son foulard. Le froid s'était infiltré dans ses os.

Toutes ces années où ils avaient passé l'été en Italie, ils avaient nourri le fantasme d'y rester à la fin de la saison. Ils s'étaient imaginés dans une ferme en Sicile, sur un bout de terre verdoyant et parfumé loin des contraintes et des tentations de la ville. Ils n'auraient donné leur adresse à personne sauf à Anna. Elle aurait eu le droit de leur rendre visite, tant qu'elle arrivait à dos d'âne. (Oh, comme ils avaient ri en imaginant l'actrice, en robe de soie noire et hauts talons, en train de faire claquer les rênes de sa monture pour la faire avancer plus vite !) Dans leur petite ferme, Frank apprendrait les arts indigènes du fromage, de l'huile et du pain pendant que Tenn passerait de longues journées dans le tunnel. Les nuits et les après-midi appartiendraient aux rossignols.

Chaque été, ils rêvaient de cette ferme, et chaque mois de septembre, lorsque le moment venait pour Frank de réserver les billets pour leur prochaine destination – Berlin, Amsterdam, Lisbonne – ils se découvraient incapables de résister à l'appel de ces rues encore inconnues, de ces bars secrets, de ces opéras, plages, parcs et allées. Le rêve de la ferme ne faisait jamais le poids. L'attrait de la prochaine ville était aussi fort pour Frank – peut-être plus – que pour Tenn. Puis, lorsqu'ils commençaient à se lasser de celle-ci, comme c'était toujours le cas, ils étaient pris de nostalgie pour Duncan Street, lieu qui se rapprochait le plus d'un chez-soi pour eux.

« Je crois que j'aurais été heureux dans la ferme, dit Frank.

— De quelle ferme tu parles, Frankie ?

— Celle en Sicile. »

Tenn réfléchit un moment.

« Oh, oui : notre petit *paradiso* avec les oies, les chèvres et le jeune jardinier-chauffeur.

— Et le lac à côté pour nager. C'était une bonne idée.

— Oui.

— Je me serais bien entendu avec les oies et les chèvres.

— Sans parler du jeune jardinier-chauffeur, ajouta Tenn avec un rire. Il y a son cousin Raffaelo juste là ! » Il lui montra discrètement un adolescent qui portait un ballon de foot. « Qu'est-ce que tu penses de lui ? »

Frank répondit qu'il ne voulait pas penser à Raffaelo.

« Tu t'entends bien avec tout le monde, reprit Tenn. Même cette affreuse infirmière.

— Elle n'est pas si horrible que ça. Elle fait juste son travail.

— Tu vois ce que je veux dire ?

— Je pense que j'étais davantage fait pour la vie domestique, continua Frank. Plus que pour... On aurait peut-être dû rester quelque part plus de quelques mois.

— On avait Duncan Street.

— Pendant un temps.

— Je ne veux pas me disputer avec toi, Frankie. »

Frank n'avait pas le courage non plus. Il regarda le jeune Raffaelo essayer de faire sauter son ballon d'un genou à l'autre. Il n'avait aucun talent pour ça. Le ballon n'arrêtait pas de lui rebondir dans la figure ou d'aller se perdre dans l'herbe. Il n'avait pas les pieds assez rapides. Il se penchait trop en avant.

« Je vais prendre ma cigarette, maintenant, déclara-t-il.

— Tu es sûr de pouvoir la supporter ?

— Non. »

Mais il le put. La fumée était tellement plus douce que l'air. Sa poitrine se gonfla des plaisirs qui l'accompagnaient : la bouffée d'énergie, le picotement des lèvres. Le matin encore, il était seul dans son lit d'hôpital, trop fatigué pour lire les cartes qu'on lui avait envoyées. Il tripotait les sondes dans son nez pour essayer d'obtenir plus d'air, en vain. Quelque chose clochait. Et puis, à en croire Tenn, il s'était mis à suffoquer comme un poisson pris à l'hameçon. Ces mots, tels que les avait prononcés Tenn, cette image de l'état dans lequel il l'avait trouvé quand, enfin, il était venu lui présenter ses respects, avaient marqué l'esprit de Frank. Un poisson pris à l'hameçon. Il pouvait sentir le goût du métal sur sa langue, le sang qui coulait de sa lèvre déchirée. Maintenant, la fumée lui purifiait la bouche, la gorge, les poumons, le cœur. Il l'inhalait par précieuses petites bouffées. Plus grandes et il se serait étranglé.

Ils se passaient la cigarette. C'était ce qui se rapprochait le plus d'un baiser entre eux depuis des années.

« Je suis devenu froid avec toi, dit Frank. Après *Senso*. Je veux que tu saches que ce n'était pas le fruit de ton imagination.

— Il ne m'est jamais venu à l'esprit que ça puisse être le fruit de mon imagination, répliqua Tenn.

— C'était si évident que ça ?

— Après tout ce temps, Frankie, tu ne sais toujours pas à quel point il est facile de lire en toi. C'est une de tes meilleures qualités : ta franchise. La sincérité de tes rages et de tes affections. C'est ce qui m'a toujours attiré chez les hommes des pays brûlés par le soleil. » Il rit. « Vous croyez cacher quelque chose, mais ce que vous essayez de dissimuler est aussi évident que le nez romain au milieu de votre figure.

— J'aurais fait un acteur calamiteux, c'est ce que tu es en train de me dire.

— Frankie, ce n'est pas...

— J'essaie de te présenter mes excuses », le coupa-t-il.

Il n'aurait pas supporté d'entendre ce que Tenn pouvait être tenté d'ajouter : que Frank aurait fait un excellent acteur principal, qu'il aurait seulement eu besoin d'un autre coup de chance, qu'il aurait dû rester plus en contact avec Anja, que lui-même aurait été ravi de s'entremettre à nouveau, si seulement Frank avait bien voulu ravaler sa fierté et demander. Tout cela était déjà passé par la tête de Frank dans les années qui avaient suivi Venise.

« Visconti m'a jeté comme si j'étais un rien du tout, expliqua-t-il enfin. Même le fait de t'avoir comme... protecteur n'a pas suffi à assurer ma place dans son film. C'est dire à quel point j'étais insignifiant. Mais je ne lui en ai pas voulu. Je ne m'en suis même pas voulu à moi-même. Je t'en ai voulu à toi.

— Tu dis ça comme si tu m'apprenais quelque chose.

— Rien ne te surprend jamais. Peut-être est-ce pour ça que j'ai arrêté de parler.

— Tu as si vite baissé les bras, Frankie. Après avoir fait tout ce foin autour de *Senso*, tu t'es laissé démonter par ce seul échec, comme si tu n'y tenais pas vraiment de toute façon. Comme si une carrière dans le cinéma était juste un projet de plus – à l'instar de ta pièce, de la danse, d'Anja ; un énième costume que tu essayais. Et maintenant tu me dis que ce n'était pas la vie que tu voulais après tout, que tu aurais été plus heureux dans une ferme qu'on a imaginée un soir après trop de margaux et de kif. Et je suppose que tu me tiens pour responsable de cela aussi. De la ferme qui n'a jamais existé.

— Avant oui. Mais plus maintenant.

— Eh bien tu vois, je peux être surpris.

— Tu ne comprends pas. Tout ce temps, tu as été parti – en Virginie, en virée avec Angel, où que tu ailles ces jours-ci – et moi j'ai été de retour là-bas, à cette époque. Parce que c'est ce que les autres gars de l'hôpital m'ont dit de faire : de me remettre dans mon corps lorsqu'il était au summum de sa vigueur. De sa santé. De son bonheur. C'était censé me donner de l'énergie. Me rendre la force de lutter. Ça avait marché pour eux, ils m'ont dit. Mais pour moi, ça n'a fait qu'empirer les choses. La douleur, la fatigue, la faiblesse générale. Ça m'a rappelé combien tu me manquais. Ça m'a fait crier ton nom quand j'aurais dû le maudire. Alors j'ai essayé de me sortir de ce corps, mais je n'ai pas pu ; à présent que j'avais retrouvé cette époque, je ne pouvais plus la quitter. Je ne voulais pas. Ces mois qui ont suivi la soirée chez Truman. Rome, Livourne, Vicence et Venise. L'attente du coup de téléphone de Visconti. Toi, Anja et moi sur le Lido. L'*acqua alta*. J'étais au commencement de quelque chose. À l'époque, j'étais reconnaissant à Anja de m'avoir mis là. À Truman. Même à Sandro et à Jack. J'étais reconnaissant à ce dernier d'être mort sous mes yeux. Ça m'a réveillé.

— Tu as remercié tout le monde sauf moi.

— N'est-ce pas comme ça que ça se passe ?

— Pas toujours.

— Eh bien... »

S'il avait dû choisir, pour un script, le moment exact de lui dire ces mots – *Je t'aime, Tenn* – en face, enfin, d'une façon qui le convainque que c'était vrai, et l'avait toujours été, n'aurait-ce pas été à cet instant ? Comme l'aria qu'aurait pu chanter Maria Callas à la fin d'un opéra, juste avant de plonger le poignard dans son cœur. Comme Maggie la Chatte dans la chambre à l'étage alors que le rideau tombe lentement. Mais prononcer ces mots ici, sous les sycomores agités par le vent, dans les toutes premières heures de son Été Indien, après les avoir retenus pendant quinze ans, revenait à cesser de lutter. Il n'était pas prêt.

Frank carburait depuis des mois à la terreur. C'était elle qui lui avait donné l'énergie de faire les longs trajets entre Key West et New York, puis entre l'appartement et l'hôpital. La terreur brûlait moins vite, à une température moins haute, que la fureur. Mais il se sentait arriver au bout de la terreur, tout comme il était arrivé précédemment au bout de la fureur. Qu'y avait-il ensuite ? Après la terreur ? L'extase ? Pas encore. Entre cet instant et la lumière finale, il avait besoin d'un autre carburant. Il choisit ses mots, ceux que Tenn – c'était aussi évident que le nez romain au milieu de sa figure – avait le plus envie d'entendre, ceux pour lesquels il était revenu en catastrophe de Virginie, ceux qu'il avait écrits pour ses actrices principales sans jamais pouvoir le faire pour lui :

« Je te remercie maintenant. » C'était une déclaration pleine de tendresse dans sa tête, mais le sentiment ne passa pas dans son ton. Autant avoir une autre tempête, alors, en souvenir du passé, et il ajouta : « Tu es arrivé à temps pour ça, au moins. »

Il ne se rappelait pas comment il était revenu dans sa chambre. Miss Fig était-elle venue le récupérer dans le parc ? Avait-il, comme à l'aller, foncé dans les couloirs en slalomant entre les brancards à roulettes abandonnés, avec un bref passage par l'ascenseur ? Pour la troisième fois ce jour-là, il se réveilla pour trouver Tenn assis à côté de lui, ses doigts potelés serrés sur les siens.

L'ombre de la peur recouvrait désormais tous les murs. Des gens entraient et sortaient de sa chambre en chuchotant. Sa mère recoiffait ses cheveux trempés de sueur. Il avait des draps tout propres. Les machines entassées à côté de lui clignotaient et soupiraient. La bouteille d'oxygène lui apportait l'air le plus pur. Mais l'ombre restait où elle était, immobile.

De nouveau, la chambre commença à se remplir d'eau. De nouveau, Frank se leva, effrayé mais plein de détermination, jeta les couvertures par terre et nagea vers la porte. De nouveau, dès qu'il s'assit pour se reposer, l'eau lui étrangla les poumons et il se força à se relever d'un bond pour regagner le lit, puis à repartir vers la chaise, puis de nouveau vers le lit.

Cela continua interminablement. Il avait plus de mal à bouger les bras. Ses mouvements étaient plus lents. Les lattes du dossier de la chaise appuyaient douloureusement sur ses vertèbres saillantes. Les draps propres lui brûlaient la peau. Il levait les bras et les jambes pour les rafraîchir. Sa blouse d'hôpital ne cachait presque rien. Il avait honte, se sentait obscène.

« Frankie, essaie de ne pas tant t'agiter, lui dit Tenn.

— Je ne peux pas m'en empêcher », répondit Frank.

Il fallait qu'il recommence à nager. Mais lorsqu'il planta les mains à plat sur le matelas pour se soulever, ses poignets lâchèrent. Des explosions partout. Il retomba sur le lit. La fin de l'Été Indien, si tôt.

« Tous ces visiteurs t'ont fatigué, fit remarquer Tenn.

— Je suis content qu'ils soient repartis, répondit Frank en fermant les yeux.

— Et le parc t'a fatigué aussi.

— Oui.

— Et moi.

— Un peu », répondit-il.

Par espièglerie. Tenn voyait-il le sourire sur son visage ? Les bombes continuaient d'exploser, par deux ou trois désormais, lui pulvérisant les os. Il lâcha la main de Tenn et se mit sur le flanc, lui tournant le dos. La prochaine fois qu'il se réveillerait, il ne voulait pas que l'ombre soit la première chose qu'il verrait, même si elle était attachée à Tenn.

« Frankie, tu veux que je te laisse, maintenant ? » demanda celui-ci.

Il ne voulait pas. Il n'avait jamais voulu. Et pourtant, ils n'avaient cessé de se quitter l'un l'autre. Ils avaient rarement demandé la permission. Ils avaient simplement annoncé qu'ils partaient, et le lendemain matin, ils s'étaient réveillés dans un autre endroit. Ils avaient conservé des vies plaisamment indépendantes, comme on pouvait s'attendre à ce que deux hommes en aient besoin et envie. Ils n'avaient toujours pas de nom pour la nature de leur longue relation, ces quinze ans – une vie ! – de voyages, de projets, de rossignols et de prudentes démonstrations publiques d'affection. Peut-être n'en auraient-ils jamais. Peut-être en étaient-ils les inventeurs. Frank était-il vraiment fait pour la vie domestique, ou aurait-il toujours soupiré après les feux de la rampe ? Comme il était stupéfiant qu'il ne sache toujours pas cela, qu'il se connaisse aussi mal en ce dernier jour de sa vie que cette nuit-là sur la terrasse de l'Atlantic House.

« Frankie, tu veux que je te laisse, maintenant ? demanda de nouveau Tenn.

— Non », répondit-il.

Il ne voulait pas. Il n'avait jamais voulu. Ni à Rome, ni dans Duncan Street, ni ces dernières semaines à New York où il avait été de retour dans son corps, fort comme un cheval, et que tous les garçons s'étaient retournés sur leur passage.

« Non, répéta-t-il. Je suis habitué à toi. »

Note aux lecteurs

J'ai fait la connaissance de Frank Merlo dans les pages de la biographie de Dotson Rader, *Tennessee: Cry of the Heart*, que j'avais achetée sur un coup de tête chez un bouquiniste de Wilmington, Delaware, en 1997. Je me revois en train de lire, debout dans le rayon, sa description de ce prolo homosexuel italien du New Jersey qui avait été l'amant de Tennessee Williams, et qui était mort à l'âge de quarante ans après avoir attendu pendant des jours une dernière visite du grand écrivain avec qui il avait passé la majeure partie de sa vie d'homme. Étant moi-même, à vingt-cinq ans, un prolo homosexuel italien du Delaware qui nourrissait le rêve de devenir écrivain, je m'étais trouvé des affinités immédiates – qui allaient tourner à l'obsession – avec les deux hommes : Tenn, l'auteur névrosé et ambitieux, et Frank, l'amant loyal qui se cherchait. Je savais que je voulais écrire quelque chose à leur sujet, mais je ne savais pas encore quoi.

Le roman, adapté plus tard en film, qui m'a appris qu'on pouvait écrire de la fiction au sujet de personnes réelles, fut *Le Père de Frankenstein*, de Christopher Bram, une interprétation des derniers jours de James Whale, réalisateur de *Frankenstein*. Ma première tentative de « fiction historique », comme on appelle ce genre, fut la nouvelle *Les Derniers Jours de Tennessee*, qui, malgré de multiples révisions, ne mena nulle part, et me poussa à abandonner l'idée de faire de Merlo et Williams des personnages de fiction. Mais pendant les douze années suivantes, je ne les perdis pas de vue pour autant : tout en écrivant des romans sur d'autres personnes, je lus et relus l'œuvre de Williams ainsi que les nombreuses biographies plus ou moins révélatrices écrites sur lui et sa relation avec Merlo, continuellement frappé par le fait que c'était durant les « années Frankie » – 1947 à 1963, grosso modo – que Williams avait écrit ses plus grandes pièces après *Un tramway*. À la suite de la mort de Frank, Williams avait sombré dans ce qu'il appelait dans ses *Mémoires* une « dépression de sept ans », bien qu'en réalité ces diables bleus soient restés dans les parages jusqu'à sa propre mort, en 1983 ; et au cours de ces vingt années, il n'avait jamais écrit aucune autre pièce véritablement remarquable. Je continuais de me demander quelle alchimie il avait pu y avoir entre ces deux hommes très différents pour générer des classiques aussi transcendants que *La Chatte sur un toit brûlant*, *Soudain l'été dernier*, *La Rose tatouée*, *Camino Real* et tant d'autres. Ce que ça avait dû être pour Frank de vivre dans l'ombre de cet artiste qui avait redéfini un genre, de jouer le second rôle dans sa vie, de remettre ses propres rêves à plus tard. Je continuais à chercher un moyen de donner à leur longue association une structure narrative, et de remplir les espaces fictifs entre les « faits » qu'on connaissait à leur sujet, non seulement pour explorer la dynamique particulière entre Frank Merlo et Tennessee Williams, mais aussi pour découvrir quelque chose – je ne savais pas encore quoi exactement – au sujet des relations en général.

Finalement, ce fut une lettre – ou plus précisément, une série de lettres – qui m'offrit un point d'entrée.

La première de ces lettres avait été envoyée de Barcelone par Williams à Elia Kazan, en juillet 1953 :

> J'ai dû quitter Rome [pour l'Espagne] car le comportement de Frank à mon égard était devenu presque insupportable. Il semblait jouer le rôle de Bubu de Montparnasse et s'attendre à ce que j'accepte celui de l'une de ses putes les moins satisfaisantes... Alors je me suis expliqué avec lui, verbalement, et j'ai pris l'avion pour Barcelone le lendemain... Il est enlisé dans le bourbier de l'habitude, de l'inertie et d'un mépris fondamental envers lui-même et sa situation, dont je crois que consciemment ou non, il me tient pour responsable, au point presque, si ce n'est véritablement, de me haïr. Ce vieil enculé de Wilde avait raison lorsqu'il a dit que « chacun tue ce qu'il aime ». On ne le fait pas exprès mais tu peux être sûr que c'est bien du meurtre. Et qu'on brûle pour ça. J'ai perdu ma foi dans les solutions heureuses aux problèmes entre deux personnes, mais je vais quand même essayer de penser à quelque chose et de résoudre la situation si c'est possible, dans l'année à venir... Et peut-être que tout s'arrangera, comme par le passé, et qu'on s'entendra comme on l'a fait. Je n'ai pensé à rien d'autre jusqu'à présent.

Williams revint de cette excursion fatidique à Barcelone fin juillet, mais son journal intime ne comporte aucune note, pendant la période qu'il est censé avoir passée à Rome, entre « mardi 28 juillet ou mercredi 29 juillet 1953 » et « vendredi 7 août 1953 ». Pendant cette période, il est entièrement concevable que Merlo et lui aient accepté l'invitation de Truman Capote à lui rendre visite à Portofino. Williams fait référence à cette invitation dans une lettre à Maria Britneva, essentiellement pour se plaindre de l'exclusion explicite par Truman de leur chien adoré, Mr. Moon.

Ces lettres permettaient de placer Frank et Tenn à la soirée de Truman, mais je ne savais pas qui ils allaient rencontrer là-bas, ni ce que ce week-end « oublié », en plein milieu d'un été orageux, pourrait me révéler. J'étais un fan de longue date du roman de John Horne Burns *On meurt toujours seul*, et je savais que non seulement il avait commencé à fréquenter un médecin italien du nom de Sandro Nencini à Florence vers cette période, mais qu'il était mort dans d'étranges circonstances dix jours plus tard. Nous savons que Jack a envoyé une lettre à sa mère, datée du 5 août 1953, depuis Marina di Cecina, mais rien ne prouve que Sandro et lui n'ont pas fait un détour par le nord de la côte ligurienne, jusqu'à Portofino, au cours de leur trajet en voiture documenté, entre Florence et Livourne, sur la même période – alors je les ai eux aussi envoyés à la soirée de Truman.

Je pensais que quatre premiers rôles masculins suffiraient pour un livre, mais c'est alors que je suis tombé sur la lettre de Truman Capote à David O. Selznick datant de juin 1953, dont un extrait apparaît en épigraphe de ce roman. L'anodin bout de potin concernant un scandaleux duo mère-fille présent à Portofino ce même été marqua mon esprit, mais je ne savais pas quoi en faire jusqu'à ce que, par hasard, je rencontre une certaine actrice de légende lors d'un dîner. Une conversation impromptue avec cette actrice, qui est également une réalisatrice talentueuse – conversation au cours de laquelle nous parlâmes de la solitude particulière de la vie à Boston, de l'art même de la fiction, et de sa rencontre mémorable avec Tennessee Williams et son chien dans le hall d'un hôtel parisien –, m'inspira l'invention des personnages d'Anja et Bitte Blomgren. Ironiquement, c'est seulement lorsque le personnage totalement fictif d'Anja entra dans le récit que l'intrigue commença à prendre forme, et que je fus capable à la fois d'imaginer plus pleinement la vie intérieure de Frank, et de hasarder une réponse à la question de la manière dont « chacun tue ce qu'il aime ». Au début, je voyais Anja comme une muse potentielle pour Tenn mais, plus j'apprenais à la connaître, plus il me parut évident que sa place était avec Frank. Bizarrement, par un autre étrange phénomène alchimique, voir Anja aux prises avec la célébrité dans les dernières années de sa vie m'apprit quelque chose sur la lutte menée par Frank dans sa courte vie contre les angoisses de l'anonymat.

J'ai fait d'amples recherches sur la vie et l'œuvre de Tennessee Williams (1911-1983), Frank Merlo (1922-1963), Truman Capote (1924-1984) et John Horne Burns (1916-1953) dans une tentative pour mieux les comprendre, mais mon objectif pour *Les Diables bleus* n'était ni de reproduire ce qu'on « sait » d'eux ni d'avancer des théories divergentes à leur propos. J'ai fait tout ce que j'ai pu pour respecter fidèlement les lieux et les dates où les versions réelles de ces personnages ont vécu ou voyagé, en ne prenant aucune liberté délibérée au nom de la facilité ou d'un effet dramatique.

Si certains personnages importants ont été omis – principalement Maria Britneva, qui accompagna Williams et Merlo à Vérone pour travailler sur le script de *Senso* –, j'ai fait de mon mieux pour n'inclure dans une scène aucune personne qui n'aurait pu s'y trouver en réalité. D'après le biographe de Burns, David Margolick, Sandro Nencini est mort en 2005 en Italie, laissant derrière lui au moins un enfant. Lui aussi est le fruit de ma propre interprétation.

Dans le périple de vingt ans qui m'a mené de cette découverte chez un bouquiniste de Wilmington au roman que vous tenez entre vos mains, j'ai été guidé par un certain nombre de signes et de rencontres fortuites (celle de Liv Ullmann ne fut qu'une parmi d'autres) qui ont contribué à me convaincre que j'étais sur la bonne voie. Lors d'un séjour en Italie il y a des années, mon compagnon et moi-même avons passé un heureux week-end à l'Hotel Opera de Rome ; ce n'est que plus tard, en lisant les lettres écrites par Williams pendant l'été 1953, que j'ai relevé l'adresse de cet hôtel : 11 Via Firenze, les murs mêmes de l'appartement que Frank et Tenn avaient habité. L'église St. Stephen de Boston, devant laquelle je continue de passer tous les jours pour aller faire mes courses, s'est révélée être l'endroit où avait été célébrée la messe de souvenir de John Horne Burns (en présence de seulement quatre personnes). Mais voici le plus troublant : alors que j'étais à Chicago en train d'interviewer Tony Narducci, l'homme qui se fait appeler « le dernier amant encore vivant de Tennessee Williams », plus de dix ans après avoir écrit ce qui est devenu *Appelons ça de la joie*, il m'a raconté sa rencontre avec un Williams ivre et déprimé à la Monster Discotheque de Key West en 1982, rencontre au cours de laquelle les premiers mots que lui adressa Williams furent qu'il était le sosie de Frank Merlo dans sa jeunesse. Ce fut sa ressemblance avec Frank qui poussa Williams à inviter Tony chez lui ce soir-là ; puis les deux hommes passèrent encore six mois ensemble.

Bien que les auteurs soient reconnaissants de l'existence de ce genre de coïncidences magiques, ce n'est pas ce qui nous donne la permission de raconter des histoires ; ni ce qui nous pousse à revenir encore et encore aux personnages que nous créons sur la page. Nous le faisons parce que nous en tombons amoureux, comme je suis tombé amoureux de Frank Merlo, un homme qui a vraiment vécu et est mort trop jeune, et d'Anja Bloom, notre amie imaginaire commune qui a veillé à ce que je ne l'oublie pas.

Remerciements

Je suis profondément reconnaissant à la Fondation John Simon Guggenheim, à la colonie d'artistes MacDowell et au Conseil culturel du Massachusetts pour le généreux soutien qu'ils ont apporté aux *Diables bleus*.

Dans le cadre de mes recherches pour écrire ce roman, je me suis d'abord tourné vers plusieurs œuvres de Williams, en particulier *Soudain l'été dernier*, *La Rose tatouée*, *La Descente d'Orphée*, le script de *Senso*, ses *Mémoires*, ses recueils de nouvelles et les fascinantes pièces de la fin de sa vie, réunies dans les volumes IV à VIII de *The Theater of Tennessee Williams*, publié chez New Directions.

J'ai également dévoré avec bonheur les extraordinaires et abondants *Notebooks* de Williams, superbement édités par Margaret Bradham Thornton et publiés par Yale University Press, les *Selected Letters of Tennessee Williams, vol. II (1945-1957)*, et *Five O'Clock Angel: Letters of Tennessee Williams to Maria St. Just*. Pour me faire une idée de Capote et de Jack Dunphy, je me suis tourné vers *Too Brief a Treat: The Letters of Truman Capote*, édité par Gerald Clarke, et la merveilleuse biographie de Capote écrite par ce dernier.

L'excellente biographie publiée en 2014 par John Lahr, *Tennessee Williams: Mad Pilgrimage of the Flesh*, s'est également révélée essentielle, ainsi que *Follies of God: Tennessee Williams and the Women of the Fog*, de James Grissom, et notre conversation officieuse autour d'un verre à Manhattan, en 2015. Bien que la période dont il traite précède l'époque où Williams fréquenta Frank, le classique de Lyle Leverich *Tom: The Unknown Tennessee Williams* m'a également été utile.

Pour explorer le personnage et la sensibilité de John Horne « Jack » Burns, j'ai (re)lu ses romans publiés – *On meurt toujours seul*, *Le Diable au collège* et *A Cry of Children*. Puis je suis allé voir dans la boîte 1238 du Centre d'archives Howard Gotlieb à l'université de Boston, qui contient le manuscrit de *The Stranger's Guise*, ainsi que les lettres de Burns et une sélection de photos de famille. Entre-temps, l'excellent *Dreadful: The Short Life and Gay Times of John Horne Burns*, de David Margolick, était sorti (Other Press, 2013), fournissant une base solide et pertinente pour comprendre et apprécier cet auteur incompris et sous-apprécié. Lors d'un voyage en Italie en 2015, je me suis rendu à Villino Brunella et à La Bicocca, où je me suis vu offrir une mémorable visite guidée de l'appartement et du quartier de Burns.

Bien que la grande majorité des dialogues des *Diables bleus* soit de moi, certains mots et expressions ont été transposés directement ou paraphrasés à partir des sources ci-dessus. Cela inclut la toute dernière ligne du roman – « Je suis habitué à toi » – que, d'après ce qu'a écrit Williams dans ses *Mémoires*, Merlo lui aurait dit le dernier jour de sa vie.

Je suis reconnaissant aux personnes suivantes pour s'être généreusement démenées afin de me mettre en relation avec quelqu'un ou quelque chose d'important dans la vie de Merlo, Williams et Burns :

David Kaplan, fondateur et président du Tennessee Williams Theater Festival de Provincetown, m'a guidé avec une grande sagesse non seulement vers la production de cette pièce entièrement fictive qu'était *Appelons ça de la joie*, mais vers une meilleure compréhension de l'œuvre de Williams elle-même. Son livre, *Tennessee Williams in Provincetown*, a encore approfondi cette compréhension. C'est également lui qui m'a orienté vers l'article de Thomas Keith dans le numéro de septembre 2011 d'American Theatre, « You Are Not the Playwright I Was Expecting », qui s'est révélé particulièrement utile pour apprécier à leur juste valeur les expérimentations de Williams dans sa période « post-Frank ».

Le professeur Alessandro Clericuzio, de l'université de Pérouse, auteur de *Tennessee Williams and Italy*, a été mon mandataire aux archives Luchino Visconti à Rome, où nous avons consulté les brouillons, tapés ou écrits à la main par Williams, du script de *Senso*.

Tony Narducci a passé plusieurs heures avec moi dans un café de Chicago en janvier 2017, à me décrire avec franchise les quelques mois qu'il avait passés avec Williams, et particulièrement la façon dont ce dernier avait fini par assumer les dysfonctions de sa relation avec Frank Merlo. Ses propres captivants Mémoires, *In the Frightened Heart of Me: Tennessee Williams's Last Year*, m'ont fourni un excellent éclairage sur l'homme brisé qu'Anja retrouve au Waldorf pendant l'été 1982.

Feu Thomas D. Burns, Esq., frère cadet de Jack, a eu l'amabilité de m'accueillir il y a quelques années dans son cabinet d'avocats à Boston, pour une longue et sincère interview. C'est Howard Medwed qui a eu la gentillesse de nous présenter et d'organiser cette dernière.

De longues conversations avec Christopher Bram, Maud Casey, Chip Cheek, Robert Cohen, Stacey D'Erasmo, Katherine Fausset, Antonia Fusco, Sonya Larson, Margot Livesey, Thomas Mallon, Stephen McCauley, Heidi Pitlor, Whitney Scharer, Sebastian Stuart, Michelle Toth, Barbara Shapiro et Dawn Tripp m'ont fourni la permission, la supervision et les indications qui se sont finalement révélées indispensables.

Mes amis, collègues et élèves à GrubStreet, Warren Wilson and Bread Loaf – notamment Debra Allbery, Lisa Borders, Eve Bridburg, Michael Collier, Jennifer Grotz et Ellen Bryant Voigt – m'ont fourni un soutien et une inspiration sans fin, ainsi que des retours cruciaux sur mes premiers jets.

Pour leurs diverses attentions, indulgences et aptitudes – notamment le don qu'ils ont pu me faire de leur temps, de leur espace, de leurs talents de traducteurs et de leur aide pour faire des recherches supplémentaires –, je tiens à remercier Boris Deliradev, Christopher Dufault, Arthur Egeli, Brian Halley, Gary et Paul Hickox, Karl Krueger, Aaron Lecklider, Elizabeth Kostova, Matthew Limpede, Elinor Lipman, Mameve Medwed, Elisa Piccinelli, Rebecca Smith, Isabel Walsh, Dito van Reigersberg, Noah Whitford et le sympathique personnel de la bibliothèque publique de Provincetown, du Chellidency NYC et du Caffè Loro.

Janet Silver et Paul Slovak n'ont pas fait que permettre

aux *Diables bleus* de voir le jour ; ils l'ont rendu incommensurablement meilleur grâce à leurs sages et pertinentes remarques, leur plaidoyer farouche et leur engagement. Je leur suis à jamais redevable, ainsi qu'à tous leurs collègues chez Viking.

L'amour, la loyauté et le soutien inconditionnel de Michael Borum, le premier rôle masculin dans ma vie depuis vingt et un ans, ont rendu ce livre possible.

MIXTE
Papier issu de sources responsables
FSC® C003309

Les papiers utilisés dans cet ouvrage
sont issus de forêts responsablement gérées.

Achevé d'imprimer sur Roto-Page
par l'Imprimerie Floch à Mayenne en février 2020
N° d'édition : 6397 – N° d'impression : 95894
Imprimé en France